金時鐘　ずれの存在論

金時鐘

GIM SIJONG

ずれの存在論

김시종

어긋남의 존재론

李珍景

YI JINKYUNG

이 진 경

影本剛 訳

TSUYOSHI KAGEMOTO

共和国

金時鐘先生へ

序

1

「悲しみを共にしようと、うすれる記憶にまといつく詩の燐光。伝説的な詩人の執念」

二〇一八年に刊行された詩集『背中の地図』の帯に書かれた文句だ。「伝説的な詩人」。そうだ、金時鐘は伝説的な詩人だ。生きて伝説になった詩人であり、その生によって、かれが生きぬいた詩によって伝説になった詩人だ。その伝説は、反復される質問の形でわたしに到着した。多少親しくなったと思ったたびに問うてきた日本の友人らの、金時鐘を知っているのか、読んだことがあるか、という質問がそれだ。いったいいかなる人物であるがゆえに、文学をやっているわけでもないわたしに、こんなにも問うのか？　わたしが韓国人であるから問うのでもなく、かれが在日朝鮮人であるから問うのでもなかった。真摯な問題意識をもって勉強するのであれば、当然知らねばならず、読まねばならないというように、問いかけてくる質問だった。

「東アジア最高の詩人のうちの一人」という、ある在日文学研究者の評価は、疑いをむける目を説得させるためのものだから横に置くとしても、多くの人びとにとって、かれは日本の現存する最高の詩人の一人だという、だれかから聞いた言葉は、その名に親しみのない韓国人のために記しておきたい。『金時鐘コレクション』という題名で著作集が全十二巻〔藤原書店、二〇一八―」で出版されはじめ、かれの詩に対するシンポジウム、かれに対する文学雑誌の反応などが大きく続いた二〇一八年は、これを確認させてくれる年であったといえる。しかし「伝説」はじっさいこのような確認を必要としない。伝説はただあちこちで言いつたえられるという事実だけを、知ってみれば本当にそうとしかいえないという感応を存在理由とする。かくのごとく詩集の表紙にあえて「伝説」と書かれたならば、それは伝説と言うに充分だ。

なにもかもが伝説になりえるのではない。立派な詩人や偉大なる詩人も多いが、「伝説的詩人」は稀だ。「伝説的詩人」という表現はだれにでも使える言葉ではない。伝説になったものは伝説になる理由をもつ。だれかが伝説になるということは、天才になることとはかなり異なる種類のことだ。天才は才能だけで充分なりうるが、伝説は才能だけではなりえない。伝説は、才能よりはむしろ才能を包囲した闇の近くにある。伝説とは才能をめぐる闇のなかで播種され育っていく黒い木だ。その木の枝先をかすめる風の音によって発話され、その後ろに吹く風に乗せられてやってくる伝言だ。天才は羨ましさの対象であるが、伝説は驚嘆の対象だ。わたしは金時鐘が伝説的詩人だという言葉が真実であると信じる。かれの生、かれの詩のなかに入りこんで感じた驚嘆ゆえだ。このような生が、このような詩がどうして伝説になりえないといえるのか。

しかしかれの「故国」である韓国にその伝説はまだ到来していないようだ。その伝説は来てーいない時間のなかにあるという点で、未来の伝説だ。しかし驚嘆すべき生から誕生した伝説であるがゆえに、その伝説はきっと到来するだろう。わたしはいま、その到来しない伝説を呼びだそうとこの本を書く。その伝説的な詩人をわたしの生のなかに呼びこむため、そうすることをもってかれとひとつの時間を生きるためにこの本を書く。またわたしが驚嘆したその詩と生をだれかに伝えたくてこの本を書く。かれの詩と生がだれかの生のなかへと呼びこまれれば、という望みのなかで書く。

金時鐘の詩には深淵を見た者の目に染みわたった深い闇がある。その闇のなかには空叫びとして空中にばらけてしまった、小さな雲母として残った生のかけらが刺さっている。その闇は過度な露出によって事物の形象を消しさるハレーションの眩しい真昼でもあり、その生のかけらは褪せた瞬間のなかで凝結して止まった時間でもある。地層の亀裂を、閉じることのできない「はざま」として開いておき、地層の圧力に掘りはいり、思いもよらぬ場所から痣の入った雑草の頭をもたげる石塊だ。しかし登っても視野は開けず、降りていっても足を踏みしめるところがない生の場所であり、決して軽いわけがない生の重みであったであろうが、怨恨やねたみのかわりに驚くべき肯定の力が、ユーモアの余裕が、決して免れることのできないであろう悲しみと悔恨にすら含まれている。

そのように自らの体で生きぬいた詩は、逆にそれを読む者たちの前に「なんらかの」生を呼びだす。詩として凝結した生を、ひょっとすれば詩よりもさらに魅力的だと言える詩的な生を。そのようにして呼びだされた生は、読む者の生につつまれる。その生を別のどこかへと引きこんでいく。このような経験のなかでわたしは知ることとなった。詩を読むということは詩に巻きこまれることであり、詩人の霊魂に捉えられることである、と。それは詩人が投げかける謎に巻きこまれ、詩人の言葉に導かれ、闇のなかに入りこむことだ。その闇のなかで道を失い、手で見て鼻で聞き、手探りで出口を探すことだ。自分が生きてきた親しみのある世界の外へと出ていく門を探しもとめることだ。詩とともに、詩のなかで、自分の他者になることだ。

この本はわたしがそのように金時鐘の詩に巻きこまれていった出来事の記録だ。かれの言葉に捉えられたままついていったところを探索して描いたひとつの地図だ。そのようにしてわたしに近づいてきたものをわたしの身体のなかに刻みこむための「エクリチュール」だ。わたしが生きてきた時間とわたしが新しく対面することになる時間を、識別不可能なようにひとつの連続体へとかき交ぜる混合の実験だ。またわたしが驚嘆し、感動した諸風景へ別のものたちを呼びだすための試みであり、そこから異なる諸風景が誕生せんことを望みつつ待つことだ。

2

金時鐘という名を知ったのは二〇〇六年ごろだった。スユ＋ノモ〔韓国にある研究共同体〕を通して知りあった縁で日本の友人たちと交流をするなかであった。多くの人びとが当然知るべきであるかのように問うたので、たいそうな人物なのだろうと思ったが、実際に詩を読むことはわたしの人生から遠いことだと信じていたし、そのうえ日本語の詩を探して読むという考えは浮かばなかった。そうしているうちにスユ＋ノモのだれかが翻訳してくれた「クレメンタインの歌」（『「在日」のはざまで』）という文章を読む機会があった。感動的だった。少し後に成蹊大学の李静和の招待で東京に二か月ほど滞在する機会があり、そのとき『「在日」のはざまで』を買っていくつかの文章を読んでみた。詩的思惟が哲学的思惟と出会う地点を見せてくれる素晴らしい本であったが、追われていた仕事のなかで金時鐘の簡単ではない日本語を読まねばならないという負担ゆえに、充分に読むことができないまま放りだしてしまった。

　だが、いつか読みなおさねばという思いが消えることがなかったからか、二〇〇八年、兪淑子《ユ・スクチャ》が韓国語に翻訳した詩集『境界の詩』〔韓国語版オリジナルの金時鐘アンソロジー詩集。『金時

鍾詩集選　境界の詩——猪飼野詩集／光州詩片』（藤原書店、二〇〇五）とは別編集）が出たとき、ただちに買い求めて読みなおした。もちろん「論理的な、あまりにも論理的な」思考方法をもっていたせいか、その詩を読んで理解することは簡単ではなかった。それでもいくつかの詩が、とりわけひとつの詩が胸に刺さった。「化石の夏」がそれだ。石になった真っ黒な諦念のなかに刺しこんだ一枚の葉、ピアニッシモの強烈さを持つ、ある遥かな感応のパトスが、詩を理解できない拙い心臓に、ピンのように刺さってしまった。それでもまだ詩はわたしから遠かった。しかし胸に刺さった詩の存在感は、おそらく消えずにそこにあったのであろう。そして二〇〇八年、スユ＋ノモの国際ワークショップの場で、金時鐘に対する鵜飼哲の講演を聞いた。日本語にないものを日本語に返してやり、日本語を日本語から異化させるということが「日本語に対する復讐」だという言葉は驚くべき感動だった。復讐ですらなにかを産みだして返してやるという方法の、この驚くべき肯定の霊魂を、どこで再び見ることができるだろうか！

そうこうしているなか、二〇一六年九月、スユ＋ノモのある友人が日本の新潟に行かないかと誘った。「新潟で『新潟』を読む」という行事があったのだ。新潟出身のアーティストである阪田清子が新潟で金時鐘の長篇詩で作品をつくり、それを契機に金時鐘の講演と詩の朗読が展示とともに行なわれる行事だった。そのアーティストはちょうど前年に沖縄での講演に招待してくれた友人だった。じつは、わたしは音楽が好きでも公演には行かない怠けた身体をもっていて、なにかの行事に「参加」するために外国に行くということは考えつかなかったが、なにに導かれたのか、行こうと答えた。

しかし日本語も拙いうえに、ただたんに詩の朗読を聞いて持てあましていることはできなかった。読んで行かねばならない。幸いに詩集が翻訳されていて、この機会に集中して読みこんだ。一度や二度では理解しがたい詩であったが、翻訳されて出版された別の詩集（『光州詩片』〔キム・ジョンネ訳、プルンヨクサ、二〇一四〕）も読み、また細見和之が書いた金時鐘についての本（『ディアスポラを生きる詩人　金時鐘』〔ドン・ソンヒ訳、語文学社、二〇一二〕）も読んだ。そうして『光州詩片』の「褪《あ》せる時のなか」と『新潟』が私のなかで共鳴し、詩にそっていく端緒がいきなり湧きおこった。「ずれ」、「存在論的ずれ」という言葉が詩集を読むわたしの視野を回りまわった。そしてその言葉にそって金時鐘の詩が、詩的思惟が、わたしに押しはいってきた。かれが嵌りこんだ深淵が、「ふりかえってみればよく狂わずに生きてきたなと思います」というかれの生が、その生のなかでかれを捉えた深い闇が真っ黒な口をあけて近づいてきた。

　その闇は「存在」の闇だった。規定性の光が差しこまない闇、予測不可能な力で存在者の生を変えさせて別の生へと向かう出口を開く闇、ある世界のなかに生きつつも、つねにその外で生きさせる闇。存在論の場所は光が差しこむ森や世界ではなく、その真っ暗な闇のなかにあるという考えが、あたかも悟りのようにやってきたのだ。その闇に一息に引きこまれたのは、以前にわたしが見た闇のせいでもあるだろう。生を賭けたある世界の没落のなかで嵌りこんだ闇。考えてみれば虚無の深淵であったその闇によって、そのなかで得たいくつもの問いのおかげで、このかん別の生を探し、彷徨って生きてきたのであるが、存在論をやるといいつつも、依然として目に見えるものにのみ付きまわっていたのだ。もちろんそのような試みが無駄だったとは考えない。しかし『不穏なるものたちの存在論』〔『不穏なるものたちの存在論――人間ですらないもの、卑しいもの、取るに足らないものたちの価値と意味』インパクト出版会、二〇一五〕や『コミューン主義――共同性と平等性の存在論』〔『無謀なるものたちの共同体――コミューン主義の方へ』インパクト出版会、二〇一七〕を通して試みた「存在者」の思惟は「存在」に向かって進まねばならなかった。「存在者」の存在論は「存在」の存在論に向かって進まねばならなかった。それは存在を思惟しようとすることだという点で連続的であるが、闇のなかを手さぐりして思惟せねばならないという点で世界性にしたがっていっていた思惟とは相反するものであり、それゆえ少なくない不連続性をもつものだと言わねばならない。そのような点でこの本は金時鐘の詩についての本であることと同じくらいわたしが押しひらきつつある存在論的思惟の新しい変曲点を込めている本なのだ。

3

「ずれ」とは、光が差す世界から闇へと入りこむ入口だ。拒絶の形態であれ裏切りの形態であれ、墜落の形態であれ沈没の形態であれ、ずれに巻きこまれそのずれを生きぬかねば、わたしたちは闇の世界へ入りこめない。存在の思惟は世界とその外、光と闇がずれる地点から始まる。もし存在論に「故郷」のようなものがあるならば、それは地理学的思考が指定するなんらかの場所ではなく、まさにこのずれであると言わねばならない。このような理由で合致と統一、集めることと調和のようなものを通して存在を思惟しようとする試みは、決して存在に到達できないであろうとわたしは信じる。

金時鐘の詩を読み、繰り返し見てきたものは、まさにこのずれだった。このずれを通して入りこむことになる闇だった。そのずれをずれとして生きぬき、そのずれのなかで生を矜持し、そのずれを通して異なる生を創案するという、驚くべき、そして稀有な「霊魂」がそこにあった。このような「霊魂」は、スピノザ『エチカ』のよく知られた最後の文章を呼びおこす。

「すべて高貴なものは稀であると共に困難である（Omnia præclara tam difficilia, quàm rara sunt）」

南でも北でもない、かといって日本でもない場所、かといってそのどこでも無関係ではない場所を、かれが「在日のはざま」と命名した場所をかれは生きる。かれが詩を書くのもその場所だ。じっさいこれはふたつではない。かれにとって文学とは「詩を生きる」ことであったがゆえに。いや、かれが生きねばならなかった生が、かれをかの特異な文学的空間へと押しこめたと言うべきだ。皇国少年が戸惑いとして迎えねばならなかった「解放」。その解放の出来事がぶつかってきた「そこ」にかれはいなかった。このずれが早くからかれを深淵のなかへ押しこめた。このずれをかれは繰り返し体験する。かれはこれを「存在」自体に対する思惟へと押しひろげていく。「ずれの存在論」、それが詩人金時鐘が送りだした詩を受信するためのわたしの住所だ。

わたしが読む金時鐘は卓越した詩人であるのみならず、明らかに深奥かつ独創的な思想家だった。『金時鐘、ずれの存在論』という題名の本書で描く金時鐘の肖像は、ひょっとすれば詩人の顔というよりは哲学者の顔に近いかもしれない。じっさい日本語を外国語として読むわたしとしては、かれがつくりだした「訥々とした日本語」に触れてみることもできず、「見慣れないものだがいつのまにか再び読んでみたくさせる」その日本語の特異な魅力を感知できないことが惜しまれる。にもかかわらず、わたしは翻訳された詩でも充分に感知できる詩的想像力に驚嘆し、鈍い言語感覚のなかですら濃くしみわたってくる遥かな、そして強烈な詩的感応に巻きこまれ、その驚嘆と巻きこまれのなかで胸に掘りいってくる思惟の深さに感動した。本当に嬉しかったのは、新潟でお会いしたとき、このように手さぐりの頭で受信した哲学的解釈がたんに一般的なものではないかと思い、「存在論的」と言いうる問題意識をもしかすると詩人自らが意識しているのかと問うたとき、そうだという答えを聞いたことだ。それが嬉しかったのは、作家の意図を確認してわたしの解釈に「根拠」を得たという愚かな感情ゆえではなく、「存在論」という決してありふれたものではない思惟と、思いがけない場所で思いがけない仕方で出会い共鳴できたという事実ゆえであった。

かれが詩で描く思惟の軌跡は、存在の思惟で鮮明に表示されているハイデガーの領土をかすめていくが、ずれのはざまをあいだにおいて遠ざかり、かなり異なる存在論に至る。光の存在論と闇の存在論の距離がそこにある。詩と詩人を思惟するとき、わたしはブランショとかなり近い場所にかれを置こうとしたが、「生きる」という動詞を通して、「詩を生きる」、「在日を生きる」という概念を通して、かれはブランショと分かれ、異なる地点へとわたしを引きこんでいく。「真実性」と命名すべき「ときならぬ」場所へと。出来事についての思惟はバディウと似て見えるが、出来事を存在として、未規定的存在として扱うことをもって、存在と出来事を対比させたバディウと遠ざかる。空白ではなく物質性すらもつ「出来事の場所」をそこに発見する。「あっても見えないもの」を通して、在ると無いのずれを扱うとき、かれはランシエールとかなり近いところにいるが、在日を生きる者自身を「あってもない者」ではなく「なくてもある者」と表明することをもって、かなり異なる色調の存在論的政治学を提案する。「かれら」の視線に自らを任せず、自らの存在を矜持する「なんでもない者」が、そのような生をめぐる感応（affect）の連続体がそこで姿を現す。スピノザとニーチェ、ドゥルーズなどを知る者であれば、金時鐘が言及したことのないこれらの哲学者がしばしばかれの詩のなかでひっそり顔をのぞかせることを見ることになるだろうが、それもまたはざまの空間で発芽した金時鐘の思惟が、そのときごとの大気のなかで、その大気の湿気とそこに吹く風と入りまじってつくられた雲のようなものだと言わねばならない。このような諸差異を通してわたしたちは金時鐘が生きぬいた詩が創造した独自的で独創的な思惟の場を見ることができるだろう。「ずれの存在論」は、その思惟の場所にわたしが付けようとする名だ。もちろん「ひとつの」名であるだけだ。

この本を書くにあたり、すでにご言及した多くの方たちに助けられたが、別個に感謝のあいさつをせねばならない方たちがいる。まず金時鐘の詩集『猪飼野詩集』、『化石の夏』、『季期陰象』、『失くした季節』をともに読み翻訳してくれた影本剛、沈雅亭《シム・アジョン》、和田圭弘の三人だ。二年以上のあいだかれらとともに読み、翻訳し、修正し、また読み、金時鐘の詩のなかに深く入りこむことができた。『新潟』へとわたしたちを誘惑したアーティスト阪田清子は、かのじょが思っているよりも多くのものをこの本に与えてくれたとお知らせしたい。鵜飼哲の本と講演は、金時鐘の詩のなかへと引きこむもうひとつの重要なアトラクター（attractor）であったことを記しておきたい。詩人宋承桓《ソン・スンファン》には翻訳した詩の検討と修正をしていただいたが、その過程で詩的言語に対する感覚を研ぎすますことができた。なによりも感謝せねばならないのは美しい詩と、詩と同じくらい驚くべき生の感応で存在論の新しい道へと引きこんでくださった金時鐘だ。存在の存在論を試みる、この本と姉妹編といえる『芸術、存在に巻き込まれる』（文学トンネ、二〇一九）はかれによって始めることができた。とりわけこの本は「存在を賭けた」かれの生があったがゆえに可能であったので、かれの「存在」を記念し、かれに捧げたい。

二〇一九年夏

李珍景

金時鐘

目次

ずれの存在論

第五章

出来事的ずれと褪せた時間

『光州詩片』における出来事と世界の思惟……271

凡例

一、金時鐘の詩の引用文は、『金時鐘コレクション』（藤原書店、二〇一八～刊行中）の頁数を記した。

一、右記の例外として『猪飼野詩集』は、岩波現代文庫（二〇一三）の頁数を記した。

第一章

詩人にやってくる詩はどこからくるのか？

聞こえず見えぬものたちの真実について

一、

化石の目つき

石とても思いのなかでは夢を見る。
事実ぼくの胸の奥には
はじけた夏のあのごよめきが
雲母のかけらのようにしこっている。
石となった意志の砕けた年月だ。
羊歯が陰刻を刻んだのは
石にかかえられた古生代のことだ
軍事境界とかのくびれた地層では
今もって羊歯が太古さながら絡んでいる。
見る夢までが　そこでは
化石のなかの昆虫のように眠っている。
その石にも渡る風は渡るのである。

そうしてある日　それこそ不意に
炭化した種が芽吹いたオオオニバスのそよぎとなって
積年の沈黙をひと雫の声に変える風ともなるのである。
かげる季節は　だからこそ
風のなかでだけにじんでゆくのだ。

もっとも遠くて立ちつくす一本の木に
一日は音もなく尾を引いて消えていった。
鳥が永遠の飛翔を化石に変えた日も
そのように暮れて包まれたのだ。
何万日もの陽の陰で
出会えない手があたら夕日を国訛りでかざし
口ごもる者の背後で
海は空とひっそり出会った。
もはや滅入の時をわれらは持たない。
一切の反目が火と燃えて
うすべに色にうすれる闇のしずもりをわれらが知らない。
くろぐろとあきらめは石に帰り
石にこそ願いは
ひとひらの花弁のように込もらねばならぬのだ。

思い至れば星とて石の仮象にすぎないもの。
火口湖のように降り立った空の深みへ
ひとりひそかに胸のきららを埋めに行く。(1)

いつだったか、「化石の夏」が、遙か遠いところから送る、かすかな伝言がわたしにやってきたのは。風のなかへ広がってのせられてきたものだったので、それは微々とつつまれたかすかな声だった。諦念の石に刻まれた花びら一枚であったので、その感動は、満ち潮としてかぶさってくる波というよりは、来ているのか流れていくのか知りえない遥かな残響だった。しかしその花びらは「はじけた夏のあのごよめき」がくぐもっている雲母のかけらであったがゆえに、そして「一切の反目が火と燃えて／うすべに色にうすれる闇のしずもり」をわたしもまた知りえないがゆえに、その残響は化石に染みこんだ時間と同じほど持続されるものだった。たとえそこで読んだものは真っ黒になった諦念のなかでかろうじてのこった一枚の花びらのようにうすれた望みであったとしても、絶望すら揮発して消えた世であるならば、その絶望的身振りこそが最後に残ったある希望のようなものではないか？　でもだれか諦念した人が一人いたということが、諦念するなにかがあったことを知らせてくれる最小の痕跡なのであれば、その諦念のなかになんとか残った望みは、その諦念によってなにかを呼びだしうる最小の磁力のようなものだ。それは存在を持続できる最小値であるがゆえに、最大値へと昇ってただちに消えてしまう声とは逆に、ひょっとすれば最大の時間を、「化石」をめぐる地質学的時間を耐えて存在を持続するというような時間ではないか？　わたしもそのようにもうひとつの石になりうるならば、石のなかに隠れてだれかを待つ小さな秘密でありえたならば……。

二、破滅の瞬間を美しさと誤認する者たちよ！

詩が歌であった時代があった。いや、詩が歌を生んだ時代があり、逆に歌にしたがって詩が生成された時代があった。その時代、詩はいつでも歌だった。神を讃え、せつない愛を歌い、没落すら美しい偉大な英雄を歌い、小さく騒がしい日常の生を喜びと笑いで増幅させる歌を歌った詩人たちがいた。その時代、詩とはわたしから遠く離れた巨大なるなにかをわたしの生の一部へ引きこみ、わたしにあまりにも近い小さなものたちからさっと距離を置き、わたしにいきなり近づいてくるこれらを用心しつつ引きこんで抱く、互いをひとつへ束ねるリズムの言語だった。ひとつに束ねられるリズムを通して「ひとつになる」やり方を、わたしをわたしの外部へと導いてくれたものが、その歌であり、そのような詩であった。(2)

もちろんいまもそのような詩がある。歌である詩がある。しかし現在、真摯に詩を読むものたちは、詩から歌を期待しない。韻律とリズムがあるとは言うが、「歌うこと」はもはや詩ではない。ボードレールからだっただろうか？　始まりを明確に定めることはできないが、十九世紀のいつかから詩は歌と別れた。詩はもはや歌ではなくなった。権力にへつらう卑怯なものたちでないならば、いったいいかなる詩人が現在も神や英雄を讃える詩を書くのか？　些細な日常に美しい光を照らす言葉や、出会いと別れの瞬間の愛を描写する言葉は、詩人たちが避けがちな距離感なしには言うことのできない「歌の歌詞」になった。いまや詩人は愛を語るときもありきたりな愛の感情とはかなり遠い言葉で述べ、日常を述べるときも日常の感覚では理解できない言葉で述べる。遠すぎるものを引き寄せ、近すぎるものは押しやるというかたちで適切な距離でひとつへと束ねてくれていた歌と切り離しえない詩にかわって、ひとつへ束ねていたものたちを遠くへと引きはがし、共有された感覚に亀裂を入れることなくしては述べることのできない言葉が詩になった。以前の詩が共同の世界をつくったりそのなかへ入りこんだりして書かれたならば、現在の詩は共同の世界を壊したり、そこから抜けだしたり、はみだしたりしながら書かれる。

それゆえ繰り返し問われるのだろう。「いまの時代の詩とはいったいなにか?」と。「いま」という言葉がわたしたちが生きる現代を指す限り、詩とはコミュニケーション空間から抜けだす言葉であり、その空間を満たす言語から離脱する言葉だ。外れて抜けだす言葉、抜けだしてはみでて彷徨う言葉だ。またその言葉にのせられ、共有された良識の世界からはみでていく諸事物の記号だ。そのような離脱の痕跡によって別の顔を持つようになる諸事物だ。だから詩は本質的に「難しい」。共有された意味から外れて抜けだすものなので、理解できないことはむしろ詩の本性に属する。詩はコミュニケーションの言語ではなく、それを攪乱させる言語であり、コミュニケーションをするために発話された言葉ではなく、それを停止させる言葉だ。話者と聴者をひとつの地点に至らせてくれる言葉ではなく、互いに別の場所へ至らせてくれる媒体だ。コミュニケーションの言語を蚕食して消していく空白だ。だれでも知りえてだれでも理解できる言葉は詩ではない。だれもが考えることができ、だれもがそのように考えがちなものが思惟ではないように。常識的に考えるとき、わたしたちは思惟しない。常識が「思惟」するだけだ。逆から言えば、思惟が常識を破壊するように詩は共有された意味を押しやり、共有された感覚を麻痺させる。

そのように離脱する言葉はいかにして捉えられ、書かれるのか? 理解しえない言葉を詩として書くということは、考ええなかったものを本として書くことほど不可能なのではないか？その言葉が書かれうるのは詩が詩人に「やってくる」からだ。ブランショはこう述べる。「鉛筆をもった人が、その鉛筆をけんめいに放そうとしても手の方が放さぬ、というようなことが起こる。手は、開くどころか、逆に、握りしめられる。もう一方の手で助ければ、比較的うまくいく」、「この手は、時おり、つかみたいという極めて強い欲求を覚える。その手は鉛筆をつかむべきだ、そうしなければならぬ。それは命令だ」。(3) 逆から書いてもよい。詩とは詩人の頭のなかにある考えを消しさり、詩人の舌を停止させ、ペンをもつ詩人の手を麻痺させてやってくるものであると。詩人の詩行が見たことのないスタイルで書かれるのはこれゆえだ。ブランショは、スタイル／文体とは「作家の声ではない」と述べつつ、それは作家が書かないわけにはいかなかった「この果てなく言葉に強要した沈黙の内密性」(4) であると素晴らしい定義をしたが、じつは作家が強要した沈黙というよりはかれが強要された沈黙であるというのが、より適切だろう。

それでも抜けでた言葉やはみだした言葉ではなく、抜けでる言葉やはみだす言葉であるのは、離脱する瞬間においても以前に席を占めていたコミュニケーションの言語と結んでいたある連携が痕跡のように残っているからだ。革のように丈夫な通常の用法、重力のように頑固な様式や常識の力が消滅しないまま残っているからだ。それはそのはみでる言葉についていき理解する契機でもある。わたしたちはそれらをなんとか摑み捉えて、あのはみだしていく言葉についていく。しかしながらまさにそれゆえに、それはまたそのようにはみだしていく言葉、すでにはみだした言葉を誤解させる契機、理解できないながらも理解したと錯覚させる契機でもある。異なる理解をし、異なる解釈をさせる契機でもある。

詩人とは、かのはみだすいくつもの言葉が覆いかぶさってくるこの恐ろしい瞬間を、美しさの時間として誤認する者たちだ。その誤認のなかで恐ろしさを忘れる者たちだ。あるいは知りえない魅惑の力を呼び指すだけであるなんらかの「美しさ」に惑わされ、あの恐ろしさをどうにか耐え、自分にやってきた言葉を受けとって記す者たちだ。たとえば散策中に強く吹く風のあいだから「聞こえてくる」ある言葉を聞いて記しはじめたという、そしてその後十年を書き直しつづけたという詩、『ドゥイノの悲歌』のリルケがそうだ。最初の悲歌はこのように始まる。

ああ、いかにわたしが叫んだとて、いかなる天使が
はるかの高みからそれを聞こうぞ？　よし天使の列序につらなるひとりが
不意にわたしを抱きしめることがあろうとも、わたしはその
より烈《はげ》しい存在に焼かれてほろびるであろう。なぜなら美は
怖《おそ》るべきものの始めにほかならぬのだから。われわれが、かろうじてそれに堪《た》え、
嘆賞の声をあげるのも、それは美がわれわれを微塵《みじん》にくだくことを
とるに足らぬこととしているからだ。すべての天使はおそろしい。
こうしてわたしは自分を抑え、暗澹《あんたん》としたむせび泣きとともに
ほとばしり出ようとする誘いの声をのみこんでしまうのだ。ああ、ではわたしたちは誰を
たのむことができるのか？　天使をたのむことはできない、人間をたのむことはできない、(5)

天使の声が聞こえてくる瞬間、自分の記憶のなかで絶えずなにかをひねりだして自分の生を

持続させた詩人の存在は、自分よりも強いその力によって消えてしまう。耳へ入ってきて体いっぱいに満ちた天使の声は、いつのまにか口から、指先から湧きでていく。その声を発する口、それはもはや「かれの」口ではなく、その声を記す指はもはや「かれの」指ではない。それを音声として押しだす身体もまた「かれの」身体ではない。自分の身体を奪われるこの瞬間はどれほど恐ろしいものだろうか。しかしその声の驚異を感知できるがゆえに、かれはこの恐ろしさを美しさと誤認する。そのようにして自分を捉えたそれが美しいと驚嘆し、それによって消えていく恐ろしさにかろうじて耐える者、それによる自分の破滅をなんとも思わない者、その致命的な誘惑をいつのまにかつまんで呑みこんでしまう者、かれらが詩人だ。三つ目の連でリルケは再び自ら叫ぶ。「声がする、声が。聴け、わが心よ」。もちろん「神の召す声に／堪えられようというのではない」かもしれない。「しかし、風に似て吹きわたりくる声を聴け、／静寂《せいじゃく》からつくられる絶ゆることないあの音信《おとずれ》を」[6]

抜けだす言葉、はみだす言葉に捕らわれた者たち、破滅の誘惑に巻きこまれた者たち、かれらはすでに共有された意味の世界、充分に理解可能な世界、ハイデガーのような哲学者たちが「解釈」という言葉で枠組みづける世界から抜けだす者たちだ。その解釈された世界で穏やかでいることができなくなった離脱者たちだ。解釈の地平から抜けでて、なにも見えない闇のなかに入りこむ者たちだ。恐ろしいにもかかわらず。そのようにして抜けでたとしても昨日まで存在していた世界は、その世界を織りなし維持する過去の諸習慣は、消えない。かれが抜けでても木と川、家々がある世界はそのままであろうし、かれの言葉が抜けだしても人びとが慣れ親しんでいる習慣の世界は、かの穏やかな意味の共同体は、そのまま存続するであろう。自分にやってきた言葉を聞いた者たちは、そのようにしてそのままの世のなかにひっそりと背を向け、その共同の世界から去り、詩人になるのだ。そのようにしてわたしを消し、わたしを侵食してくるあの「宇宙の風」は、それを見る者の顔を掬って食べ、それを聴く者の耳をちぎって食べ、夜の闇のなかへと、あらゆるコミュニケーションと理解の言語を食べつくす者たちの世界へと連れ去っていく。「ま新しい　夜が待っている」(7)。そのような点で詩人は「世界-外-存在」だ。先の第一連の詩はこのように続く。

そして、さかしい動物たちは、わたしたちが世界の説き明しをこころみながら
そこにそれほどしっかりと根をおろしていないことを
よく見ぬいている。それゆえ、わたしたちに残されたものはおそらく、
わたしたちが日ごとなにげなく見ているような
丘のなぞえのひともとの樹《き》、昨日歩いたあの道、
または犬のように馴《な》れついて離れぬ何かの習癖《くせ》、
これならわたしたちのもとに居ついて満足している。
おお、それに夜というものがある、世界空間をはらんだ風が
わたしたちの顔を削《そ》ぎとる夜。(8)

それゆえ詩は、詩人の手と口を借りてコミュニケーション空間のなかに戻ってくる場合においてすら、理解もコミュニケーションもできない言葉のまま残っている。理解を拒否する言葉、目になじまずはみだしていく文字のつらなりであることに固執する。しかしその固執の言葉、固執を自負する文字に魅惑される者たちが現れる。じっさい本質的な意味での魅惑とは、理由

を知りえないまま巻きこまれ引きこまれることだ。そのようにしてわたしたちは知りえない言葉に魅惑され、理解できない言葉に巻きこまれる。理由も知りえないままなにかに引きこまれ、意味も知りえないままなにかに巻きこまれる事態だという点で、魅惑とは一種の盲目だ。見えないことだ。

魅惑とはその盲目の闇のなかへ入ることだ。その闇のなかで視線を失った目で見つめることであり、その沈黙の空間に鼓膜を失った耳を傾けることだ。闇のなかからやってくるものたち、その知りえないものたちに捕らえられ、なにか知りえないものを見ることになり、聞こえない音を聞くことになり、理解できないことを考えるようになる。わたしたちの目と耳、考えを抜けでた場所へとわたしたちを引きこんでいくその言葉、いや、わたしたちの目と耳、考えに侵入して、聞こえてくるその言葉が、わたしたちの考えと感覚、わたしたちの言語を壊す亀裂のはざまへと、その外にあったものたちの一端がふっと染みこむ。闇のなかにあるものたちが送った暗黒の波動が、わたしたちの目と耳に、考えのなかにひっそりと浸みていく。ともすると暗黒の粒子と言うべきそれらを通して、闇のなかにあったものたちが感知されるようになるだろう。見えなかったものたちが見えなかった姿で、わたしたちの感覚と思惟の門をたたくだろう。知識のスクリーンに突き刺した刀の痕跡を通して無限の速度で変化する無常の世界、「カオス」と呼ばれる世界の一部がそっとその姿を現すように。[9]

三、詩はどこからやってくるのか？

ブランショの言うとおり、詩人が詩を書くのではなく詩が詩人にやってくるのだ。詩人が詩を書くというのとは反対に、詩が詩人に詩をかかせるのだ。詩人は自分の目を失い手を失ったまま詩を「記す」。このような点で「詩は起源に近い」。詩人は「聞いた者」だ。自分にやってくるある言葉を聞いた者であり、そのように聞こえたものを記す者であり、かれが聞いた「言葉との共謀関係のなかに入り、その言葉の要求を守り、そのなかで自分を喪失した者」だ。[10] 詩がやってくるとき、詩人は死ぬ。詩人のなかの「だれか」が死ぬ。その詩人が「わたし」と命名しただれかが。ブランショはこのような死を「非人称的な死」と命名したことがある。[11]

しかし詩が詩人にやってくるというとき、その詩はどこからくるのか？　誤解をおそれず、よりくだいて表現するならば、そのようにしてやってくる詩はいったい「だれ」が送るものなのか？　このような問いを投げかけることは、「主体の死」を知らない古い時代に属すると言わねばならないのだろうか？　詩を考案し、創案する主体としての詩人という概念を消そうと努めたこのかんの哲学的努力を無駄にしてしまう愚鈍な問いと言わねばならないのだろうか？

しかしこの問いは詩人を主体へと戻す古い問いでもなく、詩人のなかで発生する「非人称的な死」を削除する問いでもない。なぜならそのようにして詩人のなかのだれかを殺してやってくるその詩はいったいどこから、いかにして誕生するものなのかを問うことだから。もちろんこれに対し、起源を求める形而上学的問いであると非難もできるだろう。しかし「起源」に対するそのような関心とは異なり、あるものの「発生」を問うことは、あらゆる形而上学とぶつかって闘ったニーチェさえも忘れなかった問いではないか？　じっさいこのような問いを投げかけないならば、詩はいかにして書かれるのかという問題を、古きロマン主義的「天才論」のように、詩人のなかのもうひとつの才能という隠れた「主体」だとして答えたり、あるいは暗黙的に「神」と類似したあるもの（隠れた神！）だとして答えることになりはしないか？

神の死以降、神の位置に代わった多くのものたちがそうであったように。

もちろんブランショのように答えることもできる。そのようにして詩がやってくるのは、それが「存在するから」であると。存在するものだから、他にやってくる理由も発生する理由もない。聞くことができないだけであり、いつでも存在するものだ。聞くものがいる瞬間、それは「やってくる」。それゆえ詩は詩人の手で書かれて始まるが、じっさいのところ、それは始まりではなくすでにあったものが再開されたのだ。それゆえ詩とは「中断されえない言葉」だ。中断されたことのない言葉だ。したがってかれにとって詩とはだれかが送るものではない。つねにそこにあるものであり、詩人にやってくるときごとに再開する、中断されたことのない言葉だ。(12)

あたかも「山があるから山に登る」というよく知られた登山家の答えのようなこの言葉が理解しがたいのは、山と違って詩が常に存在するということを信じられないからだろう。見えも聞こえもしないもの、いかなる感覚によっても確認できないあるものがつねに存在するという言葉はご信じがたいものはないであろうからだ。この言葉を理解しようとすれば、むしろハイデガーが述べる「存在の声」についての話を思いだすのがよいだろう。かれによれば存在とは定義上つねに「存在する」ものであり、したがって存在の声もまたつねに存在する。ただわたしたちがそこに耳を傾けないから聞こえないだけだ。耳を傾けて聞こえるようになるときごとに、その言葉は「ようやく」聞こえるようになるが、それはつねに存在するものが聞こえるのだから、そのとき聞こえはじめたものであっても、じっさいはつねに存在してきた言葉が再び聞こえはじめたのだ。つまり始まりではない「再開」であるのみだ。結局ブランショが述べる詩は、ハイデガーが述べる存在の声になってしまうのだ。

このように言うならば、詩人にやってくる詩はだれが送るのかという問いは、投げかけられる理由がない。しかし、これはともすれば詩とはどこから来るのかという問いを消すための答えではないだろうか？「存在の声」、詩とは存在が送ってくれる言葉だという答えで問いを閉じてしまうことではないか？ 詩が存在からやってくると言っても、詩は存在ではない。存在することと、それが述べられ書かれることは同じではない。詩はコミュニケーションの言語で包囲された存在を、その包囲から抜けださせるいくつもの言葉だ。それゆえ、むしろ共有された世界から抜けだすときごとに存在し「はじめる」いくつもの言葉、そのように抜けだすときにのみ存在する言葉だ。既存の言葉でつくられるが、いつでも新しく誕生するいくつもの言葉、いつでも新しく「はじめる」言葉だ。

詩は詩人にやってくるが、どんな詩人にも、なんでもありのやり方でやってくるわけではない。もちろん各々勝手に抜けだすと言わねばならないが、音楽や美術作品がそうであるように、詩もまたたんにひとつだけ外れたことだけでは抜けでてきはしない。あれこれのやり方でひとつにまとめることができる詩がある。〔朝鮮・韓国を代表する詩人である〕李箱《イ・サン》の詩、金洙暎《キム・スヨン》の詩、金春洙《キム・チュンス》の詩、などなどがそれである。そのようにひとつにまとめることのできるやり方でやってくるのだ。わたしたちがある詩人の名でかれが記した詩をひとつにまとめることについて、「詩人」とは主体の幻想が作用したものとのみ言えるだろうか？ たとえ作品の「起源」として詩人が機能する場合があまりにも頻繁だということは否定できないとしても、である。たとえばフーガ、ソナタなど、かなり異なる形式で書かれた音楽作品を、わたしたちは「バッハ」や「ブラームス」、「ラヴェル」のような名でひとつにまとめることができる。これに対し、作品をその「作家」という主体に帰属させることは古くからの慣習だとだけ言うわけにはいかない。それらはひとつの名でまとめるに充分な理由をもつ。「バッハ風」、「ベートーベン風」として、作品をつくったり編曲することができるのはこれゆえだ。

詩もまたそうだ。詩が詩人にやってくるというが、詩人にやってくるとき、その詩はおおよその詩人の名前でひとつにまとめることができるものとしてやってくる。すこし言い方を変えれば、自らがひとつに束ねられる場所を求めて、そのような詩人を探しもとめてやってくるのだ。ある詩を別の詩と連結してくれるなんらかの隣接性や類似性のようなものが、その詩をひとつにまとめさせるのだ。このような意味で詩人の名は詩を産出した「著者」の名であるというよりは、ある類似性や隣接性によっていくつもの詩をひとつにまとめてくれる紐のようなものだ。つまり詩人とは詩を書いて発送する著者だとか詩を記す手が帰属されねばならない生物学的有機体、あるいは社会的同一性をもつ主体ではなく、その手を借りて書かれたいくつもの詩がひとつにまとめられてつくられる共同体の名だ。詩ひとつひとつをあまりにも遠くへと散らせて淋しがらせてはならないという文学的友情の名であり、その友情によって各々である詩を、見えないようにひとつにまとめ、協-調させる曖昧模糊とした連帯の名だ。

それゆえにわたしたちは再び愚鈍な問いを投げかけねばならない。これらの詩はどこからやってくるものであるがゆえに、このようにそれらしい共同体をなして訪ねてくるのだろうか？　詩がただ詩人にやってくるものであるだけならば無作為（random）にやってくるはずなのに、詩人が単純にそれを受けとめて記す者に過ぎないならば、相異なる詩が一人の名でまとめられることができる一貫性を持つわけがない。ある詩人の名の周辺に相対的に類似性と隣接性が大きい詩が集まる理由もないし、他の詩人と相対的に距離がある詩が集まる理由もない。詩人の名はただ受けとって記す者の身体的位置を表示する恣意的記号に過ぎないだろう。

書く主体の同一性に帰属させないにもかかわらず、かれが受信した詩が一貫性を持つならば、そしてひとつにまとめられて共同体になりうるならば、詩とはどんな詩人でもよいと任意に発送されたものだとは言えない。いつでもどこでも存在する「声」や「言語」のようなものであるともいえない。であるならば詩はどこから、いかにして誕生して発送されるがゆえに、ひとつにまとめられうる共同性をもつやり方で詩人に集まるのだろうか？　本当のところ、詩人にやってくる詩は、いったいどこからやってくるのか？

詩はただ天空から、なにもない虚空からやってきはしない。詩はきっとその詩人が出会いぶつかるものから生じてくる。かれが愛した人びとと、かれと争った人びと、かれが経た数多くの「出来事」のなかから生じてやってくる。詩人自身が生き、また生きている生からやってくる。生じたとも知らないまま芽生えて発生してやってくる。そのように生じたものが遠いところをさまよい、思いがけない時間に思いがけない場所へとやってくる。要するに詩とは詩人の生が詩人自身に送った手紙だ。遠いところをさまよい、思いがけない時間に到着した手紙だ。先に引用した金時鐘の詩「化石の夏」は、この「手紙」としての詩についての詩でもある。

石とても思いのなかでは夢を見る。
事実ぼくの胸の奥には
はじけた夏のあのごよめきが
雲母のかけらのようにしこっている。
石となった意志の砕けた年月だ。(13)

いつだったか、どこだったかは知らない。すでに記憶から消えたのかもしれない。あるいはいくつかの時間が入り混じっているかもしれない。詩人が混じって入りこんだであろう「はじけた夏のあのごよめき」が、そのごよめきが回りめぐっていたある出来事が送った詩が、まさにこの詩、「化石の夏」だ。その出来事はおそらくなにも得られないまま「無為」に終わってしまうかもしれない。きっとそうであっただろう。しかしそのごよめきがあったならば、そこになにかを賭けた人であれば、そのごよめきがどうして忘れられ消されうるのか。そのように消されえないものたちはしこりとなる。しこりとなるということは、消えず残ることだ。忘却されるどころか消滅しないのだ。いつだれが読んでくれるかはわからないが、その出来事の周囲にあったものたちが凝結し、詩行として書かれるのだ。もちろん読みにくい詩行として凝縮され、絡まった詩行になるだろう。でもいつかだれかが読んでくれればという望みがあるから消滅されずに残り、凝固され、だれかが読むように記録されるのであろう。ごよめきは空中に散って消えてしまっても望みは残る。残すのだ。それは壊れ、バラバラになって、しこりになった出来事の伝言だ。小さな雲母のかけらのような。そのようにしてそれは一種の化石になる。それでもそれは化石のように凝固した石になって胸に残るだろう。そして胸に残るそれはなにかを書かせるだろう。

詩とはまさにそのようにしこりとなった雲母のかけらが、そのなかに凝結した生が、詩人に送る手紙だ。受信者を記さない手紙、わからない詩行で書かれた手紙だ。小さな雲母のかけらのようによく見えもせず、見えてもなんなのかわかりづらい手紙だ。自分が体験した出来事、自分が生きた生が、そのなかで経た諦念と、それでも捨てられない望みが化石になって、いつかだれかに発見され読まれる手紙として発送されるのであろう。ある日、思いがけないときに、石をかすめる風が配達してくれる思いがけない手紙になって。そのあいだに割りこんだ数多くのものが入り混じり、変形され、簡単に読みとけない化石になり、発送の手続きすらなしに発送される手紙。それゆえそれを初めて受けとった受信者はきっと詩人自身であったであろう。あたかもずっと以前からそこにあったが、あるのかもわからないまま忘れていたが、いきなり目に入る机の隅のメモのように。そのようにしてやってきた伝言を受けとめて記すことが、まさしく詩であると言わねばならない。

それゆえじっさい詩人は、どこのつまり自分が書いて送った手紙を受けとる者だ。自分が書いたこともない手紙を、書いたことを知りもしないまま、宛名も記さずに送った手紙を。詩人はそのように思いがけない時間に、思いがけない場所で自分が送った手紙を受けとる。それはかれが生きた生が送ったものであるが、まだ生きていない生を記して送った手紙でもある。それゆえかれが生きた生と無関係に見えもするのだ。しかし「わたしたちはわたしたちのなかにすでに表明されたあらゆる詩を帯びている」。[14]〔だからといって〕結局は自分の生が送ったものだから。下肢を貫通した銃弾によって生が完全に取りかわってしまった出来事を生きねばならなかった詩人、ジョー・ブスケの言葉だ。

四、遠く、地平線の外を巡って

詩は生が送った手紙であるが、良い詩であればおそらく直ちにやってこないだろう。宛先なく送ったものだからあちこちを、ともすれば詩人が行ったことのないところまで巡って戻ってくるだろう。ただうら寂しい風のみが吹く原野を巡ってくるかもしれないし、夕方のニュースで見たパレスチナの戦場やアフリカの難民キャンプに立ちよってやってくるかもしれず、また再び「はじけた夏のあのどよめき」としてあふれでる広場を一周まわってやってくるかもしれず、身体を動かせないままありありと見える火災で焼け死んだ障害者の黒焦げの家の、悲しみの煙に煤けたままやってくるかもしれない。詩人の目と耳に映るところ、詩人の想像力が駆けてゆけるところであれば、青空の虚空から、そこに線が引かれてある前線、錆びた水の流れる洛東江《ナクトンガン》、冬季オリンピックのために真っ裸に刈りあげられた江原道《カンウォンド》〔二〇一八年の平昌《ピョンチャン》オリンピックの開催地〕の山、あるいは失恋した友の涙から月面に残っている人間の無礼な足跡まで、どこにでも行ってくることができる。そのようにして過ぎさっていき混じった多くの出来事の痕跡が、そのようにして通過した多様な大気が混じって詩人に到達した手紙が書かれるだろう。そのような点でそれは「いくつかの」出来事の伝言でもある。直接体験したものであれ、見聞きを通して知ったものであれ、大きかれ小さかれ、重要であれ些細であれ、詩人の生のなかに押しはいったり沁みこんだりした多くの出来事の伝言だ。

「化石の夏」において金時鐘の胸中にある雲母のかけらは、消しさりえない反目の世界を、静かな滅入とは遠い世界を巡ってやってきたものだ。ある日吹いた思いがけない風に乗って。〔朝鮮半島を分かつ〕軍事境界線とは多くの人びとと同じように詩人もまた越えようとした切断の象徴であるが、たんにそれだけではないであろう。軍事境界線でなくとも反目で切断された世界は至るところにあるではないか？　それを越えようとする者であったならば、真っ黒な諦念を避けえなかっただろう。しかし諦念の反復のなかにも決して消えない望みがあり、それが詩を送ったのだ。

　そのような望みを持つものにとって軍事境界線はたんに切断と絶望の場所のみではない。だれも行けない場所であるがゆえに羊歯植物が太古の姿で絡まっているところだ。始まり以前の始まり、それゆえなんであれ再び始めることができるところだ。真っ黒な諦念のなかでもとうとう消滅しなかった夢が「化石のなかの昆虫のように眠っている」〔「化石の夏」『化石の夏』『金時鐘コレクション』Ⅳ、三五〕ところだ。その夢を抱く「その石にも渡る風は渡るのである。／そうしてある日　それこそ不意に／炭化した種が芽吹いたオオニバスのそよぎとなって／積年の沈黙をひと雫の声に変える風ともなる」〔同〕のだ。その夏のどよめきの音や軍事境界線のフェンスに絡みこむ羊歯植物、昆虫のように眠ったまま待った時間、そしてその長い間隙の虚空に割りこんだ多くのものたちが入りまじり、炭化した種を芽吹かさせる。長い沈黙がひと雫の声になり、詩になり出ていくのだ。

　詩とは生が送る手紙であると述べたが、これを生や出来事の記録や再現だと言ってはならない。すでに「死んだ犬」になったという「リアリズム」を強いて例に挙げるまでもなく、再現は遠い所を巡ってくる術を知らない性急な手紙だ。雲母のかけらへとしこりになる時間はもちろん、遠く離れたところをめぐってくる時間ももたないまま、かけらになったどよめきを集めなおして早急にむしり揃えた喚声だ。遠くを巡ってくる術を知る手紙であれば、歴史のなかに入った明確な出来事すら遠い距離と大きな虚空を混じらせ、かなり異なるものへと取りかえて伝えてくれるだろう。そうでなければ出来事とはただ過ぎさってしまった過去に属するものだからだ。ある特異性が増幅され変形されるとき、事実から抜けだし「虚構」になるとき、出来事は過去の墓から抜けだして到来する反復の可能性のなかへと入りこむ。それゆえに書く者も読む者も、出来事の横に別のなにかが混じりうる広い余白を忘れないだろう。

　また、同時に光州事態のような巨大な出来事すら「けし」[15]の種のように、とても小さいもので堅固に凝結させることもできるし、渡り去っていった顔のなかの深い陰すら高くそびえては、ためく輓章へと取りかえることもできるだろう。そのように折りたたんだり拡げたりし、受信者の感覚を転換させる強密なものへと取りかえて記せなければならない。そのように書かれるとき、手紙はそれが巡ってきたところのあれこれが混じり、発生した事態において見えなかったものを見させてくれ、生きてきた生のなかで思いもよらぬものを考えさせてくれる。それは自身が経てきたものすらも、共有された意味から抜けでて共有された感覚から離脱する或るのたちへと書きかえる術を知る手紙であるだろう。そうすることをもって不在する感覚を、不在する世界を呼びおこす術を知る手紙であるだろう。

金時鐘が「抒情」に距離を置こうとしたことを、わたしたちはこのような文脈から理解できる。かれは一九五〇年代、日本詩の自然主義的抒情に対して明確な拒否意思を表明したことがあり、それ以降も人びとが親しみ安心する抒情を逆なでして詩を書こうとした。もっといえば既刊詩集を集めた『原野の詩』〔立風書房、一九九一年〕という分厚い「集成詩集」を出したとき、かなり高価な詩集を買ってくれた「同胞」たちが刊行を祝ってくれつつ「も少しワシらにもわかるもん書いてくれや!」とお願いされたことに対し、そうすると答えはしたが、じつはまったくそうすることはできないと考えたこともまた、このような理由からだったと述べる。[16] これは無条件降伏を選択する天皇の「玉音放送」を聞いて泣いた「皇国少年」に覆いかぶさってきた「解放」の当惑のなかで、そのときまで自分が好きだった日本の歌と詩、その抒情の世界と対決せねばならなかった転換となった体験のせいでもあるが、ただ個人的な経験に帰属されない、より根本的な理由ゆえでもあった。金時鐘がしばしば言及するように、抒情とは人びとが「自然に」受けいれる情緒であり、そのように情緒化された世界のことだ。自然に受けいれられるようになった情緒とは、人びとが共有している感覚だ。それは自分が生きてきた過去の時間に属した感覚であり、自分が生きている世界へと自然に帰属させる情緒だ。詩人であれ革命家であれ、世のなかを変えることを望む限りにおいて、それは依らねばならない土台ではなく対決して変えねばならない対象だ。その安らかさや親しさに依ろうとする限り、文学は既存の世界と同じ側になり、革命は苦労して獲得した「成功」の結果すらいつの間にか喪失するだろう。わたしたちはこれを未来主義者、構成主義者のようなアヴァンギャルドが、リアリズムという「古典的」感覚の勝利宣言の裏側に埋葬されてしまったという一九三〇年代前後のロシアで起こった惜しむべきこととして確認できる。[17]

詩は詩人の生が詩人に送った手紙であるが、ただ受けとるだけでは詩にならない手紙だ。真に詩であるというならば、それは遠い虚空をさまよってやってくる。どこをさまよってくるのか？　地平線の外をさまよってやってくる。地平線とはなにか？　目に見えるものの限界線だ。わたしたちの生は、その地平の内でなされる。共同の世界、それは解釈学でしばしば述べるような共有された「地平」の内に存在する世界だ。詩が見る地平はわたしたちの視線が、いや詩人自身の視線が届く地平線の彼方だ。詩はそのように遠くへ行き、地平線の外を巡ってこなければならない。遠く巡ってこない詩、地平線の内のみを巡ってきた詩は、外を見られない詩だ。はみだせない言葉、抜けだせない言葉だ。詩であるとは言えない言葉だ。強いて詩人の言葉を通さずとも皆が知っているもの、強いて詩でなくとも皆が見聞きできるものだ。難なく理解して、ただちに首肯し、簡単にコミュニケーションできるものを拾いあつめた言葉だ。

しかしこれと反対に「詩は霊魂の中の地平線だ。死に至って吸入するようになるもの」だ。言いなおせば、詩とは死なない限り決して見ることのできないある外部を「あらかじめ見ることだ」。[18] そのように地平線の外をさまよってやってこないものは、外部を見ず、そのままでは見えないものを見ないままやってくるものは、詩というには充分ではない。地平線の外を見てもごってきた詩もまた、詩人自身の生が送った手紙だ。地平の内に亀裂をつくりつつやってくる出来事が送った手紙でもありうるし、地平の内で始まったが、どこかの果てまで押しひろげながら地平の境界を越えていったのちに、やってきた手紙であるかもしれない。このような手紙は地平の内では目撃しにくく読みにくい文で書かれるだろう。知りえない手紙、理解できない手紙、しかしそれでもそれは詩人の生が、詩人自身が送った手紙だ。

それゆえわたしたちは詩について「真実性」という、ともすれば極めて古臭くみえる概念を使用することができる。単純にいえば、詩が真実性を持つということは、自身の生が送るものを受けとることを意味する。反対に真実性を持たないということは、生が送ったことのないものを「受けとった」ことを意味する。生が送ったことのないものを受けとったふりをすることを意味する。もちろん詩は遠いところを巡ってくるがゆえに、そもそも簡単に聞きとることのできない言葉であり、再現から遠く離れているものであるがゆえに、生や出来事と真面目に比較して検討することはできず、類似性の程度で真実性の等級をつけることなどは、なおいっそうできないだろう。詩人の生とかなり離れてみえる真実性もあるだろうし、かなり近く見える虚偽性もあるだろう。

詩の真実性とは、ともすれば詩人自身すら確実に知りえないものなのかもしれない。しかしまた詩人自身がまったく知りえないものだとも決して言えず、詩を読むものたちが決して知りえないものだとも言えない。それは言うことができず、立証することができないだけでなく、漠然ながらに感じるある感応としてやってくる。真実性が欠如しているというのは、存在しないものを書くことにあるのではない。そのうえ詩や文学は運命的に虚偽を避けえない虚構を想像する作業ではないか。真実性なき作品とは、むしろ「他人の視線」を狙って書くものに近い。こう書けば人びとが喜ぶだろうという営利的な予測のなかで書かれ、人びとが簡単に受けいれる準備ができているスタイルで書かれる。すでに支配的な感覚、すでに充分に知っている考え、すでに十分に推しはかることのできる、他人の期待に忠実なかたちで書かれるものは、たとえ自分が直接見聞きした事実、自分の経験を書いたものだとしても、真実性とは離れている。詩のみならず、あらゆるものがそうである。

詩人もまたそうなのではないか？ 自分にやってきた詩をきちんと受けとめて書いたものであれば、ブランショ風にいえば、その詩人のなかのだれかが、そのときまで詩人の言葉と行いを導いていただれかが死んで別のだれかがその詩とともに生まれたであろう。その非人称的な死と誕生が真実であるとき、詩人の生が、かれが書いた詩とどうして一貫性を持ちえないことがありえようか。かれが詩を書いて呼びだした生と、どうして一貫性を持ちえないことがありえようか。

重要なのは、詩とはコミュニケーションから離脱する言葉によって書かれるとしても生が送ったものであり、生を準拠にする真実性の場のなかにあったという事実だ。詩にとっても、詩人にとっても、つねに問題は「生」なのだ。これをバディウが用いた言葉[19]を借りて「忠実性」という言葉で定義しなおすこともできるだろう。つまり詩の真実性とは詩を送った生に対する詩の「忠実性」を意味し、詩人の真実性とは詩を通して呼びだした生に対する詩人の生の「忠実性」を意味すると。最大値に拡張して述べるならば、詩人の忠実性とは自身が呼びだした生に詩人自身の存在を賭けることであり、詩の忠実性とは自身を発送した生に、その詩の存在を賭けることだ。生に自分の存在を賭けること、それが詩の真実性であり詩人の真実性だ。逆に、そのように存在を賭けて生きた生、それは詩的な生だ。生の様相で書かれた詩だ。

生が送る手紙は、自分が生きた生が自分に与える贈り物だ。贈り物として送られない贈り物であり、贈り物であることすら知らないまま受けとる贈り物だ。生に存在を賭ける者たちに与えられる贈り物だ。しかし私たちは与えるものを贈り物として受けとりえない者たちがいたことを知り、その反対に与えていない贈り物を受けとった者がいることを知っている。贈り物は送る者以上に受けとる者の能力によって贈り物になる。生が送る、かの贈り物もそうだ。それを聞きとり、受けとって記す者の詩的能力がなければ詩になりえない。能力が「ありすぎて」送られていないものを「受けとり記す」者もまたいるだろう。詩人とは、生が送った手紙を受けとり、詩として記すことのできる能力によって定義される。生は詩人たちへのみ贈り物を送るのではない。あらゆる人へ贈り物を送る。その贈り物は受信者とその能力によって、生が送る手紙は小説となって出てくるかもしれず、絵になって出てくるかもしれず、「思想」になって出てくるかもしれないのだ。

受信者がいなければ、受信能力が無ければ、それはただ虚空をさまようのみだ。手紙は受けとったがそれを詩や小説へ変換して記すことのできない場合、しばしばそれを代わりに受けとって記すだれかと出会って詩になりもする。映画になりもし、小説になりもする。たとえば黄皙暎《ファン・ソギョン》はイ・ドンチョルが受信した手紙を小説に変換する「変換器」の役割をし（『闇の人びと』〔一九八〇、未邦訳〕）、光州事態についての幾人かの手紙を集めてルポを書きもした（『死を越えて、時代の闇の越えて』〔全南社会運動協議会編、黄皙暎記録、光州事件調査委員会訳『全記録光州蜂起80年5月―虐殺と民衆抗争の10日間』柘植書房新社、二〇一八〕）。また「慰安婦」たちが受信した手紙を写真や映画に「変換」した多くの人びとがいたことをわたしたちは知っている。しかしここにおいても生が送らないものを受けとって記そうとする誘惑は、決して小さくないことをわたしたちは知っている。自ら受けとり記す場合であれ、代わりに受けとって記す場合であれ、真実性とはその誘惑と自ら対決せんとする態度の持続性を意味し、忠実性とはその誘惑との緊張がもつ一貫性を意味するといえよう。

第二章

在日を生きる、詩を生きる

深淵の生が送った手紙

一、生の大気、詩の雰囲気

素晴らしい詩がつねに素晴らしい生へとつながるわけではないように、驚くべき生がつねに驚くべき詩につながるわけではない。「真実性」や「忠実性」という言葉でつなげるときすら生と詩は純真な対応性を持つわけではなく、関係のよい並行性を描きはしない。それゆえ詩人の生を語ることで、その詩、その文学を語りうるだろうという考えは、本当に重要なものを逃してしまう。詩は生が送ったものだが、それが発送された生に帰属させるやり方で解釈されるとき、詩は消えて生だけが残る。それゆえ現在のように、詩人の詩世界に入るためにその生を語ることが避けえない場合であれば、よりいっそう詩人の生に対して語ることをもってかれの詩について語りうるだろうという考えは畳んでおくのがよい。ともすれば詩のためには生を消すほうがましかもしれない。詩の美しさや卓越性は詩自身に語らせねばならない。

このような信にもかかわらず、詩におとらず詩人の生が「美しい」場合であれば、そして詩の美しさが生の美しさと切り離せないほど入りくんでいる場合であれば、もっといえば「詩を書く」よりは「詩を生きる」という方がはるかに本質的だと信じる詩人であれば、詩人の生を削除して詩の美しさを捉えることは、不可能あるいは不適切だろう。このような場合、わたしたちは詩人の生と詩のあいだを繰り返し行き来しつつ詩を読むことを避けえない。そこからわたしたちが読まねばならないものは、こう言ってよければ生と詩が縦横に編まれる織物であると言わねばならないだろう。しかしこのような試みが、詩のなかに言及されたものたちの指示体や対応物をその生から探しもとめる解釈になるならば、最終的に詩を生へと帰属させる還元論から免がれえないだろう。生と詩が交差した織物を解き、糸へと戻すような解釈の方法は、詩を失わせて生を読む古い愚かさへとわたしたちを導く。

これよりはむしろ詩人の生をあらかじめ現わし解きほごくことで、ぼんやりとした大気(atmosphere)をつくりだし、その大気が詩をつつみこんだり、詩のなかに染みこませることをもって、詩として展かれる文字のあいだで息をさせるのがよいだろう。これをもって、生がときにはある文字や詩句にぶらさがって凝結し、忘れられない感応を生み、ときにはある詩句の後に隠れて詩句の雰囲気(atmosphere)を形成し、ときにはある文字と遠く離れた別の文字を連結する見えない紐になるようにすること。また詩と関連した出来事を引きこむときすら、その出来事が文字と絡まって新しい虚構を構成するという事実を忘れてはならない。問題は、詩のなかに存在する出来事を詩の外の実証的対応物として引きだすのではなく、詩の外に存在する出来事を詩のなかの文学的虚構のなかに引きこむことだ。詩と出来事がそのように絡まり新しく誕生することがなんであるのか読み解くことだ。

さてここで詩人の生について書きはじめるのは、たんに金時鐘を知らない者たちに紹介するためだけではない。このようにあらかじめ先に生を記しておくことが、本を読むあいだずっと広がっていく香を焚くことになればという期待ゆえであり、その香薫が、わたしが読まんとする詩のなかに染みいっていけばという望みゆえだ。

二、おお、わたしは見えない、聞こえない！

金時鐘の詩は深淵の闇が送った手紙だ。あらゆる光が消えて深淵のなかに墜落せねばならなかった極めて困惑した「解放」の経験、あるいは自分を投げだすように飛びこんだ世界からの「裏切り」、希望があると思ったところで再び発見せねばならなかった絶望、にもかかわらずそこですべきことがあるという信のなかで、絶望的な状況を耐え、出口を探しもとめた試みと挫折、そしていくつかあってもひとつもなかった「祖国」のあいだで、また生きねばならないところであるが簡単に受けいれてもらえない「在日」の地、どれひとつとして「道を照らしてくれる星」などない濃い闇であっただろう。かれはその闇のなかを生きて、また生きた。かれの詩はその闇のなかからやってきて、またやってくる。

最初にやってきた闇が最も暗かったと言うべきだろうか？　そうかもしれない。自分の生全体を根本からひっくりかえしてしまった闇の襲撃は、一生闇のなかを「みみず」のように這いまわって暮らすようにさせたがゆえに。しかしそれは逆に、繰りかえし覆いかぶさってくる闇を生きぬく能力を与えたことでもあった。そこに立ったままでは生存できないという事実が動物たちに運動能力を与えたように。金時鐘が繰りかえし述べる「皇国少年にやってきた解放」がまさにそれだ。これはかれの生全体を捕らえた出来事であり、一生のあいだ、かれへ絶えず繰り返し手紙を送る出来事であり、それ以降発送された数多くの手紙が通過していった「遠いところ」であり、そのときごとにかれの生に異なる色調で染みわたっていた霧のような大気だった。これはかれの詩と思惟を理解するさいに重要なので、長くなるが引用しよう。

天皇陛下じきじきの大事な放送があるというので、家の中庭には近所の人たちが二〇名ばかりラジオを聞きに集まっていました。夏休みで帰省中だった私もその中の六、七名の青年団員の端に立ち並んで聞き入りましたが、それが敗戦受諾の放送と知り、天皇陛下への申し訳なさに胸がつまって肩ふるわせてむせびました。けっして誇張でなく、立ったまま地の底へめりこんでいくようでした。[……]それでも私は今に神風が吹くと、敗戦の事態もまた変わってゆくと、何日も自分に言い聞かせていたほど、度し難いとしか言いようがない正体不明の朝鮮人でした。

私は生まれながらにして昭和の〝御代《みよ》〟の恩恵に浴したひとりでしたので、当然のことのように日本人になるための勉強ばかりをしてきました。朝鮮で生まれて朝鮮の親許で育っていながら、自分の国についてはからっきし何も知りませんでした。[……]言葉も土着語の済州弁しか話せず、文字もアイウエオのアひとつ、ハングルでは書き取れない私だったのです。[……]

茫然自失のうちに朝鮮人に押し返されていた私は、山も揺れよとばかり町中が、村々が「万歳《マンセー》! 万歳!」と沸き返っていたそのとき、まるではぐれた小犬のように築港の突堤に佇《たたず》んで、「海行かば」とか「児島高徳《こじまたかのり》」の歌とかを口ずさんでいました。それしか知らない私でありました。(1)

この日の解放が、よくいわれる輝きや光であったならば、金時鐘にとってそれはかれの記憶に存在するあらゆるもの、かれが安心して見ることのできたあらゆるものを真っ白に消しさるハレーションの光であった。白い闇であった。かれが立っていた足元の地盤が崩壊する出来事であり、底しれぬ深さの深淵にはまりこみ、限りなく沈む事態だった。「白日にさらしたフィルムのように私の何もかもが真黒にくろずんでしまって、励んで努めて身につけたせっかくの日本語が、この日を境にもう意味をなさない闇の言葉になってしまいました」。(2)

正しいと信じていたあらゆるものが消えてしまった瞬間、生を導いたあらゆる方向が消滅してしまう瞬間、それゆえ暗黒のような闇以外にはなにも残るものがなくなってしまった瞬間。生きるために最善をつくすという言葉を強い意味で使用するならば、それはまさしくその瞬間に始まるものだと言わねばならない。生を導いた端緒がすべて消えさった漆黒のような闇であるがゆえに、生き残りつづけようとする者は、その最大値へと自分を引きあげねばならない。存在を賭けるという言葉の最大値は、その深淵の経験のなかから始まる。

かれのこの経験は、以前に存在の意味を理解させてくれた光がひとときに消えた事態であり、その点でその光になってくれていた言語が、いわゆる「存在の家」が瓦解した事態だった。自分の存在自体が瓦解する経験を通して、かれは存在が消滅してしまった深淵のなかにはいっていったのだ。無の深淵。その闇のなかから抜けだすためには、本当に存在を賭けねばならなかっただろう。強い意味でいう「存在を賭けた生」が、それまでとは異なる生のための苦闘が、ここから始まる。このような経験ゆえなのか、かれは早くからよく見えるところではなく見えないところを見ようとして、光ではなく闇のなかへ視線を向け、昼ではなく夜を待つ。たとえば第一詩集『地平線』の自序がそうだ。

行きつけないところに　地平があるのではない。

おまえの立っている　その地点が地平だ。
〔……〕
ま新しい　夜が待っている。(3)

かれは朝ではなく夜を待つ。いや、夜がかれを待つという。「行きつけないところ」と対比して「立っている」ところを述べるがゆえに、かれが述べる地平は、足を踏みしめて立っている地を意味すると読めるかもしれない。解釈学においてしばしば言う地平とは、そのような地平線の内側、わたしたちの視野が行きわたり、わたしたちが述べることが理解可能な地盤だ。しかしこの詩においてのように「行きつけないところに　地平があるのではない」と述べるときの地平は、地平線の外、足も視線も行きつけないところを意味する。いくら行っても行きつけないこと、わたしたちの視野の限界、その外を見ることのできないところが地平線であるがゆえに。そのような点で、わたしたちが踏みしめている地盤、あらゆる意味が依っている解釈の地盤を意味する通常の「地平」と意味を異にする。意味を知らせてくれ、行くべきところを知らせてくれる光が映る地ではなく、それが消えてしまったところ、闇のみがあるところを意味する。

「おまえの立っている　その地点が地平だ」とは、そのような地平を、遠くにおいてではなく足元において探せということだ。視野から抜けでてなにも見えない闇を、自分が安心して立って喋り理解し思考することの外を、遠くの地平の外ではなくまさに自分の足元で探せということだ。自分の足元が暗くなって現れた闇を見たがゆえに、その闇のなかに嵌りこんだ経験があったがゆえに、このように述べることができたのだろう。それゆえかれはあらゆるものが明瞭で明確に現れる光の朝ではなく、あらゆるものが見えなくなる夜を待つ。それは自分が意味することと異なる時間、異なる場所にやってくるがゆえに「待つ」という動詞の主語すら「わたし」ではなく「夜」へと取りかえて書いたのだろう。

同じ理由でかれは見えないものと同程度に語れないものを注視する。後に繰りかえし登場する唖蟬《おしせみ》がそのうちのひとつだ。これは最初の詩集『地平線』に載せられた「遠い日」にすでに登場する

限られたこの世に　声すらたてないものの居ることが
気がかりでならなかった。

私は　まだ　やっと二六年を行きぬいたばかりだ。
その私が　唖蟬のいかりを知るまでに
百年もかかったような気がする。[4]

『新潟』第一部第一篇で光を拒否したままみみずになって「光感細胞の抹殺をかけた／環形運動を／開始」[5]した「わたし」は、終結部の第三部第四篇でパラボラアンテナに貼りついて死んだ唖蟬を見て、唖蟬になることを選択する。「声が声とならない世界」から、むしろ沈黙のなかへと入ろうというのだ。[6] 漆黒の闇を見たがゆえに、言っても聞こえない沈黙のなかに入ってみたがゆえに、かれは知る。その闇がなにもないのではなく、その沈黙がなにも言う言葉がないわけではないことを。むしろひとつではない多くのものが存在するところが闇であり、ひ

とつではなく多くの言葉があるところが沈黙であることを知る。だからかれは光ではなく闇へと目を向けようとする。見えないものを見ようとし、聞こえないものを聞こうとする。あらゆる光が消えるようにさせる出来事、そこで見た真っ黒な闇、なによりそれが金時鐘をして瞬間瞬間の生に存在を賭けさせたのだろう。まさにそれが黒い闇の手紙を絶えず送ったのだろう。かれの詩はすべて、この真っ黒な紙の上に書かれたのだ。

三、深淵、あるいは地下から送った手紙

絶望的事態の前できちんと絶望することは、いかに希少であろうか。その真っ黒な深淵を隠すために、わたしたちはあまりにも急いで希望のふろしきを広げる。あたかもそれによって深淵を耐えぬいたかのように、あたかもそれによって自分の体の重みを耐えぬいたように。しかしわたしたちは知っている。そのようにただちに絶望を消しさってしまうことこそが真に絶望せねばならない理由であることを。訣別の時間が近づいてくるとき、きちんと訣別することは、これもまたいかに希少なことか。扉をたたくその時間の手振りを振りほどき、わたしたちは急いで足の甲に杭を打ちつける。あたかもそれによって流れる時間の船を止めたかのように。いまや去らねばならないと知らせる時間の手振りを自分の無能力や失敗と誤認しつつ。しかしわたしたちはよく知っている。去るべきときに去らないためにあらゆる能力を尽くすことこそ、わたし以外のあらゆるものを去らせる理由になるということを。喪失の出来事が迫ってきたとき、きちんと失うこともまた、いかに希少なことか？　その散らばったものをひとつでも捕まえるために、わたしたちはけんめいに腕を動かし手を握る。あたかもその小さな手ふたつで遠

ざかるあらゆるものすべてを摑めたかのように。しかし摑んで離さないために握りしめた手こそ、真に捕まえねばならぬものを捕まえられない理由ではないのか？　あるいは失くしてしまったものは大したものではないというふうに、ただちに考えなおし、それに代わる別のものを捕まえもする。そう、捕まえようとするなら、捕まえることのできるものはいかに多いだろうか？

真なる絶望は、希望を心から信じ、それに従った者にのみやってくる。そのときとなった訣別は最善を尽くした者たちとだけ目を合わせてくれる。あらゆるものを失う出来事は、あらゆるものを賭ける術を知る者にのみやってくる。きちんと絶望できるとき、あらゆるものを賭けるべき問いを得る。きちんと訣別する術を知るとき、わたしたちは真に生会うことができる。あらゆるものを失う術を知るとき、わたしたちは真に新しい世界と出あらゆるものを再び考えることができる。あらゆるものを再び始めることができる。

あらゆるものを失い、ともにあったあらゆるものと訣別せねばならないがゆえに、その絶望的な闇を避けずに対面できたがゆえに、金時鐘が朝鮮語を学びはじめ、解放以降の「解放された社会」のために活動し始めたのは、当然に見えるものとはかなり異なる抜本的な理由を持っていただろう。米軍政が入ってきた済州島、〔米軍政の刑務部長官である〕趙炳玉《チョ・ビョンオク》の「陸地〔本土〕警察」が現地警察すら追いやって、朝鮮北部の土地を失った怨恨に荒れる西北青年団〔北朝鮮から遂われた右翼青年組織が糾合して結成された極右集団〕とともに蹂躙した済州島において、地下党の活動家になり、結局は武装闘争まで進んだという、急速な変化は、かれが見た、あの闇の強度と無関係ではないだろう。解放とともに闇のなかに押しこめられたかれは、いまや日常の生においても闇のなかを這いまわる地下生活者になったのだ。光が消えればその光から別の光へとただちに移っていく、ありがちな経路をそのまま踏むことは決してなかったのだろう。

しかし周知のように、〔済州島における一九四八年の〕四・三蜂起は巨大な血の殺戮になり、郵便局爆破事件で手配されたかれは、父のあらんかぎりの奔走で密航船に乗り、日本にひそかに入りこむ。「たとえ死んでも、ワシの目の届くところでだけは死んでくれるな。お母さんも同じ思いだ」(7)と顔をそむける父を背に、かれは去る。なんとか探し求めた光と、苦労して得た親しみと、自分の地平になるであろうと信じた「世界」と、再び訣別する。真っ暗な「解放」とともにかろうじて去ることができた日本へと、日本語の世界へと再び戻っていく。

「解放」によって失ってしまった光のなかへ、再び光の世界へと戻ったのだろうか？ そんなはずはない。深淵の闇はそのような移動や変化では決して抜けでることができない。日本の言葉と抒情のなかで安らかであった自分と訣別せねばならなかったかれであったがゆえに、かれが再び探しもとめたその言葉と抒情に、安らかに留まることはできなかった。そこにおいて、かれはその安らかさの光を探しもとめる代わりに、再び闇のなかへと入りこむ。地下へと入りこむ。済州島で死んだ仲間たちに対する後ろめたさ、その虐殺の地に対する怒り、そこから再び日本へ逃げてきた自分に対する嘆きなどがないわけがない。ゆえに安穏とした光の世界は、かれに与えられたとしても受けいれられはしなかっただろう。

日本で居所が準備できるやいなや共産党に入党したのは、去っても振りきれなかった後ろめたさや怒りなどと無関係ではない。「僕は五〇年の四月に共産党に入党しました。苦難の郷土を見捨ててきた後ろめたさもあって、共産党入党だけは一番早くしました」(8)。そのときGHQと日本政府によって在日本朝鮮人連盟（朝連）が解散させられ、在日朝鮮統一民主戦線（民戦）へ転換していた時期であるが、金時鐘はこれに加わり文宣隊活動と文化サークル組織に力を注いだ。その直後に朝鮮戦争が開戦し、それを阻止する闘争に入る。戦争物資を運ぶ列車を停止させようとした〔一九五二年の六月の〕吹田・枚方闘争がそれだ。また兵器製造に関連する諸部品をつくっていた同胞らの町工場をまわり、それを止めるよう説得し、説得に失敗すれば工場を破壊することもする。自分が頼って飯を食わせてもらいながら、それを提供してくれる同胞の仕事場を壊さねばならなかったのだ。しかし、そうしないことも容易でないという点では同様だった。飯を食べるために同胞らの上に落ちる爆弾の部品をつくることを、どうして知らないふりできようか。そのように、食べるために故国の地に降りそそぐ爆弾をつくる同胞と、かれらに飯を食わせてもらいながらかれらの工場を壊してまわる自分、いったいどちらを肯定でき、どちらを否定できるというのか！　この困難なジレンマのなかでかれは「民族心とか、愛国心とか、組織運動とかということが単一に明文化されるものではないということをいたく知」る。[9] 新しく到着した世界もまた安穏とはしていられない世界、親しみをもって安住できない世界、明確に好悪を述べることができず、明確に選択できない世界だったのだ。

　同胞たちの上に落ちる爆弾の部品をつくる同胞たちというが、かれらもまた歓迎されぬ地である日本で食わねばならない人びとであり、自分もまたそこで糊口をしのいでいるので、簡単に肯定も非難もできないだろう。簡単に安住することもできないが、かといって簡単に去ることもできない世界であっただろう。そこがまさにかれが「生きねば」ならなかった世界なのだ。「生きねば」ならない世界とは、ともすればすべてがそうかもしれない。同意はできないが去ることもできない根本的な窮地、非難されてしかるべきことだが決して非難できない撞着、この窮地と撞着が惹起するもどかしさ、これがまさにわたしたちが生きねばならない世界なのだ。

四、　訣別し訣別して、行く

しかし金時鐘を、かれのような人もそのまま生きていくことを困難にしたのは、そのような生の撞着を受けいれるのではなく、はっきりとどちらかに依拠し、異なるものを批判し除去するよう要求してきた力であったろう。困難で重要な転換が一九五五年に起こった。韓徳銖《ハン・ドクス》らが主導する上層勢力が、金時鐘の言葉でいえば「クーデター」を起こして(10)民戦の上部を掌握し、以前の路線を「極左冒険主義」と非難して、北朝鮮の指導を受ける在日本朝鮮人総連合会（総連）へと変えてしまった。その結果のひとつとして、一九五三年から金時鐘の主導の下に出版されていた文学雑誌『ヂンダレ』は、政治的および文化的なあらゆる面で批判を受け、結局一九五八年三月、二十号を最後に終刊してしまう。

　ともすると自分の文学的生自体の終結でもあったこの事態によって、かれは再び希望が絶望の別名であったことを発見したのであろう。また再びかれの足元で、その暗い口が大きく開いた深淵を見たであろう。そのため一時期の仲間であった鄭仁《チョン・イン》、梁石日《ヤン・ソギル》らと夜通し酒を飲んでは事件を起こし、警察署を出いりするようになる。(11)そしてその年の六月、仲間らと新しい同人誌『カリオン』を創刊する。もう一度の訣別が徐々に始まっていたのだ。しかしそれは速いが「徐々に」進行した。すでに訣別せねばならない世界であることが露わになったが、それでも存在を賭けたことであったがゆえに、金時鐘はただちに外へと出ることはせず、内側で力のかぎり、その予見された訣別を延期させ、その困難な世界を抱えこんで耐えぬいた。

　このような事態は自ら認めているように、ともすると上部の権力者たちと妥協する術をしらす、自分の問題意識を一貫して押しひろげていった金時鐘自身が「自ら招いた」ことでもあった。つまり生に対する忠実性のなかで、平穏な生への誘惑を決して受けいれることのできない者、偉大なる指導者に対する信や組織化された勢力にもたれかかるといったふうには決して生きていけない者の、避けえない運命のようなものだ。深淵の闇を見た者、ひとつの果てを見た者たちに属する、なんらかの正直さや「根性（！）」のようなものなのかもしれない。すでに深淵を生きぬいた者にとって、それ以上に恐れるべきなにがあるというのか。それゆえかれは肯定できない組織を去る訣別のやり方ではなく、その肯定できない世界のなかでそれと闘いつづける「訣別」のやり方を、その後十年以上持続する。二、三人の友とともに、詩と文章によって朝鮮総連の組織全体とたちむかうという「バカなふるまい」を敢行する。「同胞」や「仲間」たちに非難されうることを愚直に押しすすめる。耐えがたい世界から去るのではなく、困惑の世界を去らせようとしたのだろう。「成功」の可能性などはまったく見えなかったであろうが、決して放棄できなかった無謀さであったのだろう。

『ヂンダレ』の最後の数号には、この闘争の記録が鮮明に残っている。たとえば一九五七年の『ヂンダレ』第十七号に載せられた詩「ロボットの手記」には、自分に会議通知書が届いたと以下のように書いている。「わが輩はロボット一族を代表する／総連の執行委員でもある」(12)。十八号にはそもそもから隠喩も取ってしまったまま直接狙い書いた詩「大阪総連」を発表する。この作品は「告示」と「動員」という二作品で構成されている。案内文の形式で書かれた「告示」は、人びとの生とは遠ざかったまま、団体の維持自体が目的になってしまった総連組織に対する機知あふれる風刺だ。

急用があったら

駆けつけて下さい。
ソーレンには
電話がありません。

お急ぎでしたら
ごなって下さい。
ソーレンには
受付がありません。

ご用をもよおしたら
他所へ行って下さい。
ソーレンには
便所がありません。

ソーレンは
皆さんの団体です。
御愛用下さった電話料が
止まってしまうほご溜りました。
〔……〕
だから新客は招きません。

だから、新客はよこしません。
二階のホールは予約済です。
今晩は創価学会が使います。[13]

後半の詩「動員」では、過労と栄養失調で孤独のうちに死んだ同志と、そのように死ぬときまで同志の生を見ぬふりをしていたが、死んだ後に壮大な葬儀委員会を結成して葬儀をしてやる総連が対比される。

同志が死にました。
同志が死にました。
過労がたたって死にました。
栄養失調で死にました。

誰もが闘いのさ中ですので、
見舞いともまもないままに
一人ぽつねんと死にました。
燃えるような愛国心を
胸に秘めて死にました。

愛国者です。

かがみです。
皆さん
葬式は
人民葬で
盛大に
盛大に
葬儀委員会
結成しましょう。
〔……〕
街の人は総出です。
愛国者を見守りました。
ソーレンの人の団結心を
みんなが見守って下さいました。

それで同志は安眠します。
死んで花見が咲いたのです。
今に煙突の口から
楽しい天国に昇ります。
見てて下さい。(14)

ここでいう総連という組織は、在日朝鮮人活動の拠点だ。「朝連〔在日本朝鮮人連盟〕」から「民戦〔在日朝鮮統一民主戦線〕」へと至り、困難なジレンマのなかですら生と闘争が交差する活動をしてきた組織の連続であり、密航以降、自身が属する過去と現在の一切が込められた組織だ。しかしいまやそれは人びとの生の苦痛とは訣別したまま、記録され記念される「行事」をするのみで、組織維持が組織運用の目標になってしまった組織だ。それはその活動にそのときごとの生を賭けて、その組織に自分の存在を賭けたまま生きようとした詩人にとっては、そのまま置いておくことができないものだったのだろう。

これは真実性のなかで詩を書く問題でもある。組織が詩人の詩に方向を与え、「党派性」という概念で創作を規制しようとしたがゆえに、これは「詩か自殺か」という排他的選択肢のなかへ詩人を押しこめる。ここで金時鐘は「名目的自殺」を選択する。かれは『ヂンダレ』十八号に「盲と蛇の押問答」という文章を書き、自分の詩的遺書を提示し、「詩において自殺者がなぜ生じるのか」を究明しようとする。なによりもそれは詩に対して思想性と愛国心を要求する組織とその要求に合わせて定形化され、食傷ぎみの詩を書く詩人たちに起因する。そのような要求に従って書かれた詩、金時鐘自身に書くよう要求される詩の典範は、たとえばこのようなものだ。

栄光を捧げます
新年の栄光を
祖国の旗であり勝利であらせられる
われらの首領の前に！(15)

かれにとってこのような「詩」とは、詩人の真実性と無関係であるのみならず、嫌悪すべきものだ。このような詩を書く詩人として生きるよりは、むしろ詩を放棄して詩人としての生を終えるほうがましだという考えから、かれは遺書を書く。[16]「結婚式の祝辞に、日帝の三六年から始まって、国内外の情勢報告でおわる民族的志向の経路」が、自分が見るには、詩とは言えない常套的で食傷気味の「詩の定型性」と無関係ではないとはっきり述べる。[17]在日朝鮮人がつくった「自主学校」で上演される児童劇もそうだ。主人公は少年であるが、その口から出るのは少年の話ではなく「立派な共和国幹部の意見」だ。「ささいなことに驚異を感じ、喜び悲しむ少年の夢はからっきし姿を消してしまうのです」。[18]

詩人としての生活をたたむ程度ではないと考えたからだろうか、「遺書」と命名された部分に入れはしなかったが、かれが同意できないもうひとつの核心的論点は、詩に対するいわゆる「共感」の要求だ。大衆が簡単に共感する詩。「大衆のために解り易い詩を書く」ことがかくも重要ならば、詩よりもはるかに立派に共感に基づいていて、そして成功もしている流行歌を書くほうが、よりましだろうというのが、かれの思いだ。[19]

このような詩や文章が大阪の総連文化部の機関紙に載せられたということが、ある意味では驚くべきことだ。それは金時鐘がその雑誌の責任者であったがゆえに可能であったのだろうが、それゆえ組織としてはその雑誌を除去する理由とみなしたであろう。詩や文章で抗議しただけではなかった。かれが「盲と蛇の押問答」という文章を書くにいたった動機について述べる部分を見ると、それ以前にすでに組織の上層部と和解しがたい対立が始まっていたことがわかる。まず一九五七年、「民族学校」初級教科書に入っていた「虹を追いかける少年」という作品――もともとは韓雪野《ハン・ソリャ》が書いたものだが――に対するものだ。この作品は自分が皇国少年であったときに読んだコルシカの少年ナポレオンの話と完全に同じものだったので、「不遜な焼き直し」だとして批判する文章を在日作家同盟事務局長へ提出したという。民族反逆者として追いやられることになる、もうひとつのおそらく決定的な原因は、一九五九年、『金日成全集』の巻頭に載せられた白馬にのった金日成将軍の写真風の絵であったという。その絵をみて、それが少年時代になにかにつけ見ねばならなかった天皇裕仁の「英姿」と完全に同一のものであり、こんなものを載せることこそ金日成将軍への冒瀆であるとの建議書を、総連大阪本部の教育文化部長に提出したことだ。そのために以降、かれはエッセイや詩を書くことがほとんど不可能な状況に追いやられ、『デンダレ』は廃刊となり、製作中であった詩集『日本風土記Ⅱ』は組版が解かれ亡失した（のちに詩稿がすべて発見され出版された。『金時鐘詩集　日本風土記Ⅱ』藤原書店、二〇二二）。長篇詩集『新潟』を十年間出版できなかったのもこれゆえだ。「そういう中で、よく気が狂わなかったな、という生活をやってきました」[20]。

このようなかれの軌跡に少しそってみることだけでも、いつのまにか次のような考えが、かれの生全体から出てきたということを理解できる。運動も文学も、あるいは生も活動も、善意や大義によって明確にひとつの言葉で述べえないジレンマを持っているということ。運動も運動の大義も、あるいは「祖国」や希望も、既成のもの、すでに出されている道にただ従うのであれば、それは生を賭けるほどのものになりえないということ。そして自分が渾身の力を尽くして行なう活動すらしばしば自分の「同胞」や「同志」たちによって非難されたり捨てられたりするということ。ときにはそれすら甘受して行くべき道を行かねばならないということ。このような考えが『カリオン』創刊号の創刊の辞のすぐ後ろに掲載され、のちに若干修正されて

『新潟』に転載された詩「種族検定」を書かせたのだろう。『新潟』はこの詩を引き受け、北送船〔帰国船〕の帰国審査場で故郷に帰るために誰かの「審査」を受けねばならない「わたし」を、より遠くへと押しすすめていく。

ここに要約された考えは、以降のかれの多くの作品の底に響く通奏低音になる。にもかかわらずかれは運動や組織を捨てること以外には出口がないように思える闘争を、容易にやめはしない。印刷直前の詩集『日本風土記Ⅱ』を亡失し、長篇詩集『新潟』の刊行を、いつになるのか分からない時間のなかに任せたまま、かれは決して短いとはいえない時間を、組織のなかで耐える。そうして結局一九六四年と六五年、二度にわたって「ソ連の〝修正主義〟を糾し、金日成の自主的唯一思想を尊奉する決意のほどを試した統一試験」である「統一師範」を拒否し、「文芸同〔在日朝鮮文学芸術家同盟〕」大阪支部事務局長[21]を自ら辞することをもって、それ以降総連の組織活動と絶縁することになる。そしてさらに五年を待ち、一九七〇年、亡失の怖れから防火金庫に入れて保管していた長篇詩集『新潟』をついに、書きあげてから十年経って刊行することになる。簡単に付け加えると、一九六六年に小野十三郎の推薦で大阪文学学校講師として生活をはじめ、一九七三年には兵庫県立湊川高校で日本初の朝鮮語教師になっている。

要約すれば、四・三事件によって「解放」以降探しだした自分の世界と訣別した金時鐘は、五五年から七十年のあいだに、もう一度自分が属していた世界と訣別する。密航者として隠れてやってきて、一種の地下運動として始まった日本における生と、同胞たちのなかでの生と訣別する。「解放」や四・三事件による以前の訣別が思いもよらずやってきた出来事によって自分の意志に反してなされたものであったならば、今度は思いかげない出来事（「クーデター」）が始まったのであったが、いずれも一貫して強い自分の意志によってなされた訣別であった。

「解放」による訣別が至極親しみをもっていた日本語との訣別であったならば、四・三事件による訣別や総連との訣別もやはり親しみをもっていたであろう同胞らとの訣別であった。「解放」によってやってきた最初の訣別が日本との訣別であり、四・三事件による二度目の訣別が南朝鮮〔原文は「南韓」〕との訣別であったならば、今度の訣別は総連、あるいは北朝鮮〔原文は「北韓」〕との訣別であった。四・三事件による訣別が密航で逃げて日本へと戻るものであったならば、今度の訣別は文学と政治、組織と運動に対する信念のなかで、抵抗として対決し、自分が生きねばならない「日本」へと再び戻る訣別であったわけだ。

「よく気が狂わなかった」という生は、たんにその言葉通りに組織内部における訣別にのみ該当するわけではないだろう。生を賭けた者たちに、簡単な訣別がどうしてありえようか。にもかかわらず、かれは訣別を反復し、喪失を反復し、去りそしてまた去った。かれが生きんとした世界を求めて。生を賭けて生きんとした者たちにとって、それと異なる生き方がどうしてありえようか。そしてこのように繰り返し去らせる生は、繰り返し詩を送ったであろう。かれが属した世界と訣別する出来事は、かれが属したコミュニケーションと意味の世界から、去って抜けでる詩を繰り返し送ったであろう。それが、かれが記した詩が、詩集になったのであろう。

五、生きる、在日を生きる

金時鐘の詩は、深淵の闇が送ったいくつもの手紙だ。その闇のなかで自分が書いたことすら知らないまま送った手紙だ。遠いところからやってきた手紙だ。地平線の外、視線が届かないところからやってきた手紙だ。かれはそのようにしてやってきた手紙を受けとって記す。その

ように して自分が受けとって記した生に忠実に生きる。いや、生についての忠実性のなかで詩を書く。それゆえかれの詩は強い意味における真実性をもつ。それは、詩に在日の生が忠実に再現されているからでもなく、かれが経た出来事を詩のなかに呼びだすからでもない。むしろ放りだして去ってしかるべき組織から去らず、垂直に押さえつける権力に耐え、その組織のなかで都合の悪い存在として残りつづけたがゆえであり、祖国の空で弾ける爆弾の部品をつくる同胞らの町工場を壊しながらも、かれらのそのような生がただ非難できるだけではないと、自分の生もまたそのなかにあるのだと正直に直視したからだ。その逆説と撞着の緊張を自ら認め、それらが送った詩を受けとって記したからだ。出来事が消えて諸事実が入りまじっても、決して消えなかったその困惑と緊張のつりあいゆえだ。

「作家の死」が宣言されてからすでに五十年以上経ったが、「仮面が顔だ」というニーチェの言葉すら食傷するほどシミュラークルの世のなかになったと知られている現在、このような「真実性」という言葉で詩と詩人について、生について述べようとするのは、一種の時代錯誤(anachronism)ではないのか? そうかもしれない。しかし「作家の死」とは、いまや作家なしに読者自らが読み解かねばならず、読者自らが作品の力と重みに耐えぬかねばならないという宣言であることを知れば、それはブランショが述べた「作品の前における作家の孤独」と同じ程に作品の前における読者の孤独を、作品と対面したときに要求されるある苦闘を含蓄しているといえるだろう。それゆえ、いまや作品は、作家なしに読者を触発できる力を持たねばならない。詩の真実性とは「真理」というすっきりとした概念に寄りかかった文学的倫理学の定言命令ではなく、その孤独な読者に対して作品としての詩がもつ力の表現であり、そのような力として詩に凝結して入りこむ、ある感応(affect)の名だ。

仮面が顔であるならば、いまやその仮面は顔に頼ることなしに自分自身があるがままの「真実」であると示せねばならないことを意味する。オリジナルなしのシミュラークルがオリジナル以上の現実性をもつ時代であるならば、シミュラークル自身がオリジナル以上の説得力を、オリジナルなしに充分に自立できる真実性を持たねばならない。オリジナルなしに自立できないものは、自らの独自的な真実性を持っていないものは、シミュラークルと言うには充分ではない。そのような点でわたしたちはいまや「真理」なしに真実を述べることができねばならない。真理へと戻ることなき真実を見ることができねばならない。詩は真理なき真実の存在を証言する。詩の真実性は確認可能な真理なしに感知可能な生へ、わたしたちを呼びこむ。[22] 詩とは、すでにかつてプラトンが非難したようにオリジナルに対する忠実性を放棄し、オリジナルなき自立性を選択したシミュラークルだ。詩の真実性はオリジナルなきシミュラークルの真実性だ。つまり真なる意味のシミュラークルはオリジナル以上の真実性を持ち、それゆえオリジナルなしにそれ自体として充分な存在理由をもつシミュラークルだ。オリジナルから遠ざかる道を選択した詩は、オリジナルなき真実の道を選択したシミュラークルだ。理念（idea）も真理もなしに、自らの存在のなかで真実を追求する寡黙なシミュラークルだ。

シミュラークルを礼賛するだけではプラトン主義から充分に抜けだせない。それは「逆立ちしたプラトン主義」であり、プラトン主義の対称的鏡像にすぎない。イデアやオリジナルなしにシミュラークルが自立できるようにするシミュラークルの真実性、そこまで行けるときに、ようやくわたしたちはプラトン主義ときちんと訣別できる。したがって重要なのはシミュラークルをオリジナルと対比することではなく、シミュラークルの真実性を見わけることであり、真実なるシミュラークルとそうでないシミュラークルを見わけることだ。数多いシミュラークルのなかから真実なるシミュラークルを見わけることだ。仮面の真実性を見わけねばならない。ちゃんとした仮面といいかげんな仮面を、真なる仮面とみせびらかし用の仮面を見わけることができねばならない。

シミュラークルの時代に詩と詩人の真実性を述べる「時代錯誤」を、さらに押しすすめねばならない。時代の大勢を意味する「時代精神（Zeitgeist）」に反して、そのような言葉を借りて常に大勢についていく眼目なき霊魂に反して、わたしたちは「時間に反する」時代錯誤を、アナクロニズムを実行せねばならない。時間を表現する古き神話的単語（Chronos）の前にしがみつく、その短い接頭辞アナ（ana）の呪いに驚きクロノスに忠実であれという要求に従うかわりに、その神の名のなかに虚数を表示する文字 *i* を差しこんで、神の名で放射される命令文を解体し、その呪いの時間性を叩きこわさねばならない。クロノスとその起源的な神の名で正当化される原理（arche）を混合し、混同してやり、そのようにして入りまじったものに虚構の文字、虚像の時間を差しこみ、時代の力に対抗する時代錯誤的な力を呼びおこさねばならない。あらゆる「アルケー」に反する異種の時間感覚を創案せねばならない。アナキロニズム（anarchironism）の時間感覚を。(23) 真なるアナキロニズムを。

『悲劇の誕生』へ事後的に加えた序文（「或る自己批判の試み」）において、ニーチェはこのように記した。「私はあらゆる学問を芸術の光学として見て、あらゆる芸術を生の光学として見る」。どんな思想やどんな作品からも、それに載せられてやってくる生についての伝言を読みとこうとし、どんな言葉を述べるときであれ「生を愛せ！（Amor fati!）」という命令語を、より正確に言えば「愛すべき生を生きよ！」、「肯定すべき生を生きよ！」という命令語を付けくわえて述べたのがニーチェであったことを知るならば、この言葉が狙うものがなんであるのか知るのは、とても簡単なことであろう。詩や詩人に対して真実性を述べるということは、まさにこのようなニーチェの命令語を想起させるのだ。

金時鐘ほどこのような要求に忠実な詩人はいないであろう。かれが述べようとしたことを一言で要約すれば、それは間違いなく「生きる」という動詞になるだろう。二〇一五年に出版されたかれの「自伝」の題は『朝鮮と日本に生きる』だ。それ以前、すでに「朝鮮を生きる」という言葉は、『猪飼野詩集』にもある。「在日を生きる」という言葉は、かれが自分の生を説明する最もよく知られた言葉だ。これはともするとかなり簡単であるが、実際は決して簡単ではない、ある生き方を水面上に浮かびあがらせる。

かれが「在日を生きる」というとき、それはたんに日本の地で生存を持続することを意味するのではない。「在日」とは日本に在るということだ。これが別途に称する言葉になるのは、日本に在るということが当然ではなかったり、安穏とできない者にとってである。当然ではなく安穏とできないがゆえに、おおよその場合は然るべきところ、安穏とできるところへと帰ろうとする。在日朝鮮人は「朝鮮」へと在日韓国人は「韓国」へと、在日沖縄人は沖縄へと……。しかしこれは日本に在ることを受けいれるということではない。日本を去るべきところとして受けいれることであり、帰れなくとも帰らねばならないところに心を縛って生きることだ。在日を生きるということは、その当然でも安穏でもないことを抱きかかえて、「日本に在ること」を受けいれることだ。帰れるところを求めることなしに生きねばならない、いまここを生きることだ。

この場合、「在日」とは、朝鮮人の「朝鮮」でもなく、韓国人の「韓国」でもない、かといって日本人の日本でもない独自的な生の場だ。在日を生きるということは、そのような生の場をあるがままに受けいれることだ。そのごこにおいても見ることのできない独自的な生の地帯として、積極的に肯定することだ。在日を生きる者にとって、日本とはいつか去るべき暫定的な滞留地ではなく、生が持続する限りしがみついて生きねばならない生の条件だ。在日を生きるということは安穏なわけがなく、多くの場合苦痛でもあるその条件を自分の生の地盤として肯定して受けいれることだ。それを土台として感じて考えて行動することだ。その反面、「在日」を「祖国」と隔離して生きる存在の弱点と考えるようになれば、自分が生きねばならない地を去って、しょっちゅう「本国」へと去らねばならず、それをもって政治的スケープゴートになる。[24]

それゆえ、例えば「朝鮮人は朝鮮語で創作せねばならない」という北の労働党と総連の方針ほど在日を生きることに反するものはない。在日を生きるという言葉は、なによりも「日本で生まれ育った朝鮮人たち」のように、日本で日本語で喋って考える生活を、あるがままに肯定して始めることを意味するからだ。[25]日本人の日本とも在日朝鮮人の朝鮮とも異なる、出身と居住の場所のあいだに存在する「ずれ」ないし「はざま」を抱えて肯定して生きることであるからだ。在日朝鮮人に朝鮮語創作を要求することは、日本で日本語で考えて喋って生きねばならない人ではなく、日本語ではない朝鮮語に慣れた人、日本語を使わなくとも大丈夫な条件にいる人の観念だ。言いなおせば、それは在日の現在を生きる人の考えではなく、朝鮮という過去へと「帰る」ことを思う人、現在の生の条件を受けいれることができず否定する人の観念であるのみだ。もっといえば日本語が思惟と行動の大気になったものたちにとって、朝鮮語で文学をせよということは、文学をするなということと異ならない。それは「梁石日のように日本で育った者には文学をしてはならん」ということになってしまう。[26]

反対に金時鐘は生活語が日本語であるがゆえに発生する「母国語」との乖離のなかで、むしろひとつの言語に閉じこめられる事態ではなく、ある「未知の可能性」を見る。(27)母国語のなかで母国語を手探りさせ、生活のなかで生活語をごもらせること、(28)それは新しい言語を創造する条件になるであろうということだ。それを想像することが「在日」の課題のひとつであると述べる。

あくせく身につけたせちがらい日本語の我執《がしゅう》をどうすれば削ぎ落とせるか。訥々《とつとつ》しい日本語にあくまでも徹し、練達な日本に狎《な》れ合わない自分であること。それが私の抱える私の日本語への、私の報復です。私は日本に報復を遂げたいといつも思っています。日本に狎れ合った自分への報復が、行き着くところ日本語の間口を多少とも広げ、日本語にない言語機能を私は持ち込めるかもしれません。その時、私の報復は成し遂げられると思っています。(29)

在日を生きるということは、日本を独自的な生の場として肯定するということは、たんに与えられた現実に順応する生を意味しない。それは日本人ではないがゆえに、マイノリティであるがゆえに甘受せねばならない差別と苦痛を、耐えがたい抑圧と不便さを受けとめ、それを生きぬくことだ。その苦痛を避けるために朝鮮人の痕跡を消すのでもなく、その苦痛の理由をあちこちに探して、それを恨み、それのせいにするのでもない。それはどれも在-日を、日本に在ることを、日本で生きることを「肯定する」ことではない。在日を生きるということは、はざまや間隙の苦痛や不便さをむしろ肯定的空間へと取りかえることだ。それゆえ、かれは自分が日本で生まれなかったにもかかわらず在日を生きるという言葉を述べるに充分だと感じる。ともすればその不便な間隙をより大きく鋭敏に感じねばならないがゆえに、在日を生きるという言葉により強い力を載せることができる立場だともいえるだろう。そのようにしてかれは「在日のはざまで」生きてきたのだ。

「「在日を生きる」と言い出したのも、四、五十年前から僕が言い出したことですけれども、今はほとんどご慣用句まがいに行き渡っていまして」[30]という言葉は、このような困難と無関係ではない。在日を生きるという言葉は、たんに生存を持続することとは異なるなんらかの「忠実性」を、存在を賭けるなんらかの真実性を要求するという言葉であろう。金時鐘の述べる「生きる」という動詞、それは生きる行為自体に対してもある真実性を要求する。それがたんに「在日を生きる」へと極限される理由はない。たとえばかれは「朝鮮を生きる」ということが「在日を生きる」と同じくらい嘘である場合を見る。

統一までも国家まかせで
祖国はそっくり
眺める位置に祭ってある。
だから郷愁は
甘美な祖国への愛であり
在日を生きる
一人占めの原初さなのだ。
日本人に向けてしか

朝鮮でない
そんな朝鮮が
朝鮮を生きる!
だから俺に朝鮮はない。[31]

「祖国はそっくり/眺める位置に祭って」おいて、そのような祖国に対する郷愁を祖国に対する愛だと主張し、そのような郷愁を先占し独占する者もまた「在日を生きる」という。かれらが述べる「朝鮮」とは、日本人に対する否定を通してひとつになった集団であるだけであり、したがって日本なしには存在できない朝鮮だ。日本に対する怨恨の感情、それが「祖国」に対する郷愁と手をむすび祖国に対する愛を、その愛に対する「解釈」を独占する。そこには肯定的ないかなる朝鮮もない。そのような朝鮮が「朝鮮を生きる」と言うので、詩人はむしろ「俺に朝鮮はない」と述べる。そのような朝鮮ならば生きたくないということであろう。在日を生きる、朝鮮を生きるというが、そのすべてが嘘だ。そこには何らかの肯定すべき現在、肯定すべき生を持つときにのみ可能な「真実性」がない。もっといえば、この詩の題名が日常を意味する「日日」、その日々の「深みで」であることに注目するのがいいだろう。在日を生きること、金時鐘にとってその要はなによりも日々の日常、日常的生の深みにある。それは不便さと苦痛すら含むその日常を抱きかかえ、そこに自分の存在を賭けることだ。

かれは詩もまた生きるという動詞で包囲する。かれの講演や対談、散文を読めば「詩を生きる」という言葉を頻繁に発見できる。[32] かれにとって詩とは「書くこと」のみならず「生きること」だ。詩を生きるとはなにか?

> 人はすべて各々自分の詩を抱えて生きています。あるがままではなく、異なるやり方で夢中に考える人、または言語が通じない関係にあるもの、たとえば動植物や無機物など、人間ではないものと心が通じる人は、すでにその心のなかに詩が息をしているのです。〔……〕要するに自分の生き方が、「あるがまま生きたくない。置かれたままにいたくない」という思いを繰り返しながら意志を強く持っている人の思いのなかには、詩が必ず芽吹いています。〔……〕皆が詩をおびており、自分の詩を生きる人はたくさんいます。それゆえ書かれない小説は存在しませんが、詩は書かれなくとも存在します。[33]

現働の世界と異なる世界を力いっぱい探しもとめる人、自分ではないもの、人間ではないものなどの生に真摯に耳を傾ける人、一言でいえば別の生の可能性を探しもとめることに生を賭ける人は詩を書かなくとも詩を生きる人だ。同様にそのような人びとの生は、それ自体として詩だ。書かれていない詩だ。「人間なら誰しもが自己に即した〝詩〟を持っているものと思っているからです。詩というのは言葉で表わすことのできる人もあれば、言葉を発しなくとも生き方そのものをかけて、詩を創っている人もいっぱいおります。言葉でしか表わせないものに詩があるなどと思い込むのは、やはり思い上がったおごりではないでしょうか。詩は生き方そのものであることの方が、私にはむしろ好ましいのです」[34]

そのような限りにおいて人間とは誰もが自分の詩を持っている。文字で書かれない詩が、詩を生きる多くの者たちにある。かれらの生、かれらが生きる行為として。詩人はただそれを詩的言語として受けとって記せる人であるのみだ。「書かれない詩は、詩を生きる行為として存在すると思うのだ。この書かれない詩を生きているさまざまな人たちによって、世の多くの活力はもたらされている。〔……〕人はそれぞれ自分の詩を生きているのであり、詩人はたまさか、ことばによる詩を選んだものにすぎない」(35)

詩より詩人が一次的であると信じる者たちがいる。かれらにとって詩とは詩人が書くものだ。詩人が書くものが詩だ。反対に、ブランショのように詩人より詩が一次的だと信じる者たちがいる。詩人とはそれを受けとって記す者だ。金時鐘は「詩を生きる」という言葉で、詩よりむしろ「生きる」という動詞が、それから出てくる動詞的名詞としての「生きること〔삶〕」が、詩よりも一次的であると述べようとしているのだろう。しかしこのとき、「生きる」という動詞は、その言葉の「主語」である詩人の一次性へ回帰しない。「生きる」とは、むしろ詩人を越えて詩人の意志や考えの外からやってくる生を、詩人の前に呼びだす。生きるということは人びとの前に、また詩人の前にそのようにして「覆いかぶさってくる」生を、すべて首肯して受けいれることだ。しばしば引用される金洙暎《キム・スヨン》の言葉のように「体いっぱいに」それを生きぬくことだ。そしてそのなかから別の生の可能性を探しもとめることだ。そのように生きぬくことが詩を送り、その生きぬくことがだれかを詩人にする。「生きる」という行為が詩人に先行し、その人が生きぬく生が詩より一次的なのだ。

「詩を生きる」という言葉は、生に対する忠実性のことだ。忠実性を要求する。詩に生を賭けよという要求でもある。ところでこれはだれよりもその言葉を述べる自分に対する要求だ。金時鐘は自らこの「忠実性」の岩を背にしょって起きあがる。その岩の重さで幾度も転げる。でもかれは投げやらずに再びしょって起きあがる。そのようにしてかれは「詩を生きる」という言葉で自らの生に真実性の閂《かんぬき》を掛けようとするのだ。そのようにしてかれは詩を生きようとし、詩に生を賭けようとしたのだ。かれの生を少しでも覗いたことのある人であれば、かれが書いたもの以上にかれが生きぬいたものが詩であったことを簡単に首肯できる。私にとってそれは実に驚嘆すべき詩であった。この驚嘆が、時代精神に逆らい、詩に対して「真実性」を述べ、詩を生きねばならないと要求する田舎者の愚行を行なわさせる。真摯に聞いたとしても過去の時間のなかに流しやってしまいがちな馬鹿みたいな要求を、この軽々しく足早なシミュラークルの時代に繰り返させる。ひとり、心のなかで繰り返させる。

六、存在を賭けるということ

生の真実性とは「存在を賭けること」であると述べたが、「存在を賭ける」とはいったいなにか？　しばしば言われるように命を賭けることか？　そうかもしれない。しかし、命を賭ける術を知らない者や「死へと先駆」できない者たちを生の真実性から排除し、心にひびくとはいえ限りなく狭苦しい英雄的観念によって存在と生を制限してはならない。じっさい「多くのことを考えると」命を賭けにくくなる。論理的に同値である命題で逆からいえば、命を賭ける者たちは、あまり考えていない。ただひとつだけを考える。であるならば「簡単に」命を賭ける者たちは、そのひとつすらも「簡単に」考えるのではないか？　それはわからない。内心が分からないので断言できない。ただ明らかなのは、簡単に命を賭けろと要求する者たちに対しては、その者たちが本当に多くのことを考えてそのような要求をしているのか、生を深く考えてそのようなことを言っているのかを疑うべきだという事実だ。多くのことを考えるならば、決して簡単には命を賭けろとは言えない。

命を賭けることも、命を賭けろと言うことも、決して簡単なことではないだろう。しかし戦争時に、どの国家であれ「命を賭けろ」とかくも容易く言うのを見れば、命を賭けろと言うことは、そう難しくないようだ。少なくともそのような言葉をまったく困難なしに述べる者たちがかなり多いことは明らかだ。命を賭けることはだれにとっても簡単なことではないだろうが、国家の旗の下に喜んで死んでいく兵士たちが少なくないことを見れば、これもまたしばしば考えられるほど難しいことではないのかもしれない。

存在を賭けるということは、生を賭けることだ。命を賭けるということは生命を賭けることだが、生を賭けるのではなく死を賭けることだ。死の瞬間へと先駆するとき、背後に貼りつく恐怖に耐えることだ。その恐ろしい瞬間を、ふたつの目をじっとつむって耐えぬくことだ。ある人は生きてきた生全体を賭けると述べるだろうが、それは賭けたくても賭けることができない。すでに過ぎさってしまったものだからだ。にもかかわらず命を賭けることがすべてのものを賭けることであるかのように重々しく近づいてくるのは、そのとき耐えねばならない恐ろしさが、かくも大きいからであろう。また死へと先駆していった者には、その待機の時間がこの上なく長く感じられるからであろう。エピクロスの言うとおりに、死の苦痛とは生きる者は感知できず、死んでからは感知する能力がないので、だれも経験できないものだ。ただ先駆する者としては、だれも知りえない死以降の時間に対する恐怖と不安を死の時間まで耐えねばならない。それがかくも重いのだ。恐ろしいのだ。

存在を賭けることは死ではなく生を賭けることだ。生自体を賭けることだ。生を賭けることは生きている時間の持続を耐えぬくことであり、その持続する時間のあいだ近づいてくるあらゆる事態を耐えぬくことだ。生を否定しようとする多くの反動的（reactive）な力に立ちむかい、生を押しひろげることだ。生きているがゆえに決して避けえない、あらゆる感覚を通して感知するしかない諸瞬間の重みを踏みしめて繰り返し立ちあがることだ。それゆえ一瞬の重さへ還元できる死の瞬間を耐えぬくことではなく、生きている限り持続するしかないあらゆる瞬間の持続を、その重さの持続を耐えることだ。その重さの摩擦を越えて、そしてまた越えて生を押しひろげることだ。

二〇一七年七月、テント演劇で有名な桜井大造のワークショップに参加するために済州島のカンジョン村に行った。海軍基地をつくるために村人たちを騙して分裂させた者たちに対抗し、警察と軍隊の暴力を「耐えぬき」、そこで暮らしている「チキミ〔闘争現場を守るためにやってきた人〕」たちも何人かがワークショップに参加した。なんでも自分の表現したいことを表現しろという要求に、かれらもまた一人劇をしたのだが、驚くべきことにかれらは存在に対する問いを投げかけ(!)、自分の存在を思惟していることを見せてくれた。二十代中盤のある女性は「ここにいると、私がここにいるということがなんの意味なのか問いつづけるようになる」と語った。「鰯」というあだ名の四十代ほどの女性は「やつら」と闘いながら「てっぺんにはてっぺんがある」という仲間の叫びに「てっぺんには鰯がいる」と叫ぶことで答えたという。そうするなかで「いる」ということが自分の力であり、「いる」ということが自分がここに生きる理由だと述べた。

かれらはそこで闘争するためにいるのではない。かれらはそこにいたのであり、そこで生きていた。ところがそこにいるかれらに軍隊と警察が押しはいってきたのであり、かれらはそこでそのまま「居つづける」ために、そこで「生きつづける」ために、闘うしかなかった。巨大な暴力と莫大な金、そして絶えず降りかかってくる判事の罰金宣告に耐え、そのまま「そこにいる」やり方の闘争をしているのだ。すでに海軍基地が「完成」したという国家の宣言にもかかわらず、他人の目には「敗北」が既成事実になったような状況においても、かれらは「終わったのではなく始まりだ」と言い、闘いつづけていた。そのまま「生きつづける」ために、そこに「居つづける」ために。基地をつくる軍隊の立場からみて、引っかかるもの、やりにくいものはまさしくかれらがそこにそのまま「いる」という事実自体だ。押しだしても去ろうとせず、追いだしてもそのままそこにいようとするという事実自体だ。存在がまさに闘争であり、存在がまさに闘争する力の源泉なのだ。このような闘争であれば明らかに「存在論的闘争」と言うべきではないか?

「いる」という言葉と「生きる」、「行動する／作用する」という言葉が同じ言葉であることを明示したのはスピノザであったが[36]、カンジョン村の「チキミ」たちほどその言葉を正確に理解している者はいるだろうか。かれらがそこに「いる」ということはそこに「生きる」ということだ。そこに生きるということはなにか「行動する」ということだ。まさにそのためにかれらは巨大な国家権力に抗って闘い、あらゆる困難なことを耐えぬいているのだ。だからといってそれを命をかけて闘うことだとは言えない。かれらの闘争は言葉どおりに「生を賭けたもの」であり、「存在を賭けたもの」であった。「存在を賭けるということは生を賭けること」という言葉を、かくも鮮明に見せてくれる事例をわたしは知らない。

カンジョン村のチキミたちだけではないだろう。木々をなぎ倒して建てられようとする送電塔と対決し、「ここに住みつづける」と闘争した密陽《ミリャン》のハルモニ〔おばぁさん〕たちもそうだった。ハルモニたちの闘い方は、送電塔の予定地、自分の生が持続してきたまさにその場を守って座りこみ、そのまま「いる」ことだった。ハルモニたちに立ちむかう警察たちがしたことは、ハルモニたちを追い払ってその場を空けること、ハルモニたちがこれ以上その場に「存在しないように」することだった。「いること」をめぐる闘争、存在をめぐる存在論的闘争が繰りひろげられていたのだ。

　生を賭けるということは「賭ける」という言葉からただちに思いうかぶ闘争に極限されるものではない。生を持続するために死よりも酷い苦痛を耐えぬかねばならない者たちもまた、生を賭けて生きる。「賭ける」という言葉に符合するような決然さなしの、耐えて耐えぬく生き方がそこにある。生きることよりはむしろ死ぬほうが楽かもしれないような苦痛の状況を甘受し、いつ終わるか知りえないその苦痛の時間を、その持続を耐えて生きねばならなかったいわゆる「日本軍慰安婦」たちがそうだ。たとえば「慰安婦」になって日本軍の子どもを妊娠したが、腹の子どもを軍医官たちが取りだしてくれなかったので、宋神道《ソン・シンド》は生きるために手にサック（コンドーム）を嵌めて三十分ものあいだ一人で立ったまま股のあいだから死んだ子どもを取りださねばならなかったという。[37] そのように子どもを取りだし、かのじょはどんな思いだったろうか？　子どもを取りだした後、かのじょは食事をしたであろう。食事をしつつかのじょはどんな思いだったろうか？　そしてその傷がちゃんと治りもしないまま、再び日本軍に子どもの死が貫通した体を差しださねばならなかっただろう。その軍人の腹の下に敷かれたかのじょはいかなる心情であったか？　それでも生きねばならなかっただろう。そのようにしてでも生きねばならなかっただろう。それが生だ。それが生を耐えぬくということだ。生を賭けて生きることだ。

　そこには、ある大義のために命を賭ける者とは異なり、怖れを消し取ってくれる燦爛たる光もなく、苦痛を隠してくれる素晴らしい慰労もない。しゃくりあげる身体を握りしめ卑怯さを洗い流す涙を流し、侮辱のような没落を耐える粘り強い命があるのみだ。死よりも苦しいその刺々《とげとげ》しい生の時間を耐えぬかねばならない命が。存在を賭けるということはしばしばこのようなものだ。その、このうえない苦痛の時間全体を、体いっぱいに感じて耐えぬくことであり、それを耐えぬく生全体を賭けることだ。それゆえ「存在を賭ける」というのが命を賭けることより簡単だと信じるならば、それはたんに死に対する恐怖のなかで「世人」の生を持続することだというならば、存在に対して、生に対して、なにも知らないことにほかならない。

日本を去ることもできず、すっきりと「日本人」になることもできない「在日」の朝鮮人、生涯の時間を容易くぐちらか一方へ寄りかかることもできない状況を甘受し、最善を尽くして生きてきた金時鐘もまた、そうであると言わねばならない。金時鐘の父もまたそうであったろう。愛する子どもが朝鮮語を失ってしまい日本人になっていくことをひどく嫌ったが、その子どもの生存のために日本語に嵌《はま》りこむことをやめろとも言えず、ただ沈黙で耐えねばならなかったことは、(38) 日本語を非難し朝鮮語を勧める民族主義的決断より容易であったとだれがいえようか？　子どもの安全を、恨み混じりの日本に任せては「絶対に帰ってくるな、〔……〕日本で生きろ」(39) と言ったことを、「たとえ死んでも、ワシの目の届くところでだけは死んでくれるな」(40) と送りやったことを、命を賭けて李承晩政府と闘うべきであって、どうして密航を――しかも過去の支配者である日本へと――するのかと非難することより容易であるとだれがいえようか？

このような生は、きっと「雲母のかけらのようにしこって」残るものであり、ため息のような風に載せられだれかがいるであろうかなたの虚空へと、なにか伝えたい言葉を送るだろう。蒸発した涙の湿気のなかに溶け、霧のようにそれを生きぬいた身体のまわりを紫の光で回っているだろう。どうしてそうせずにおれようか！　そのように、受けとめてくれるだれかがいるのかすら知りえない手紙を繰り返し発送しているだろう。きちんと受けとって記せば明らかに詩になるであろう書かれていない手紙が、かれの身体付近に集まっているのだ。それを受けとって記すとき、かれは詩人になり、そのようにして文として記されて出てくるとき、それは詩になる。すでに充分に「共同体」といえる、そのような詩となる。

もちろんだれでもそれを受けとって記すことができるのではない。その潜在的な手紙が現働化しようとすれば、それを受けとって記す能力と出会わねばならないからだ。だからたとえば金時鐘の父はそれを受けとって詩として書くことができなかった。しかしそのような生は既に充分に詩的な生である。生の大気（atmosphere）のなかで彷徨っている詩があるのだ。充分に詩的といえるその手紙は、そのような父の苦痛と死を一生抱いて生きていくであろう息子へ遅ればせながら到達したようだ。父母と子どもは、感情においてであれ考えにおいてであれ決して対称的ではないが、父の生は、その息子もまたいかなる形であれともに生きた生であるがゆえに、息子の手によって詩になったのだろう。そのような点で金時鐘が遅れてはるか国境のかなたから受けとったその手紙は、じっさい金時鐘自身が、かれの生が送った手紙でもある。

「存在を賭ける」ということは、命を賭けるのではなく最善を尽くして生きることだ。死にむかって先駆するのではなく、むしろ死んだほうが楽なような状況のなかでも最善を尽くして「生きる」ことだ。生きるために甘受せねばならない苦痛を耐えぬき、生きつづけることであり、行動しつづけることであり、存在を持続しつづけることだ。これはじっさい闘争の形態を取らないときにも、生の苦痛を耐えぬき生きねばならないあらゆる人が、じっさいほとんどの場合やっていることでもある。存在することを中断させ、存在を払いおとそうとする権力がないならば、あるいは耐えぬかねばならない苦痛が死の苦痛より大きいところではないならば、あまり現れないものなので、どこにでも存在していることを知らないだけだ。こちらにもあちらにも行けないジレンマと逆説のなかで生きるための出口を、あると信じられていない出口を最善を尽くして探しだすこと、それが存在を賭けた生だ。汚く醜い世界に幻滅し、高貴なる理想の世界に向かった飛翔のみを夢見るより、その汚く醜い世界のなかで汚くなって醜くなっていく自分と対決し、異なる生に対する不可能な夢であったとしても、ひとつを摑み、生を持続すること、このためにともすれば没落のような生すら受けいれること、それが生を賭けることだ。

そのように存在を賭けた生は、最善を尽くして生きる生は、それ自体として詩であり文学というに充分だ。「詩を生きる」ということは、美しい詩的世界の夢を文字で展開することではなく、苦痛で醜い世界を生きぬくことだ。「それでも……」という副詞とともに、反復する失敗の前で「じゃあ、もう一度!」と始まりを反復することだ。それゆえ存在を賭けるということは、間隙から生まれるアイロニーを生きる者たち、大地と身体のずれを耐えねばならなかった者たちにだけ該当するわけではない。ひょっとすると「生を賭けねば」ならないあらゆる人びとが、賭けるという思いすらもなく、生を賭けて生きることだといわねばならない。

第三章

海のため息と帰郷の地質学

『新潟』におけるずれの存在論

一、「そこにはいつも私がいないのである」

金時鐘の長篇詩『新潟』は、アレゴリーと歴史が混じった喜劇と悲劇、ユーモアと悲愴感、自分が属した世界に対する風刺と自分自身に対する批判的省察が交差し混合し、ときには急激に、ときにはゆっくり、ひとつの感情から別の感情へと移行しつづける長篇詩だ。みみずと蛭はそうだとしても、糞をはやくたらすわたしの分身である「あいつ」と便秘を腹に抱えて生きる「わたし」が、反戦闘争の渦中に排泄で分かれて、海で爆発沈没した浮島丸と四・三事件で死んだ者たちが埋葬された海と、それを生活の場として採取する「同胞」たちが対比され、日本の刑事を避けようとして同胞らに「犬」扱いされて鞭うたれるかなり異なるストーリーが、抒情詩でもなく叙事詩でもない奇異たる様相で入りまじっている「長篇詩」だ。このすべてのものが、あたかも「便秘のように」かれの身体にたまって凝結した詩人の生の「化石」であったのであろう。

化石の痕跡を読む能力が不足した目には、たんに部分的な話と遥かな残響のみをようやく感知しうる耳にはその詩はなにか分からないまま、たんに感知できるだけの声であった。そこに近づくためには歩んできた道を変えねばならなず、感知したものがなんであるか知るためには感覚器官を取りかえねばならないが、それがどうして容易いことだろうか。さらに『新潟』は本一冊分の長い詩だ。ある語りにそって理解すればよい類の叙事詩でもない。このような詩を理解するためには、いくつもの主語と異質なモチーフ、相異なるスタイルでいくつもの出来事の時間を行き来する詩を、ある一本の糸で縫いあわせることができねばならなかった。そうできなくて、理解したと思った詩行が手につかんだ砂のようにこぼれ散った。そうこうするなか、胸に刺さっていた『光州詩片』の印象的な詩句がいきなり飛びでてきた。「そこにはいつも私がいないのである」。「褪《あ》せる時のなか」の冒頭部分だ。

そこにはいつも私がいないのである。
おっても差しつかえないほどに
ぐるりは私をくるんで平静である。
ことはきまって私のいない間の出来事としておこり
私は私であるべき時をやたらとやりすごしてばかりいるのである。(1)

この詩句が、この詩と少なくない距離をもつ『新潟』を読みとけるようにしてくれるのではないかという漠然とした思いがあった。なによりそれは『新潟』や『光州詩片』を読みながら、しばしば目にひっかかっていた「在る」という言葉ゆえだ。そして繰り返し登場する「闇」についての詩行があった。深淵（Abgrud）に対して述べつつも、じっさいに存在を述べるときは「光（Licht）」や「森のなかの空き地（Lichtung）」のような言葉についていったハイデガーに対する反感が、かれとは異なる存在論についてのわたしの考えとともにそこに絡まっていただろう。じっさいに詩人が意識して書いたものなのかはわからない。しかしかれの詩には存在に対する思惟が厚く込められていた。それが強力な通奏低音になり、数多くのごよめきに対する対位的な旋律になってくれていた。ともすれば詩人の考えと遠いかもしれない存在論的解釈に同意できない方には、わたしにそれ以外の読解能力が無いせいにしてもらうことを願うのみだ。

二、出来事的なずれ

存在論的解釈と述べたが、じっさいかの「褪《あ》せる時のなか」の強烈な詩行が、わたしたちを直接存在論へと導くわけではない。「そこにはいつも私がいないのである」。ハイデガーの存在論の中心的概念のひとつが「そこに－いること（Dasein）」であることを知るならば[2]、その概念にはっきりと反するこの詩行は明らかにひとつの存在論的立場を表明する宣言として読むことができる。しかしそのように始めるのはあまりにも性急だろう。なぜならこの詩行は、それだけではじっさいそのような存在論的意味を込めていると見なせないからだ。「そこに－いること」のハイデガーも、「そこにはいつも私がいないのである」の金時鐘も、ともにそれほど単純ではない。

そのような点で金時鐘の詩をひとつの存在論として読みとくことは簡単ではない。なぜなら明示された単語や関連した詩行をいくつか組みなおすことでは到達できないからだ。しかしそれは充分に可能なことでもある。「在る」を表示する単語ではなくとも、じっさいかれの思惟は「在る」という言葉を数多くの単語の流れのなかで湧きあがるように浮き彫りにさせる、或る力と方向をもっているからだ。その「在る」を「生きる」という動詞と切り離せないように結びつけ、その「生きる」に自分を載せた詩人であるがゆえに。金時鐘は「詩を生きてきた」詩人であり、その思惟はそのような詩に載せられてさまよう宛先なき手紙のようなものであったがゆえに、かれの詩と思惟に「存在論」というものがあるならば、それはその手紙に直接載せられている伝言ではなく、その手紙を受けとれるひとつの住所であろう。

「褪《あ》せる時のなか」の詩行、「そこにはいつも私がいないのである」は、いったんは或る事実を明示する詩行だ。「光州事態」(3) という出来事が発生したとき、そこにはわたしがいなかったという事実を、自分がいるところ、「そこ」と対比して「ここ」と言ってもよいところについては、その詩行のすぐ後ろでこのように書く。

おっても差しつかえないほどに
ぐるりは私をくるんで平静である。

このふたつの詩行の対比のなかで現れるものは、ごよめきに満ちた「そこ」におらず、平静なここにいるという事実に対する惜しさだ。近づくことのできない距離のかなたで多くの者たちが闘っていて、また死んでいる。その反対にここは、わたしがいようがいまいがべつに関係ないような平静さ、それゆえ「在る」という存在感を感じにくい平静さのなかにある。そのように詩人は出来事の場所である「そこ」と自分がいる「ここ」を最大値に広げておく。そのところで先の詩行がたんに事実だけを叙述するものであれば、若干異なる形で記されねばならない。「そこにはわたしがいなかった」と。しかしたんにこのように記したならば、かなた、日本ではない韓国、包囲されて孤立した都市光州で起こっていることを遠くから観察する者の距離感や、わたしが見ることのできないことを書く者の嘆きの他になにを書けたであろうが？だからなのだろう。詩人は動詞を現在形で書く。この変形を通してこの詩行は過去の或る事実を叙述する詩行ではなく自分のいるいないに対する詩的な詩行になる。そこにわたしがいなかったことに対する惜しさが、この変形を通して表現される。しかしそれだけではない。「そこには私がいない」に留まらず、「いつも」という副詞を、この詩行のなかに差しこむ。なぜ詩人は「いつも」と記したのか？「光州事態」はたった一度だけなのに。これは問題になるものが光州事態だけではないことを意味する。「いつも」という副詞はこの詩行を、そしてこの詩を歴史的に存在した光州事態から分離し、いまだ現れていない或る反復にそって飛躍させる。光州事態のような、自分がいなければならない出来事の「そこ」にいつも自分がいなかったことを、そのような点で出来事の「そこ」と自分が立つ場所の恒常的なずれを表現する。

このように出来事の「そこ」とわたしの存在のずれを「出来事的なずれ」と命名しよう。この詩において「そこにはいつも私がいないのである」が表現するずれは、存在論的なものではなく出来事的なものであり、「そこ」は存在論的な「そこ」ではなく出来事的な「そこ」だ。これはその後に連なる次の詩句でより明らかになる。

ことはきまって私のいない間の出来事としておこり
私は私であるべき時をやたらとやりすごしてばかりいるのである。

「私は私であるべき時」とは、自分が自分の生に忠実であるときだ。自分の存在を生きんとするときだ。ここでそれは「光州事態」のような出来事が繰りひろげられたとき、まさに出来事の「そこ」を生きることであろう。そのような出来事が、だれかが決めていたかのように、わたしがいないあいだにのみ起こるとは、わたしがわたし自身であることができないということだ。わたしとわたし自身のあいだの或るずれや間隙が、惜しさの溜息のなかで現れる。このずれはまだ曖昧模糊としてはいるが、わたしの存在についてのものだ。ここでずれは出来事的ずれから一歩進みでて、存在論的ずれに向かっていく。存在論的ずれの「前兆」のようなものだ。しかしこの詩はふたたび出来事的なずれとして回帰するという点で、これはまだ「前兆」に留まる。その後の詩行において、ただちに時計の針のきざみを通して、ふたたび出来事的ずれへと入っていくからだ。

だれかがたぶらかすってことでもない。
ふっと眼をそらしたとたん
針はことりともなくずってしまうのだ。

ここで「だれかがたぶらかすってことでもない」という詩行は、前の「きまって」という文句を受ける。わざと騙そうとしたわけでもないが、決まってでもいたかのようにいつもわたしのいないあいだに出来事が発生するということだ。出来事的ずれがかれにとってはたんに一回的なものではなく「運命的なもの」であるかのようだということだ。

三、存在論的なずれ

かれの生はこのようなずれの反復であった。なにより金時鐘が一九四五年に迎えねばならなかった「解放」という出来事がそうであっただろう。解放という出来事が到来したとき、かれは「そこ」にいた。しかし前章で引用したように、またかれの自伝的文章で繰り返されるように、当時のかれは日本の植民統治という言葉も知りえず、日本語の歌に込められた情緒に安らかさを感じていた皇国少年であった。解放を意味する天皇の敗戦受諾放送を聞いて、「「内鮮一体」と言われていた大日本帝国への帰属を、近代開化から取り残されている自分の国、朝鮮が開明されることだとむしろ自負めいたものを」もっていたかれは「天皇陛下への申し訳なさに胸がつまって肩ふるわせてむせびました」という。[4] もしかれがいたそのときの「そこ」が出来事的な「そこ」であったなら、そこにやってきた出来事は「敗戦」だったわけだ。他の人びとにとっては「解放」としてやってきた出来事が、かれにとっては「敗戦」としてやってきたのだ。「出来事のずれ」が発生したのだ。

しかしこれは「そこにはいつも私がいないのである」と書いた光州事態のときのずれと同じではない。かれにとって「解放」という出来事は、先に述べた光州事態とは異なり、かれが「物理的に」いる、そこにきた。その出来事の時空間的座標上に、かれは明らかに「いた」。しかしかれは解放という出来事に出会うことができなかった。だからかれは解放という出来事の「そこ」にいなかったといわねばならない。自分がいた「そこ」にかれはいなかったのだ。光州事態の場合、かれは出来事が発生したそこにいなかったのであり、自分がいるところに出来事はやってこなかった。かれの存在と出来事がずれたのだ。その反面、「解放」の場合、出来事は自分がいる「そこ」にやってきたが、かれはその出来事のなかにいなかった。かれの存在と出来事がずれる代わりに、出来事のそこにおいてかれのいるといないがずれてしまったのだ。前者が出来事的ずれであれば、後者はいるといないのずれだ。存在のずれだ。

そのずれの当惑のなかで自分がこれまで存在してきたそこ、またいま立っているそこに自分が存在していなかったことを自覚するようになる。思いもよらぬ出来事が覆いかぶさってきたそこ、自分が立っていたそこは明るい光が差すところであり、明瞭な存在者の規定が与えられたところだ。その規定に同意しようがしまいが、明瞭な規定の存在者たちが互いに関係を結んで生きるところだという点で「世界」であり、その関係のなかでわたしが「誰か」として、ひとりの存在者として生きていくところだ。生の意味を言語が明かしてくれるところだ。わたしが存在する「そこ」だ。ところがそこへやってきた出来事は、その「そこ」からわたしを遠ざける。そこにいるわたしはわたしではないと感じさせる。それゆえ「そこにわたしはいない」と感じさせる深い垂直の距離をつくりだす。光が差すところから光が消えた闇のなかへ押し込められていく。このようにして存在の闇のなかへと押しこめられいてくとき、「存在のずれ」は「存在論的なずれ」になる。

「解放」の出来事において体験したずれが存在論的なずれへと至るこのような事態について、金時鐘は次のように書いている。「暗闇の中の明りのように、言葉の及ぶ範囲が光の内です。このことをハイデッガーは「言葉は存在の住居」と言ったのですが、意識の存在として居座った最初の言葉が、私には「日本語」というよその国の言葉であったのでした」(5)。そのような言語のなかで、その光が差す存在の住居、あるいは「そこ」にあまりにも多情な日本の歌、小学校の唱歌と童謡、抒情歌とよばれるなつかしい歌として近づいてきたという。「そこ」は侵すものの傲慢さをただよわせない歌が、慣れ親しんで安らかに感じられた場所だった。そのようにしてかれは「そこ」にいたのだ。しかし解放の出来事が覆いかぶさってくることをもって、「白日にさらしたフィルムのように私の何もかもが真黒にくろずんでしまって、励んで努めて身につけたせっかくの日本語が、この日を境にもう意味をなさない闇の言葉になってしまいました」。(6)

存在論的なずれとは、まさにこのようなものだ。わたしが存在しているところ、生の意味を通して存在の喜ばしさを与える場に対して感じさせる或る不便さと気まずさ、だれかわたしを呼ぶ者がいて、わたしを心配してくれる者がいるところから、あるいはわたしをしてなにかに向かって駆けさせるところから、いきなりわたしを遠くへ引きはがす或る距離感、わたしを導いてくれる明瞭な光があったところから光が消えた闇のなかへ押しこめられていく或る当惑。そうして自分がいたそこに対して「そこにはわたしがいない」、もっといえば「そこにはいつも私がいないのである」と感じさせるずれ。このずれがそこに-いること(Dasein)の存在論ではなく、そこに-いないことの存在論を開始させる。そこに-いる世界のなかで自分の存在を見るのではなく、そこに-いない世界のなかで、いや世界に背を向けた「そこ」において自分の存在を見る存在論を。光が差すそこではなく、漆黒のような「そこ」において存在を見る存在論を。

出来事的なずれにおいて出来事は「そこ」にあってわたし――存在者――は「そこ」にいないが、存在論的なずれにおいてわたし――存在者――は「そこ」にあって存在は「そこ」にない。出来事的なずれにおいて「そこにはいつも私がいないのである」という言葉は、出来事がある「そこ」にわたし――存在者――がいないことを表示するが、存在論的なずれにおいては同じ詩行がわたしのいる「そこ」にわたしの存在がないことを表現する。出来事的なずれは、わたしが出来事の「そこにいないこと」を惜しむ感応を込めているが、存在論的なずれはわたしが出来事の「そこにいる」にもかかわらず、そこにいないと感じる当惑を込めている。出来事的なずれは「そこ」へとわたしを呼びだすが、存在論的なずれは「そこ」からわたしを遠ざける。出来事的ずれが「そこに」なくても出来事のそこへ行って出来事化できうる力を呼びおこすならば、存在論的なずれはわたしがいた「そこ」から抜けだして闇のなかへと墜落させる力を呼びおこす。

存在論的なずれを通してわたしたちはようやく自分の存在に目を向けることになる。たとえばフランツ・ファノンが汽車のなかで「ほら、ニグロ!」という子どもの叫びに驚いたことがそれだ。もちろんかれは黒人だ。黒人とは対象だ。かれが好もうが嫌おうが黒人という規定を間違いとはいえない。しかしその規定によって捉えられる限り、もっといえば白人たちが作りだしたその規定性に捉えられる限り、かれはたんに一人の黒人であるのみだ。かれらが規定した対象であるのみだ。黒人という規定にかれが驚き当惑するのは、自分がその規定によって、自分の存在がそのように規定された対象へと還元されるという事実による。黒人という規定、かれが暮らす世界のなかでかれに与えられたその規定についてこのように言いたかっただろう。「そこにわたしはいない」。世界性の光が差すそこ、黒人として規定されるそこにわたしはいないと。だからかれはそのような自覚の後に、自分と似た人びとをたんに黒人としてのみ規定する「植民地化され文明化された社会においては一切の存在論の実現は不可能」[7]と述べる。かれが述べる存在論という言葉を深刻に受け止めるならば、存在論とは黒人という規定に対して、「そこにはわたしがいない!」と言うことから開始する抗議として始まる。[8] 存在とはこのようにして或る対象的規定性を消しさる力であるという点で未規定性であり、それと異なる規定性に向かって開いておかせる力であるという点で無数の規定可能性だ。

黒人という規定だけがそうなのではない。医者という規定、男という規定、民族解放の戦士という規定すべてがひとつの規定であるのみだ。それは各々ファノンをそのように規定された対象として見せるだけだ。もっといえばファノンの望みに応えてサルトルが好意をもって書いてくれた『地に呪われたる者』の序文についても、ファノンは「そこにはわたしがいない」と感じていたようだ。(9) 特定の規定をもつあれこれの対象に対して、そのように自分が呼び出されるあらゆる「そこ」に対して、かれはこのように言うのだ。「そこにはいつも私がいないのである」。この規定をすべて足せばファノンの存在が現れるだろうか？　そんなわけはない。存在はそのすべての規定の外にある。そのあらゆる規定を可能にさせてくれるが、そのいかなる規定からも抜けでた外にある。

ファノンだけであろうか？　皇国少年という存在規定、在日朝鮮人という存在規定、共産党員や総連活動家という存在規定について金時鐘もまた「そこにはいつも私がいないのである」と言ったのではないだろうか？　存在はつねに或る規定に抵抗する「そこに－いない」を通して、ひとつの規定のなかに閉じこめる同一性に対する拒絶の沈黙を通して述べる。このような点で存在論はあらゆる規定に対する抵抗であり、あらゆる「そこ」を抜けでる離脱であり、あらゆる同一性を横断する運動だ。

存在論的なずれ、それは根本的に存在者と存在のあいだの差異、ハイデガーが「存在論的差異」と命名した差異に起因するが、それと同じものではない。存在論的差異、換言すると存在者と存在の差異は存在するあらゆるものに内在する。より正確にいえば、存在者はそれに付与された対象的規定と存在の未規定性のあいだの差異が共存する「場所」だ。存在論的差異とは存在の未規定性にもかかわらず存在者がいつも対象的規定性をもち存在するしかないという事態に淵源する。ここで存在と対象、存在と存在者は異なるが、ずれてはいない。存在論的差異とは、ずれがないところにもある。存在論的なずれとは或る対立や敵対、あるいは「反目」や「拒絶」によってその差異が不和と不一致、対立として分裂する場合に発生する。存在論的なずれがあるところにおいて存在と存在者は、ハイデガーの言葉のように互いにもたれかかり互いに支え合い、互いに向かって越えていき、互いを抱いてやり、仲良く共属(Zusammengehören)[10]しない。そこに両者は「ない」や「違う」という拒否と拒絶の言辞で表明される対立、そこにいるわたしとそこにいないわたしのあいだの分裂のなかにある。対象的規定性を拒否し自分の存在へと向かう存在者の運動を、わたしたちは存在論的なずれから発見する。

このようなずれが無ければ、つまり存在者が存在を現わし存在が存在者を根拠づけてやる仲の良い共属性のなかにあるならば、わたしたちは存在に目を向けない。その言葉なき共属性に安住するのみだ。[11]存在が存在者に背を向け、存在の光が照らす安穏とした「そこ」からなにも見えない闇のなかへ墜落するとき(ハイデガーが述べる「驚愕」とはこのような場合に適当な言葉だ)、わたしたちは存在に目を向けはじめる。それゆえに、逆に存在論的なずれこそが存在論的思惟がはじまる契機であると言わねばならない。存在論的なずれは、存在に向かった運動、「存在論的抵抗」の出発点だ。したがって存在論的なずれを経験する者たちのみが、存在論という言葉に値する思惟をはじめることができる。

このような理由から、存在と存在者を調和をもってきちんと集めてやり、包み込んでやるという、見た目にも聞こえもよい共属のなかの空虚な「移行」よりは、ときには強い分裂様相を取りもし、ときには驚愕すべき驚きの形式を取りもし、ときには伯仲した緊張のなかの対決になりもしうる「ずれ」の運動にそって存在論を押しひろげねばならないと、わたしは信じる。いきなり覆いかぶさってきた「無」に驚き、存在に目を向けて存在の光を探しもとめる「帰って来た放蕩者」的な帰還のナラティブではなく、覆いかぶさってきた「無」のなかにはまり込んでいき、その闇のなかで生きていく脱線のナラティブの方が存在論に近いと考える。(12)「言語は存在の住居」であると起源的言語へ繰り返し遡るハイデガーの試みではなく、その慣れ親しんできた言語から闇へと墜落するずれの経験のなかで、多感な少年期をゆがめ育てた日本語の情感、韻律を自分で切って、自分が編み出す訥々とした日本語をもって、自分を育てた日本語に報復するのだと誓う金時鐘の試みこそ、存在に近づける道であると信じるのは、これゆえだ。

四、ずれの思惟、詩集『新潟』の編成

『新潟』にはかなり異なる感覚で彩色された異質的な諸要素が混じっていて、どの角度で切断するのかによってかなり異なる層状の地層があらわれるだろう。わたしが選択した角度でまず最初に目に入ってくるのは、みみずと蛹、啞蟬のような未分化状態に近い動物たちだ。この動物たちに留まらず、詩人は分化を遡っていくプロセスを、地質学的断層のなかに沈んだ砂利にまで押しすすめる。翡翠の夢の代わりに溶鉱炉のなかで溶ける溶岩の道を進もうとする。石という無機物と生命をひとつの連続体として結ぶものは化石だ。これは金時鐘の別の詩において「化石」やシーラカンスのような地質学的生命体がしばしば登場することと無関係ではないだろう。このような地質学的思惟が『新潟』では「故郷」や「帰郷」すら根本から考えなおさ

せる驚くべき力をもって展開する。ドゥルーズとガタリの概念に慣れ親しんだわたしの目には、マイナー言語とともに、動物に－なること、砂利に－なることを経て「器官なき身体」へと押し遡っていく潜在化の線が、かなり鮮明に見える。しかし『新潟』全体を貫通して数多くの詩句を縫いあわせて一貫性を与えるものは、やはり存在論的ずれを通して存在自体にまで押しさがっていく存在論的思惟の運動だ。したがってわたしはこの存在論的思惟にそって、この詩を読もうとする。これを通じてのみ、他の解釈の諸要素もまたそれぞれの席を探しだすだろう。

詩が長く、扱われる素材や内容の偏と幅がかなり大きいので、全体的な構図を描いて、それを地図にしていかないと道を失うだろう。全体は三部で構成され、各部はすべて四篇に分かれている。このような編成も、各部における篇の配置も、かなりしっかりと編まれている。第一部は帰国センターがある新潟(13)に至る前の「わたし」の行跡を扱い、第二部は済州島四・三抗争の記憶と浮島丸事件(14)の記憶を、第三部は帰国運動や帰国審査をめぐることを扱う。第一部と第三部は帰国運動と直接つながるのに反し、第二部をなぜ中間に入れたのかと疑問に思うならば、浮島丸が日本の敗戦直後に故郷へと帰ろうとする朝鮮人たちを乗せたまま爆破し、海に沈んだ船の名であることを想起すればよいだろう。であるならば四・三抗争で死んで海に埋葬された人びとがそれとともに束ねられ扱われていることも簡単に納得できるはずだ。(15)海を越えることができず海に埋葬されてしまった人びとの記憶、その過去を「いま」再び故郷へと帰る帰国運動真っ盛りの新潟に呼びこんだのは、ただ海と沈没の類似性のためであろうか？　あるいはその帰国運動の帰着点に対する何らかの不吉な予感のためであろうか？

次に各部の内容について述べよう。第一部で扱われる事実をみれば、日本密航、朝鮮戦争で使われる武器製造工場で働く労働者、その日本で行った六・二五〔朝鮮戦争〕に対する反戦闘争

のエピソード、そして帰国センターなどだ。篇別にみれば、

第一篇は定められた道を行くのではなくみみずになって、無き道をゆく「雁木のうた」だ。(16)

第二篇はそのみみずが生存の圧力のなかで他人の血を吸う蛭になる変身を扱う。

第三篇は蛭とみみずの二極が、ひといきに糞をして内臓の安易を追求する自分と、糞をできないまま腹にもっている自分、すばやく適応する者とできない者という分身の話へと置換され再び扱われる。

第四篇は蛹へと変身した「ぼく」に開かれたふたつの相反する道が「女」と「妻」という人物と重ねられ描かれる。

簡単に図式化すれば、「みみず→蛭→糞をめぐる分身→女と妻」と要約できる。ヘーゲル的な弁証法に親しんだ読者ならば、最初の矢印においては「対立物への転化」を読みとき、ふたつ目の矢印では「外的対立の内的対立への転化」を思い浮かべるかもしれない。しかしその次が難しい。そのような内的対立を止揚するなんらかの和解や総合が登場しないからだ。『新潟』のごこにもそのような総合はない。対立を止揚するすっきりした弁証法などはない。詩の展開から発見されるものは総合に向かう運動ではなく、むしろ分裂に向かう運動だ。みみずと蛭、簡単に糞する者とできずに保つ者という分裂した形象は、ずれを含む「ぼく」の分身だ。このような分裂や「分断」を越えるために「ぼく」は分化以前の状態へと遡っていく。それはより高い次元へと上昇するなんらかの和解や総合ではない。出口を探すために分化の過程を遡る下降運動だ。

第一部が伯仲した緊張のなかで湧き上がる存在者のずれを扱ったならば、第二部では二種類

の海を、その海の「分裂」ないしずれを扱う。そのひとつが存在者の個体性が消されて回帰する存在自体としての海、深淵としての海ならば、もうひとつは生活と生存世界へと呼びだした海だ。世界外の闇である海と世界内の海だ。詳しく見れば、

第一篇は浮島丸が沈没した海、その暗い深淵に対する詩だ。

第二篇は四・三抗争のとき、人びとが死んで埋葬された海、夜に連結した深淵としての海を扱う。

第三篇は生存のために巨大なる生け簀になってしまった済州島の海を扱う。

第四篇は沈没した浮島丸引き上げ作業で騒がしくなった海を扱う。これもまた生計の場になってしまった海という点で第三篇の海と同一だ。

一言でいって、四篇すべてが「海」についてのものだ。浮島丸の海と四・三の海が各々二度反復して扱われる。この反復を通して二種類の海が対比される。ひとつの出来事をめぐるかなり相異なる海へと分裂する。第二篇と第三篇を分かつ線を軸に世界から切り取られた深淵としての海（第一篇、第二篇）と世界のなかに引き上げられた海（第三篇、第四篇）のあいだの対立が明らかだ。深淵としての海と世界としての海、潜在性（記憶）のなかに留まったままの現実のなかに存在している出来事の[17]海と生活の場として醒めた海、闇自体としての海と「世界」としての海、沈む海と引き上げられた海が明らかに対比されている。このような対比と同時にこの対比を各々の海すべてに備え置くために、詩人は四篇の配列に「抱擁韻」を連想させる幾何学的対称性を導入する。済州の海――浮島丸の海、浮島丸の海――済州の海。

ここで四篇をおおまかにふたつに分かつ線は存在と存在者のずれを表示する。存在者の個体性が消えてゆく存在自体としての海と、生存競争が支配する世界の一部になった海のあいだの

ずれを。海自体からわたしたちは再び存在と存在者のずれを見ることになる。このふたつの海のあいだの間隙において、そのずれのはざまにおいて「海の／深い／溜息」（一三九〔本章での『新潟』の引用は『金時鐘コレクション』Ⅲの頁数で表記する〕）が風になってもれてくる。「海鳴り」（第二部の題名でもある）がもれてくる。世界のなかへと引きあげられた海を見て、海のなかに眠った死者たちが、いな、海が、「そこにはわたしがいない」と言ってつく溜息であるのだ。

次に第三部であるが、第一部と第二部で潜在的なものの層位で扱われていた帰国の問題が現働的なものとして全面化される。各篇を見ると、

第一篇は帰国船に乗ろうとする者たちの思いを真摯に、そして肯定的に叙述している。

第二篇は「種族検定」を通して日本刑事と「ぼく」が「犬」という同形性をもっていることを確認する出来事を扱う。

第三篇は帰国審査場でぼくが見る「ぼく」と、かれらが見る「ぼく」のあいだの間隙を、「北の直系」であることを信じるぼくと「犬」とみなされるぼくの非対称性を扱う。

第四篇は「声が声とならない世界で」（一四二）唖蟬になることを選択する「ぼく」の思いを展開している。

ここでまず目につく対比は、第一篇と第二篇の文体上の間隙だ。第一篇では帰国船に乗ろうとする者たちの心情がずっと憂愁ただよう文体で真摯に叙述されていた。その反面、第二篇では帰国運動とは無関係にみえるエピソードが、あたかも一篇のコントのように、ドラマチックな話にそって苦々しさを残すユーモラスな文体で描写される。このような文体上の対比は「飛躍」に見えるほど画然としているが、これによって真摯で重かった詩の雰囲気がいきなりひっくり返る感じすら与える。しかし第一篇で帰国しようとする同胞や帰国運動に対して真摯に書

くこと〔の理由〕を、第二篇でこのようにひっくり返すためだと言うことはできない。第一篇の真摯さは帰国船をめぐる世界が、まさにかれ自分が属した世界であることを見せてくれるのだ。第二篇もまた「ぼく」が属していたと信じた同胞たちの世界で起こったことだ。しかしそのエピソードは自分が属していた世界からの拒絶を、その世界と「ぼく」のずれを示してくれる。これは「ぼく」が属した世界を深く信じたがゆえに（第一篇の真摯さ！）よりいっそうリアルなずれだ。

第三篇もまた自分が属していたと信じた世界と「ぼく」のずれを扱う。しかしここではそれが「ぼく」と世界のずれよりは、ぼくが信じていた世界の分裂を通してそれが互いにずれたふたつの世界であったことを見せる。それはぼくが想像していた世界と現実世界のずれであり、ぼくが自ら信じていた「ぼく」と、ぼくが選択した世界のずれでもある。第二篇と第三篇の対立も、若干異なる意味においてであるが、よくある言い方でいえば「外面」と「内面」の対立だとも言えるだろう。他人の視線によって規定されたぼくとぼく自身が見るぼくの非対称性。

しかしこれは第二篇、第三篇すべてで同じように反復される。

第三部全体において自身が立つ場所、同胞らとともに自分がそこに－いると信じた位置において同胞たちに対して「犬」となって殴られるという驚愕のエピソードは重要だ。「そこ」にはぼくがいないことを体感するこの強力な経験が、第三篇における「あいつ」と「ぼく」の分身が再び登場することや、第四篇で啞蟬になることを選択することに強烈な説得力を付与する。ぼくがいると信じていた「そこ」に、ぼくが属していると信じていた世界のなかに、ぼくがいないと感じる存在論的ずれにまで進みでていけたのは、これと無関係ではない。これが詩人をして「あいつ」と「ぼく」という存在者のずれよりももっと進みでて、「あいつ」がしたがう世界と、それにしたがわない「ぼく」のずれを越えて思惟を押しひろげていかせたのだろう。これは分断や分断を越えることを存在論的問題として理解せねばならない理由でもある。

五、みみずから蛹へ

『新潟』第一部第一篇で「ぼく」はみみずになる。いや、それ以前にかれは豹のような夜行性動物になったが、「むける牙ももたぬまま／手脚をもがれて／這いつくばり」(三〇)、結局「故郷が／いたたまれずにもごした／嘔吐物の一つとして／日本の砂に／もぐりこんだ」(三四)。そうしてそこでみみずになった。

明りへの
おののきは
太陽までを
いみきらう
日陰者に作りかえたのだ。　　(三一―二)

「ぼく」はなぜみみずになったのか？　それは目に見える道、前こごみに歩まねばならない道を抜けでるためだ。「カービン銃の下を／前こごみに／歩まねばならぬのなら／そんな道は／犬にでもやるがいい！」(二二)。また「ドル文明を／照らし」(二七)だした光を避けるためだ。そのようにして光がまぶしく照らす道ではない別の道を探すためだ。豹になった理由もまずはそれだ。「夜行性動物への変身は／一切の道を／必要としなかった」（二二）がゆえにだ。みみずも夜行性動物も、すべて明るい光に対する拒否、そのような光が照らす文明に対する拒否を表現する。その光に反応する目すら捨て、這う腹で感じる感触で「さぐりながら」生きる者、全身で闇のなかを這う者になる。

詩人は詩がはじまるやいなや「目に映る／通りを／道と／決めてはならない。／誰知らず／踏まれてできた／筋を／道を／呼ぶべきではない」（一七–八）と明確に表明する。目に見える道、それは金に、文明に飼いならされた者たちの道であり、うなだれる生に飼いならされた者たちの道だ。「かこわれた／通路」（二三）だ。かれはそのような道を信じない。そのようにして「うなだれる／白昼の濶歩より／跳梁を秘めた／原野の／夜の／徘徊を」（二三–四）選択し、豹のような夜行性動物になり、「光感細胞の抹殺をかけた／環形運動を／開始」（三六）し、みみずになる。

これに対し、よく知られているように、四・三当時の済州島で豹のように地下活動家になって生き、そののちに小さな船に潜んで密航せねばならなかった詩人金時鐘自身の生を隠喩的に表現したものだと言えもする。しかしただそれだけではない。この詩において「ぼく」や「少年」の痕跡は、詩人の過去とぴったり一致しない。つまり「ぼく」や少年は金時鐘詩人の生を資源にしているが、別の行跡が混ぜられてかれの個人的行跡から充分に抜けでた、ある「だれか」になってわたしたちに近づいてくる。つまり詩においての「ぼく」は詩人の経験を再現する人物ではなく、詩人と隣接した「あるだれか」、「これこれというだれか」という非人称的特異性をもつ人物だ。それゆえに詩人の生に隣接するとはいえども、「ぼく」は虚構に属する。しかしこのとき「虚構」とは、現働の現実以上に現実的な虚構であり、実証的真理以上に真実な虚構だ。現実にはない虚像ではなく、ある特異性を凝結させるために増幅され変形され創造された文学的実在だ[18]。詩人以上に強い実在性をもつ現実の一部だ。オリジナルを超過する説得力をもつ真実なる虚像だ。その「ぼく」は詩人と並んで進むが、ときには遠ざかり、ときには重なり、ひとつの文学的生を創造する。これは他のあらゆる詩に対しても同様だ。

詩人はこの詩を書き、みみずになる。みみずになるということは、見るために目をつむることであり、聞くために耳を塞ぐことだ。これをもってして、見えることの世界、簡単に見えて簡単にわたしたちを捕えるものたちから抜けでて、見知らぬ世界、見えない地下世界、地質学的な土のなかの世界へと入りこむ。簡単に見える代わりに困難を通して体中で感知して生きることだ。もし、詩人とは見えないものを見えるようにし、聞こえないものを聞こえるようにする者だというならば、みみずになるというのは詩人としては避けえない宿命のようなものでもある。次の詩句ほどみみずになろうとする詩人のこの宿命と正確に共鳴するものはない。

詩－暗中模索
手繰るために目を閉じる[19]

これをもって「ぼく」は分断を越える新しい道を探しに踏みだす。地図上に引かれた境界線ではなく「地層の厚みに／泣いた／宿命の緯度」(三六)を、目ならぬ体で手繰って探しだそうとする。船に乗って遠くを回り三八度線を越えるのではなく、腹で這って自分がいま生きている「この国で越えるのだ」(三六)という〔韓国語で船と腹は同音〕。「皇国少年」であった詩人にとって光を避ける「みみずの習性を／仕込んでくれた／最初の／国」(三四－五)で、みみずになり、地のなかで道をつくり、地層の厚みをもつ緯度を越えんとするのだ。

しかしみみずとして生きることは決して簡単ではない。みみずも食っていかねばならないから、道を求め地のなかを行き来しているだけではいられず、詩人も食っていかねばならないから目をつむって手操っているだけではいられない。いやでも食っていくための費用と利得を計算し、雇用主がいうことをしなければならない。これは分裂した生へといたる。

第一部第二篇は生存のために部品をつくる在日朝鮮人の労働描写から始まる。そこでつくられる武器は自分たちが去ってきた国、戦争のなかの朝鮮において使用されるものだという点でアイロニーだ。「これしきの／ことで／炸裂／する／朝鮮／の／空／は／妙な／空／だ」（四〇）。

しかししばしばそうであるように、自分がつくったものがだれを殺すのかについて悩みはせず、そのような理由で労働を中断することはない。それがいかに使われるかは、労働する者にとってべつだん関心対象ではない。ただひとつの関心事は、いくつ生産していくら稼ぐかだ。そのような点で「彼氏／すっかり／ごきげんである。／強度の近視眼」（四一）だ。「その眼が／計算を／けずっている。／これで／三〇〇個。／もう二時間もねばりゃあ／あいつのつきあいは／浮かせる／勘定だ」（四二）。

かれらだけそうだと言えるだろうか？　否だ。食っていくために計算して労働せねばならないのは、みみずになることを決心した「ぼく」も、詩を書く詩人も避けえないことだ。「光感細胞を／切りとったところで／なが年の習癖を／ごうしようというのだ?!」（四四）。だから「あいつ」は「きまって／身じまいをただし／ぼくを／抜け出る」（四五）。いや、それよりまず「あいつ」は「彼氏」と同様に、すでに利潤を計算して仕事している。「際限ない数字の／

虜」（四八）になって。そういうふうに自らみみずから抜けだす。

ぼくの
みみずからの
脱皮は
蛭への
変身かも知れんのだ！

（五二）

食うための労働というが、それが別の者の頭の上で弾ける爆弾ならば、その生存は他人の血を対価にして維持されるものだ。しかもそれが朝鮮の空で弾けるものであれば。そのようにしてかれは自分が他人の血を吸って生存する者、資本主義的吸血の世界に参与するもうひとつの吸血者としてその世界に存在しているのだ。

ぬかるむ
湿気のなかで
這いずりまわる
ものがいる、いる！
いる、
いる。

〔……〕

黒光る
蛭が
い、
いる！
近視眼の
おぼつかない
視力に
全身
蛭と化して
たかられている
俺
が
い、
いる！

（五二－四）[20]

ここで詩人は「いる」という動詞を意識的に独立させ繰り返し書く。ぬかるんで湿った世界のなかを行き来するものがいる、蛭がいる、近視眼の視力で蛭になり、たかられている俺がいる、と。中間で反復する二度の「いる」は前の詩行にも後の詩行にも両方作用し、「いる」をかなりはっきりとさせる。そのような困惑のなかで自分は蛭になり「そこにいる」。世界のなかの「そこ」に、生存の世界のなかにそのように存在しているのだ。もちろんかれはそこにのみいるのではない。今なお蛭ではないみみずとして、地中の闇のなかを全身で這って生きている。蛭が「いる」と強調し繰り返す言葉は、自分がそこに－いることに対する強い距離感の表現であり、自分がいる「そこ」に対する強い違和感の表現だ。「あいつ」は「そこ」で蛭になっていて、「ぼく」はみみずとして「ここ」にいる。ここで「そこ」は同意できない距離のかなたを表示する。「ぼく」とあいつのあいだの距離を表現する。これは一人の「ぼく」が経験するずれの表現だ。ひとつの存在者のふたつの規定のあいだのずれだ。これを「存在者のずれ」と命名しよう。

第三篇では資本主義ではなくそれに対抗する運動、具体的にいえば「吹田闘争」という朝鮮戦争反対闘争の過程で再び分身の形象で、分裂した「ぼく」を扱う。存在者のずれを。食っていくために体制に適応して生きる領域のみならず、反体制的運動をする過程において再び「ぼく」とあいつの分裂と直面する。「ぼく」とあいつのずれが、単に生存のための生の領域に極限されるのではなく、体制批判の活動を通しても自動的に越えていけるわけではないことを意味する。批判的な活動、抵抗的な運動のなかにも「存在者のずれ」があるのだ。

ここで存在者のずれは脱糞(排便)と関連したユーモラスな分身の形象をとる。前の第二篇で蛭が食っていくためにみみずから抜けだしたのならば、今回はその反対に食って排泄することによって「あいつ」が「ぼく」から抜けだしていく。吹田事件、朝鮮戦争に使用される武器を運搬する列車の運行を中止ないし阻止する闘争だ。先に蛭になって抜けだした「ぼく」が働いていたところ、朝鮮戦争に使用される爆弾をつくっていた「ぼく」と正反対の地点に位置したところだ。そこで「ぼく」は急に用便の欲求におそわれる。命をかけた闘争の渦中に引き迫ってきた用便という避けえない身体的欲求において、かれはそのように自分の不便さをさっさと排泄してしまおうとする欲望の存在を強く自覚する。[21] 「日本で/同胞殺戮の/砲弾に挑んだ／憤激を／人知れず／汚《よご》した／消化不良の／黄色い斑点」（七二）、それは闘争に残った汚れた汚点のようなものだ。しかしながらそれは生存のための食欲と同じくらい避けえない身体的欲求だ。だからたんに汚いとは非難できない欲望だ。悪徳とみなして剥がしとることのできない「ぼく」の一部だ。それゆえにかれは「ぼく」の分身だ。糞はそのように再び存在者のずれへと「ぼく」を押しすすめる。

まとも
用が足したい。
通じをこらえとおすのは
韓国だけで
沢山だ！
（六六―七）

不便なものを排泄しようとする欲望は、異なる者たち、もっといえば今対面している日本の警察たちであっても変わらない。「ぼくのもよおしが／日本のポリスとの／しかも／同じ装束の／敵との／対峙のなかで／想起されて」（六二―三）いるのだ。これはいつのまにか「ぼくの／日本に居らねばならない／理由の／大半が／排泄物の／放棄所に魅せられた／魂のせい」（七一）ではないかという考えにつながる。そのような排泄への欲望が「奴らにさらされた／地点で／こうも／逼迫と／もよおしてくる」（六七）という事実が、さらに困難なことなのだ。

戦争共犯者の

日本に
居て
自己の
やすらげる
穴ぐらだけを
欲している
この臟腑の
みにくさはごうだ！
（六八）

排泄がこのように臟腑のみにくさとして発展しつつ、それと異なる自分の姿もまた存在することを逆に見ることになる。「夜来の排泄物を／蔵したまま／ここ十年／直腸硬塞にとりつかれているのも／あいつが／先ばしった賜物であるとは／言えないか?!」（六四―五）。そうして「ちかくなった／もよおしのため／先頭をき」（六五）って「あいつ」と反対側に「溜まりっぱなす／便秘に／歩をにぶらしてい」（六六）る自分を見ることになる。糞を身体に込めて耐えようとする欲望と、ただちに出してしまいたいという欲望が、ふたつの欲望のあいだの間隙が、自分の生のなかに内在しているのだ。

ただちに腹のなかに溜めた苦痛を排泄してしまおうとする「あいつ」と、長い間出せないでいる便を腹のなかに溜めたまま「ためらっているだけのぼく」、このように対比される両者は、じっさいのところ排泄の領域に留まらない。それはむしろどんなことであれ「先ばしるあいつと遅れるぼく」の対比だ。排泄能力の差はさっさと世間に適応するわたしとそうできないわたし、世間の視線にさっさと合わせて生きるわたしとそうできず自分の視線に愚直なわたしの間隙をみせる提喩であるのみだ。あいつがそのようにさっさとできるのは、体が軽いからであり、「身軽いのは／すでに／脱糞をおえたからだ」（六〇）。

嫌でも簡単には投げ捨てるわけにはいかない汚点であるがゆえに、この分身はともすれば詩人自身が常に抱いて生きねばならないずれの形象だ。みみずと蛭という存在者のずれは、さっさと出す者とそうできず持ちこたえる者という存在者のずれへと変換され反復されている。これは第三部第三篇で装いだけが中身である世のなかで装う日日を生きる（二二五、二二八）あいつと「魅惑の／資本主義に／尾羽打ち枯らした／自己の／ゆるがぬ純血度」（二一八）を信じた「俺」の分身へと再び変わって反復する。

このような「存在者のずれ」は単に詩人だけに限らない。雇用主の前で生計の重みで下をむく労働者と仲間たちの連帯感によって正面をむく労働者のあいだ、生存のための「転向」と「転向」によっても消せなかった砕けてしまった信念のあいだで経験するずれも、このようなものだ。多少緩い基準でみれば、じっさい存在者のずれを経験することはありふれたことだ。あらゆる問題を根本から再び見ようとする活動家と組織の大勢に沿いつつ自分の影響力を確保しようとする活動家のあいだで、義務に忠実な規範的な市民と自己欲望にそって権利を行使しようとする市民のあいだで、だれでもこのようなずれを経験する。日帝強占期〔朝鮮が日本の植民地支配を受けていた時代〕であれば、生存のためにあらん限り従順になって生きる帝国の臣民と自分が選択した大義にしたがい隠密な抵抗の道を選択した潜行者のあいだのずれもまた、多くの者たちが避けえないことだった。ときにはあることから別のことへと動揺したり移動したりし、ときにはあれかこれかの選択肢の前で決断もする。わたしたちはそのように互いに衝突する「わたし」の規定を通して存在者のずれを生きる。

「存在論的ずれ」は存在者のずれではない。存在論的ずれは存在者の規定のあいだで動揺したりそのようなずれを抱えて生きることではなく、自分がいると信じた「そこ」にいつも自分がいないという根本的な覚醒として近づていくものであり、困難さを避けるために移っていく別の場所を喪失したまま真っ暗な闇のなかへと、存在の深淵へと嵌りこんでいくことだ。解放という出来事を通してであれ、植民地主義に対する怒りゆえであれ、「皇国臣民」という存在者から抜けでて「愛国市民」へと移動した者たちは多かった。「解放された」国においても生存のために空気を察して適応するわたしと真実性に追うわたしのあいだを行き来して生きる者も多かっただろう。しかし金時鐘のように自分が生きてきた皇国少年の生自体、自分がそのようにして立っていた位置自体を喪失し、闇のなかへと嵌りこんでいった者は多くはなかっただろう。前者が存在者のずれを生きることであれば、後者は存在論的ずれを生きることだ。だれかの生になんらかの根本的な「深さ」なるものがあるならば、それは存在のこの暗い深淵と関連したものであるとわたしは信じる。それゆえ真に根本的な問題は存在者のずれを存在論的ずれにまで押しすすめられるかどうかである。

ところで先に言及したみみずと蛭、さっさと出す奴やそうできない奴のあいだのずれは存在論的ずれへと進みがたい。蛭やさっさと出す奴は、押しのけて選択したものであるがゆえに、最初から同一化しがたいかなたにいるからだ。「あいつ」という表現は、既にその距離を含蓄する。対比される「ぼく」は「ここ」にいる。みみずやさっさと出せない者がいる側に。あいつがいる「そこ」はぼくがいたくないところだ。だから「そこ」にぼくがいないと驚愕することは起こりがたい。存在論的ずれへと押しすすめる分裂や分化は「ぼく」がいなければならないと信じる「そこ」にぼくがいないことを発見するとき発生する。これはぼくが忠実に信じていた世界と「ぼく」のあいだのずれだ。この詩の第三部で見ることになるずれがまさにこれだ。その反面、第一部のずれは、ぼくが選択した「ここ」から「あいつ」が抜けだすものであるがゆえに、そのような世界となんらかの不和を経るとしても、それは「そこにぼくがいない」と感じがたい。

にもかかわらず存在者のずれが産出するこの分身のドラマを、第一部からかくも繰り返し展開させてきたのはなぜなのか？　もし「あいつ」を「悪」と非難し切りとる通念的な道徳的二元性が思い浮かぶならば、あいつが切りとりえないぼくの一部だという事実を再び想起するのがいい。ここでも問題はふたつの分身のあいだの距離を捉えることだ。「日本列島の／縦の深みに／しりごみがちな／ぼくと／その深みに／すっぽりもぐりこんでいる／あいつとの／距離を／〔……〕／捉えなおそう」（七三―四）。そのずれが簡単に消え去ることはないであろうし、その距離が簡単には消滅しえないならば、切りとるのではなく、その分裂した両者すべてを抱えて生きる方法を探さねばならない。そのようにしてそのずれの間隙から速く駆けていく身体とためらって持ちつづける身体を、すべて抱え、確固に見えるものとためらわせるもののあいだに見えない道を探しだそうとするのだろう。

保障された
一切が
ぼくには
苦痛なのだ。

それがたとえ
祖国であろうと
自己がまさぐり当てた
感触のあるものでないかぎり
肉体はもう
あてにはしないものなのだ。
（七四－五）

これをなすために「ぼく」はもう一度変身を敢行する。分裂や分化以前へと遡っていく分身を。これはみみずに回帰することではない。それはただちにもう一度蛭へと分裂することが明らかだからだ。それ以前へ遡らねばならない。

第一部第四篇のキーワードは蛹と小石だ。蛹をめぐって、蛹を緋鯉の餌にする「夫人」、餌としての生き方を避けるために自ら「飼育」した主人である「女」が登場し、小石と組になって「妻」が登場する。これらを通して新しい道を求める「ぼく」は雁木の道へ、河を分かつ分水の道へ、そうすることをもって海を埋めたりえぐったりして地形を変える道を行く。

第四篇で「ぼく」は蚕の繭のなかの蛹になる。蛹とは分化される以前の状態だ。蛹になるということは分化された有機体から未分化の卵へと遡っていくことだ。「未分化の／軟体物」（八八）に向かっていくのだ。分化するということは受精卵や種に潜在したものが展開し、蝶になり鳥になり花になることだ。自分が「蝶でありうる」（八三）ことを証かすのだ。分化とは、おおよそ「硬石《ひすい》」のように輝く生に対する夢にしたがいゆくことであるが、そうできない現実のなかで、よくやったところでイミテイションになってしまうものでもある（九三）。また分化とは受精卵のある部分が頭になったり手になったりすることだが、それゆえ胸になりえず足になりえない状態に進むことだ。越えることのできない分割の状態へと進みでることだ。南と北の分断も、「在日朝鮮人」と「在日韓国人」の分化もそうであろう。蛹になるということは、分化と逆にそのような分割以前の状態へと遡っていくことだ。まだ分化されていない潜在性の状態へと。器官化された状態から器官以前の状態へと、「器官なき身体」（ドゥルーズ＋ガタリ）へと。南北の分断のみならず、蝶と蛾、翡翠とイミテイション、あるいはみみずと蛭を分かつ分割以前へと戻ることだ。

蛹《さなぎ》への
停滞だけが
彼我の価値を
一《いっ》にしうる。（七八）

したがって蛹になるということは、現働の規定性から抜けでて、なんらかの規定以前の状態へと戻ることだ。存在者のあいだを移りゆくのではなく、規定された存在者から存在者の存在へ向かって、未規定的存在に向かっていくことだ。ここで蛹はひとつの規定された対象ではない。その規定性から離脱していく地点を表示する。ある存在者が対象から存在に向かって進んでいく運動の方向を表示する。

分化以前へと遡っていくということは、分裂なき世界、分裂以前の楽園へと戻っていく純真な夢想のようなものでは決してない。分裂以前へと戻っていって卵に留まりつづけ、未分化状態に留まろうとすることは不可能なことだが、もし可能だとしてもそれは自閉的な退行にすぎない。それは分化した世界を越えていくのではなく、それに負けることであり食われることだ。

蛹に遡っていくことは、現働的な世界から、たとえば分裂や「分断」へと帰着した世界から異なる世界へと行く道を探しだすためだ。しかし蛹になった「ぼく」は、まず緋鯉の餌になる危険に対面する。餌としての蛹は未分化の状態へと行く道ではなく、ひとつの規定された対象だ。「餌」という対象だ。「蛹の／大群を／小脇にして／夫人は／艶然と／笑った。／春は遠いのよ」（七九－八〇）。蛹を食べる緋鯉は第一篇の蛭のように、異なる者の生存可能性を食って生きるという点で「眺められるだけの／屈辱のなかで／ぱくついていた」（八二）。それは餌になってしまう蛹と対称的なペアだ。「春は遠いのよ」と笑って蛹をすりつぶして緋鯉に与える「夫人」は、このような関係を媒介する人物だ。しかし緋鯉の餌になる「蛹の命運を／拒否すること」と「緋鯉を憎みきること」（八五）を同一視してはならない。敵を憎悪することは、きちんとした生の証拠ではないからだ。餌の危険を憎悪し、分化以前の蛹になる道を放棄してはならない。異なる道を、蛹として生きていく別の道を探しださねばならない。

餌を与える「夫人」のかわりに、蛹である自分の生を導く「女」を新しく飼うのはどうか？「そう！／あの女自身を／飼いきろう！」（八五－六）。それこそが餌として飼われることに徹底して背くことだ。「すべての／飼われるものとの／連帯に徹する／背徳こそ／望ましいのだ」（八五）。しかしこれは餌の危険を避けようと「忍従の／極致がおりなす／主従関係の／倒錯」（八六）だ。「完全に／女が／ぼくを支配するとき／はじめて／主人でありうる／ぼくの日が／約束される」（八六－七）という錯覚。緋鯉の餌として与える夫人のかわりに選択したこの女において、資本や国家装置の餌になる生のかわりにそこから抜けでるために自ら選択した指導者や組織を思い浮かばせるのは、ただ詩人の生を詩に再び投影するからだけではない。二十世紀の歴史が見せるように、組織の指導者とはまさにその組織に属した者たちが、自らのために「飼った」偉大なる主人ではないのか！

最初から蛹になったのは、分化した選択肢のかわりにその選択肢から退いて、根本において再び道を探すためだったので、新しい主人であるこの女との関係は、きっと長くは続かない道だろう。結局「中味の変質を気にする／女の／耳もとで／蛹が／はねた」（八七）。詩人が現実においてそうであったのと似て、『新潟』の「ぼく」もまた自分が飼っていた主人から離脱する。「女の象徴に／とって変わる／正体を／さらして／白日に／おどり出たのだ！」（八八）。このような離脱はしばしばそうであるように裏切りであると非難されがちだ。「まあ！　同類だわ！」（八八）。結局蛹になって「未分化の／軟体物」（八八）になり、別の現働の世界を探していたかれは、そのように「放りあげ／虚空に屈折する／原色の／翅」（八八－九）になってつぶされてしまう。

分化したもの、分断したものから退いて選択した蛹は、また別のふたつの分化した選択肢へと押し分けていったわけだ。「夫人」の手で緋鯉の餌になるのか、あるいは自分が飼った「女」にしたがって倒錯した主従関係に服属するのかという選択肢。しかし「ぼく」は、この「あれかこれか」の選択から抜けでて、再び蛹に向かって潜在化の線にそって、さらに遠くへ遡っていく。蛹や卵、あるいは有機体の軟体物以前、有機物と無機物の分化以前にまで。そこで「ぼく」はついに小さな石になる。餌になりもせず、食べられないために闘って新しい忍従を耐える必要もない、あるものになる。

清冽な
急流に
まかれ
のたうち
安息は
小石となって
沈んだ。

（八九－九〇）

六、故郷の生物学、帰郷の地質学

小石になって沈んだ「ぼく」の前に現れたのは妻だ。ところでその妻は「古生代の／しずもりのなかで／佇んでいる」（九〇）。その古生代のしずもりのなかでかれを呼ぶ、帰ってこいと。ここで注目すべきは妻が帰ってこいと呼ぶところが「古生代」のしずもりだという点だ。なぜいきなり「古生代」なのか？　これ以降、地質学的諸用語が前面に登場するのをみれば、なんらかの「遠い状態」を意味する単純な隠喩ではない。

妻は「閉じこめられたものは／出るべきだわ」（九〇－一）といい、それは拘束をひとつひとつ蹴散らしていた「ぼく」としては当然に受けいれることのできる言葉だ。地質学の話が出たので、その言葉を経て閉じこめられていた天然ガスが出て、空中に広がっていく姿を思い浮かべもできる。そのように「地盤がゆるむ」（九一）形象を解放のイメージとするのはよくあることだから。しかし妻はその反対に行く道を提示する。

あなたこそ
埋もれるといいわ！　　（九二）

古生代の地層に埋もれろということだ。じっさい「ぼく」は告白する。燃焼して上っていく「日本瓦斯の／メタノールに魅せられて／沈んだのは」（九一－二）まさに自分であったのだと。だが、古生代の地層のなかに埋められればいいという言葉は受け入れがたい。「なんてひどい」（九二）。それゆえ地質学的分断を意味する「フォッサマグナの／急流に／さらされ／〔……〕／お前への／愛を／お前は／お前で／つちかうべきではないのか？」（九二－三）と反問する。[22]

古生代の地層へと入って埋もれることを「退行」と見なし、「絶望」や「虚無主義」と非難するのはどれほどありがちなことか？　その反対に、ずれとして現れた失敗を踏みしめ、直ちに新しい「対案」を探さねばならないというのは、変革を夢見る「左派」たちにとって一種の強迫のようなものだ。分断がつくりだした急流のなかで、反対に輝かしいある愛のためにお前はお前なりに始めなおさないといけないという反問（九二－三）は、このような意味で投げかけるものであったろう。失敗した位置で、再び簡単に見える希望に向かって「姫川の硬玉《ひすい》」（九三）に向かって進むこともまた、ありふれたことだ。そのようにしてわたしたちは存在者のあいだを移っていく。

しかしそれは「落とし児」であり「イミテイション」であるだけだと「ぼく」はよく知って

いる（九三）。「蝶でありうる／証」のために「舞い狂う／蛾」（八三）の運命を、かれは既に十分に見たのだから。それゆえ小石として沈んで、再び輝く石を夢見るよりは（「硬玉《ひすい》への／変質に／望みを賭けた／稚拙な／日日よ！」九七）、むしろ古生代的地層へと戻って誰も「あなたを／区別はしますまい」であろう「大同江の／真砂」（九四）になることを勧める妻の言葉に「孵化」の可能性を賭ける。そのようにしてあらゆる現働的規定から抜けでて、ぼくなのかあいつなのか、餌なのか食う奴なのか、小石なのか硬玉《ひすい》なのか識別できない地帯のなかへ入り、「ブロック」や「鉄筋コンクリートの／砂利ともな」（九四）り、別の世界の材料になる、かなり異なる種類の孵化ないし復活に向かって進もうとする。

　古生代のしずもりへ戻ることとは、このような文脈で考えたことだ。なのであれもこれもできない現実に押しやられた虚無主義や現実から逃避しようとする退行とはなんら関係ない。それはある存在者から別の存在者へと移りかわって動揺することから、そのすべての存在者の古生代的「起源」へと戻り、始めなおそうとすることだ。古生代へ、わたしの出生以前の起源へ。わたしがいかなる規定性も持たない以前の起源へと。このような点からみれば、古生代とは時間的な起源が位置を占めるなんらかの時期やそれに相応する誕生の場所ではなく、存在者の規定性のまさに裏面にあるなんらかの発生の場所を意味する。蛹に向かっていくときもそうであったように、古生代的起源へと遡っていくということは、現働の規定性を遡り、あらゆる規定性以前へと行くことだ。その果てに、すべての現働的規定が消された無規定的な純粋潜在性の地帯、それであるだけに無限の規定可能性を含む潜在的能力の地帯がある。それは現在からかなり遠い起源であるが、いまの自分の身体のなかにあるなんらかの地帯でもある。これが「冷えきった／化石」になった「ぼく」を包みこみ、始めなおさせてくれる「鼓動」を高鳴らせるのだ（九五）。

このような共時的接近と異なり、通時的に接近して「古生代」という単語自体に含まれた地質学的意味を強調できもする。しかも詩人はこの詩集においてだけでもシーラカンスや洪積世、フォッサマグナのような地質学的諸概念を使用しており、頻繁に「化石」の近くをめぐって詩を書いているではないか！　この場合、古生代とは、誕生の時間と場所をずっと遡って到達するはるか遠い起源のようなものだ。古生代へと戻るということは、太古の地層、出生以前の起源へと戻るということだ。古生代とは地質学的思惟を通して呼びだした故郷であり、古生代へと戻ることはその故郷を探しだす帰郷だ。新潟がじっさいに北朝鮮へと故郷を探しもとめた帰国船が出発した場所であり、「フォッサマグナ」という地質学的断層が通過する場所であり、〔長篇詩の〕『新潟』がそのふたつが重なった場所を原点にして（一〇二）帰国運動を根本から思惟しなおそうとすることを知るならば、古生代を帰郷というテーマと連結することは、むしろ自明であると言えるだろう。

ところでなぜよりによって古生代なのか？　みな自分たちが去った地へと帰ろうとするのに、なぜかれは古生代へと帰ろうとするのか？　ここには若干の敷衍が必要だ。まずそれは、はるか遠くの「起源」という点で明らかに故郷であるが、しばしば思われる地理学的故郷ではなく、地質学的故郷であることを強調せねばならない。それは「祖国」としての故郷ではなく祖国以前の故郷だ。祖国も、国家も生じる以前、自分の地も他人の地もない、そのあらゆる地理的ないし政治的規定性以前の「故郷」だ。だからかれは「祖国」という言葉に対比して「母国」という言葉を使用する。「祖国というよりは／母国としての／ぬくもりが／思いを／甦らせた」（九五）。

要するにかれが考える帰国とは「祖国」を探しもとめる地理学的帰国ではなく、祖国も国家もない「誕生」それ自体の場所へ帰ることだ。妻が勧める「乳房にうま」ることだ（九五）。だが文法のせいでどうしても付きまとう「国」という言葉が意味を失って消える生物学的故郷。だがその「乳房」が母のものであったなら、わたしたちは再びあまりにも慣れきった母性的起源の隠喩にとらわれてしまうだろう。祖国と同一な意味で使用される「母国」へ帰ってしまったであろう。「母国」に含まれた単語である「母」ではなく「妻」という人物を登場させたのは、これを考えれば、見た目よりはるかに重要な意味がある。「帰国」や帰ることが、母という垂直的発生の線を迂回して妻という水平的な結縁の線にそって、別の種類の「起源」に向かっていこうとする運動に変わるからだ。母の「母国」に代わり妻の乳房、その「母国としての／ぬくもり」（九五）が「ぼく」の心を蘇生させる。

詩人金時鐘が帰国運動と関連して実際に総連組織内で不和を起こさねばならず、これによって『新潟』という詩集を十年以上出版できなかったことはよく知られた事実だ。だがその不和のなかでかれは故郷や帰郷という観念を否定するのではなく、そのまま受けいれ、それをさらに「強く」、より遠い起源へと押しあげていく。故郷とは誕生地であり帰郷とは誕生地を求めゆくことなのだが、誕生地を探しもとめるならばきちんと探しだすべきであり、せいぜいその程度で足りるのかと述べながら。そのような帰郷とは、せいぜい自分が生まれた場所、あるいは両親が生まれた場所を探しだし、短い時間を遡ることじゃないのかと述べながら。かれが対面した「帰国運動」においてであれ、あるいはハイデガーを生涯とらえて離さなかった「故郷喪失の郷愁」においてであれ、あるいはよくいわれる日常的な語法においてであれ、故郷の観念はそのような「短い」帰郷に留まっている。じっさい生まれることとは国境や地域のような地理的分割以前の生物学的出来事だ。赤ん坊、幼い子どもすら国境や地域的境界に規定された故郷以前にいる。であるならば、地理的故郷を真なる「故郷」と信じることとは、愚かで拙いことだ。そのような故郷へ帰ることとは、かなり不徹底な帰郷だ。

故郷観念に徹底しようとすれば、生物学的誕生地へ遡らねばならない。であるなら祖国よりも母国、いや「乳房」こそ故郷という言葉に値する。しかしこれもまた不十分だ。赤ん坊の誕生地点と対応する故郷のみであるがゆえに。わたしの誕生とは、わたしの誕生を可能にした生命体の連続性にそって、もっと遠くへ遡らねばならない。「祖国」という言葉に含まれた父や祖父という言葉が、まさにそうせねばならないと示してくれているではないか？　しかしなぜたかだが父、祖父なのか？　父の父をずっと遡らねばならない。それを重ねるなかで「神」と書きかえるのは、きちんと遡ったのではなく、遡ることを中断することだ。なぜよりによって父の父たちなのか？　では母の母、その母へと遡らねばならない。しかし男性的起源に対して批判して、それを母や母方の祖母に取りかえたといっても、きちんと遡ることではない。真なる起源を求めて遡ろうとするならば、わたしの身体以前の身体的起源を求めることであり、わたしに伝達された生命の起源を探して遡らねばならない。原生人類が誕生した新生代の鮮新世や類人猿が登場した中新世、哺乳類が登場した中生代の三畳紀へと。いやこれでも不十分だ。あらゆる生命の起源であるバクテリアが最初に出現した三五億年前にまで行けなかったとしても、少なくとも原生動物の「先祖」が爆発的に出現した五億七千万年前の古生代のカンブリア紀まで[23]遡るべきではないか？　生物学的故郷は地質学的故郷だ。生まれの場所を象徴する乳房でもある妻が「古生代の／しずもりのなかで／佇んで」（九〇）いるのは、このような意味だとわたしは理解する。

故郷を語り帰郷を試みることはどれほどありふれたことか。考えてみれば、自分の起源を求めて父、祖父を経て神へと遡る形而上学的発想も、このありふれた帰郷のメンタリティのなかにあるのかもしれない。しかし故郷を探しもとめて古生代へと行く、このような地質学的帰郷は、どれほど珍しく新鮮なものなのか！　故郷や帰郷に対する望みを投げ捨ててしまわずに、いっそのこともっと遠く行こうじゃないかと述べ、地質学的起源の壮大なる時間にそって遡っていくこの思惟を通して、故郷や帰郷に対するあらゆる領土的な観念は、かなり小さな埃になり、消滅してしまう。

故郷や帰郷を地理的領土から抜けださせるこの素晴らしい思惟は、分断を地理的分断ではないフォッサマグナの地質学的断層へと引き降ろそうとしたがゆえに考えることのできたものだろう。フォッサマグナの断層のなかに沈む小石の「目」に映った故郷は、ひょっとすればこれよりもっと遠くへ遡っているのかもしれない。小石の故郷、それは生命体以前の故郷だろうからだ。しかしここで「古生代」以前の別の名を頑張って探す必要はない。それがなんであれ重要なのは、この地質学的故郷とは、国や地域の名を抜けでて巨大なる誕生の場であった地球自体だという事実だ。地球全体が故郷なのだ！　であるならば、別個に帰るところがどこにありうるのか？　どこであれ故郷だ。わたしが踏みしめて立っているところがまさしく故郷だ。どこか別に帰る故郷を探そうとするのは、立っているその場所が故郷であることを知らないがゆえにそうなのだ。古生代へと帰るというのは、立ったままで去っているところ、自分が生きているその場所を故郷へとなす帰郷を意味する。故郷へと行くために境界を、分断の緯度を、まさに自分が立つ場所で越えるのだ。

地層の厚みに
泣いた
宿命の緯度を
ぼくは
この国で越えるのだ。(24)　（三六）

これは「この地でこそ／ぼくの／人間復活は／かなえられねばならない」（三五）という言葉が意味するものでもある。

七、海のため息

海は出来事の墓だ。「茫洋たる／うねりを／押しきれなかった／意志が／降りつもった時代の／堆積に／眠っている」（一一〇）。徴用の労働から抜けだして故郷へと帰ろうとした船である浮島丸が爆発によって沈没してしまった事件も、米軍政と李承晩政府の暴力に抵抗していた多くの住民たちが殺害されて海のなかに投げこまれた四・三事件も、いつのまにかすでに海のなかに沈む。忘れられたり消されて見えなくなる。出来事はともすればそのようにはかないものだ。それゆえ「宇宙空間の／静寂に／干上がった／海」（一一二）がある。そのように「永遠に／埋もれる／意志すらあるのだ」（一一二）。

しかし出来事はただ消えて無くなるというよりは、墓のなかで沈んでいるのだ。墓のような海のなかで沈殿したまま眠っているのだ。このような意味で海は出来事の墓だ。沈んで埋葬されたということを、出来事とは過ぎさった後にはなんでもないという意味で理解してはならない。出来事の墓のなかにあるのは、たんに出来事の死体のみだと言ってはならない。それは海のなかに解けこみ、なにかへと変成しているものであり、その変成のなかに、海のなかにあった別のなにかを引きよせているのだ。その暗い海のなかで、以前のあらゆる諸規定が消えた深淵のなかで、新しいなにかが生成しているのだ。なにになるか知りえない或るものたちが。「息をつめとおした日日の／習癖を／鰓に変えて／〔……〕／変幻自在な／遊泳を夢み」（一六一－一二）ながら。

海は「押しきれなかった意思」が、「出来事」が、埋葬された墓であるが、たんに無を意味する「死」の場所ではない。沈んだ出来事は死よりむしろ眠りの近くにある。あらゆるものを忘れたように眠りこんでいるが、いつか思いもよらぬ出来事によって再び湧き上がるものとして眠っている、変幻自在の遊泳を夢見て熟れていく深い眠り。そうして出来事は反復する。異なる条件で、異なる様相で。以前のなんらかの出来事を想起させる出来事として反復する。失敗した帰郷の試みも、失敗した反逆の試みも、すべてそのように反復してきたし、また反復するだろう。第三部において扱われている試み、つまり再び船にのって分断の緯度を越えようとする帰国運動の試みもそうであり、そのような帰国に呼びこまれた生きている意思のあいだで、地質学的断層の分断を越えようとする「ぼく」の試みもそうだ。

だから静寂に干上がってしまった海を見たが、詩人は「もはや／無機物の集積が／海だなどとは／いうまい」（一一三）と強く述べる。「海をまたいだ／船だけが／ぼくの思想の／証ではない」（一一四）と言いつつ、またぐことに失敗して沈んだ船（浮島丸）を自分の思惟のなかに抱きこむ。「眠りまでが／安息をもたず／たえず／動き／反復する／思考で」その「見果てぬ

／命脈の地に」（一一三）なにかをすくいあげようと「抛物線を投げる」（一一四）。その放物線を描く思惟に意志を乗せて送り、またげなかった船が沈んだ海のなかへ、深淵のなかへと入りこむ。

その海のなかで詩人は見る。「またぎきれずに／難破した／船」（一一四）を。その船は徴用で到達した地にも、またいで到達しようとした故郷の地にもない。「大東亜」の華麗なる光で人びとを戦争へと引きずりあつめた「そこ」にも、懐かしい者たちが帰ってくる自分を待っている「そこ」にも。爆破された船の痕跡も、爆破されて沈没した人びとも、「そこ」にはいない。踏みしめて立つことのできる「そこ」ではない、踏みしめるもののない深淵のなかにある。失敗とともに沈んだ海のなか、いかなる光も入りこまない深い海のなかにある。すでに消滅したかのように消されて、ただ「ある」という言葉しか言えない闇のなかにある。「そこ」ではなく、その「そこ」すら沈む海こそが存在の場所だ。故郷に行こうと浮島丸に乗船した人びとも、これ以上耐えきれない抑圧に抵抗して蜂起した済州島の人びとも、「そこ」にはいない。その出来事の場所、あるいは帰郷の夢が人びとを集め、抵抗の試みが命を集めた場所、かれらが当然あらねばならないと信じた「そこ」にかれらはいない。かれらもまた死より深い忘却のなかに埋められ、出来事が沈む沈没地帯のなかにある。

またぎきれずに
難破した
船もある。
人もいる。

個人がおる。（一一四）

ここでも「ある」という単語が単一な述語として独立して反復使用されていることに注目せねばならない。船も人も、存在の光がさす「そこ」ではなく、あらゆる光が消えた闇のなかである海中に「いる」、光がさす「そこ」ではなく光が差さないところ、「そこ」すら沈んだ深い海中に「ある」。無規定的潜在性のなかに「隠れ」、わたしたちが生きる現実を、いまここで構成しているのだ。「それは／決して／昨日のことではない」（一一二）

したがって第二部で浮島丸や四・二三について書いた詩は、過去に発生した歴史的出来事を記録したり文学的に再現しようとするものではなく、むしろ出来事を過去と結びつけるあらゆる規定を消し、潜在性の海中に漬けて保存しようとするものだと言わねばならない。そのなかで新しい生成の力に任せようというのだ。光輝く八月にやってきた「解放」という出来事においてそうだったように、爆発する閃光のなかに沈んだ、また別の八月の沈没においても、詩人は出来事にそって行かず、その「出来事が送ってくれる存在」[25]を受けとらず、その存在の光がさす「そこ」を確認しもしない。反対に海のような闇のなかでその出来事を問う。あらゆる光が消える深淵のなかで出来事を抱いて浸水する。

浮島丸の個体性も、そこに乗った人びとの個体性も、その個々人の個体性も、消滅し沈めておく海は、あらゆる存在者の個体性が消滅し、ひとつに溶けこむ存在の場だ。それはまたあらゆる個体性が出現する根底でもある。あらゆる存在者が「溶け」こみ、あらゆる存在者がそこから出現する場、あらゆる存在者の身体を支える質量の流れ、あらゆる存在者を包括するひとつの巨大なる流れが、まさしく存在だ。存在者と区別される存在とは、存在者の存在とも区別される存在自体とは、まさにこれだ。波や流れのような個体的な存在者がそこから出現し、また個体性を失い、そのなかに溶けこんでいくものとしての海。(26)

各々の存在者はそのときごとに対象としての規定性をもつ。存在者の存在はその規定性へと回収されない未規定性であり、そこに含まれている数多くの規定可能性だ。存在者の個体性が消滅または発源する存在自体は、いかなる規定性も持たないがゆえに無規定的だ。このとき、無規定性の「無」は、なんら規定無しの空っぽの無、空白としての無ではなく、規定性を失った数多くのものが入りまじってなにになるか分からないまま、「変幻自在な」要素になって入りまじって「遊泳」しているという点で、数多くの規定可能性をもつ無であると言うべきだろう。四・三の海（第二部第三篇）もまたそうだ。

海はすべての存在者の「故郷」だ。しかし海をまたいで故郷を持つ者が多く、したがって故郷に向かって海をまたごうとする者が多い。しかし

故郷が
海の向こうに
あるものにとって
もはや
海は
願いでしか
なくなる。

（一二五）

これについて、異なりつつも似た話を二度できる。まず願いとは向う側に行こうとする思いであり、こちら側にないものに対する郷愁だ。このような郷愁は海を越えていけば到達できる帰郷を夢見る。このような帰郷の夢やそれを生じさせる郷愁に対し、詩人は少なくない違和感を持っている。「故郷が／海の向こうに／ある」こととは反対に、ここで詩人は故郷とは海であると述べる。第二部第一篇の最後の詩句だ。

ぼくの
帰郷が
爆破された
八月とともに
今も
るり色の
海に
うずくまったままだ。（一二四）

〔韓国語訳は「うずくまったままでいる」と訳されており、筆者は「いい、いる」の部分を強調している〕

故郷とは存在の光が温かく差しこむ安らかな地、その地にある「森の空き地（Lichtung）」ではなく、失敗した夢を抱き、死んだように眠っている冷たく暗い海のなかにあるものだ。だから少年は海岸に浮かぶ父ではなく、沈んでいる父がいるところへと降りていく。

次に、願いとは欠如したものに対する望みで、そのような欠如の陰刻画だ。向こう側にいるものを得ようとする願いは、そのような欠如をあらわにするだけだ。それはせいぜい願いが望むところを求め、ひとつのところから別のところへと、ひとつの「そこ」から別の「そこ」へと移っていくだけだ。そのような移りゆきは、いくらたくさん繰り返したところで存在に向かって一歩も踏みださせてくれない。存在者のあいだを移りゆくだけだ。存在自体に向かって行くということは、そのような欠如の対象を「無いもの」の代替物を探す運動ではなく、「ある」に向かって行くことだ。存在の無規定性のなかで生成される変換の地帯へ行くことであり、それを通して「息もできない」世界とは異なる種類の世界を遊泳することだ。到達することに失敗した「向こう側」の代わりになる別の向こう側を探すのではなく、失敗の深淵のなかに入ることだ。ひとつの存在者から別の存在者へと飛び越えていくのではなく、むしろ死や絶望のようにみえる闇のなかへと入りこむことだ。個体性が消えた存在自体へと入りこむことだ。

四・三の少年がそうであった。「珠数つなぎに／しばられた／白衣の群」(一三一)を呑みこみ「這いつくばり／うずくまり／父の集団」(一三三)を呑みこんだのは、浮島丸のようにやはり海だ。海は越えようとする者のみならず、蜂起した者も呑みこむ。すべての個体性を呑みこむ。そのような少年にとって「夜の／とばりに包まれた／世界は／もう／ひとつの／海だ」(一三六-七)。もちろんこのとき、海は存在の場所ではなく、ある世界だ。その世界のなかのひとつの場所だ。人びとを殺して埋葬する世界、死んだ者たちの痕跡を消しさるために彼らを埋葬してしまう場所だ。闇もまた無規定性の闇ではなく、敵対と殺害、隠蔽と埋葬の絶望的な闇だ。世界の一部である海と存在の場である海はこのように異なる。しかし少年は埋葬の場所である海において、それと異なる海を見る。無残な死体を呑みこんで静かになった海、毎度異なる波をなす海。

夕日に
佇む
少年の
眼に
ひたひたと
おし寄せ
玉とつらなるのは
もう海だ。

（一二五－六）

海がかくも異なって見えるならば、この海で少年が見る闇もまた異なる。絶望の闇をもっと押し入っていくときに見える存在の無規定的な闇。これはむしろ絶望すら目を背けずに直視できる者のみが見ることのできる闇だ。根底から異なる種類の闇だ。そのようにして海は「少年の／小さい胸で／ふつふつと／深まりゆく」（一二七－八）のだ。その海に浮かび海辺に波寄せられる「ふやけた／父を／少年は／信じない」（一三八）。そのような父を照らす光に幻惑された生とは、おおよその場合、闇すら怒りの力にとらえられた怨恨で彩色してしまったり、怖れと絶望に反射した光で消しとったりするだろう。少年の目はふやけた父を照らす光についていくかわりに、その父を再び海のなかに埋める。その父について海のなかへと入る。

底へに

うずくまる
父の
所在へ
海と
溶けあった
夜が
しずかに
梯子を
下ろす。
（一二八）

その夜の闇のなかで、父は死体のような規定性を脱ぎ、父を殺した出来事とともに潜在的なもののなかへと溶けこんでいく。少年もそうだ。殺した体を「二度と／引きずりようのない／父の／所在へ／少年は／しずかに／夜の階段を／海へ／下りる」（一三八）。

第二部の第一篇と第二篇で、詩は浮島丸と四・二三という出来事を海のなかへ埋め、自らその海のなかに降りていく存在論的潜在化の道にそって行く。出来事の規定性が消されるままに、海のなかに埋め、そのなかで進められる「変幻」が遊泳できるようにする。だからであろうが、第二部の第一篇第二篇では、「ぼく」という代名詞がほとんど登場しない。詩人自身とかなり隣接している「少年」が登場するが、一人称ではない三人称の位置にある。「ぼく」の判断や行動よりは「海」自体が、存在自体を主演として登場させようとするのだ。こうすることをもって、すべての存在者たち、その個体性を呑みこんでしまった海、あらゆる存在者の規定性を呑みこんでしまった存在自体が詩の中心になる。

第二部の第三篇と第四篇においても中心はなお海だ。第三篇に「ぼく」は二度三度出てくるが、詩的ナラティブの中心ではなく、それも批判的距離をおいた叙述対象だ。第四篇では「彼」という人物がナラティブの中心にいて、「俺」はその人物の言葉や考えを表現するために登場するのみだ。いずれも全体の詩を導いていく「ぼく」と遠い人物だ。しかも浮島丸を古鉄として売りさばくための引き上げで騒がしくなった海を描写するためのものだ。[27]

より重要な差異は、第三編第四篇の海が第一篇第二篇であつかった存在自体としての海、存在の一元性を表示する海とはかなり異なる種類の海だという事実だ。第三編第四篇の海は、生活の場としての海、ないしは計算的領有対象としての海、結局はそのような計算と領有のために世界のなかに編入された海だ。第一篇第二篇の海が世界の外の闇ならば、第三篇第四篇の海は世界のなかに入りこんだ海、世界としての海だ。したがって第二部の前半部と後半部は、そのふたつの海の間隙について書いていると言えよう。

第三編は海の深い溜息に対する印象的な詩句で始まる。

風は
海の
深い
溜息から
洩れる。

その後に書かれた第三編第四篇の詩は、その溜息の理由に対するものだ。まず第三編。再び海だ。しかし四・三の人びとが沈んだ海ではなく、かれらが沈んだ後の海だ。食っていくための生計の場所になった海。第一部においてもそうであったが、食っていく問題は、みみずになっても、家族らが無念に死んでも、いかんともしがたいものだ。四・三の済州島もまたそうであったろう。「済州海峡は／すでにひとつの／生簀《いけす》」（一四〇）になった。捕まえた魚を保管するところ、あるいは魚をとりだすところ。そしてそれらを急かして得た「供出の／魚とともに／飼われる／命があり」（一四一-一二）、魚釣りの針にかかった「同族の／いけにえがある」（一四二）。埋葬された死体の「人肉の／餌づけに慣れた／魚」（一四二）がおり、その魚を食う人間がいる。それらが入りまじった世界が、海の付近に樹立される。それはもはや夜のような存在の場ではなく、真昼の光へと追い追われて生きる「世界」だ。死者たちはそのように葬いまで奪われたのだ。これを知るものたちは、そのように「奪われた」死者たちの「葬いを／ひそかに／生簀の中」（一四三）に、再びつくりだす。

「峰峰に／のろしを／噴き上げ／引きちぎられた／祖国」（一四九）のうめきを消しさって単独政府樹立に放りこまれた「死の白票」（一四六）でつくられた祖国もまたそうだ。「自己の／少しも／かかわりあわないところで／生き返ったという／祖国を／みんなは／どうして／そうもたやすく／信じたというのだ?!」（一五三）。そのように、海も祖国も供出と投票に象徴される生存世界のなかに編入される。そのようにしてわたしたちは「世界につながる／海で／痴呆けてゆくのだ」（一五五）。そのように引上げられた世界のなかに、その世界のなかに編入された海に、存在はもはやない。存在の海はもっと奥の深淵のなかへと隠れるだけだ。このふたつの海のあいだから、深い溜息が風になり洩れてくる。第二部の題名そのままに「海鳴り」となり、出ているのだ。暴風の前兆のような、大地をうならせるやまびこになり、出ているのだ。詩人はふたつの海のはざまから出ているその海鳴りを受けとって書いているのだ。

第四篇の海は再び浮島丸が眠っている海だ。朝鮮戦争によって古鉄価格が上がり、沈んでいる浮島丸の船体を引上げる作業によって、海は「世界」のなかに引上げられる。深淵の海に沈み「変幻自在な／遊泳」の夢を、「なんともどかしい／肺魚の悠長さ」ではないのかと非難し、「海そのものの領有こそ／俺の願いだ！」（一六二）という者たち、かれらによって海は金と計算が支配する世界のなかに編入される。「シーラカンスの／孤絶した安らぎが／ひっそりと／海中のふかみにおしこめられる」（一六〇）。海を破壊する「一途な／直線」（一六一）の暴力が静かな海のなかに留まっている浮島丸を狙う。海を、「獲物が」ある狩場へと、「すでに鉱山と化した／鯨の住処《すみか》」（一六四）へと変えるのだ。さらに言えば、そのように引上げられた古鉄が、海の向こうの同族に対する砲弾になって飛んでいくとしても、「海のずっと／向こうのこと」（一六五）だからなんの関係があるというのか。「鉄の柩までも／はぎとる／暮らしの牙に」（一六九–七〇）、かれらが投げいれたダイナマイトで「閃光のうちにかき消えた／船出が／再びまみえた／火のきらめき」（一六九）によって、再び死ぬ。水のなかで撃つ「機関のひびきに」、「追いつめられた／死の航跡」（一七一）すら壊れ消える。このように分裂した海、その分裂のあいだで詩人は再び深い溜息を、海鳴りを聞く。

だからだろうか？　浮島丸の「浮かばれぬ死を／たしかな／故国の／鼓動めざして／舞いあげ」ることから、そして「音に魅せられた／魚群のように／緯度を越える／船のありかへ」（一七二）人びとが集まってくるということから、詩人はまた別の出来事の反復を予感する。

海の向こう側に故郷を探す者たちを見る「澱んだ網膜にぶらさがってくるのは／生と死のおりなす／一つのなきがらだ」（一七三）。その不吉な予感のなかで、浮島丸の記憶として「えぐられた／胸郭の奥を／まさぐり当てた自己の形相が／口をあいたまま／散乱している」（一七三）。この「宙吊りの／正体のない／家路」（一七四）を待つこととは異なる、分断を越える道を探さんとするのは、これゆえであろう。

八、わたしと世界のずれ

『新潟』第三部もまた、第一部においてのように存在者のずれをあつかう。しかし第一部ではそのずれが、ありふれた言い方をするならば、「わたし」の内面で発生するならば、第三部においては「わたし」の内面と外面のあいだで、あるいは「わたし」と世界のあいだで、正確に言えば「わたし」と他人のあいだで、わたしをみる「わたし」の視線と他人の視線のあいだで発生する。第一部で存在者のずれは「わたし」の欲望の間隙によって発生したならば、第三部でそれはわたしと世界のずれによって発生する。わたしが属すると信じていた世界からの拒絶から発生する。それは「わたし」が属したふたつの世界のずれでもあるので、「世界のずれ」と命名してもいいだろう。このようなずれは「分断」を存在論的問題として思惟させる。これをもって、分断を越えることもまた、地理学はもちろん地質学を越えて存在論的次元で思惟せねばならない問題であることが明らかになるだろう。

第三部第一篇は帰国船をめぐる世界をかなり慎重に叙述する。帰郷しようとする者たちの心が憂愁に満ちた重々しい文体で描写される。帰国船は「闇を／押し上げて／せりあがる緯度を

／越えてくる船」（一八〇）である。日本で「迎えられたことのない／しもべの日日が／吃水線に泡と散」（一八〇）るであろうという或る希望を込めて「江南《カンナム》」（一八一）へ向かう夢の提喩、それが帰国船だ。そこには帰る故郷の懐かしい大気が漂っている。

柳のそよぎにも
宿る歌を
家郷といおう。
（一八九）

合一された世のなか、調和された生の望みを込めた祖国の手振りがある。

恵みにすがる
暮らしでない国を
祖国と呼ぼう。
（一九〇）

「とりいれは／立ち枯れるまえの／青さでしかない」（一八四－五）敵対的な世界から「ナパームで炭化した／村を／いやし」（一八五）たいという戦士の欲望がそこにある。その戦士の欲望を呼ぶのは「さざめくまごいに／灯を点すのは／長白山脈をかいくぐった／パルチザンの／火だ。／漆黒の闇に／道を標した／その方の息吹き」だ（一九一）。その望みを引きよせる力は「共和国の／夜を占めているのは／ほとばしる／磁気の／瞳だ」（一九二）。そのようなものらが集まってつくられた帰国船は「閉ざされた／緯度に／挑む針路」（一九二）を表示する。

「さえぎる／海の／へだたりを／つきぬけた／愛が／〔……〕／はためかす／証」（一九五）のような祖国の旗を立てて、「船が／迫る」（一九六）。

海の向こう側に故郷を持つ人や、帰国に対する先ほどまでの距離感を考えれば、これは意外な始まりだ。なぜこのように始めるのか？　北朝鮮に対する憧憬によって咲いたパルチザンの火をまだ忘れられなかったからか？　しかしすでに「総連」との葛藤は詩集の出版を取りやめにせねばならないほどであり、総連を指導する共和国がたんにパルチザンのそのお方をみて憧憬する対象ではないことをよく知っていたのではなかったか？　あるいは帰国船に乗ろうとする者たちの惜しい望みをよく知っているからか？「常に／故郷が／海の向こうに／あるもの」（一二五）の望みに対する距離感があったが、詩人自身もまた食っていかねばならなかった「迎えられたことのない／しもべの日日」（一八〇）を知るならば、これは説得力がある。であるならば第三部第一篇の悲愴感あふれる語調は、帰国船に乗る者たちの心情を誰よりもよく知っているがゆえに、帰国運動に対して共感している者の視点から書いていると言えよう。帰国運動の「世界」は同胞たちの世界、または自分が属している世界なのだ。後に続く内容は、すべて「ぼく／俺」が属しているこの世界のなかで起こることだ。たとえそれが葛藤や分裂の様相で展開されはするとはいえ、それすらも帰国運動を外から見えるままに簡単になげかける批判ではなく、その内部において自らしたがっていった軌跡だと言わねばならない。その後に提示される帰国運動批判すら、共感と距離感のなかで進行する内在的批判だと言わねばならない。

第三部第二篇はそのように設定された地平のなかに、かなり困惑めいたエピソードを引きこむ。「俺」は道角をまわり、日本の刑事に尾行されていることを確認する。苦境のなか「俺」は刑事を在日朝鮮人居住地へ誘導した後、逆に同胞らの前にかれの正体を暴露して、かれを攻撃する。「**犬だア!**」（二〇二）。しかしかれが「犬」であることを暴露した対価に「犬汁《ケジャン》」をふるまわれると思っていたが（「俺は当然の／報酬を待って言った。／夏はやはり犬汁《ケジャン》ですなぁ……!」、二〇三）、前にいた同胞の女将《アジュモニ》の対応は冷たかった。「おっさんこいつも犬やでえ!」（二〇四）。さらに後には同胞たちに殴られ、もう一匹の「犬」になってしまう。

　こいつは赤狗《パルゲンイ》でもザコだで!
　〔……〕
　この犬はまずそうだな
　ザコだな、まずそうだな、ザコだな、まずそうだな、ザコだ……な……　（二〇八）

事態がこのように反転する契機は、在日朝鮮人に捕えられた状況においても、執拗に身分を問うて「確認」しようとするかれの取り調べに対する「俺」の答えだ。「韓国はきらいで／朝鮮が好き」（二〇五）だが「といって／北朝鮮へも今ぁ行きたかぁないんだ。／韓国で／たった一人の母が／ミイラのまま待っているからだ。／〔……〕それにもまして／俺はまだ／純度の共和国公民になりきってないんだ」（二〇六）。同胞たちの前であるから正直にいう話であるが、逆にこれゆえおっさんの「手にしている」薪は、取り調べていた刑事を打ち、俺の頭に喰いこんでくる。「こいつは赤狗《パルゲンイ》でもザコだで!」（二〇八）。流暢な朝鮮語を駆使する同胞の靴にけ落とされる。これを見てその刑事は、おぼつかぬ朝鮮語で「俺」に言う。「ぼくの方がまだまし」（二〇九）だと。

かなりユーモラスな文体で書かれたこの苦々しい話は「俺」が属していることを疑わなかった同胞たちの世界において、当惑すべきことに「俺」が日本の刑事と変わらない「犬」になる事態を要としている。「俺」を充分によく理解してくれるだろうと信じたがゆえに敵を引きいれた同胞たちの世界において、「犬」になって敵と同じように殴られる荒唐無稽な事態。ここで「俺」は自分が属していた世界から追いだされる。確固として自分が属していると信じていた世界から拒絶される。「俺」が属した世界と「俺」のずれが画然と現れる。これは帰国審査を扱う第三篇でも反復される。「ぼくこそ／まぎれもない／北の直系」（二二三）と信じていたが、そこでも「ぼく」は帰国審査場に要約される世界から拒絶される。ぼくが属する世界と「ぼく」のずれ。

このずれはたんに帰国審査をする人びとや審査をする国家である北朝鮮とのずれだけではない。それは第三部第一篇で真摯に描写していた世界、自分が同意し自分が属すると信じた帰国運動の世界、在日朝鮮人の世界と自分のずれだ。この詩集について述べれば、第三部第一篇の「世界」と、この第三部第二篇のずれだ。これは第三部第一篇と第三部第二篇のずれが似た様相で繰り返されたことでもある。第一篇の憂愁にみちた抒情的描写と第二篇、第三篇のブラックユーモアの混じった出来事的なナラティヴのあいだの文体的対比は、このようなずれと相応する表現形式だ。

じっさい「種族検定」（第二篇）や「帰国審査」（第三篇）は身元を問うて確認する順序という点でまったく異ならない。身元を問いつめる他人の目を通過することを要求されるところだ。かれらが属した世界と「俺」が適切に合致できるのかを問う場だ。種族検定のところと同様に

「あたうかぎりつくろうてきた／装いだけが／この俺の／中身」（一二五）になる場だ。身元を問う者が日本人なのか北朝鮮人なのかはその点から見ればむしろ副次的だ。本質的なのはかれらが属した世界に入るためにかれらの目を通過せねばならないという事実だ。かれらの審問は「俺」がじっさいいかなる人なのかではなく、自分たちが要求する規定性に「俺」が合致するのかを問うのだ。それだけがかれらの関心事だ。したがってかれらの目にとって、「俺」は「犬」かどうか疑って観察すべき対象であるのみだ。それゆえ審査者の視線は権力を含蓄している。かれらの視線に合わせることを要求する権力が。それは合致しないときに拒絶し排除する切断の力を行使する。その拒絶の可能性が、かれらの視線に合致するようにさせる。世界はわたしに対してこのような視線の権力を、世界自らが要求する規定性に「わたし」を合致させるよう要求する権力を持っている。この点で種族検定と帰国審査は同形的だ。

帰国審査場で「俺」は、以前身元を掘りかえす刑事に答えていたことを聞き〔俺を〕「犬」として記憶していたある同胞の暴露によって再び「犬」になる。

この野郎！
犬と見違えた
あいつではないか！　（一二二）

このように繰り返して使用される「犬」という言葉は、身元を確認しようとする者の目に映った「俺」、かれらの世界において「俺」に貼られた拒絶のレッテルだ。そのようにして「俺」は、自分が属していると信じたふたつの世界において、繰り返し「犬」になった。いや、ひとつの世界だと言うべきか？

　であるならば、このような視線は、同胞たちや自分が日本の刑事を見る視線とどれほど違っているのか？「わたしたち」もまたかれを「犬」なのかどうかを確認しようとするではないか？　そのような点から見れば、刑事の身元を在日朝鮮人たちの前で暴露した「俺」の視線もまた、「俺」に質問した刑事の視線と異ならなかったのだ。それゆえに自分がかれを「犬だ」と言ったことと、同胞たちが自分を「犬だ」と言ったことは、じっさいのところ対称的同形性をもつ。自分もまたそのように同胞たちの世界からかれを、「種族検定」を通して追いだそうとしたのだから。そこに暴力まで伴った権力があったことも同じだ。

　もちろん刑事は「犬」という言葉で自分を追いやる在日朝鮮人の世界を信じたことはなく、またその世界のなかに入ろうと思いもしないので、「犬」という規定に困惑することはない。「俺」はそうではない。だから犬になった「俺」に言う。「ぼくの方がまだましだ」（二〇九）。しかしながらかれがなんらかの理由で自分の同胞たちから身元確認を受けざるをえなくなったとき、その困惑するしかない「犬」になる立場を、つねに逃れうるのか？　自分と世界のあいだのずれをいつまでも避けていくことができるのか？　かれはそうできると信じているだろう。「俺」が同胞たちに対してそうだったように。別の者たちはどうだろうか？　自分を殴って蹴ったその同胞たちは？　かれらもまたそうであろう。「俺」が同胞たちに対してそうだったように。

　したがって「犬」とは、世界がわたしに付与する規定と、わたしが見る自分の世界の距離を表示する言葉でもある。世界とわたしのずれ、他人たちとの視線とわたし自身の視線のずれを表示する言葉でもある。根本的に見れば、世界のなかで他人たちの規定から距離を感じずにおれる者が存在しうるのか？　あらゆる者からつねに十分に理解される生を生きる者がいるか？　いないだろう。いや、問い直さねばならない。そのような規定、そのように規定する世界とのずれが無いことを幸いだと思うべきなのか？　それは他人たちの目、世界が要求する規定に縛られて生きていることを意味するのに？　もちろん一人では生きていけないので、なんとかして世界のなかで、世界－内－存在になり、かれらの規定に合わせて生きることは避けえない、とはいえども。

しかしこの詩集での問題は、いわゆる「疎外論」を思い浮かばせるそのような一般的ずれではない。在日朝鮮人から「犬」と規定された刑事はそれを気にしなかったように、「俺」もまた刑事に「犬」と言われても気にしなかっただろう。自分と対立した世界、自分の属さなかった世界からであれば、「犬」なる規定はべつに問題にならない。そこから発生するずれは当惑ではなく対決の理由になる。「犬」その反面、わたしが属した世界、わたしが属していると信じる世界からそのような規定をされると、かなり困惑し、ときには驚愕する。第二篇で同胞に殴られ犬になる事態も、帰国審査場で再び犬になる事態もそれである。

自分が属していると信じる世界から拒絶されるとき、わたしたちはわたしと世界のずれを経験する。これもまた「俺」という存在者をめぐるずれであるが、第一部でのそれが「ぼく」の欲望によって、属したくない世界へと引きこまれて（蛭、さっさと出す奴）発生したずれであれば、この第三部でのそれは、わたしが属したい世界がわたしを拒絶して発生したずれだという点で異なる。前者が「ぼく」という存在者のなかで発生したずれであるならば、後者は世界と自分のあいだに発生したずれだ。

「ぼく」もその世界に入るにはどうするべきかを知っている。「ぼく」が願う戦利品を巧妙に横取りするためには「手がるく日本名縫いこんで／仁丹のひとつも／含みゃいい」（二三八）のだ。かれらが要求することに合致するように、適度に装飾すればいいのだ。「ぼく」の分身である第三部第三篇の「あいつ」がまさにそうだ。適切な「装いだけが中身」である生を生きようとする欲望がつくりだした分身だ。しかし「金利の鬼ごの／月賦でさえ／花やぐ恋を／とりもち」（二三六）し「中身までも／つくろうて／レディメードに／あわす」（二三七）、この「まがいものの／ありあまる国」（二三六）でやってきた行ないを続けることはできないではないか！　それゆえに、帰国審査場で似た立場に見える「ものうげに見上げるだけの／少女」（二三五）をみては、あいつもまた「気負いたつ」（二三六）ことを断念する。あいつもまた他人の視線に合わせて「装う日日を病ん」（二三八）でいたからだ。

　自分が属した世界の拒絶の前で「ぼく」はあいつがしばしば向かった道とは反対に行く。わたしに対する世界の規定に合わせてその内へと再び入るのではなく、その世界に背を向ける。かれらが望む「対象」であることを証明しようと、自分を装ったり見せびらかすよりは、「そこ」にはわたしがいないと、「そこ」にわたしは存在しないと言い、そのずれを受けいれる。その世界が要求する「対象」になることを中断し、そこにないわたしの「存在」に向かって世界から抜けでていく。

　このような点で、「わたしと世界のずれ」は「存在者のずれ」に比べて「存在論的ずれ」にはるかに近い。存在者たちの世界から存在自体に向かって目をむけ、自分の生を変えていこうとする思惟を存在論だというならば、存在論とは拒絶された者たちのものだ。或る世界－内に－在る－者たちではなく、世界－外に－生きる－者たちのものであり、自分が属した世界からすら拒絶される者たちのものだ。拒絶のなかで現れるずれを肯定し、そのずれのなかへと入りこむ者たちのものだ。自ら自分が属した世界の外に生きんとする者たちのものだ。
第一部が存在者の分裂から始まり、分化と分裂以前へと、蛹と小石へと、潜在化の線にそって遡っていったならば、第三部は所属していた世界（第一篇）から拒絶され（第二篇第三篇）、その拒絶にそってもっと遠くへ降りていく。深淵のような存在に向かっていく。「ぼくがぼくであることの／方法」（二三二）を探しゆく。かれらの視線を食って生きる「あいつ」になって世界のなかに入るのではなく、自分の存在に忠実な「ぼく」について世界の外へと出ていく。これは「ぼく＝ぼく」の同語反復のなかで、かれらがみるわたし（me）とわたしが見るわたし（I）を一致させて自分の「アイデンティティ／同質性」を探しもとめる道ではなく、かれらが見るわたしとわたしが見るわたしのずれのなかでかれらが見るわたしを投げすてて、わたしも知らないわたしの存在に向かって、わたしを押しすすめることだ。アイデンティティが瓦解して現れる闇のなかへと押しいれることだ。「そのそいつに／お祝いだなんて！／見切ったぼくを／見切るというのか?!」（二二九）。拒絶され捨てられた「ぼく」を捨て、世界－内の－わたしであるあいつになろうとするならば、それこそ「犬」になる道だろう。素晴らしい犬、他人の目にきちんと入りこむ、着飾った犬に。

ぼくがぼくであることの
方法はひとつ。
生涯を
背中合わせに
結びつき

思いあがった奴の
徹底した負担が
ぼくであること。
奴よりもわずかに
ぼくが重く
かがまねば
立ってもおれない高さに
がんばっているぼくが居り
人の半分の労働で
倍ものつかれにへどを吐かせる
そんな不遜さをぎっしり身につけることなのだ。

（二三二―三）

このような不遜さを通して、あなたたちが見るわたし、あなたたちが考える規定の内にわたしはいないと、あなたたちの世界が要求するわたしの位置にわたしはいないと言おうとするのだ。拒絶の前で堂々とその不遜さで、かれらを不安にさせる「不穏なるもの」になるのだ。

九、存在論的分断、あるいは分断の存在論

わたしと世界とのずれはこのように存在論的ずれに対する自覚へと移っていく。しかし事態がいつもこのように簡単なわけではない。自分の存在と世界のずれを経験する場合は多いが、

そこから存在自体に目を向ける存在論的ずれの自覚へと進んでいく場合は多くない。なぜそうなのか？　より根本的問題は、このように世界とわたしのあいだの対立を設定する瞬間、世界‐内‐わたしと対比される「真なるわたし」を探す「疎外論」のドラマになってしまうのではないかという、デリダならばきっと「現前の形而上学」だとか「音声中心主義（phonocentrism）」と批判したであろう陥穽が待ちかまえているという事実だ。「アイデンティティ」のドラマとともに最も頻繁に嵌る陥穽だ。しかしこの詩は、避けたと思ってもいつの間にか再び待ち構えているこの陥穽に向かっていかない。それは世界‐内‐わたしの反対側に「真なるわたし」ではなく真っ暗な深淵があることをよく知っているからだ。存在は、存在者の存在もまた、真なるわたしではなく「わたし」すらない闇であることを。

再び第三篇、帰国審査場だ。自分を「使いうる世界でこそ」（二一三）、自分を必要とする世界の呼びかけに答えろという要求、「ここ〔日本〕に／お前が／とどまっている限り」（二一三）、敵たちの皮から脱皮したことを証明できないだろうという追求に応じて「したり顔の／あいつが／またしてもぼくを／抜け出る」（二一四）。これはたんに取りこし苦労の仮想を追求する生ではない。自分を呼んでくれる世界のなかへ入ろうとする欲望は「わたし」自身の欲望であるからだ。それゆえそのような「出発が」自分を必要とする要求に「答えになるのなら／奴の魂胆も／ひとつの結果」（二一四）であると信じてやる。じっさいあいつではない「ぼく」もまた、帰国とは自身が大事だと考える「価値を／信ずるもののために／変革」（二一五）することであり、それであるだけに自分が最も流暢に働くことのできる社会主義の特技を提供することだと信じている。飾りすら「虚飾でなく／豊かな暮らしを／色ごるもの」（二一五‐六）になるだろうという信が、俺を魅惑するのだ。のみならず「模造が／模造でなくなる／創造」（二一七）

的能力に対する自負心もある。消費へと誘惑する「資本主義に／尾羽打ち枯らした／自己の」姿こそが、社会主義的な「ゆるがぬ純血」が「買われていい」と信じている（二一八）。そのような点で帰国船に乗ることが「きらめく／凱旋」（二一七）だという確信は、あいつだけではなく「俺」のものでもある。

ここであらわになるのは、あいつとかなり隣接している「俺」の世界だ。自分が属した世界、きっと自分が属そうとする世界に対する確信だ。このような世界のなかで生きたがゆえに、祖国が自分を必要とするという言葉に簡単に応答しようとし、そのような信念を持っているがゆえに社会主義社会である祖国に帰ることになんら問題がないと信じていたのだ。それゆえ「ドア一枚の／関門に／気負った意志が／量られ」（二一八-九）ることに耐えられないが、彼らが要求する「確認」に対して「確認とは／俺の／鼓動のことかと／胸をはだけて」（二一九）立つのだ。

しかし審査者たちにとって重要なのは魂を揺さぶる熱情でもなく、社会主義的信念でもなく、確かさを誇る純真なる霊魂でも、創造的能力でもなかった。「犬と見違えた／あいつではないか！」（二二二）という同胞との出会いによって帰国が失敗することを見れば、北へ帰りたくないと述べたことや、純度の高い共和国公民に変身できなかったという言葉が、決定的であっただろう。「この土壇場でうずく心が吐いた」（二二二）言葉だったのに……。それによって「ぼくこそ／まぎれもない／北の直系だ」（二二三）と述べるが、疑いの視線を越えることができない。北に住む祖父の話をするが、祖父すら十分には知らない「ぼく」の生を、彼らが知るわけがない。その代わりにみみずになり腹で這うなかで得た腹部の傷と土ぼこり、「寄生虫の固まり」（二二〇）のような痕跡や染みがかれらの目に引っかかる。

先だって帰国審査場で「ぼく」と「ぼく」が属そうとする世界のずれに対して書いたが、ここで問題になっているのは、単に「ぼく」と世界、内面と外面の対立だけではない。じっさいのところふたつの世界が衝突している。わたしが生きんとする世界とわたしが編入されていこうとする世界が、わたしが信じる信念のなかの世界と「わたし」に来いと呼ぶ世界が。問題は同じものだろうと信じていたそのふたつの世界がかなり異なることだ。帰国審査場で露わになっているものは、まさにそのふたつの世界のずれだ。「誰に許されて／帰らねばならない国なのか」という言葉が審査者が属した世界と「ぼく」という存在者のずれを集約するならば、「滞る貨物に／成りはてた／帰国」（二四五）という言葉はわたしが帰ろうとした世界と帰国船が乗せていく世界というふたつの世界のずれを集約する。

しかしこの両者はどれくらい違うと言うべきか？「わたし」と世界のずれとは、実は信念であれ幻想であれ、生きてきたことであれ夢見てきたことであれ、いつでも「わたし」が寄りかかっている世界と、わたしに近づいてきたり、わたしが編入されていこうとする世界のあいだのずれだと言うべきではないか？後者が人と事物が連結して展開されていたり、複数の人びとがおりなす関係として「実体化」されて存在する反面、前者は「わたし」の内面にあるものであるから見えず、それゆえ「わたし」という言葉で簡単に代替され対比されるものであるだけだ。

外からわたしを見る外的な世界と対比されるわたしの「内面」、真なるわたしの「実状」のようなものはない。過去と現在、未来が混じり、信念と幻想が混合しつくられたもうひとつの世界があるのみだ。真なる「わたし」の内面へと入っていくと言ったところで、実際に行くのは「わたし」がそのようにあれこれ混じって構築したもうひとつの世界であるのみだ。外部の世界と同じくらい、幻想と虚像をたくさん含むであろうもの。装いすら豊かに色ごられているのであり、資本主義において確かな生を純粋さの証拠として受けいれてくれるだろうという信であるのみならず、第三部第一篇で慎重に描写していた、「わたし」が信じていた帰国運動の世界もまたそうだ。真なる「わたし」へと、「わたし」の内面へと帰るということは、このような点でひとつの世界から別の世界へ移動することであるのみだ。わたしと世界のずれから存在論的ずれへと行く代わりに、再び存在者のあいだを移動するようになる場合が多いのは、異なる世界のあいだを移りゆく場合が多いのは、これゆえだ。

「わたし」の存在へと帰るということは、わたしが「そこにいる」と信じるその世界が瓦解され、「わたし」を「わたし」だと信じさせるあらゆる規定性が消えるときだ。いかなる信念も、あるいは期待や夢すらすべて消滅した闇のなかへ入りこむときにこそ可能だ。だから「わたし」の存在へと帰るためには、なによりも「わたし」が自らつくったその世界が壊れねばならない。これは簡単ではない。自分が持つあらゆるものが瓦解して離れることになるからだ。存在者のずれやわたしと世界のずれは時々見ることになるが、そのずれから存在論的ずれへ向かって進むことが希少なのはこれゆえだ。

この詩では、「ぼく」はふたつの世界のずれから再び「わたし」がつくった世界へと帰らない。わたしを「犬」として受けとめた同胞たちの世界や帰国審査場の世界から自分がつくった「内面」の世界へと帰らない。外面の無意味な規定から内面の真なる本質へと、「疎外された世界」から真なる「わたし」を探し出すありふれた道を進まない。その反対にわたしが真正さをもって信じていた世界が瓦解する道へ向かう。「誰に許されて／帰らねばならない国」（二四五）と「滞る貨物に／成りはてた／帰国」（二四五）の前で、帰国に対する「需要の度合いに／目をつけ」(二三四)て量る「帰国の駄賃」(二三五)に映った、社会主義祖国の「稀少価値のインフレ」(二三五)の前で、「もろに／音もなく／積木細工の／城が／崩れる。／切り立つ緯度の崖を／ころげ落ち」(二四五-六)る。夢も希望も、信念も理念も瓦解する。

そうして、そのように転げ落ちたまま「敷きつもる／奈落の日日を」(二四六)みみずになり貧毛類のうごめきで這っていく。光感細胞を消しさり、全身の感触で、触れなおす暗中模索が始まる。再び深淵の闇のなかに入りこむ。すでにみみずと蛹になった経験があった「ぼく」でも、自分が樹立したひとつの世界が壊れることは苦痛である。しかしわたしと世界のずれから存在の深淵へと墜落することは、生全体を賭ける必死の飛上の試みでもある。

多くの街の
多くの露地で
ひとつの巣箱が
かきたてる
閉ざした窓の
羽音を知るか?!
(二三九)

おそらくかれらにとってそれはたんに巣箱のなかの羽音、ありふれた言葉でいえば「コップの中の嵐」であっただろう。「篠つく／指の／杭に断たれた／ただひと目盛りの／波長の／悶え」(二四〇)に、いったいいかなる審査者が共鳴してくれるだろうか。しかしかきたてる羽音を知りえず、その波長の悶えに共鳴しようとしないならば、個人の生はわたしと世界の分裂を越えることができず、人びとの生は世界と世界の間隙を越えることができないだろう。その間隙はわたしと世界のコミュニケーションを遮断する壁を露わにする。異なる世界に属した者たちを分割する壁を。だから、互いに伝えるために光と空気の振動を発信し受信するという「屋根という屋根に／おし立てた／干された声の／白い墓標を／アンテナなどといわないでくれ」（二四〇-一）。電気と自己を通過しつくられた「叫びが／フィターコイルに／あふれていても」、それは単に「区切りとられる／大気のあおり」（二四二）であるのみだ。

相異なる世界を分かつ「分断」とは、相異なる人びとを分かつ「分断」とは、むしろこれではないか？　南と北を分かち、在日韓国人と在日朝鮮人を分かつのではなく、帰国しようとする思いを誰よりもよく知るがゆえに、ためらいつつも「北の直系」であることを主張して帰国しようとした「ぼく」と北から来た者たちを分かつこと、かれらの目に見える「犬」と簡単に処世しようとする「あいつ」すら付いていけない「ぼく」を分かつこと、資本主義において確かな生を純潔だと誇る「わたし」の世界と帰国しようとする欲望が大きければ大きいほど高い金をふっかける審査場の世界を分かつこと、まさにこれが分断ではないか？　互いにずれている世界、その世界へと分割された人びとの関係、それが分断だ。南北に分かたれた祖国のみならず、わたしを犬と見なす同胞たちとわたしのあいだ、もっといえばわたしとあいつに分裂した個人の内部にすら分断はあるのだ。これを「存在論的分断」というのはどうだろうか？

であるならば、分断を越えることとはかれらの許しを得て貨物を載せて緯度を越える容易な行為ではなく、世界と世界のあいだに、わたしと世界のあいだに、いやわたしのなかにあるあの分断の線を越えることだと言わねばならない。あいつについていき簡単に向うの世界へと越えゆくことも、かれらやあいつを罵って自分が構築した世界へと再び帰ることも、すべて分断を越えるのではなく分断された世界のなかに閉じこめられることだ。分断も、分断を越えることも、いまや詩人にとってはすべて、いわゆる「政治的な」ことというよりは、むしろ「存在論的な」ことだ。いや、それは存在論的であるがゆえにつねに政治的なことだと言わねばならない。

第三部の題名で「緯度が見える」と述べるとき、かれが見ることになる「緯度」こそがこのような分断の概念と対になる。緯度は分断の線だ。三八という数字を付けられた地図上の直線が緯度であれば、海上に引かれた人為的な線が緯度であるならば、あるいは地上で対峙している南北の境界線が緯度だというならば、それは詩人でなくとも誰でも見ることのできるものだ。それを見るために強いて新潟に行く理由もない。個々人すら「在日朝鮮人」と「在日韓国人」に分割するこの緯度は、大阪にも、東京にも、日本のどこでもすでに見えているのではないか？　であるならば詩人が新潟で見た緯度はなんなのか？　むしろそれは大地を地質学的深さから分割しているフォッサマグナの断層ではなかったか？

地理学的分断はもちろん、地質学的分断といっても、それを越えることはそう困難なことではない。真に困難なのは、あってもみえない、ゆえにいままで見ることのできなかった分断を越えることだ。世界を分かち、人びとを分かつ分断のみならず、わたしをわたしのなかで分割する分断を越えること。新潟、帰国センターの審査場でかれが消すことのできない明確さで発見したのは、明らかに存在論的深層に位置づいている、まさにこのような分断の緯度だ。したがって分断を越えるということは、鉄条網で引かれた国境を迂回する政治的帰国でもなく、海上の緯度を越える地理学的帰国でもない。地質学的亀裂を飛びこえる象徴的行為？　それはまったく不相応な子どものお遊びだ。分断を越えることは、むしろフォッサマグナの地質学的亀裂のなかに沈むことであり、その亀裂を抱えて生きることだ。存在論的ずれを生きることだ。そのあらゆる痕跡を信念にして、「抉れない悔いを／言葉の奥底に沈めている」[28]染みになり生きることだ。そのずれの間隙で、その無規定的な闇のなかで、新しい道を探すことだ。現働の世界から抜けでて異なる世界へと行く通路を探すことだ。その道にそって「露地うらの巣箱にありすぎる」（二四八）新しい誕生に向かうのだ。

それはいかなるものであれ、きっといままでと「かかわりのない蘇生」（二四八）だろう。[29]それは地理上の緯度を越える容易さではなく、むしろそこへ行く桟橋を揺らがす訣別であろう。「ぼく」は「海溝を這い上がった／亀裂」（二五〇）の前で立ちどまる。亀裂があるのはどうしてそこだけだろうか？　亀裂があるところはすべて分断の場所だ。

忌わしい緯度は
金剛山の崖っぷちで切れているので
このことは
誰も知らない。（二五〇－一）

分断はどこにでもある。どこでもわたしたちは、あの分断を「区切りとられる／大気のあおり」（二四一）をどこでも越えねばならないのだ。多くの者たちと声を交わしあうアンテナが、この分断の前でなんの意味があるのか？　かれはむしろそこに張りついている唖蟬になると述べる。

蛹を夢みた
みみずの入定《にゅうじょう》が
夜半。
蟬のぬけがらにこもりはじめる。
（二四七－八）

言わんとする意志を引きさげるこの最後の選択は「やったところで意味がない」という手軽な虚無主義や、他人の理解を放棄して自分のなかに逃避する小児論的個人主義とはまったく関係ない。それは規定性に隠されて見えない未規定的存在に向かっていくことであり、世界内の「そこ」に存在はないことを受けいれることであり、そのようにしてそのずれを生きぬこうとすることだ。それゆえこれは存在者に対する規定的な諸言辞が、本来見なければならないものを見えなくさせるという発見、ときには沈黙が言葉に隠されたものに至る道だと悟ることにつながる。『光州詩片』の次の詩句はこのような悟りと繫げてもよいだろう。

ときに　言葉は
口をつぐんで色をなすことがある。
表示が伝達を拒むためである。
〔……〕
意識が眼を凝らしはじめるのは
ようやくこのときからだ。(30)

存在論的ずれを生きること、それは存在論的深みにおいて分断を越えることだ。地質学的亀裂のなかに小石になり沈むことだ。その分裂のなかに込められた「ごよめき」を、その石のなかに「陰刻を刻む」のだ。石になるのだ。化石になるのだ。石のなかで「ひとひらの花弁」のような沈黙になり刻まれるのだ。「そうしてある日　それこそ不意に」、誰かがその「積年の沈黙をひと雫の声に変える風ともな」ってやってくるだろうという、地質学的時間を耐える遥かなる望みとともに。「思い至れば星とて石の仮象にすぎないもの」。(31) 星の輝く光の後の闇に潜んだ、固い石になるのだ。

『新潟』の最後の詩句。

ぼくを抜け出た
すべてが去った。
茫洋とひろがる海を
一人の男が
歩いている。

（二五一）

わたしをかこんでいたあらゆるもの、わたしが属した世界をなしていたあらゆるものが去った。逆からいえばわたしは、そのようにわたしを囲んでいたあらゆるものから去ったのだ。世界が瓦解したその地点において出現するのは海だ。茫洋とひろがる海、その海を一人の男が歩いている。何度も確認してみたのだが、詩人は明らかに「海辺」ではなく「海」を歩いていると書いた。わたしたちは新潟の海辺を一人歩いている抒情的風景ではなく、「海を」歩いている不可能な風景を見る。そのように歩くというとき、かれが歩く海とは、周知のように歩けないところだ。踏みしめる足すべてが、ただ望みなく沈むところ、それが海だ。あらゆるものが沈むところ、個体性すら消えてあらゆるものが無規定的潜在性のなかに沈む深淵、存在自体と対面することになる地平の外の闇だ。自分が信じていた世界、自分が属していると信じた世界がすべて壊れて沈んだところ、それが海だ。あらゆるものがそのように去った後、かれに残ったもの、それは確固としたものが一切ない海だけだ。あらゆる規定性が消えた存在の場、かれはまさにそこを歩いている。

茫洋とひろがる海を「一人の男が／歩いている」。一人の男、以前にひとつの名で呼ばれたであろう、「わたし」という人称代名詞で同じく指し示し続けた男であろう。「ぼくを抜け出た」と「ぼく」という人称代名詞をすぐ前に書いているにもかかわらず、その「ぼく」と同じであると思われる人物を、なぜ「ぼく」という言葉の代わりに「一人の男」と書いたのだろうか？「ぼく」をめぐるあらゆるものが去る瞬間、「ぼく」をその「ぼく」と規定していたあらゆるものが消滅したであろうから、もはや「ぼく」という言葉で同一に指し示しえないという思いからであろうか？　そうであろう。そのあらゆるものが去る瞬間、かれの身体内にあった「ぼく」と呼ばれた誰かも、そのとき死んだのだろう。わたしが期待していた世界の没落はわたしのなかにいただれかの、この「非人称的な死」と対をなす。だから「一人の男」とは、その死以降、もはやかつての名では呼ばれることができず、もはや「ぼく」という代名詞も使用できない、「ある一人の男」を呼び指す言葉だ。以前のすべての規定性が消えてしまった身体のなかの「だれか」だ。

黙々と一人で深淵のような海を、存在自体を歩く者、その歩みにはこの上なく濃い孤独の香煙がただよう。それを見る者を、それを見ぬく者を、呼びよせる孤独だ。その強密な孤独が、遠くから裾をひっぱる。海から、海のなかから。

第四章

なくてもある町、なんでもない者たちの存在論

『猪飼野詩集』における肯定の存在論と感応の多様体

猪飼野、大阪生野区にある在日朝鮮人の集住地だ。日本では汚名になった名だからと、そこに住む住民自ら地図から消した町だ。「そのままで／なくなっている町」(二二)だ〔金時鐘『猪飼野詩集』の頁数は岩波現代文庫版(二〇一三)による〕。しかし金時鐘は「あってもない町」とは書かない。それは猪飼野の存在(「在ること」)に対して判断する位置を「かれら〔マジョリティ〕」に、あっても見ることのできない者たちの目に残してやることになるからだ。じっさい自ら名を消してしまったこともまた、じつは「かれら」の目によって、猪飼野を汚く不快に思う「かれら」の視線で見たからだ。見たがらない〔「かれら」の〕目に合わせて、見えないように消してしまったのだ。

金時鐘はこの無能力な視線に自分を任せない。確固として宣言する。猪飼野は「なくてもある町」である、と。見ることができなくとも、無いといっても、消して無くしてしまっても、いまなおそのまま存在する町だ。「かれら」が見ようが見まいが、わたしたちは存在する。おまえが無いとみなしても、わたしはここにこのようにいる。わたしがいることはわたしの存在によるであり、おまえの目によるのではない。わたしたちの存在は、別の者は知らなくとも、わたしたち自身は知っている。わたしたちは生きているからだ。いや、死んでも美しくは消えないだろう。安らかに目を閉じられない地において、美しく目を閉じられない生を生きたからだ。いることも見れない無能力な視線がわたしの存在を消すことはできない。風さえもただ吹きすぎることはできない。わたしがここに「いる」からだ。わたしの存在を摩擦の形態としてでも感じずには、風も、雨もそのまますりぬけることはできない。存在はわたしの力だ。わたしの力の最小値だ。それだけあらわになったからだ。わたしの力の最大値だ。あらわにならず隠れているから。金時鐘によれば、これが猪飼野を生きる者たちの「メンタル」だ。『猪飼野詩集』はこのようなメンタルを持って生きる者たちの肖像だ。このような者たちの姿に混じりこんでいった詩人の自画像だ。

「なくてもある町」において「在る」と「無い」はずれている。このずれた町で、なくてもいる者たちは無いとみなされるほどに見えない者たちとして、「なんでもない者」たちとして生きていく。しかしこの者たちは「かれら」に自分を見てくれと言わない。「かれら」が見ようが見まいが、いることを知ろうが知るまいが、自分の存在を誇る者たちだ。誇る者たちだから笑う術を知る。差別と敵対に怒りし、苦痛に苛まれるが、しかし笑う術を知る。この者たちは笑い、自分にぶつかってくるものに対して存在自体の力で摩擦を起こす者たちだ。たとえそれが微細なエピソードに過ぎなかったとしても。それゆえこの者たちの身体と霊魂は瘡まみれだ。この者たちはみな表面の深さを持つ者たちだ。ぶつかって衝突した痕跡が刻まれた皮膚の深さを持つ者たちだ。『猪飼野詩集』はその瘡の記録だ。その瘡のなかで多様な感情が互いに混じって染みこんでいる。悲しくても悲しさに留まらず、怒りに熱くなっても熱さに留まらない、痛くても笑うがその笑いのなかに悲しみがこもっている感情だ。いかなる感情のなかにも、そのようにかなり異なる諸感情が混じって移行している。『猪飼野詩集』はその移行する諸感情の多様体だ。感応の連続的多様体だ。

一、「あってもないもの」と「なくてもあるもの」

『猪飼野詩集』は一九七八年に刊行された金時鐘の第四詩集だ。いや、あいだに朝鮮総連によって印刷が阻止されて失われた詩集(『日本風土記Ⅱ』)が一冊あるので第五詩集と言うべきか? 当初は『新潟』のような長篇詩として企画されたが、雑誌『三千里』に連載するなかで、三か月ごとに出る雑誌のリズムにそって書かれた結果、連作詩のかたちになったという。(1)

金時鐘自身が詩集冒頭に付けた注釈によれば、猪飼野とは「大阪市生野区の一画を占めていたが、一九七三年二月一日を期してなくなった朝鮮人密集地の、かつての町名」だ。「古くは猪甘津と呼ばれ、五世紀のころ朝鮮から集団渡来した百済人が拓いたといわれる百済郷のあとでもある。大正末期、百済川を改修して新平野川(運河)が造られたことから居住地ができるようになり、底辺労働者の朝鮮人が間借り等で居つきだしてできた町」であり「在日朝鮮人の代名詞のような町である」(vi)。

『猪飼野詩集』はその猪飼野があるがままなくなった瞬間から始まる。しかしそのようになくなっても、なくなることのないもの、なくてもある町であることを宣言しつつ始める。詩集の最初の詩「見えない町」がそれだ。以下はその冒頭である。

なくても　ある町。

そのままのままで
なくなっている町。
電車はなるたけ　遠くを走り
火葬場だけは　すぐそこに
しつらえてある町。
みんなが知っていて
地図になく
地図にないから
日本でなく
日本でないから
消えててもよく
どうでもいいから
気ままなものよ。

（二一‐三）

最初の行から詩人は「在る」と「無い」を、言葉どおりの「存在」の問題を、詩的思惟の主題として一気に浮上させている。在るものは在ることであり、無いものは無いことだ。これが実証的次元において在ると無いを考える通念だ。だが見てのとおりこの詩はその通念を壊す逆説で始まる。「なくてもある町」、無いと在るが重なっている。反対の場合もありうるだろう。「あってもない町」。似て見える。だからなのかこの詩はすぐ後ろにつづけて「そのままので／なくなっている町」と書く。なくなっていることとは無いことではないが、無いことへ帰着する事態の方向を表示する。在ると無いが最初の行のようにそのまま重ねられはしないが、「そのまま」という副詞によって「在る」と「なくなる」の帰着点である「無い」が、進行形の形態で重ねられている。

在るは無いと論理的に相容れないが、在ると無いが、存在と無がそう相容れないわけではないと、いくつかのやり方で指摘されている。『形而上学とは何か』でハイデガーはわたしをめぐるあらゆるものがわたしに背をむける事態を「無」と命名し、それこそが忘却された存在へと目を向けさせると述べつつ、存在と無が異ならないと指摘する。(2)『大論理学』においてヘーゲルはたんに在るという規定だけをもつ純粋存在はなんら内容を持たないがゆえに、それ自体として無であると指摘し、存在がすなわち無であるという点から生成へ至ると書く。(3)論理学的矛盾率の規制がない東洋においては、有と無がひとつだという考えは老子の『道徳経』以来、さまざまな形で変容されてつながってきた。(4)独自的な論理学を発展させてきたインドの中観派では、あらゆる存在者の根底に「空」があることを主張し、存在者の存在と空を、つまり有と無を同時に思惟する中道の思惟を深奥に発展させてきた。(5)

しかしここで詩人が述べる在ると無いは、そのような根源的原理の次元や「存在の意味」の次元ではなく、特定の「町」という具体的事実をめぐるものだ。よく知られた大阪の朝鮮人居住地であるが、まさにそれゆえに「日本でなく」、それによってその名前だけでも地価と住宅価格が下がってしまう町、だからそこに住む朝鮮人たち自らがその名前を消してしまった町。「名前など／いつだったか。／寄ってたかって　消しちまった」（六）。そのようにして在るままにして消されてなくなった町だ。したがってここにおける在ると無いは、猪飼野という具体的な町のみならず、その町と関連して繰り広げられた具体的事態をめぐるものだ。ここでの在ると無いは、存在論的な問題であるのみならず、具体的事実をめぐる感覚の問題でもあり、具体的事態をめぐる政治的問題でもある。

注意すべきことは「なくてもある町」における在ると無いは、ハイデガーやヘーゲル、老子や龍樹のような重なりではなく「ずれ」だという事実だ。ヘーゲルにとって存在はすなわち無であり、その点で在ると無いは「同一性」のなかにあるから重なり重畳される。ヘーゲルはその重なりを通して「生成」という言葉を摑みだしたのだ(6)。しかしこの詩において在ると無いは、実質的にはいまなお在るが、その名前は消されてしまったがゆえに「無い」と見なされる事態だ。つまり「在る」が「無い」とともにひとつの概念的同一性を持つのではなく、「在るのだが無い」という不一致のなかでずれてしまったのだ。「無くても在る」と言ったとしてもかわらない。在っても見えないがゆえに無いと見なされる事態、これもまた在ると無いがずれてしまったことであって、両者が同一性のなかで重ねられているのではない。要するに『猪飼野詩集』の最初の詩である「見えない町」は、この詩集で展開される詩的思惟の「舞台」なわけであるが、その舞台は在ると無いのずれという事態が展開される場であるといえよう。

在ると無いのずれ、それがこの詩集が始まる地点だ。しかしこの詩集はそのずれという事態を根本に向かって、つまり存在それ自体へと押しのぼっていくというよりは、そのずれのなかで発生する生へと、そのずれのなかで胚胎し熟成されてきた感覚と感情、感応のようなものへと押し下がっていく。いったん「日日」と命名される日常の生、「在日を生きる」と詩人が命名したその在日の生を扱う詩がそれぞれ三篇、五篇であり、分量のみで見れば詩集全体のほぼ半分を占めている。三篇の「うた」も、「イカイノ　トケビ」もそうであり、他の詩もすべて猪飼野というずれの場所において、そのずれを生きる人びとに対する詩だ。

ところで最初の詩の「見えない町」は在ると無いのずれを意外なやり方で問題化する。あるがままに消されなくなっている町ならば、「あってもない町」と書くだろうからだ。そうすることで「あっても見えない者」たちと関連した哲学的で政治的な問いを投げかけるのが、いわば「自然な」思惟の軌跡だ。しかしこの詩は反対に「なくてもある町」と書かれて始まる。詩において最初の詩行が持つ重要性を知るならば、そしてこの詩が詩集全体の舞台をなすのみならず、詩集全体に対する一種の序詩としての位置を持つことを考慮するならば、この文句は詩集全体を方向づける核心的詩行であると考えられる。その方向は、かの「自然な」思惟とはかなり異なるものになるだろうと予感させる。

あってもない町とは、あるがままにして地図から消された町だ。「地図にないから／日本でなく／日本でないから／消えててもよ」いというのは、「あってもない」という事態の否定的含意だ。このような点で猪飼野は日本のなかにあるが日本ではないものとみなされる、「あってもない」在日朝鮮人たちの状態を表現する換喩でもある。無視される者の状態を表現する。だが詩はそれを引きうけ「どうでもいいから／気ままなものよ」と、自分たちが気ままに生きる生の「根拠」に据える。どうでもいい町を気ままに生きる生の愉快な肯定として受けとるのだ。先ほどの否定的含意だけだったならば「あってもない町」と書かねばならなかった。しかし、この愉快な肯定として受けとるがゆえに「なくてもある町」と書いたのだ。

ところでこのようにひっくり返した詩行が、いかほど異なるのかを知ろうとすれば、これだけでは不足だ。これをきちんと扱うためには「あってもないもの」と「なくてもあるもの」がいかに異なるのかをまず詳しく考えてみねばならない。〔「なくてもある町」の〕「町」を「人」に書き換えて、「いてもいない人」と書いてみよう。この言葉が指すのは、ランシエールの政治哲学を強いて引かずとも、しばしば「透明人間」と命名される人たちだ。いても見えない人、見えてもいないと見なされる人たち。猪飼野の在日朝鮮人がそうであり、日本の在日朝鮮人がそれだ。比較するならば働く人が不足しているからと輸入しつつも、「産業研修生」という身分を付与したまま輸入したがゆえに、労働をしても労働者として見えず、研修生とはいうが誰にも学生としては見えない移住労働者たちもまたそうだ。見えないがゆえに、いかなる不当な待遇や苦痛を経ても視野から抜けでている者たちだ。「不法滞留者」になってしまった者たちもそうだ。滞留が不法であるからいてはならず、いてはならないがゆえに、いるならば追放し「いなく」させねばならないといわれる人びと。あるいは労働をしているが充分に労働者になりえず、労働者として見えない多様な形態の非正規労働者たちもそうだ。人間の視野では見えない数多くの人間ではない存在者たちも同様だ。あれこれの理由で開発される山や川に生きる生命体たちも、いてもみえず、死んでも命を数えられない。あってもないものたちだ。

「なくてもあること」という言葉が指すのは、これとかなり異なるものだ。ここにはふたつの異なる像がある。幽霊たちがそのひとつだ。死んで幽霊になって現れたものたち、明らかに死んでいなくなったのに存在するかのように回帰してくるものたちだ。『ハムレット』の冒頭に出てくる父王の幽霊がそれだ。かれは死んでいなくなったが、幽霊になって現れる。いないがいるものとして回帰してくる。これは現実のなかにおいても若干異なる様相で発見される。たとえば光州事態以降、ソウルの街路や大学キャンパスを彷徨っていた死んだ光州市民たちの幽霊がそれだ。青瓦台〔かつての大統領官邸〕や政府庁舎もまた、かれらから自由になれなかった。かれらは死んだので、もはや「いない」が、いくつかのやり方で生きた者に回帰してきて生きた者たちよりもさらに強い力を行使していた存在者たちだった。この詩集の後半に出てくるように、死んでも安らかに目を閉じることのできない者たちは、このように幽霊になって現実のなかに戻ってくる。いなくてもいる者として戻ってくる。

幽霊ではないが、横にいなくても強い存在感を与える者たちもまた「なくてもあるもの」に属する。「猫は消えて笑いだけ残った」とルイス・キャロルが書いたときのチェシャ猫のように、消えていないがあたかもいるかのように強い存在感を残す者たち。たとえばカフカやボードレール、あるいはマルクスやドゥルーズのような者たちがそうだ。いなくてもいる者たちだ。その名前で命名される芸術作品や思惟は、かなり強烈であるがゆえに、かれらが消えてもそのまま残る。それらはその名で呼ばれていた者がいなくても、在ると感じさせる或る力をもつ。彼らが幽霊と異なる点は、幽霊は「怨恨」や怒り、不義のあった場所に現れ、それが消えればかれらもまた消えるが、強い存在感によって「なくてもあるもの」たちは存在感が感知される場所であれば、その存在感と共鳴してかれらを呼びだす条件があれば、いつどこでも存在するという点だ。これと対比して述べるならば「あってもないもの」はあっても存在感を与ええないものだということでもある。

猪飼野の人びとはどうか？「食器までもが　口をもっている」というほど騒ぎたてて「昂然《こうぜん》とうそぶいて　ゆずらない」」、「気まま」の生を笑って述べるとき（「見えない町」三－四）、かれらは何をしている人なのか、名前が何なのかを知らずとも、一度出会っただけでも印象が消えない人びとであるだろう。たとえば「イカイノ　トケビ」がまさにそうだ。その反面、「骨が怨んだ焼き場のような／猪飼野ごまりの生涯」を述べ「祀られる夜を君は知るまい」（「夜」一九二二）と書くとき、かれらは死んでも目を閉じることができずに戻ってくる幽霊に近いのだ。おそらく猪飼野の人びとはこのふたつの極のあいだにいるのだ。

どの極に近かろうが、「なくてもあるもの」は存在感が強い者だ。存在感とは感覚的に感知される力だ。より正確にいえば、ひとつの感覚を抜けでて感知される力であるがゆえに、感覚よりは感応（affect）と書きかえねばならない。見えないがあると感じ、聞こえないがあると感じさせる感応の強度、それが存在感だ。存在感とは感知可能性の敷居を越える強度で凝結された感応だ。「あってもないもの」はあってもそれの感応が感知可能性の敷居を越ええないことだ。「なくてもあるもの」は無くてもそれの感応が感知可能性の敷居を越えることだ。前者が「弱いもの」であれば後者は「強いもの」だ。猪飼野は意気揚々とした喜びも、死んでも目を閉じれない痛恨も、あってもないものの弱さとではなく、なくてもあるものの強さと組み合わさっているのだ。

二、存在の肯定と否定

「あってもない町」と「なくてもある町」は決して同じではない。在日の空間、在日を生きる者たちを、詩人は「猪飼野」という町の名で呼びだす。猪飼野、「電車はなるたけ遠くを走り／火葬場だけは　すぐそこに／しつらえてある町」（二）だ。日本のなかにあるが日本でないがゆえに、日本へとつながる道は遠く、忌避施設である火葬場はすぐ横にしつらえてあり、周辺といつのまにか見えない区画線が引かれた町だ。これに対し「あってもない町」と書くならば、あっても見えない者たちの悲しみや怒りを、彼らの苦痛を可視化するだろう。「なくてもある町」と書くならば、他人たちがないと見なして無視したり、無くすべきだと逼迫してくるときすら、他人たちの視線をものともせず生きる姿を可視化するだろう。そのように生きる自分たちの生き方を誇って書くことになるだろう。再び「見えない町」を見よう。

そこでは　みなが　声高にはなし
地方なまりが　大手を振ってて
食器までもが　口をもっている。
胃ぶくろったら　たいへんなもので
鼻づらから　しっぽまで
はては　ひずめの　角質までも
ホルモンとやらで　たいらげてしまい
日本の栄養を　とりしきっていると
昂然《こうぜん》とうそぶいて　ゆずらない。
（三－四）

ともすれば捨てられた町といえようが、その町で生きる者たちは捨てられた者たちの委縮した感応とは反対に、なまった朝鮮語混じりの大声が堂々と闊歩し、食器までも口をもっている。町の活気あふれる力が聴覚に押しはいってくる。また「野蛮な」と言えるのかも知れないが、あるいは食べるものがないからだと考えるのかも知れないが、内臓にひづめまでたいらげて、日本の栄養をとりしきっているのだと力があふれかえる。意気揚々とした情緒が味覚として押しはいってくる。綺麗に整った聴覚と味覚を襲うように被さって溢れかえる「野蛮な」力が頭をしっかりつきつけて闊歩する。

もちろん捨てられた町であり、差別されたものたちが暮らすところなので、生はきっとぎりぎりのところでいとなまれているだろう。経済的困窮の条件が町を取り囲んでいるだろうし、まともな仕事ひとつ得ることが難しいので男たちがぶらぶらするのが目に見えている。そのような条件で生きねばならないので、女性たちが暮らしを支えねばならない場合が多いだろうし、だから女性たちはきっとつよいのだろう。

そのせいか
女のつよいったら　格別だ。
石うすほどの　骨ばんには
子供の四、五人　ぶらさがっていて
なんとはなしに食っている
男の一人は　別なのだ。
女をつくって出ようが　出まいが
駄駄っ児の麻疹《はしか》と　ほおっておき
戻ってくるのは　男であると
世間相場もきまっている。

（四）

じっさい国家から捨てられ、周辺の「国民」たちから差別される人に対して書きながら、あってもみえない悲しみを吐露し、逼迫され無視される生を嘆いたり抗議する道はなんと広いことか。レヴィナスの「苦痛を受ける他者」の倫理学(7)や「非可視的なものの可視化」を要にするランシエールの政治哲学は、[8]この道を行く人のために素晴らしい諸概念を提供する。「あってもないもの」の苦痛を概念的に可視化し、それを越える倫理学や政治学を提供してくれる。弱者の生や闘争に対する憐憫と共感は聞く者たちすら簡単に頷かせる。それは、かりに自らを「弱者」であると位置させることに対価を要求するとしても、これはあまり感知されない。弱者たちの苦痛に共感すること、弱者たちの側から強者たちを非難することは、おおよそ道徳的美徳とみなされるからだ。それによって、苦痛を受ける他者の倫理学が存続しようとすれば苦痛を受ける他者たちが消えてはならないというアイロニー〔の指摘〕は、過度に論理的な批判とみなされ、その倫理学のなかで他者たちができることとは「主人」たちの歓待を要求することの他には残っていないという窮地〔の指摘〕は、空虚な理論的揚げ足とりとみなされる。また見えないものの政治学が「可視性」の形態で、視線の権力を持つ者の「承認」を要求するようになるという難点〔の指摘〕は、弱者の苦痛を実感できない者たちの大人げない批判として見なされるし、そのような政治的闘争の帰着点は見える者としての「かれら」内部に安定的な位置を確保することになるというジレンマ〔の指摘〕[9]は、手に入れる前に手に入れた後のことを悩む暇人の心配だとみなされるのだ。

それゆえにマイノリティ、捨てられた町を「なくてもあるもの」と捉えることは、なんでもないように見えるかもしれないが、じつはかなり稀で困難なことだ。「なくてもある町」というこの文句ひとつだけでもこの詩が詩になるに充分だ！　それ以降書かれる詩句、それ以降書かれる詩のなかで、多くのものがある意味ではこの文句のなかに折りたたまれているといってもよいだろう。この一文句だけでもこの詩はマイノリティたちを取りかこんでいる「正当な」通念と「自然な」共通感覚をひっくりかえす。そこに生きるものたちをそこにそのままおいたまま、かなり異なる社会のなかへと押しこむ。弱者を自称し憐憫と共感を要求し、歓待と承認を要求するかわりに、自らの存在(在ること)を肯定し、その存在のなかにある予測不可能な力を信じ、それに対する誇りを友にして、押しすすめる。このような自己肯定の力から始まるがゆえに、苦痛や悲しみがいくら大きくても、自らを弱者として位置どりをしないのだ。いくつかの感情と情緒があらわになるが、根底になる基本情緒は「見えない町」で確認できる誇りある者の肯定的感応だ。「かれら」が見ようが見まいが、心のなかで罵ろうがしまいが、自己肯定の力によって生きる者たちにとって「かれら」の視線はべつだん問題にならない。他人たちが何と言おうが自分の生き方に対して堂々とし誇らしくする。力や意志の量ではなく、質によって強さと弱さを区別しようとしたニーチェならば、このような自己肯定の力こそが真なる「強さ」であると、強者の本性であると言ったであろう。(10) 同時にドゥルーズが強調したように、弱者たちから、つまり権力にもたれかかって生きる者たちの攻撃から、強者たちを守らねばならないと言ったであろう。(11)

にぎにぎしくて
あけっぴろげで
やたらと　ふるまって　ばかりいて
しめっぽいことが　大のにがてで
したり顔の大時代が
しきたりごおりに　生きていて
かえりみられないものほご

（五）

重宝がられて
週に十日は　祭事《チェサ》つづきで

古くからの慣習、週に十回を超える数多くの祭事、さらには迷信だと非難されること、すでに自分たちが去ってきた朝鮮の地でも生き残っていないようなものが、むしろしぶとく生き残っているという事実も、この肯定の力と相関的だ。しかもそのような異質的な慣習や風俗を野蛮なものだと自民族中心的（ethnocentric）偏見によって見くだす視線に囲まれているならば、あるいはそのような伝統や慣習を古く遅れたものと押しはらう資本主義的価値や現代の研ぎ澄まされた感覚に包囲されているならば、そのような自分の存在や生き方を維持し持続することは、それ自体だけでその否定的な諸力と対決する肯定的な力の表現だ。意図的だとしても、その「古く遅れた」ものに固執して維持することは、単に「伝統の尊重」というものではなく、大勢《たいせい》になった権力と闘い、差別と偏見に対抗する闘争なのだ。「そうですか、わたしたちはこう生きる、あんたたちがなんといおうがわたしたちはこう生きるのがいい」と自らを誇る強い力の表現だ。このように自分を肯定する強者たちであったがゆえに、同情も憐憫も取り繕いの共感も、努めて施してくれる理解も必要ない。

したり顔の在日に
ひとり狎《な》れない野人の野さ。
何かがそこらじゅうあふれていて
あふれてなけりゃ枯れてしまう

振舞いずきな　朝鮮の町さ。
始まろうものなら
三日三晩。
鉦《しょう》と太鼓に叩かれる町。
今でも巫人《ムダン》が狂う
原色の町。
あけっぴろげで
大まかなだけ
悲しみはいつも散ってしまっている町。

（一一－一二）

「あってもない者」が、見えるものと見えないものの境界を問題化する「感覚の政治学」(12)へとつながるならば、「なくてもある者」は無視され非難されることに抗って自分の存在を頑固に持続する「拒絶された者の存在論」につながる。この存在論は自分の存在それ自体を生の拠点に据え、その存在自体を肯定する力で自分を開いていく。「かれら」が知りえない、じつは自分もよく知りえない力を信じて、かれらが規定する視線から抜けでて未規定性のなかに潜在した新しい規定可能性を探しだすこと、それがこの存在論に含意された倫理学であり政治学だ。これが、なくてもある者たちの哲学的かつ政治的な誇りある意味だ。

　このような誇りが固執的なのは、非難し差別し除去しようとする否定の力に抗うことで育ったものだからだ。それゆえにこの誇る身体には自分たちを包囲し否定しようとした諸力の痕跡が、痣の跡が刻まれている。またそれゆえにこの誇りの感情には閉じこめられて捨てられた生の怒りが、嘲弄され逼迫された生の悲しみが深く染み込んでいる。キムチの臭いに象徴される忌避すべき悪臭、それゆえとうとう開けることのできなかった「べんとう」、ストレスの円形脱毛症を引きおこすような排他的感情の包囲のようなものが、その誇りの片隅に、暗い陰に隠れている。

あらがった君の　何かだろうから
うとまれた臭気にでも　聞いてみるんだな。
今もまだ　むれた机は　そのままだろうよ。
あけずじまいの　べんとうもね。
あせた包み　そのままに
押しこんだなりで　ひそんでいるさ。
知っているだろう？
あの抜けおちた　銭はげのような居場所。
いたはずのうなじが　見えてないだけなんだ。
ごこへ行ったかって？
とごのつまり
歯をむいたのさ。
それで　行方不明。
みながみな　同じくらい荒れだしたので
だれも彼を　知ろうとはしない。

それからだよ。
がに股の女が　道をはばんでねえ
ニホンゴでないにほんごで
がなりたてるんだ。
いかな日本も
これじゃあ　いつけるはずがないやな。
オールニホンの逃げだしだ！

（七−八）

もちろん誇りの力はそのような悲しみと逼迫に負けず、叫びをあげ自分が生きていく場所を確保する。日本のなかに日本ならぬところをつくりだし、そこを存在の拠点にかえてしまう。しかし肯定するといっても包囲は包囲だ。誇るといっても包囲されたところに閉じこめられて生きる者は捕虜だ。捕虜的生存に息詰まってどうにもできないのであり、展望が見えない生存にどうして暗澹がないといえようか。さらに「働ざる者食うべからず！」と言って死のような貧窮をつくり、「金があれば愛でも買える！」と言って金を欲望させる資本主義の日本において、華麗なるやり方でおこなわれる貧窮の包囲を、ただ誇らしさひとつで生きぬくことは決して簡単なことではない。自分たちの生の場所で、包囲の象徴になった名前すら自ら消し捨てたくさせる誘惑を振りきることは決して簡単なことではない。キムチの臭いを消し、浴衣を着て、仁丹を噛み、「かれら」のなかに入り、「日本人」になって豊かさと安定を享受することを夢見ない者がどれほどいるだろうか。その夢想的独白を表示するためであろうか？　右の引用文のすぐ次の連には、〔さらに二字分下げるという〕若干の距離を導入する。

イカイノに追われて
おれが逃げる。
俘虜《ふりょ》の憂き目の
ニッポンが逃げる。
役所をたのんで
枷《かせ》をとかさせ
買いたたかれた
イカイノを逃げる。
家が売れて
モモダニだ。
嫁がとれて
ナカガワだ。
イカイノにいてて
気がねのない
ニホンが総出の
追いだしだ。
キムチの匂いを
町ごと封じ
浴衣すがたのイカイノが

仁丹かんで
よそゆきだ。　（八―一〇）

〔さらに二字下げにしたのは〕「イカイノ」という名を消して残った空白だろうか？　空白が集まり柱になる。見えない町を支える見えない柱のようだ。無駄なものかもしれないが、捨てがたい夢の柱だ。猪飼野は投げすてがたいこの夢が消してしまった名前だ。「そのままで／なくなっている町」は、そのように存在を否定されて「ない」ことになってしまった町だ。ともすれば誇りとは相反すると言わねばならないこのような事態は、まさにその誇りの影だ。

しかしそのように名を消したことで「見えない町」になったといえども、それは町の存在を包囲した事態から来たものなので、存在以前に来るものではない。この者たちは包囲されたからそこにいることになったのではなく、この者たちがいる場所をかれらが包囲したのだ。詩人が「なくてもある町」を最初の詩行としたのは、つらく大変だろうという視線と貧窮へと追いやる世界の圧迫と包囲のなかで、自らその名を消してしまったけれども無くならないものが、まさしく自分たちの存在であるという信ゆえだろう。「なくてもあるもの」になるようにする存在の力という信ゆえだろう。それゆえに自分の存在を誇る力は自らの名を消して見えなくさせるものを、うずく思いで、愛の思いで省みさせる。

まみえぬ日日の暗がりを
遠のく愛がすかしみる
うすれた心の悔いのはじまり。

ごこにまぎれて
そっぽを向こうと
行方くらました
己れであろうと
饐《す》えて　よごんで
洩れてくる
しょっぱいうずきは
かくせない。
土着の古さで
のしかかり
流浪の日日を根づかせてきた
あせない家郷を消せはしない。

（一〇－一）

三、なんでもない者たちの力

「そのままのままで／なくなっている町」に生きる者たちは「かれら〔マジョリティ〕」の目には、いても見えない者たちだ。「なんでもない者」たちであり、「大したことない者」たちであり、みすぼらしく「とるにたらない者」たちだ。このような者たちであるから、この者たちがその状況を嘆いたりその状況の苦痛を吐露すること、あるいはその苦痛に対する共感を訴えることは、「かれら」が見るに理解しやすい。当然そうであるべきことだ。しかし「なくてもある町」に生きる者たちならば、そのようにしないであろう。「かれら」の目にいかに見えようが、「かれら」が承認しようがしまいが自らの存在を誇る者たちであるのだから。この者たちは詩句を若干かえていえば「日本人でないから／消えてもよく／どうでもいいから／気まま」に生きる者たちだ。この者たちは「気ままにする者」なのだ。「かれら」はいまなおなんでもない者、「大したことない者」と見なすだろうが、そのような考えすら次のように受けとるだろう。「そうだね、わたしはなんでもない者だ。だからわたしがなにをしようが口出しするな！」、「大したことないしとるにたらないって？　そうだね、で、それがどうしたって？」と頭を堂々とかかげ反問するだろう。

「なんでもない者」という規定に対するこの堂々とした肯定、おおよそ「かれら」にとっては「ふてぶてしい」と感じるであろうこの誇りほど、自分が理解できない行為を「気まま」という言葉で批判する者たちを困惑させるものはない。やってみたところで損するのみで、いかなる利得もないことが明らかなのに、現れては馬鹿なことをやり、頭をつっこんできて「気ままに」やる者たち。高尚なふりをする者たちに煮え湯を飲ませ、ふんぞりかえって格好つけた素振りをする者たちに公然と難癖をつけ、着飾った姿にきゃっきゃっと墨をぬる者たち。あるいは普段は静かにしているが、巨大な名分や高尚な権威が自分に迫ってくる瞬間、声高に張り合ってその名分や権威をひっくり返してしまう者たち。[13] なんでもない者たちの力は、なくてもある者の誇りから、自分の存在に対する誇りから出てくる。

『猪飼野詩集』には「なんでもない者」たちが何度か登場する。まず「うたひとつ」に出てくる「ひとりの男」がそのような人物だ。猪飼野の鶏舎長屋《タクトナリ》から飛びだして渡り歩いたが、ごこにいっても「チョウセン」のレッテルが貼りつき、結局ケンカをしては傷害罪の前科を重ね、「ごうせ　かくせぬ　チョウセンならば／丸ごとさらけて／ふてくされ」（一四）る人物だ。男は早くに日本国籍を得てあぶくぜにで金持ちになった叔父貴を訪ねていく。叔母を追いだし日本の新婦と結婚したのみならず、朝鮮戦争で逃げてきていとこの兄まで警察に突きだしてしまった人物だ。「ちきしょう！／チョウセンやめたは　そのときよ。／思いだすだに／いまいましい！」（一八）。日本の夫人が出したお茶にたばこをつきたて、下に降りて叔父貴の店のパチンコをなな台叩き割る。結局、

この
危険な男
出入国管理令によって
強制送還。
　おらのくにだ、いってやらあ！
大村《おおむら》収容所へ
ひったてられるあいだ
彼が唄ったのは
　アリラントラジ。
どんなに唄っても
一つの　うたで
アリラン　トラジとしか

でてはこない。

アリラン　アラリヨ
トラジーアラリヨ
男の唄は
波の上
玄界灘に　揺れて　途切れて
トラジー　トラジー　トラジー
アリラン　トラジョー

（二〇一一）

これに対し「パチンコを数台壊したところでその人がどれだけ変わるの？」とか「その数台壊しただけで自分は追放されたじゃないか？」と目的や手段の合理性を問う批判はなんら意味がない。それを知らずにしたのではなく、にもかかわらずしたのだから。ともかく自分ができることをしたのだから。たとえそれが「なんでもないこと」だとしても。

じっさい目的や結果に対する合理的計算はなんでもない者を本当に「なんでもない者」へと作りかえてしまう。計算すればするほど無力でとるにたらない者になってしまう。逆にそのような計算や計算的な行動がもはや通じない或る地点を見せることこそがなんでもない者の力だ。気ままにするということは、「自分の思うがままにする」ことではなく、計算と予測から抜けでたことをするということだ。計算しないことがきままにする者の力だ。「見積が出ていなくても」耐えがたい悪行や虚勢に我慢しないだれかが「いること」を見せること、世のなかの要求を、権力が要求することを、受けいれず抜けだしてしまうだれかが「いること」を見せること、計算や予測を抜けでた或る力や行動が「あること」を見せること、まさにそれがきままにする行動の理由であり意味だ。それはなんでもない行動ではなく、不義や不当さに我慢できないだれかが「いること」を見せる行動だ。「いること」の力を見せる行動だ。なにも持たないなんでもない者たちが自分の存在意味を現わす方法だ。これは存在自体から出てくる、なんでもない最小限の存在から出てくる意味だという点で「存在の最小意味」だ。なにも持ちえない者、存在以外にはなにもない者の力は、まさにこの「存在の最小意味」から出てくる。存在者の存在から出てくる。

「うたひとつ」の男は、そのようにして自分の存在の最小意味を現わすために自分の生をかけた。日本における生全体を賭け金にしたのだ。「なんでもない者」であるがゆえに「なんでもないこと」に自分を賭けることができたのだろう。卓越した者はなんでもないことに自分を賭けない。偉大なる者は偉大なることにのみ自分を賭ける。「なんでもないこと」のために賭けたがゆえにそこにはすっきりさとともに虚脱さもなくはない。「アリラントラジ」、阻止にも関わらず歌い続けたうた、だた「ひとつ」であるその歌は、なんでもない者の固執的な存在を表現する。またそれ以外にはかれが持つものがないことを見せる。自分の心を許した歌とはそれひとつであることを。そこにはひたむきな行動にこもったいかんともしがたい孤独が、存在の「最小値」を賭ける者のうら寂しさがこもっている。それでも引っぱられていくあいだじゅう、歌をそう歌ったのは虚脱さと孤独さがありつつも、自ら好んで行なったことを現わす。自分がもつものすべてを賭けたのだと。

「イカイノトケビ」と呼ばれる男は、このように頭でっかちに頭からつっこんで一発で終わらせる人物ではなく、とぼけたり冗談めいたりして、格好つける奴らに繰り返し一発くらわせる

「常習犯」だ。かれもまた恐喝、傷害罪の前科が積みかさなった人物だ。
「イカイノトケビ」は、着流しのような日本の服をきて歩きまわったら、道のまんなかで素っ裸にされるから気をつけろという忠告から始まる。

すれちがったとたん
もう帯は　手繰りこまれているとみていいよ。
きりきり舞いの
棒のこま　よろしく
姿勢をとり直したときには
あっさり　身ぐるみ
はがれているという寸法さ。
それが　きまって
ニホンぶっている
チョウセンときているから
通りは　あげて
拍手かっさい！
そう小さくもない　鼻の穴を
ひくひく　させて
この　わからず屋の
イカイノ　トケビ

物見たかい　野次馬ひきつれ
　ご注進と相成る次第なのだ。
（九二一―三）

　軽犯罪に引っかかることを避け、そのように奪った服は「落とし物」だと交番に届ける。勝手に拾ったのかという警察の非難を大人しく聞いては、浴衣はたいて慈善箱に放りこむ。「こうせい橋の　交番所には／なんでも　この夏だけで／八十八枚も　たまった」（九四）というが、クリスマスプレゼントには百枚ほど足りないと言ったとかである。この程度は軽い冗談だといえよう。気ままな者たちのはっきりとしたターゲットになるのは、敏捷に日本人になって、汚く金をあつめて高尚なふりをする社長さんだ。しかも礼服がみすぼらしいと、隣人たちが結婚式に参席することすら拒絶したとなれば、いうまでもない。

かっぷくもない　くせして
ひがな一日　ゴルフに　興じ
きんきらきんと　上流ぶっている
社長一家。
ウエハラ産業の　ご難だったのだ。
上の娘の　婚礼とかで
急ごしらえの　家紋
ご満悦に　染めぬき
花嫁衣裳から　羽織まで

しめて二百五十万円也と　吹ちょうする。
そのあげくが
隣り近所の
こともあろうに　礼服もたぬと
式への参加をことわったのだ！
（九五－六）

怒ったトケビは結婚式の前夜、こっそり婚礼用の服がそろった衣裳部屋に入ってニンニク三株を電気コンロにのせてスイッチをいれる。繊維のすみずみまで染みいったニンニクの臭いに社長夫婦が気がおかしくなり、急いでウェディングドレスをどうにか新しく買ってきたが、消せない臭いに客らがみんな帰ってしまったという。駅のホームでゴルフのポーズをとっていたサラリーマンの傘に自ら体をぶつけては、五〇万円の傷害だと訴訟にかけたこともある。

イカイノトケビはこのように相応しくない者たちに難癖をつけ、犯罪の境界線でへそのまがった冗談をする者であるが、そのような冗談やへそまがりの根底にあるのは、いても見ることのできない者、高尚なふりをして虚勢をはる者に対する軽蔑、そして自分が正しいと信じる者に対するためらいなき誇りだ。詩の最後に出てくるエピソードを詩人はこのように書く。「イカイノ　トケビは／へそまがり。／このことだけは／知っておかにゃ。／昨夜の　終電車の／傷害ざたも／俺にだけは理屈が　わかる」（一〇〇－一）。ある女が酔っぱらいにからまれて弱っていても周りの人びとはみてみぬふりをしていて、それにしびれをきらせたトケビが摑みたおしては一発くらわせたのだ。正義感だとかなんだとか言うまでもなく、不当だと思うことは見すごせない態度が、イカイノトケビのあらゆる難癖とへそまがり、傷害と恐喝の理由なのだ。気ままにするあらゆる行動の理由なのだ。

イカイノトケビもまた「うたひとつ」の男のように、なんでもない者であり、気ままな者だ。トケビが男と異なるのは、その男のように恨みをいだくことはなく、悲壮ではなく、ユーモアがあるという点だ。「うたひとつ」の男は見苦しい叔父貴に恨みがあり、それをいつか処断しようという思いが、かれの心の片隅深くに刻まれていた。そのような悲壮さによって、かれは自分の存在を現わす思いもよらぬ「一発」を食らわせたのだ。これと異なりイカイノトケビは、見苦しいウエハラ社長に対してさえいつか「一発」食らわせてやるという悲壮な決心のようなものがない。見苦しさと同じ大きさの決心をして煮え湯を飲ませるのみだ。そのように煮え湯を飲ませるときにも、いたずら心あふれるユーモア感覚を忘れない。

悲壮な決心は、悲劇的結果を甘受してでも決定的な一発を食らわしてやるという思いにつながりがちだ。悲壮さはそれゆえ「一発」の悲劇で終わりやすい。「命をかけて」、あるいは「命運をかけて」ふるう一発の決定打を決心したがゆえに悲壮なのだ。悲劇に向かって自分を投げだす悲壮さには、自分がなんでもない者ではないということを見せてやるという思いが強く位置づいている。男の「気ままさ」が一度で終わってしまうのはこれゆえだ。その反面、イカイノトケビはその一発よりも自分の存在が、その持続がより大事だと知っている。かれは一発に満足しない。繰り返し繰り返し他人たちに煮え湯を飲ませる気ままな行動をする。そうするためには軽くならねばならない。憎みや怨恨に捉えられて自分を投げだす重さではなく、いくら怒ってもすべての状況、すべての人を距離をおいて見ることができ、その距離から笑いを摑みだすことができるユーモア感覚がそれと対をなす。自分がなんでもない者ではないことを「見せてやる」思いもない。なんでもない者として「存在しつづける」という思いがあるだけだ。

それがなんでもない者の力であることをよく知っているのだろう。これがなんでもない者として存在する、そのような存在を持続する、より肯定的な道ではないか？

四、垂直の力と水平の力

「なくてもある者」、なんでもない者の力を見せるもうひとつの興味深い人物が「日日の深みで（2）」に出てくるヨンジばあさんだ。この詩は、まずいきなり壁を破ってくるドリルについて述べ、それとともに「救国宣言」支援大会でこぶしをふりあげた隣人や、仲間だとしても壁をとりはらったり距離を除去してはならないという悟りを、長く書きつらねる。そのような境界がないならば意図とは無関係に、自分にふと押しはいってきた隣人のドリルで致命傷を負いうるということだ。これはじっさい反対に自分が隣人にそうしうることを述べようとすることでもある。自分がべつだん考えなしに隣人であるヨンジばあさんがもちをつつんでくれたその朝の『朝鮮新報』――朝鮮総連機関紙――を見てこぼれた言葉が、かれにドリルのように押しはいってきて、それによっていったん「がなりたてときたら／もうお手あげ」（七一）というヨンジばあさんの反撃を受けたエピソードがそれだ。

ことのおこりの反射にしたって
日ごろの敬慕がほとばしったまでのこと、
ゆめゆめ　ヨンジばあさんの
気さくさをそしったわけでは

けっしてない。
それがどうだ。
いくら使いの嫁ごの
あおりをくった注進があったにせよだ、
草もちを寄こしてくれた
親身な厚意までののしられたとくる。
これは本意ではない。
いかに親しい行ききにしてもだ、
よもや　配ったばかりの朝鮮新報が
もちをくるんで出戻ってくるとは　心外ではないか！
それでつい
それも妻を見据えながら
いや俺自身の主体思想に向かって
ごなったのだ！
　失礼な！
　偉大な首領様に失礼な！
これが　今朝の
騒ぎにまでなった顚末である。

事態をまとめれば、「俺」の隣人であるヨンジばあさんが「俺」にもちをくれたのだが、配

（七二・一・三）

布したての朝鮮総連機関紙『朝鮮新報』を、読まずにもちの包み紙に使ったのだ。それをみた「俺」は怒って「偉大な首領様に失礼だ」とうっかり言い、その話をもちのお使いにきたその家の嫁が聞いてヨンジばあさんに伝えたのだ。するとヨンジばあさんはもちをあげた好意を無視したといって訪ねてきて「がなりたて」、ひと騒動あったという話だ。ヨンジばあさんの言ったという話は次のようなものだ。

ケイアイスルウ、
ケイアイスルウ、
ケイアイスルケイアイスル
ケイアイスルゥウウウ
気がすんだか
あと十万日言っておっても
ケイアイするうだあ！
ケイアイスル
ケイアイスル
ごいちにんしか載らない新聞
読まんでも
読んでも
キンニッセイじゃい!!

（七四－五）

ごいちにんしか載らず、載せられる話も久しく変わらないので読もうが読むまいがなにが違うのだということだ。「俺」はこの言葉が正鵠を刺す言葉だと思う。

いやぁ
意外とこれは本当のことだ！
「金日成元帥様」をとってしまっては
なにも残らない！
なにも残らないほど
その方が朝鮮なのだ！
朝鮮がその方を
報ずるのだから
首領様だけの
新聞でいいのだ！
これは大したことだ。
ヨンジばあさんも
俺も
まちがってなどなかったことが証されている！

（七五－六）

ヨンジばあさんがいったん口を開けばたまらないというが、それはたんに声が大きくてたまらないのではなく、「俺」のように真摯で誠実な人すら考えつかない思いもよらない真実を正確に捉えていたからだ。またヨンジばあさんはそのような事実を口外することを恐れない。他人の視線を気にせず、自ら捉えた世のなかの真実を「気ままに」述べるのだ。ヨンジばあさん、普段親しくしている隣人だが、政治のようなことはなにも考えていないと信じていた人物だ。またべつの意味での「なんでもない者」であったわけだ。そのような者の口から政治的活動家すら忘れていた重要な真実を聞くことになったのだ。これはこの運動において「なんでもない者」であるがゆえに考えついた真実であり、考えたとしても「気ままな者」ではないからやたらとは言えなかった真実だ。ヨンジばあさんがそれを見ることができたのは、ヨンジばあさんがなんでもない者であったからであり、それを言えたのは気ままな者であったからだ。これがなんでもない者の力だ。

しかし詩の話者である「俺」は慎重だ。「俺」はヨンジばあさんの言葉が間違ってないと認めるが、自分もまたそう考える理由があると思う。それゆえヨンジばあさんも、俺も間違っていないと思う。「なにも残らないほど／その方が朝鮮」であるがゆえに「「金日成元帥様」をとってしまっては／なにも残らない」（七五）のであり、それゆえその方を報道した当日の新聞でもちを包むことに憤慨する理由があるのだと。もちろん反語と風刺のためにしたことだといえごとも。問題はそのように各々の正しさがありつつも、自分が正しいと信じることを他の人たちもまたそう考えねばならないと思ったこと、それをうっかり言ってしまったことが問題であったと整理する。先にみた「俺」へ突きはいって来たドリルと壁の話に再び戻る。

へだてない見さかいのなさが
やはりいけなかったことのすべてだ！

これからは
気をつけよう。
はっきり主体を見届けて
きんじょづきあいも　仕切っていこう。

（七六）

隣人との関係を仕切っていこうという言葉は、先ほどのドリルの話からみて、この言葉はそれほど反語的冗談とはいいがたいが、誇張すら混ぜてかなり明示的に述べているので、その反語的色調を見逃すことは難しいだろう。この反語的色調は隣人間の壁に対する考えを蚕食するというよりはヨンジばあさんとの関係から生じた距離を蚕食することに見える。これは少し後に妻と自分の生活の話をしつつ、自分たちを「家ごと廻されている　縦の力」と対比される「水平廻転」、つまり横の力と連結する。

よしんば　俺が
半馬力の廻転を止めてみたところで
家ごと廻されている　縦の力には
抗しようもない。
知ってのとおり
俺たちの稼ぎは
ロクロとか
ガラ掛けとか

水平廻転からひねりだすものばかりである。
ところが　あてがわれる食いぶちときたら
縦を縦につないでいって
そのつなぎを平列に
横へ渡していかねばならない仕組みからしか
まわってきやしないのだ。

（七七－八）

垂直の力とは、自分たちの生を支配する資本主義的構造の力であるのみならず、自分たちの活動を支配する垂直的な組織の力だ。水平廻転とは、自分たちが仕事をして直接回転させることだ。それは縦の力に対比される横の力だが、隣人間の連帯もまたこの横の力に属する。生活費は縦を縦としてつなげる力を横へ横へとやりすごさねばならない構造のなかでのみわたしに入ってくる。隣人もまたそうだろう。各々が属した縦の諸力が各々を捉えているのだから、隣人関係とはそのような縦の諸力が横へとつながる関係なわけだ。そのような構造から抜けでることができないので、隣人関係もまた純粋な水平関係ではない。「俺」がヨンジばあさんと衝突したのも、じつはこのように「俺」を捉えた垂直の力とヨンジばあさんが衝突したのだ。隣人間のわきまえがあるべきで、交際の線を守らねばならないというのは、きまじめに解釈するなら、このような衝突が発生しないよう気をつけるべきだという意味だろう。

ヨンジばあさんは叔父貴のパチンコを叩きこわした男のように悲壮でも荒々しくもない。かといってイカイノトケビのようにへそまがりだったりいたずらをしたりしない。このエピソードにおける笑いは、巨大な垂直の力に隠されて見ることのできない真実を率直に見て直接的に述べるヨンジばあさんの言行と、そこに意外な真実を見て、それを受けとめる「俺」の態度から出てくる。ヨンジばあさんの言行は重々しく高尚たる者たちがあえて言うことのできないことを「気ままに」述べる、なんでもない者の言行だ。「俺」はその気ままな言行を、自分とつながった垂直の力で蹴り飛ばすかわりに、その水平の回転がつくりだした力を受けとり、自分を押しつぶす垂直の力について考えなおし、そこから逸れることをもって、最大値の肯定的力へと増幅させる。「俺」自身がその垂直の力に対して抗議する騒がしい悲鳴として、天井を突き破り昇っていこうとする。

壁の向こうで
あいつが　とんがり
地ひびきをうって
見果てぬ社会主義が
プレスを叩く！
家がドラム！
俺が　シンバル！
打ちに打って
喧噪をかき鳴らし
喧噪にまぎれて
俺が消える。
荘重なパイプオルガンの

俺に適した
抜け穴の中。
旋律は
星ほども
禱《いの》りを飾りたて
おもい　おもいに
円筒のくらがりをすり抜けるはずだが
いつか俺の悲鳴が
天窓を破ったと思いみてはくれないか?!
　からがら　すってん
　　きりり　きゅっ
狎《な》れがもつれて
ガラが廻る。
あらんかぎりの罵声はりあげ
届かぬ叫びが
俺を超える。

（七九－八一）

　家をまるごと回転させ、家をドラムにして叩く力について、「俺」はシンバルになり騒乱を起こし、その騒乱にそって荘重なパイプオルガン、音を増幅させるパイプの穴をのぼっていき、天井を壊したいという。ガラ掛けがまわる水平回転の力にそって隣人間の親しみが入りまじり、騒乱がより増す。罵声を大きくはりあげるが、罵声を届かせたい対象には届かない叫びだろう。しかしその叫びは「俺」を包みこみ、「俺」に乗って超えていく。互いに入りまじり天井に向かった「叫び」になって。垂直の力に押された「うめき」の声を消しさって（「俺たちの職種には／うめきと　わめきの／二つがあるとは　まえにも言った」七八）。なんでもない者の力、それはときには親しい隣人すら垂直の力に抗って上昇する運動へと押しこみ、垂直の力から抜けださせる。気ままにやる者の力、それは他の者たちを気ままにさせる力でもあるのだ。これがヨンジばあさんがこれまでの者たちと異なる点だ。

　この「なんでもない者」にひとつだけ簡単に追加するなら、「朝鮮辛報」と「朝鮮瓦報」にでてくる特定されもしない人物たちだ。ヨンジばあさんとの言い争いの種になった「朝鮮新報」を、紙飛行機にして飛ばす猪飼野の子どもたち、そして普段はかなり厳粛かつ謹厳でだれの手もおよばない「首領様」の写真に手を加え、ほほずりし、鼻ヒゲを持たせてようやく「人の中《うち》」（九〇）にしただれかの手。名はもちろん、個体性すら得られなかったという点で、この者たちは誰よりもさらに「なんでもない者」だと言えよう。この者たちもまた気ままにやる者だ。あえて「首領様」の記事が載った朝鮮総連機関紙で紙飛行機を飛ばし、あえて手を触れてはならない「首領様」の写真に手垢をつける者たちだ。だからこの者たちが気ままであるのは、先の例とは異なって無垢さゆえだ。なんの意図もなくなんの考えもなく、ただ無垢であるがゆえに、このうえなく厳粛な権威、このうえなく強力な垂直の力を、遊戯の世界に呼びだしているのだ。無垢さもまたなんでもない者の力を稼働させる重要な成分だ。

五、感応の多様体

あってもいない者はつらい。あっても見えないからつらく、見えないから死んでも数えられることがないので悲しい。このような否定の事態のなかでは「在ること」すらつらく思わねばならない理由になる。無視と否定の対象が、まさにその「在ること」であるがゆえだ。苦痛を感じる他者の倫理学は、そして見えないものを見えるようにする感覚の政治学は、このつらさの感情、悲しみの感情に基盤をおく。それを「根本気分」とする。条件によって、事情によっていくつかの感情がありうるが、あってもいない者として設定される瞬間、そのあらゆる感情はこのつらさの感情、悲しみの感情で彩色される。他の感情は、あっても見えなくなる。

悲しむだけの生がどこにあるのかと言うと、見えない者の感情が前面に出る瞬間、他の諸感情は限りなく小さいものに縮小され、つらさの感情に吸収されて立つ場所を失ったまま悲しみのなかに溶けこんでしまう。見えない者たちもまた喜びの感情や笑いが無いわけがないが、見ることのできない「かれら」を批判し、かれらの承認を受けねばならないがゆえに、笑いや喜びはあっても隠さねばならない。苦痛を受ける他者が苦しそうな顔をしていないならばその者はすでに苦痛を受ける他者であることを終えるし、いても見えない者が笑いたてるならば見えない者の位置を抜けでなければならない理由を述べるのが難しいからだ。そこで重要なのはつらさと怒りを表現することだ。他者の倫理学や見えない者の政治学に喜びや笑い、ユーモア感覚が入り込む余地がないのは、これゆえだ。

なくてもある者の心的状態は、無視しても消えず、消そうとしても消えない自身の存在に対する誇りに基づく。このような誇りは他人たちの視線を気にしないでいられる距離を、ときには他人たちの非難すらおごけてやり過ごしうる余裕をもっている。「見えない町」の語調がまさにそれだ。自ら名を消してキムチの臭いを封じたことを言うときすら、おごけた語調で書く。もちろんなくてもある者を自負するとしてもつらさや痛恨がないわけがない。怒りや悲しみもあるであろうし、もどかしさや悔恨もまたあるだろう。誇りを持つ者であるがゆえに、ともすれば差別や無視に対してはるかにもっと敏感であろうし、そこで感じる苦痛や怒りもまた大きいだろう。誇るとは言ったが、なくてもある者の立場を自ら選んだわけがない。在ると無いがずれてしまったポジションとは、自ら好んで選んで立つことになったのではなく、押しやられ閉じこめられて立つことになったのだろう。そのようなずれとは、自分が属した世界の裏切り、自分と隣りあった者たちの拒絶によってはじまったものだからだ。

しかし、なくてもある者が、あってもない者と異なる点は、怒りや悲しみの感情だけで自分の生を彩色しないということだ。悲しみの系列に属する多くの感情があるが、自分を肯定する者たちであるがゆえに、もっといえば〔自分たちを〕無視して見ることのできない者を笑ってやる術を知る距離と余裕をもっている。だからその者たちにとって悲しみは決して一次的なものではない。かれらが無視するからといってわたしの存在が無いとなぜいえるのだと、手で鼻を覆ったり顔をしかめたり非難の視線を送る場合にすら笑ってやりすごしたり、輪をかけけやりかえしたりする。「ふふ、臭いちょっときついでしょ？　生の臭いだよ。臭わない生なんて空っぽか虚勢かでしょ?」、というふうに。だから悲しみを表現するときすら、それは余裕ある笑いとともに現れる場合が多く、悔恨を現わすときすら、それは憐憫や共感を求める語調ではなく遥かなる望みのなかに自らを埋めこんでやりすごす場合が多い。この者たちの怒りは「かれら」に対する復讐心に沈殿せず、この者たちのつらさは「かれら」の承認を求めない。

それは自らの生をあるがままに肯定するように、あるがままあらわに表現するのみだ。もちろんときには悲しみとつらさが染みだしもし、怒りが直接的に表出されもし、もごかしくて逃げだそうという感情が現れもするが、悲しみとは異なる系列の諸感情が一次的なので、その相異なる諸感情が互いに混じり、共存して移行する様相で現れる。「あってもない者」の詩が多様な諸感情を悲しみや怒りという「ひとつの」感情へ帰属させるならば、「なくてもある者」の詩は悲しみや怒りすら多様な諸感情の連続体のなかに溶かしこむ。前者の感応が特定の色彩の感情へ回収されるならば、後者においては相異なる諸感情が、感応のなかで入りまじり移行する。

　自分を肯定する者の肯定的感情と否定された立場からくる否定的感情がときには混じり、ときにはひとつのものが異なるものへと移行して表現される。多様な感情がそのように混じって移行し、ある「連続的多様体」（ベルクソン）を形成する。[14] このように混合と移行の状態のなかにある感情の多様体を感応の連続体と定義してもいいだろう。このような感応の連続体を、ひとつの支配的感情に別の諸感情が帰属される「感情」と対比して「感応（affect）」と略してもいいだろう。[15] 相異なる諸感情がベルクソンの述べる「純粋持続」においてそうであるように、互いに混じり移行する諸感情の連続体としての感応。

　このような連続体のなかでは直線的に現れるひとつの感情すら、その連続的多様体が見せるひとつの断面ないしはひとつの状態だと言わねばならない。ここではいくつかの感情が悲しみないしは怒りのようなひとつの巨大な感情に帰属されたり包摂されたりしない。この点で相異なる諸感情の連続体としての感応は、ひとつの有機的統一体になった感情と対比される。喜びも単純でなく、寂しさやつらさがこもった笑いとして出てくることもあり、怒りが染みこんだおどけとして表現されもする。だからときには諸感情の流れ全体が明るい感応として現れもし、ときには暗く悲しい感応として現れもするが、不憫な笑い、さっぱりした笑い、寂しい笑い、呆れた笑い、大笑いのような異なる色調の笑いがあり、悔恨にじむ悲しさ、決然とした悲しさ、諦念の悲しさ、笑いのこもった悲しさ、温かい悲しさのように、相異なる悲しさがある。ここで重要なのは笑いや悲しさではなく、むしろそのなかにこもった異なる諸感情だ。あってもない者たちの感情もまた、実際は多様な諸状態へと移行して混じっているはずだが、そのすべては悲しみや怒りというひとつの感情のなかに帰属されたり吸収されるという点でひとつの統一体だ。多様性を失った多様体だ。

他の詩集でもそうだが『猪飼野詩集』は、かなり相反する諸感情が共存し混じる連続性を、いくつかの様相で見せてくれる。まずここまで論じてきたように「見えない町」がなによりもそうだ。電車すらなるべく遠くを走り、火葬場はすぐ傍に置かれる町であり、地図にないから日本ではなく日本でないから消えようが消えまいが関係ないが、それを嘆くのではなく「どうでもいいから／気ままなものよ」（三）と笑って受けとめる。うるさいと非難することについては、食器すら口をもっていると活気を楽しみ、やたらふるまってばかりだと誇り、「しめっぽいことが　大のにがて」（五）と堂々としている。悪臭を避けたかれら、だからとうとう開けれなかった弁当は忘れられないが、そのような視線を自分の内面に向けて沈殿させるよりはわめきたてて正面から受けとめる。捕虜のような苦痛と経済的計算で自ら町の名を消してキムチの臭いを封じてしまいもするが、そのように目を背ける自分が感じるうずきは隠しえない。そのように猪飼野は「吐息を吐かせるメタンガス」であるが、同時に「もつれてからむ／岩盤の根」（一一）だ。声もふるまいも常にあふれる町、飼いならされない野性が生きている町。このように相反しもする諸感情がぞんざいに絡みあっていて、ときにはこの感情が出てきて、ときにはあの感情が頭を出すが、基本的には誇る者の活気にあふれたこっけいな感情が主調をなす感応の多様体を、わたしたちはこの詩から発見する。

「見えない町」に続く三篇の詩「うた　ひとつ」、「うた　ふたつ」、「うた　ひとつ」は、猪飼野の朝鮮人たちのこのような感情と感応を「うた」を契機に描写する。「うた　またひとつ」では「アリラン」と「トラジ」という朝鮮のうた、「うた　ふたつ」では「錦繍山《クムスサーン》民主《ミンジュ》首都《スト》」という北朝鮮のうたがそれだ。「うた　もうひとつ」はこのように明示されるうたではなく「打ってやる／打ってやる」という反復句を通して詩自体内でつくられるうたであるが、この詩はその「うた」を通して相異なる感情のあいだを横切り、感応の多様体を創造する。まず「うた　ひとつ」は先に見たように、悪い叔父貴に一発食らわせたいと決心した男の悲壮な思いが底に敷かれているが、詩はそれを表面に現わさない。

思いおこすのだ。
終戦のごさくさ。
汚水が　ゆけゆけの
ニワトリ長屋。
わけてもきたなかったのは
いやに部厚い
昬の　叔父貴だ。
てかてか

日本のヨメさんまで飾りたて
とうとう
おれの叔母を　追んだしたばかりか
朝鮮戦争で　逃げてきた
いとこの兄まで
突き出した。
ちきしょう！
チョウセンやめたは　そのときよ。
思いだすだに
いまいましい！
（一七－八）

叔父貴の悪い過去を描いてかれに対する男の怒りを現すが、悲壮さを現わすには果断な行動の速度があまりにも速い。悪態混じりの直接的詩行は感情の深みのなかに入りこむかわりに表面へと吐きだす。人称代名詞も、名前やあだ名も用いず、ただ「男」と書くがゆえに、かれの行跡と行動に対する叙述は客観的だが、「はったりをかますような」感じの誇張ありげな語法によって若干の笑いまで感じさせる。「出会いがしらのおどり場で／はち合わせたのは　社長夫人。／煮抜きのような顔をして／あんた　だあれ?!／もあったものか☒／　チョウセンおるかあ！／と　へたりこみ／だされた　お茶に／たばこ　つきたて、／て　おいて／隅のモップ／かついで下りた」（一九）。
そうして叔父貴のパチンコを叩きこわした後、警察に捕まえられ追放の道に入ってから、かれの悲壮さは「おらのくにだ、いってやらぁ！」（二〇）という言葉でかなり遅れて現れる。そして収容所にひったてられるあいだ、かれがうたううたを通してかれの感情は表面に浮かびあがる。「ごんなに唄っても／一つの　うた」（二一）、そのひとつのうたから長い月日を忘れずに堪えてぬいてきた固執めいた感情と、結果を計算せずに頭から突っこんでいく無鉄砲な感情、持っているものといえばうたひとつしかない者の無力さと一人孤立して追放される者の寂しさ、「自分が追放されるとしても」なにかを見せつけてやるのだという悲壮さ混じりの、或る感情が染みだしてくる。「男の唄は／波の上／玄界灘に　揺れて　途切れ」（二一）るように、かれの心もまた、流れて途切れているのだろう。そのように揺れて途切れながらも愚鈍にかれの決心を支えて来たものなのだろう。この詩はこのようにかすめるような笑いを含んだ行跡の叙述から始まり、偏屈な行動の若干過剰な描写を経て、「うたひとつ」へと凝結した諸感情が、かなり早い速度で移行し、ひとつの感情的連続体を形成する。

「うたふたつ」は猪飼野を去りたいハルコの軌跡にそって進む。ハルコは猪飼野が「なにかと干渉がましく／ごみごみしてて／口さがなくて」（二四）嫌いだ。なくてもある町だと誇る詩人の反対側にいるわけだ。生計に追われて忙しいが、そんなものをかえてみるつもりもなく母は間のびしている。そんなハルコがそんな母とケンカすることは避けがたい。ケンカするとき、ハルコの思いは委縮し猪飼野からさらに遠ざかる。「またその先の　遠い町を」（二四）想像する。「そのうちイカイノ抜け出ようと／反対おして」（二五）結婚した夫は、自立したと思うやいなや事故で死んでしまった。ハルコは久々に訪ねてきた友達と新幹線にのって猪飼野を抜けでて旅行をする。騒いだあとのものうげな座にたえれずにうたったうたは手ローラーを打ちつけ覚えた「錦繍山民主首都《クムスサーンミンジュスト》」。知ってる者は気まずくなるが知ってか知らずか別の客たちは浮かれだすのだ。猪飼野を抜けだそうする思いにそった旅行であるが、かのじょの行動は猪飼野式だ！　ものうげさを耐えられず、いつのまにか声高くうたう興と活気、他人の視線や知り合いの気まずさをものともしない太い神経……。「新幹線は快適だったが／行ったさきざきで／いくら行っても／顔見知りのイカイノ娘はそこにいたのである」（三二）。じっさいこれがハルコの力だ。猪飼野を抜けだささせてくれる船を待つが、どこにいってもなおそこにいる顔見知りの猪飼野を、どうして振りはらってしまえるのか。荒汚い猪飼野が嫌で去ることが望みだが、そのハルコにすらいつのまにか興と活気にそって行動してしまう猪飼野式の感応が体に染みついているのだ。

「打ってやる／打ってやる」という反復句が少しずつかわっていく言葉のリズムがいつのまにか舌に絡みつき、身体に絡みつく詩「うた　またひとつ」は履物工場で食っていく猪飼野の朝鮮人の独白風に展開する。「十足打って／四十円」、「日当の五千円／かせぐ」のは大変な労働であるが、そう嘆くかわりに「ひまな奴なら／計算せい！」（三四）と、こっそり笑いを込めた言葉でかすかにこもった自嘲の色調を消しさってしまう。「忙しいだけが／おまんまの　あて」（三三）から始まる「打ってやる」は、いつのまにか飛躍して「日本じゅうの　ヒール底／叩いて　打って／めしにする」（三四－五）と誇張された言葉で「とるにたらない」といえる状況を膨らませ、自慢するかのようなこっけいの混じった語調へと飛びたっていく。

打って　運んで
積みあげて
家じゅうかかって　生きていく。

日本じゅうの　ヒール底
叩いて　打って
めしにするのだ。

打って　打って
打ちまくる。
あってない　俺らの
逃げる季節に
このうさ　打って
打ちまくる。
〔……〕
打って　打って
打ちまくる。
石油成金　ふとらせた
政治とやらに　打ちつける！
〔……〕
打って　たぐって
打ちまくる。
無念な　おやじを
打ちまくる。

（三四‐七）

飛びあがったついでにその打ってやる力をもっと押しひろげて「うさ打って」、「政治とやらに打ちつける」。そうしてから方向を一気にかえて「骨が泣くと／母が泣き／おやじは　ひっそり／棚の上」（三七）にいると、家族史にこもる胸痛む感情に向かってまっすぐ飛んでいく。打てば悔恨の絡まる「骨の　おもい」（三八）が解けるのではないかと思って「無念な　おやじを／打ちまくる」（三七）。そのように打つ心にそって、金になるから故郷よりいいと日本にやってきた者たちに、またそのように滓みたいなおすそわけにしがみつく国に「くたばれだ！」（四〇）と直接的な悪口を浴びせる。そうしてはそのようにやってきた者たちに乗り、遡っていき、置いてきた故郷へと、故郷に対する懐かしさへと移っていく。

無数に方向をかえるこの移行の果てに、詩は再び「格子に／はまった　くらし」（四三）に戻ってくる。「ぐちってる間もない／泣いても　いない」（四三）と、打つ暮らしへと戻ってくる。このように詩は自嘲すら消しさってしまう笑いと誇張で練られたおどけから、恨むべき傷みのうっ憤と涙の出る悲しみへと移っていき、直接的な悪口から懐かしさへと、そして黙々とした日常の感情へと、かなり速く移行する。隣接した諸感情にそって進行する換喩的な旅行だ。このように横断する感情の変化にそって、この相異なる諸感情は混じる。「打ってやる。／打ってやる」という反復句はこの相異なる感情の諸事態を打ちつけながら、相異なる感情をひとつに束ねて行き来し、ひとつから別のひとつへと移りいけるようにしてやる。この言葉を通して、そのように打たれた諸感情は、ひとつの連続体につながり混じる。移行する諸感情が混じってつくられる卓越した感応の多様体が、この「打ってやる」の反復句のリズムのなかで、そのリズムを通してつくられるうたのなかで誕生する。

もちろんこの詩集に、活気ある笑いや苦痛の感情をひっくり返して距離をつくる反語、おどけた余裕の色調が明らかな作品だけがあるわけではなく、いくつかの感情のあいだを移っていって混じる作品だけがあるのでもない。「寒ぼら」では酒ばかり飲んで泣いて嘆く男の悲しみが明瞭であるし、「いぶる」ではぞっとするほど美しい火で不法の産業廃棄物を燃やして暮らす「隠坊《おんぼう》」（一六六）と、出口に至れずにきちんと焼けきらず目にしみる煙をだすかれの欲望がもどかしい。「それでも　その日が　すべての日」は、働くさいにも常に躓き石になるのなら、「一つもないのに／二つもあ」（一八三）る「故国」のあいだで子どもすら朝鮮へとなさしめてしまった者の話だ。「おれらどうしが融け合って／帰れる国に」（一八六）が来るであろうという、「日々にうとく　うすれている」（一八七）希望が、おぼろげで遥かだ。「イルボンサリ」もまたそうだ。家族や親族どうし「扶け合っても助けにならない／そんな助け」（一八九）を支えに生きてきたが、そのような「日本暮《イルボンサリ》しが恨みじゃと／呆《ほう》けた膳を叩いて」（一八九）泣く「イカイノのまま」（一九〇）の日本暮らしをする叔父は、話者自身の姿でもある。

しかしこれらの詩においてすら感情は単純ではない。「イルボンサリ」には「扶け合っても助けにならない／そんな助けがおれらの支え」（一八九）という誇りがあり、酒を飲んで泣く叔父もまたそのように「日本を生きても生地のまま」（一九〇）という点で尊敬の対象だ。「それでも　その日が　すべての日」での「その日がくるだろう」という漠然としたは希望は、「なじんだにしては　はみでて」いるがゆえに「居つくにしてはつらすぎ」（一八四）るが、また「働くにも／朝鮮はいつも　じゃまだった」（一八四）ことをよく知っているが、それでも朝鮮に固執し「オンマ」〔お母さん〕、「アパ」〔お父さん〕という言葉を固守する誇りの表現だ。「いぶる」の隠坊は「こんなたぐいの仕事なら／いつでもありついていられる」（一五八）汚れ仕事をしているが「ぜに出しゃぁ難のない／お大尽さま」や「捨て去りゃ　こざっぱりな／市民さんたちより」、この「難儀を押して引き受ける／おれのこの／意地のほごがまっとうさ」（一五九）という信がある。自分が焚く火から「ぞうっとするほど／美し」（一六二）さを見て、自分の火炎がその色を出して燃える日を、いぶる煙のなかで探す。「寒ぼら」の泣きじょうごの「なかおり」おっさんは、ふだんは「口をへの字に謹直」（四六）な人物で、「韓国からの魚はいっさい」（四七）自分のものだと言いはり、自分のすることに誇りある人だ。ごの詩であれたんに悲しさだけではなくさせる異なる感情が混じっている。

もうひとつ忘れてはならないことは、これらの詩は先ほど言及した時、そして「朝鮮辛報」や「朝鮮瓦報」、「イカイノトケビ」のように明るい色調を持つ詩とともに、もともとひとつの長編詩として構成された[16]この詩集をおりなす作品として読まねばならないという点だ。悲しみであれ活気であれ、もごかしさであれおごけであれ、詩ごとに色調を異ならせて噛み合ってつながる詩集全体をひとつの連続的感情の多様体となす作品として、つまりひとつの感情を明白に表すときにすら、それはこの感情の連続体のなかの或る地点、或るひとつの状態であると見ねばならない。この連続体の最初にあり、「猪飼野」という町全体の像を描いている「見えない町」は、前半部に配置された「うた」とともにこの連続体の色調全体を規定する一種の下地を塗るものだといえる。でありつつも「寒ぼら」と暗い色調の「日日の深みで（1）」の後にユーモア感覚が光る「日日の深みで（2）」と「朝鮮辛報」、「朝鮮瓦報」を配置し、もっともおどけた詩「イカイノトケビ」でそれを上昇させ、クールな色調の「日日の深みで（3）」で受けとるので、感応の色調は相異なる感情の差異を行きさきし、単純さから抜けだす。「果てる在日」がその後ろに五篇連続するが、「果てる在日（1）」はスターになった在日のバレーボール選手と詩人自身の、似ているが遠い、「知らないどうしで／知っているどうし」(一一九)の距離のあいだで書かれるのだが、それゆえに感情はかなり節制されている。自分と遠いがかなり似ている在日人の成功から感じる喜びと、韓国へ帰化しようとするという噂から感じる憂慮ともごかしさが、同質感と違和感が混合した新しい感情が、節制された言語のなかで姿を現す。ともすれば最も激しい怒りや恨痛を込めていてもおかしくない詩「果てる在日(2)」は、祖国だからと訪ねていってスパイとして追いこまれた韓国留学生たちの不幸を扱うが、事態を叙述する方法が反語的であるので簡単な「共感」を呼びおこすことはなく、毎度「祖国さまァ／つれなさすぎるよ!」、「大統領さまァ‼／なんぼにも　むごいよォ!」(一三二)のような悲鳴のような抗議に、嘲弄とおどけを混ぜた誇張された語法を通して、怒りを涙の激昂から取りだす。「果てる在日(4)」は父の死の瞬間を、子どもを産もうと妻を抱いていた時間と重ね合わせることをもって、このうえなく後ろめたい悲痛さと子どもの誕生に含まれた喜びを混ぜて、かなり異化された感情を生産する。喜びと悲しみ、同質感と違和感のあいだから、そのどちらでもないがそのどちらでもある新しい感情が、このように混じる感情の新しい混合にそって表面に浮かびあがる。

暗い色調の感情が最も強くなるのは「いぶる」から「イルボンサリ」と「夜」に至る最後の部分だ。「イカイノトケビ」がおどげた感情の山頂であったならば、この部分は最も深く暗い渓谷であろう。しかしその後ろに「へだてる」ものを「あいだにおいて」ひとつの風景を形成するものとみて、そのような町を「遠くにとらえ」市街地が開けていくことを見つつ、そのすべての意味を同時に含んでいるひとつの単語「へだてる」を通して、境界を行き来して素晴らしい「風景の多様体」をつくりだす詩「へだてる風景」につながり、暗い感情の色調は中性化されたトーンへ変化する。

その後ろにある最後の詩「朝までの貌」の冒頭はこのようなものだ。「彼女の強さがなんであるかは、ちょっとした判じものである。体の調子とはおよそかけはなれた、それは別格の生活力だからである」（二〇〇、強調は引用者）。「なくてもある町」の声高でふるまい好きで大胆で意気揚々さから始まった詩集が、過労で病んでいるが体の状態とかけ離れた強さの正体を問う詩で終わっているのだ。その強さは根づきがたい固い岩盤の上で生きねばならなかったがゆえに、そこに根付かねばならなかったがゆえに生じたものだ。しかしこの「朝までの貌」は単純に強さのみを浮き彫りにしない。この格別な生活力から見える強さは、祖母、母、娘とつながるが、かのじょらの間にも互いに理解しがたい壁がある。そうでありつつも生まれてもいないところである母の故郷を、母の記憶と話が染みこんだ場所を自分の故郷とする娘を通して「樽に閉じこめてしか芽を芽吹かせない暮し」（二〇六）に対して、換言すれば樽に閉じこめられることをもって新しい芽を芽吹かせる暮しに対して、その暮らしの微細な色調につい て、詩人は書く。生物学的につながり、知性的に途切れながら、感性的距離のなかで再びつながる複雑で微細な連携の線が「彼女の強さ」をかこんでいるのだ。この詩の最後の詩行は、最初に投げかけた「強さの正体」を客観的語調で叙述し、風のように近づき遠ざかる余韻のなかで、その強さに染みこんでいる「くにのふるえ」を、そっと混じらせる。

岩盤に生きるつよさがなんであるかは、彼女にとってさしたることのいわれではない。ただ根づくことのない異郷の固さにも、ごっかり腰を据えていられる場所が、自分にあることを知っているだけである。

さかしまに裸の根をかざして、ざわざわ風のわたるうすくらがりを見入っているのが、よもや彼女をかかえているくにのふるえであろうとは、誰もまだ知るはずのないことなのである。　（二〇七）

六、果てる在日、在日の境界

猪飼野、名前が消され「そのままで／なくなっている町」（二）だ。そのように消されてなくなったが無いとはいえない町だというが、それゆえにこの町は境界を持つだろう。表示板はなくとも町が周囲と異なるので区別される境界を持つことは明らかだ。名とともに名称上の境界は消されたであろうが、しかし異なるところと区別される境界を持つであろう。しかし境界をたんに行政的区画や地理的表象として考えるならば「なくてもある町」という言葉を、まだきちんと理解できていないのだ。名とともに行政的区画線は消えてしまい、地理的境界は意味がなくなってしまったが、それでも猪飼野は存在する。特定の場所から抜けだしたがゆえに、むしろどこにでも存在すると言わねばならない。ハルコが仲間と旅行をするとき「いくら行っても／顔見知りのイカイノ娘はそこにいた」（三二）ではないか（「うた　ふたつ」）。だからといってどこでも猪飼野だとは言えない。「たぐって」探さねばならなず、「鼻がきかにゃ　来りゃあせん」（六―七）場所なのだから（「見えない町」）。どの場所にでもあるが、たどり着くどこにでもあるのではない。場所を持たないが境界がないわけではないということだ。名を消してしまったことをもって「そのままで／なくなっている町」になったが、これは逆にいえば「消えているがいまなおある町」であり、場所から抜けだしたがどの場所であれ存在する町になったことを意味しもする。在日の生を意味する、脱場所化された町、それが猪飼野だ。

或るものの境界とは、それが異なるものと出会う地点だ。越えていけば別の場所になる場所だ。なにかの果てだ。猪飼野は在日の領土だ。その領土性が現れるものはすべて猪飼野だ。猪飼野の境界は在日の果てだ。猪飼野における生が、在日の生が、それと異なる生の領域と接するところだ。「在日を生きる」という言葉が有意味になる果てだ。在日の果てだ。五編にもなる同一題目の詩を通して在日の果てについて書くのは、つまり猪飼野の境界に対して書くことだ。「果てる在日」という詩五編を通して、詩人は在日の境界線を外延的ではないやり方で描写しようとするのだ。果てに至ったものたちを通して在日の輪郭線を、猪飼野の境界線を描こうとするのだ。

「果てる在日（1）」で直接の素材になったのは、一九七六年、モントリオールオリンピックのバレーボールで優勝した日本チームの主役である白井貴子という在日韓国人だ。一九七二年ミュンヘンオリンピック決勝戦で猛活躍をし、世界的なストライカーとして名の知られた選手だが、日本国籍を取得する前の名前はユン・ジョンスンであったという。詩人は彼女が所属したバレーボールチームを「ヒタチムサシは／遠い先」（二一六）と述べつつも「白井の／恋人」（二一五）を自負することから見て、在日韓国人であるこの選手の活躍に熱狂したようだ。ところがミュンヘンオリンピック以降、いくつかの理由で日本代表選手から引退し、父の故郷である韓国に帰化するという噂があったというが、だからなのか詩人は「ヂョンスニ」と呼びかけてこのように述べる。「ここにいなさい。／日本にいっても／とりまく海を渡ってはなりません」（二一四）。海を渡ってはならないというのは、海を渡って韓国に帰化してはならないということだ。誤解してはならないのは、詩人が韓国について反感を持っていてこのように述べるのではないという点だ。なによりもそれは日本選手であるがゆえに「こぞった声援をつぶ」すことになるだろうし、そのようになれば「よそよそしいあなたが／あなたに　無残で」（二二四）であろうという思いからだ。かのじょが韓国に帰化しようというのは、詩人が「志操」と命名した「民族意識」のようなものによるからだろうが、その点で「思想」ゆえに朝鮮籍を維持している自分と同形的だと詩人は考える。

ぼくにはそれが思想なのだが
きみにはゆずれぬ
志操でしかない。
志操と
思想と。
ごっちも一つのことを
言い当てていて
べつべつに
まるごと
一つのことを主張しあっている。（二二六－七）

「あなたは　他人。／も一人の／ぼく」（二一八）と書いて詩を開始したのも、第五連の一行目で「私は　あなた。／あなたのなかの／切れている二人」（二二六）と書きなおすのも、このような理由による。二人とも「はてしない証しの表明のために／同じ芯を削りあっている」

（一二七）のだ。もちろん二人は同じではない。「ぼくが朝鮮で／おまえが韓国」（一二七）という点で異なり、「だめな二世が俺であるなら／君はさしずめ／出来のいい複製のニホンだろう」（一二八）という点で異なる。しかしそのような君が「たくまぬ見本をぼくに見ると」いい、志操を理由に韓国国籍を得ようとするのは、俺としては「せつない話」（一二八）だ。なぜなら君が生きねばならぬここでは「ごっちを向いても／ニホンのなかで」（一二八）、そのニホンにおけるあらゆる成果を無にしてしまい、ぽつんと外れた無残な境遇になろうことであるからだ。そのような選択は、逆に「俺」のような者が「原初さをひけらかし／いきおいチョーセンにも／なろうと」いうものだから「おまえまでが俺の変色をあてこんでいる」（一二八）ことを意味する。詩人は、たとえ朝鮮籍ではあるが「韓国でなくとも／朝鮮でない」というような「在日を生きて」（一二九）おり、「故国」や「祖国」だとかいうが、自分が夢見る国は「どうせ届かぬ世界ですから／私はここで／分娩」（一二二）するという意志が明らかであるからそのように述べるのだ。

要するに思想を理由に日本に暮らしながらも朝鮮籍をもっている「俺」と、志操を理由に日本における成功にもかかわらず韓国籍を持とういう「おまえ」（ヂョンスニ）は対称的同形性を持っている。二人とも自分が暮らす在日の現実のかなたに「故国」を持つ人だ。しかし外的な同形性にもかかわらず「俺」は実際の生の現場を離れて韓国や朝鮮へと渡ってはならず、生の場所である「ここ」において朝鮮でも韓国でもない「在日」を生きねばならないと信じる。そのような観点で「俺」は日本に行っても海を渡ってはならないと言ったのだ。かのじょのように在日のここを去って「故国」へ帰るならば「上げもせぬのに／叩き込まれて／だれともない一人の／在日が果てる」（一三〇）。在日の境界を越えることになる。逆に言えばそのように越えていけば果ててしまう在日の境界がそこにあるということだ。在日の境界線のひとつがこのように在日が果てる地点を通して描かれる。これはこの詩を書く詩人やこの詩に書かれる人物のみならず、在日を生きねばならない者であればだれもが対面し苦心することになる境界なのだ。

「果てる在日（2）」は「祖国だと／親の帰れなかった／祖霊の地だと／息子ははるばる／片ことまじりで探して」（二三二）いったが、スパイとみなされ監獄へと、死へと追いやられる人びとについて書く。「果てる在日（1）」が日本と故国の境界で在日が果てる地点を扱うならば、「果てる在日（2）」は南と北の境界で在日が果てる地点を扱っているわけだ。在日の生、在日の空間を規定するもうひとつの区画線だ。南と北の区画は「自由主義」と「社会主義」という体制の区画でもあり、互いを口実に独裁を維持しようという体制の区画でもある。だからその区画はこのうえなく明瞭で、このうえなく苛酷だ。曖昧さは許容されない。明瞭に区分され切断されねばならない。行き来する者があればスパイであるに違いない。だが在日を生きる者たちは南と北の分割以前に存在した。その鋭い区画線は、この者たちの存在を後から覆ったのであり、この者たちの存在をひとつの規定や選択にそって画然と分かとうとした。しかしその区画以前にこの者たちはひとつの家族であり、隣人であり、仲間や友であった。それゆえ、

ここじゃだれもが
いりくんだ暮しを生きている。
法事にも　葬式にも
同じ家でも

北と南が
からむってことはよくあるよ。
祝いごとなら
円卓かこんで
呑んでいることだってめずらしくないよ。
（一三二–三）

この者たちの生は、この者たちの存在は、このように区画や規定を横切っている。理念や祖国はこの者たちの存在の次にやってきたのだ。だから互いが属した「祖国」ゆえに争っても、在日を生きる限り、混じって絡みあっているのが当然なのだ。だが「海の向こうに／自分の国見つけて／くにでの勉強が大事なんだ」（一三二）と訪ねていった者たちが、体制の区画、理念の区別が重要であると押しだす祖国の刀に死をくらわされることになる。自分の愛情ゆえに、愛する祖国によって死ぬことになるアイロニー。詩人は問う。祖国に対する「まずしいわたしのゆめ」（一三六）を罰せねばならないのか？「くにの変りようを思いちがえた」（一三六）純真さのせいだろうか？　明らかなのは南と北の境界は、「故国」に対する夢すら死に至る道へとかえる幻影であり、在日の生が果てる区画線だという点だ。

「果てる在日（2）」が戦争によって激化した南北間の敵対的境界を扱うならば、「果てる在日（3）」は資本主義という体制内で日常的に繰りひろげられる戦争を扱う。ここでの「俺」は今しがた競争者を非情に追いやって「十一人目の片割れ」（一三七）を工場へ放りこんだ。十一番目の分身になって就職した「俺」は「ここに　こうして／十三時間も座りとおして／この前近代的なメード・イン・ジャパンに／わが分身の一つ一つを組み込んで」（一三八）いる。俺によって仕事を得られない「亡霊」が街を埋めている。もちろん「俺は決して特定の人間をねらったりはしない。／ただ潰す」（一三九）。

この戦争はまた反共諸国家が社会主義諸国家に対抗して繰りひろげる体制競争でもある。東南アジアと台湾、韓国へとつながる「弓なり状の力の接点」（一四〇）で繰りひろげられる戦争。「俺のドライバー一丁が／反共国家群の信義のほごを／零細な同胞企業のごろんこの中でつなぎとめている」（一四〇）。働かざる者食うべからずという資本主義の規則は、そのように命を担保に人びとを「はみ出る余地をまったくなくしたまま／もっとも頑丈な洋箱に閉じこめるのだ」（一四一）。

おお　わが分身よ！
出先地のいずこを問わず
このハンドルを握る一切の人間を消せ！
その後進性をあざ笑うインテリも
あわせて殺せ！
（一四一－二）

この戦争はそれを深く見る目を持たない者にとって、競争で勝利した者の「自信と栄誉を保障」（一四三）する。だがそのようにござっぱりと勝利者の自信にふけっているとき、他のだれかによって「俺」が死ぬかもしれない戦争だ。「時だ！／奴の美事なる変身は／ダンプカーを乗っけてきて／あっ／という間に／俺を昇天させた」（一四三）。かといってそれで果てるのではない。「俺」は再びだれかを殺し、次の分身を作業場に放りこむ。「それで／十二番目

の　片割れが／俺の俺になり代わって／あの組立場の仕上げ台に／おさまっていることになる」（一四三－四）。

このような戦争は在日朝鮮人であれ、在日韓国人であれ、在日であれ日本人であれ、あらゆる人のあいだで繰りひろげられる戦争だ。いや、同じ在日のあいだで、より熾烈に繰りひろげられる戦争だ。政治経済的差別によって有利な地位を簡単に占める日本人よりは、同じ地位の在日のあいだで、はるかに頻繁に繰りひろげられる戦争だ。日本人はここから遠く、在日はここに近い。これは在日のあいだで生死を争う致命的な競争の境界線だ。在日を生きんとする限り、消しえない境界線だ。

「果てる在日（4）」では父とぼく、そしてぼくの子どもが、死と誕生へつながって切れる世代の境界が描かれている。ここには去ってきた後、死の瞬間まで、とうとう再び会いに行くことのできなかった父に対する個人的な呵責の思いが、その死を見守り、その後ミイラのように生きて死んだ母に対する申し訳なさの思いがこもっている。父の死を知りえないまま、その時間に妻を抱いていたという自責、母の叫びを聞けないままベビーベッドの話をしたという告白は、このような思いが逆に遡及して書かれたものであろう。

あなたが
生命の終点で
のたうつころ。
そうです。
そのころ。

ぼくたちは抱き合っていました。（一四五－六）

だが詩人はこの不憫な死の時間に妻を抱いていたという事実を、たんに呵責だけに帰結させない。「さわやかな／午前の／日曜日。／ぼくはそんなこと／夢にも知らない」（一四七）という申し訳ない事実は「ベビーベッドが欲しい」（一四八）という妻の言葉につながり、たんに呵責するだけではおれなくなり、ぼくが当然引きうけねばならない父母の生死は、自分と妻もまた父母になるという事実につながり、呵責の回路から抜けだす。父母の死が子どもの誕生という不可避で自然な生存の連続性へと連結されることをもって、個人的感情を超えた不可避な現実に対する陳述へと越えていく。申し訳ない心情を逃さずに引きこみながら。「暮れなずむ日の／メリーゴーランドよ／もうすぐぼくも／父となる。／もうすぐ妻も／母となる」（一四九）。父母はいなくなり子どもは子どもとしての自分の生存を生きること、そのように子どもは再び子どもを産み父になること。生命の日が暮れる瞬間、繰り返し回りまわるメリーゴーランドのように生命はそのように回りまわって反復する。そこで父母の死は世代の境界線を引き、父母から子どもへとつながる生命の連続性はその境界線を越えていく。そのように詩人が父の悔恨こもった死すら知りえず、母の悲鳴のような叫びすら聞けなかったように、その死の瞬間につくられた子どもたちもまた父母の声から独立した生を生きるであろう。海の向こうに父母の生涯があり、海の向こうにおいてきた父母の地があるが、「あてどない日日の／あてどない／日本で／子が子に」（一四九）なるのだ。父母は、父母の生は、子どもの生のかなたで消えさっていくのだ。これは在日の生をめぐるもうひとつの境界だ。

最後に、疫病で死んだ者の葬式行列から始まる詩「果てる在日（5）」は、死んでも安らかに目を閉じることのできない死について書く。この死は「骨肉相食《あいは》む／火の手」（一五二）を上げ、生存の居場所を踏みにじる占領軍へとつながる。だれだろうか？　米軍だろうか？　仮装された解放と疫病を同時に持ってやってきた者だというからそうであろう。しかしそれだけであればこの詩は在日の果てに対する詩とはいいがたい。むしろ詩の後半部で書かれているものをみれば、死すら解放になりえなくさせるものに対する詩だと言うべきだろう。「死が／安らぎでないまでも／一つの／解放ではあるべきものだ」（一五三－四）。抑圧や貧困、差別や排除の現実から去るのだから、解放でなければならない。しかし「欲しない死を／強要された／死人に／浮かばれる日は／永劫／こないだろう。／固形物の群れが／喪服に包まれて／果てしなく／眼底を／よぎる」（一五四－五）と書くとき、詩人の目に入ったのは死んでも安らかになれない死だ。死んだ者すらうずくまらせる、したたる緑など望みえない「かくも累々と炭化した」（一五六）地層だ。死んでもまともに死ねない死、それが在日のまた別の果てだと言わんとしたのだろうか？　死んでもまだ埋めることのできない、ともすれば最後まで埋めることのできない母、それは死んでも死ねない死の形象だ。この詩の最後の部分を引用する。

炎天の季節を
まだ埋めてない
母が
二重映しに
だぶってくるのだ。
生きるべき

土壌と
成仏せる地層の
厚みの中で
わたしは　まだ　死なぬと
ひからびた胸の
死をはだけで
迫ってくる。

（一五六ー七）

その母の形象は在日の生の果てで死を、しかしまだ死なないと誓う詩人自身の姿でもある。安らかに目を閉じることのできる地層までは至れないが、生きねばならない土壌であるがゆえに死なずに生きるという誓い。これは在日を生きる、そのずれを生きねばならない在日すべての姿でもある。この者たちが生きねばならない土壌は、じっさい死んでも安らかになれない土壌だ。それゆえここに書かれた在日の果ては、死んでも安らかになれない地と安らかに目を閉じることのできる地のあいだ、二つの死のあいだにある境界線を表示する。これは安らかでない生と安らかな生のあいだ、楽に生きられる地と楽に生きられない地のあいだの境界線でもあるのだ。そのふたつの地、そのふたつの生のあいだで「わたしは　まだ　死なぬ」と言うのだ。そのように在日を生きぬくということだ。安らかでないずれの生を生きぬくということだ。

七、　日日の深みと痣

（1）痣と傷

『猪飼野詩集』は笑いながら書いたいくつもの痣の記録だ。笑いながら？　このように書いてもいいのか？　確実にそれは気分のいい笑いではない。それでも「笑いながら」と書きたいのは、すでに述べたように誇る者の余裕がこもった笑いが諸感情と調和している特異な感応を表示するためだ。痣とは生きるなかで好悪に関係なくぶつからねばならなかったもの、そのぶつかりによって肉のうえに、身体の表面に刻まれた記録だ。在日の生を生きるなかでぶつからねばならなかったものが身体の表面に刻まれた記録、それが『猪飼野詩集』だ。そのぶつかりの強度によって異なる深さ、異なる色の痣がつく。「強度」や「深さ」という言葉すら、ともすれば不十分でありうるが、痣の強度や深さとは、たんに量的な大きさで比較できるものではないからだ。なにがどのようにぶつかったのか、ぶつかる身体の活力がどうだったのかによって、異なる質を持つだろう。痣はそのような点でそのようにぶつかるなかで他人たちと生きてきた生の痕跡であり、自分を取りかこむ世界、ともすれば「包囲された」というべき世界のなかで衝突してきた生の記録だ。痣にはその世界が入りこんでいるのだ。

しかし痣は傷と異なる。痣については笑いながら述べることができるが、傷については笑いながら述べることができない。じっさい傷もあるだろう。しかしそれを笑いながら書いて述べることができるとき、それはもはや傷ではなく痣だ。痣だといって痛くないわけではない。傷より痛みの強度が小さいわけでもない。身体を突破するぶつかりはときには血として弾けでて、傷身体を裂きもする。これもまたぶつかりの痕跡という点で痣に属する。痣と傷の差異は強度にはない。痣と傷の差異は心との関係にある。傷は心に貼りつき剥がれないものであり、痣は心に貼りつかないものだ。傷が心に貼りつく衝撃であれば、痣は身体に染みこんだ衝突だ。傷は感情や心を引きこんで離してくれない。自分の心も、他人の心も。フロイトが述べたように、自分の傷に捕えられるとき、心の動きはその傷に固着する。固着した心は症状的行為を生みだす。

傷について真摯に、共感し、惜しみ、憐憫し、怒って述べなければならない。傷ついた心に近寄り、あるいは引きよせられて述べなければならない。近づかず「客観的に」述べるのでは傷を理解できない。それは傷をただ痣として見ることになる。笑いは傷を軽く感じたり嘲弄することと見なされる。その反対に自分の傷について笑って述べることができるならば、その者はすでにその傷から抜けだしたのだ。そのように抜けだして距離を置けるようになるとき、傷はもはや傷ではなく痣になる。

悲しみの感情のなかで、自らを苦痛を受ける他者として表象する者たちにとって、ぶつかりとはほとんど傷になることだ。「かれら」がわたしにやってきて加えた抑圧と暴力の記録であり、それによって体験した苦痛と悲しみの記録であるだろう。だが自らを「なくてもある者」と考え、笑ってそのぶつかりを見ることのできる者にとって、その記録とは、ぶつかって刻まれた痣であって心に固着した傷ではない。傷とは外部とのぶつかりや衝突を、「かれら」がわたしに加えた「加害」としてのみ表象する被害者の言語であり、そのぶつかりのなかで自分をつねに一方的に「被害」の身体的無力性のなかに閉じこめる感情の記憶だ。

じっさいぶつかりは相異なる個体が出会うときであればいつでも発生する。ある者がわたしにぶつかってきたことと同じだけ、わたしもその者にぶつかる。物理学のようにに「作用と反作用の大きさが等しい」と主張することはできないが、つまりぶつかるものたちのあいだに非対称性があることは明らかだが、それを傷として見る目は、たんに被害としてのみ表象する言語は、言えば言うほど自らを無力な者にする。自らが持っている力を、そのように覆いかぶさってくる者と摩擦を起こしてその者を阻止し、ときには驚かせまでする自分の存在を見られなくさせる。

自分の存在は自分から距離をとって見ることのできる余裕がなければ見えない。傷つけられた心は、傷が貼りついているがゆえに自分の存在を見ることができない。「なくてもある者」としての自分を見ることができない。あっても見えない苦痛だけを見る。その苦痛の場所である傷だけを、自分が貼りついている傷だけを見る。自分の存在を自分の目で見ず、わたしを見る「かれら」の目で見る。わたしを見ることのできないかれらを批判し、見えないわたしを見てくれと言う。共感と憐憫、同情を要求する。自らを同情と憐憫の対象へとなせばなすほど、自らの生を「かれら」の手に任せてしまうことになる。

同情の倫理学は怨恨（ressentiment）の感情と組をなす。同情の感情が怨恨の感情と結合するとき、この上なく苛酷な復讐の政治学が誕生する。自分の存在理由すら悪い敵たちのせいに帰属させる否定的存在論がその根底にある。(17)「日本人に向けてしか／朝鮮でない／そんな朝鮮が／朝鮮を生きる！」（「日日の深みで（1）」一五五）と詩人が書いたのは、少しでも弱くなれば、いつのまにか頭をもたげるこのような態度を頻繁に見たからであろう。

しかし燃やしたくてもよく燃えず、涙を絞りださせるいぶる煙だけがのぼる在日の生（「いぶる」）において、「骨が怨んだ焼き場のような／猪飼野ごまりの生涯」（「夜」一九二）において、どうして恨みがなく、どうして痛恨がなかろうか。骨まで染みた傷みがどうして傷にならないというのか。おそらく猪飼野においての生はそのように傷でいっぱいだろう。詩人がいくら怨恨や憎しみと距離を置こうとしても、すぐ横に実存するその傷をどうして見ないでいれようか、どうして見ないふりができようか。いくら距離を置いて笑いを忘れないといえども、どうしてその傷の前で笑うことができるのか。

しかしひしと詰まってしまった生に対する痛恨や身体を包囲した差別に対する痛嘆が、ただちに「かれら」に対する怨恨なのではなく、不当な抑圧と不義に対する怒りや憎しみが「かれら」に対する憎悪や復讐心なわけでもない。それはかなり近くにあって、じっさいどれほど注意してもいつのまにか別のものに移ってしまったりするが、それでもそれは異なるものだ。傷と痣が異なるように、傷が心に貼りつくように、怨恨や憎悪は対象に貼りつく。対象が明白にあり、その対象に対して警戒するときすら対象に貼りつかないとき、怨恨なき痛恨と憎悪なき怒りを述べることができる。怨恨と憎悪は対象に貼りつくだけに、わたし自身にも貼りつく。対象とわたし、「かれら」とわたしが相異なる関係のなかで再び出会う可能性を極小化し、わたしの存在理由を「かれら」の否定と同一視することになる。

痛恨の痛みがあり、頭にくる怒りがあふれる場所においては、誇る者すら怨霊の誘惑をうけるのは当然だろう。それゆえ重要なのは痛恨に共感するときすら、それが怨恨にならないように「かれら」とわたしたちのあいだになんらかの距離をつくりだすことであり、怒りが沸きあがるときすらそれが憎悪にならないように対象とわたしのあいだに誇りの霊魂を差しこむことだ。それをもって対象にわたしの心が貼りつかないようにすることだ。痣が傷にならないようにすることだ。

この詩集が、「寒ぼら」のなかおりおっさんの悲しみについて書くときすら憐憫に訴えず「笑い」として距離を置くことも、また「韓国からの魚はいっさい／ご自分のものだと　言いは」（四七）る奇異なる誇りの断面を現すのも、これと無関係ではないだろう。「果てる在日（2）」のように、故国を訪ねてスパイとして追いやられた者たちについて書くときすら、声高に抗議する怒りの詩を書くときすら、「かれら」に対する憎悪をあらわすよりは互いに混じって生きるしかない在日の生を掲げて「かれら」の無知に対する批判と嘲弄の言辞へと取りかえ、怨恨の感情で「かれら」を非難するよりは、困難ななかで「故国」を訪ねた留学生たちの心を開いてやることをもって、「かれら」を卑賤なるこびとへと作りかえてしまう。

「憎しみばかりがこんなに多くて／歯ぎしりのままに／骨壺に収まって。／恨みはないのか」（一七〇）と自ら問う詩「夏がくる」においてすら、その憎しみと怨恨はいかなる対象も狙わない。「一本の線香」を「か細く」（一六八）燃やしてやる誰かがいてくれたならばという小さな望みとともに、「こともなく」（一六九）やってくる夏の白い空に散らしてしまう。憎しみの思いは「三十年のち」（一七一）かいつの日か、それでもだれかが来るであろうという待つことの漠然さにのって、遥かかなたへ遠ざかっていく。あるいはそれを物寂しさになってしまった惜しさのなかに込めておく。日本暮らしが恨めしいと酒を飲んでは泣く叔父のやり場なき思いを可哀想に思うが（「イルボンサリ」）、この視線はむしろそこから「日本を生きても生地のまま」（一九〇）であることを見る敬意へとつながり、その敬意は自分もまた「イカイノのまま」（一九〇）である二世だという誇りの思いへ移っていく。「祀られる夜を知るまい」（一九一）と「寝もやらぬ夜の／猪飼野」（一九一－二）、「骨が怨んだ焼き場のような／猪飼野ごまりの生涯」（一九二）を述べるときすら（「夜」）、痛恨の思いは悲しみの最大値を探しもとめるかわりに、「あどけない棘人《クギン》の／ねむ気のような」（一九二一）、なにも知らないがゆえにさらに胸の痛む子どもの無垢さを探していく。「猪飼野の／海へ帰す祈り」もまた「子どもが編んだ／笹舟」（一九二－三）になって流れていく。この点で『猪飼野詩集』は怨恨の精神を猪飼野の恨めしい思いからひらひらひらと飛ばしおくる、恨みを解く詩集だ。否定できないように、実存する傷すらも痣へと変える「治癒」の詩集だ。(18)

（2）日日の深みにあるものたち

この詩集が怨恨の精神から抜けでていることをよく見せてくれる詩は「日日の深みで（1）」だ。怨恨はおおよそ過去に発生した事態に対する恨みのつまった思いだ。これをニーチェは「過去に対する怨恨」と命名したことがある。(19) 過去にあった或ることに対して「なぜそんなことが私に起こったのか?」、「そのときそれがなかったならば!」という思いが、まさにその過去に対する怨恨の心情をそのままあらわす。それとともに過去を変えることができないという事実もまた怨恨の理由になる。あらゆる怨恨は過去に対する怨恨だ。対象に対する怨恨は過去に対する怨恨の一部であるのみだ。あらゆる傷は過去に対する怨恨として人の心に貼りつく。

このような怨恨の心がある限り、過去の事態は生を変える「出来事（événement）」として肯定されない。なかったらよかったであろう「事故（accident）」として否定される。その反対に現働の生に対する肯定は事故を出来事へと取りかえる。これをニーチェは「過去の救い」と命名したことがある。(20)

「日日の深みで（1）」において、「俺」はいきなり「失われた記憶の枢《ひつぎ》」のように「しんしんと埋もれて」いた「闇のおもし」を見ることになる（五七）。それは「斜めに区切る向こっかわで」、「俺」に「目をこらしている過去」（五一）だ。そのように「時間の奥ぶかいところから帰ってきた彼には」（五六）家族がお膳を囲んでいることすら奇妙だ。「手痛い物証」（五二）であるそれによって「昨日がそのまま今日」（五〇）である生から彼は抜けだしてしまう。埋められていた過去が、過去の或る時間がいきなり目に入ってきて現在の日常的生を奇妙なものとして見なおさせるという経験は、異なる生に向かって門を開く。「手痛い物証」というほどだれかにとっては傷として残っているであろう過去に対して、「俺」は「なぜそんなことが俺に！」という怨恨を持たない。むしろその記憶によって自分の現在を問い、異なる生を開く契機にする。過去に対する怨恨ではなく過去による「救い」というべき出来事としてやってくるのだ。ところでこれはたんに一回的なものだけではない。じっさいはそれによって日日の生が徐々に変わってきたことを、そのおかげで独楽のような生から抜けでて、昨日のままの今日である生を、生きずともよかったと知る。

きっと　そいつは
俺の知らないどこかに居坐りつづけて
じょじょに俺を変えていったにちがいない。
自分で自分の見当がつかないくらい
日日のくらしに溶けあわせたのだ。
だからこそ　俺は
変わっているはずの自分が

どこで変ったかを知らないでいる。
円に還元された
直線のように
もし一つごころを　際限なく廻っているのが俺であるなら
これはごうみても独楽のくらしだ。　（五三）

「俺」を省みた過去が軽いものであったというなら、大きく誤解することになるだろう。それは「俺」の生を「延びあがる先で／闇」にさせたものであり、「柩、／柩、／柩！」（五九）と叫ばせた死のような出来事だった。問題はその過去を、事態を怨恨として否定するのか、ありふれた生からの「救い」として肯定するのかの違いだ。あらゆる怨恨は過去に対する怨恨だ。したがって過去に対する怨恨がなければ、苦痛や悲しみの言辞を述べる場合にすら、実は怨恨の感情から抜けだしているとみてもよい。「在日を生きる」というのは、在日を生きなければならない条件として肯定することだ。これは在日という、その困難で苦痛のある条件のなかに押しこんだ過去に対して、あるいはそのような条件の現在に対して、怨恨や復讐心を持ってしては不可能だ。反対にそれによって自分の生があの独楽のような生、昨日のままの今日の生から抜けでれることができたと肯定する者だけが、真なる「在日を生きる」。苦痛と悲しみの感情がいたるところに含まれているにもかかわらず、『猪飼野詩集』が怨恨や憎悪から抜けだしているといえるのは、まさにこれゆえだ。

痣について書くことは傷について書くことではない。衝突の記録は被害の記録ではない。自らを肯定する者がごうして自分をたんに無力な被害者としてのみ考えることができるというのか。一方的に行使された権力によるものであれ、避けえないままのしかかってきたものによるのであれ、痣はたんに一方的に受けた傷ではない。それはわたしがいなかったらありえない、わたしの存在がかれらにぶつかっていった出来事の痕跡でもある。痣はそのように覆いかぶさってきたものに対してわたしもまたぶつかってやるのだと、その力を耐えぬいて、それをもってその力に対して或る摩擦力を、意図があろうがなかろうが、ある抵抗の力を行使した結果だ。そのような抵抗の力がないならば、ぶつかることもなく、痣もない。痣はかれらがわたしに押しはいってきた力の痕跡であるが、それと同時にわたしがかれらにぶつかって耐えぬいた、あるいはぶつかっていった力の痕跡だ。これはたんに「イカイノトケビ」や「うた　ひとつ」の男のように自分が積極的に選んで押しはいっていく場合に限らない。「朝までの貌」のヨニの母も、「うた　またひとつ」の履物工も、「それでも　その日が　すべての日」で不利益を甘受してでも朝鮮人として生きつづけた父母も、皆がそうなのだ。その者たちの身についた痣は、すべて押しはいってきたものにぶつかって耐えぬいた力の痕跡だ。その者たち、その存在者たちの存在自体に染みこんだ力の痕跡だ。

この詩集が痣を笑い記録できたのは、いくらとてつもなく巨大なものであってもそれがわたしの存在を消しさることができず、わたしが存在する限り摩擦と抵抗を取り除けないのだという誇りの霊魂がそこにあったからだ。見下げてくるかれらの視線や文明の洗練された言い方で嘲弄する言葉に対し「そうだよ。じっさい今でもシャーマンが飛び跳ねる鉦や太鼓の音がうるさい町だよ」と受けとめ、そのようにして「何かがそこらじゅうあふれていて／あふれてなけりゃ枯れてしまう／振舞いずきな　朝鮮の町」(「見えない町」一一) であり、「あけっぴろげで／大まかなだけ／悲しみはいつも散ってしまっている町」(一二) だと、力強く押しこんでいけるのは、この誇る霊魂の強さなくしては決して考えられないことだ。

八、表面の深さと深層

痣を傷として誤認するとき、もうひとつ逃しやすいのは隣人だ。この隣人とは手を差しだす隣人と衝突する隣人すべてだ。傷つけられる者は被害者だ。傷は外部から自分を防御しようとする自我と組をなす。自我によって痣に貼りつく心がつくったものが傷だ。それゆえ傷つけられた者は自分の外部を、「自分」側、ないしは（潜在的）加害者側のどちらかとして見る。だから手を差しだす者を探すが、明白に自分の側に立つ者でなければすべて加害者であり潜在的な敵だ。「友と敵を区別する問題」(21)としてあらゆる事態をみる敵対の政治学がそこにある。それゆえ隣人が差しだす手すら疑いの目で見る。「お前の隣人に気をつけろ！」。かれが手を差しだすときすら！　傷は孤立のなかにある。孤独として誤解される孤立のなかに。いつでも隣人たちに囲まれているが、本質的に孤立しているという意味で「根本的孤立」だ。今は一人でいるが、いつか到来する人びとであふれるであろう孤独とは反対に。

わたしたちは隣人にあまりにも簡単にひとつの色を塗る。そしてひとつのプラカードを掲げる。「お前の隣人を愛せよ！」、「お前の隣人に気をつけろ！」。しかし他のこともそうだが、隣人もまたひとつの色を持たない。隣人は相反する方向にいる。隣人とはわたしの仲間であるが、同時にわたしと頻繁にぶつかる者たちだ。多くの場合手をとりあってともにするが、それに劣らず競争し、衝突し、ぶつかるのもまた隣人だ。好意で手を差しだして近づいてくるときすら衝突は簡単に発生する。隣人との衝突を避けえないことを知りえないならば、むしろ偶然発生した衝突すら傷をつける攻撃として受けとめるようになる。被害を惹きおこす加害として受けとめるようになる。「好意」すら信じれない敵になる。衝突とは隣人関係において、意図と無関係に発生することを知るとき、隣人はきちんとした隣人になる。

もちろん「うた　ひとつ」における男の叔父貴や「イカイノトケビ」のウエハラさんのように、いち早く日本人の目に合わせて生きて成功し、金もたくさん稼いだ隣人もいるが、かれらは誰よりもまず猪飼野を「去った」人だ。猪飼野にいても猪飼野を抜けだしてしまった者たちなので、隣人とはいいがたい。むしろ「うた　ふたつ」のハルコのように猪飼野を抜けだそうとするが、最後まで抜けだしえない者たちこそが隣人だ。「朝までの貌」のヨニの母のように、あえて抜けだす考えすらなく固い岩盤になんとか根づいて生活していく者たち、イカイノトケビや「いぶる」の産業廃棄物処理者、「日日の深みで（2）」のように集会にも出かけるがドリルで怪我をしかける人、ヨンジばあさんのように普段は親しくするが思いがけないことで正面衝突もする人、『朝鮮新報』を紙飛行機にして飛ばす子どもたち、あるいは生存のために「先頭」を占めようとしたり、生存のために就職競争をして暮らす者たちがみな隣人だ。だから『猪飼野詩集』は猪飼野の隣人たちに対する詩集でもある。この隣人たちに捧げられた詩集だ。無数の隣人たちの肖像だ。

わたしがわたしの隣人の横に存在するように、隣人もまたわたしの横に存在する。さらに猪飼野であれば互いに似た立場であるので、見える者と見えない者の対立を抜けでて存在する。あればあるがまま、なければないまま存在する。人により場合により、少なくない偏差をもって、しばしばいわれる成功と失敗のあいだに、喜びと悲しみのあいだに、広く展けて存在する。だが被害者と加害者、見える者と見えない者という範疇が浮き彫りにされれば、この隣人たちはその対称のふたつの範疇に分割され、そのうちのひとつになってしまう。おそらく猪飼野の人びとであれば国家と民族、歴史などによって傷つけられた被害者になるだろう。いても見えない者の悲しみを共有する者になるだろう。こうなれば「隣人」という言葉はもはや独自的な意味をもたない。「被害者」という集合の元素になる。いても見えない者のうちの一人になる。

しばしば言われることがある。民族間の対立、体制間の対立、階級間の対立、国家と個人間の対立、マジョリティとマイノリティ間の対立などが、表面に存在する生の諸様相を規定する深層的「本質」を形成すると。日常的な生はそれと対比される「表面」を形成する。じっさい日常の生は、多くの場合社会の深層にあるその本質的な対立や矛盾によって大きく左右され規定される。これゆえわたしたちはおおよその場合、日常的な生から発生するいくつかの問題を、その深層における対立や矛盾に帰属させて理解しようとする。

しかしこのような考えが、表面に存在する実質的な関係の複合性や表面で進行する生の多様性を単純化する傾向があることもまた、しばしば指摘されることだ。表面における事態を深層へ還元しようとする態度を反駁するために引用されるヴァレリーの次の言葉を読んだことがあるだろう。「最も深いものは皮膚だ」。これはドゥルーズが表面効果を扱った本である『意味の論理学』の裏表紙に記され、さらによく知られるようになった言葉でもある。隣人関係から発生した疣を、深層に存在するあの巨大なる矛盾へと還元しようとする態度に対して、この言葉は適切な距離を維持させるようにしてくれる。表面が深層と無関係ではないといえども、表面で発生する出来事は一次的に表面に属する「論理」や「法則」に沿って発生する。ドゥルーズもまた身体の深層で作用する因果性と異なる表面の因果性があることを指摘したことがある。(22)深層の力と無関係だとはいえないが、たんに深層の力がやってきてかき乱すには、皮膚はあまりにも遠く、表面はあまりにも「深い」。深層の力から最も遠く離れている。

しかし表面に対する思惟を表面の礼賛として、「深さ」の否定として理解するならば、表面的なものを皮相的なものと同一視することになる。最も深いものは皮膚だというとき、その言葉を述べる主語は深さを否定しようという者ではなく、最も深いものを見ようとする者だ。最も深いものを見ようとすれば表面を見ねばならないという言葉であり、逆に表面においてまさに見ねばならないものは深さ、「最も深いもの」だということだ。したがって表面の思惟において重要なのは、表面と深層の関係、いや表面と深さの関係を取りかえることであって、深層に反して表面の側に立つことではない。ただ「表面」だけを見るならば、目に見えることだけを見るならば、それは表面的なものではなく皮相的なものだ。表面から目に見えるものだけを見るならば、それは見る目がないことだ。表面において目に見えないものを見るとき、わたしたちは見る目があるという。表面において深さを見るということは、表面の出来事を階級や民族のような「深層的本質」へ還元することではなく、表面自体に刻まれた深さを読み解くことだ。深さを表示する強度を、その強度をつくりだした出会いや衝突を、その強度と同じくらい身に入りこんでいるものを読み解くことだ。それが表面の深さだ。表面に存在する深さだ。

痣は表面に存在する深さを表現する。痣はその色と強度によって異なる深さをもつ。痣を読み解くことは皮膚を読むことだ。皮膚に刻まれた或るものを読み解くことだ。いま表面には見えないが、その表面にやってきてぶつかり、身のなかに押しこめられた力を読み解くことだ。身の表面に刻まれた深さを読み解くことだ。痣に刻まれたものを見るということは、いまは目の前にないが皮膚に赤黒くしみついた或るものを捉えることだ。民族と国家、体制などに結びついたよく知られた深層的本質を痣の位置に書きこむのではなく、表面に存在する闇を見ることであり、痣の、闇の跡のなかに染みこんでいる或る外部を感知することだ。

そこにはもちろん深層的本質もまた含まれるだろう。しかし見る目がなくても観念や理論だけ多少あれば、それこそが最も発見しやすいものだ。さらにそのようなものは明確によく見えるので、おぼろげに曖昧でよくみえないものを隠すのが普通だ。それが「重要だ」と信じるほどに「重要でないもの」や「些細なもの」を看過したり無視したりすることになるのだ。だから本質的で重要なものであるほど使うのが難しい。そういうものであるほど、むしろ副次的で些細な場所に押しこんでおく術を知るとき、ようやく有効に使われる。この巨大なる概念は、名前ほど大きい力ではなく、名前に反比例する小さな力で使いうるとき、消しされるほど小さな力の微細さを得るとき、ようやく適切に使用できる。それが表面の本質ではなく表面の一部になるとき、かなり小さな一部にならんとするとき、それはようやく表面の深さを隠さなくなりうるし、表面の深さをなすものとして捉えられる。

金時鐘は民族や体制の対立をよく知り、資本主義や国家の強力な力も、マイノリティの苦痛もよく知っている。そしてそれが人びとの皮膚にどんな痣をつくってきたのかもよく知っている。しかしながら、いやだからこそだと言うべきだろうが、金時鐘はそのような巨大な理由で痣を彩色しない。そのような対立や力を痣のなかで読み解いて書くが、痣の多様な様相と隣人の多岐にわたる形象を、そのようなものへ還元しない。徴用によって発生したなかおりおっさんの痣は間違いなく植民国家日本によって引きおこされたものだ（「寒ぼら」）。それはそのまま捉える。でもその悲しみのなかに染みこんだ別のなにかがあるのを見る。かれが編んだ網を、その網にかかったなにかがあることを見る。そのような国家や民族の対立が支配的であるようにみえる「果てる在日」連作においてすら、痣はそのような対立に還元されない。もちろん韓国政府の国家的暴力ゆえに生じた在日の痣もまたそれとして捉える（「果てる在日（2）」）。ごうしてそうしないでおれようか。そうしつつも、その痣のなかに南北がひとつごころに絡まっている在日の日常、そのようななかにも「自分の国　見つけて」（一三三）故国を訪れようとする心を見る。ひょっとすれば、巨大な権力の矮小さと無力な心の巨大さ、死へと引きずられていった痣のうちでそのごちらがより大きいのかと問うているのではないか？「果てる在日（1）」では集まる応援を自ら壊して孤立する危険を心配し、日本国籍を維持せよと、「ニホンにだけ／こもっていなさい！」（一二四）と勧めるのは、民族間の対立という巨大な観念をはみだし、かれが見て、今後もまた見るであろう或る痣ゆえだろう。「果てる在日（3）」では、職場をめぐる戦争のような競争において隣人と衝突して生じた痣が記録されている。「果てる在日（4）」は帰れないように切断する体制と国家権力につけられた痣をもつ父子が登場するが、同時に死と生が交差して出会う地点における、また別の痣がそれ以上に重要に扱われる。「うた　ひとつ」の男と叔父貴のように個人的な衝突と巨大な対立に捉えられた衝突が重ねられれば、痣はより微妙に深まる。しかしその男が朝鮮戦争で逃げてきたいとこを逮捕した日本の警察よりも、彼を渡してしまった叔父貴に対して頭にきたのは、深層の力よりさらに強く痣をつけたものがあったことを示唆する。最も近くにいる家族であるがゆえに、最も強くぶつかり最も深く痣をつけたものがあったのだと。

九、箱のなかの生と隣人の存在論

『猪飼野詩集』は猪飼野付近で痣をもつ者たちを探しだし、その者たちの皮膚に刻まれた痣を記録し、その痣のなかに染みたものを読み解く。詩人自身のものでもあるその表面の深さを読み解く。猪飼野という生の表面に存在する痣の深くへ、並はずれた感覚の目と耳を、鼻を加えこむ。その痣のなかではもちろん朝鮮人と日本人の対立、南と北の対立、資本と労働の対立のような深層的対立が大きく刻まれている。しかしそれであれば詩人よりは歴史家や社会学者がはるかに正確に捉えたであろう。詩人はそれと異なるものを見る。詩人とは、異なる感覚を持ち、普通には見えないものを見て、よく聞こえないものを聞きとる者であるからだ。

痣はたんに加害者や国家、民族のような巨大な諸対立からのみやってくるのではない。被害者／加害者、見えない者／見える者のような切断線も同様だ。そのような対立や切断線を横切り、似たように見える隣人間に発生する出会いと衝突からもやってくる。近いがゆえにさらに頻繁に衝突し、近いがゆえにさらに深く痣が生じるのが隣人だ。家族もまたそうであろう。家族と隣人がともに織りなす「日日」の日常がそれだ。そのなかで家族や隣人たちとぶつかってできる痣は、明確な対立や切断線と異なるがゆえに、むしろ多様な方向から入りこみ、多様な色が染みこむ。だからだろうか？ 「日日」という言葉で表示される日常の深さを扱う三編の長い詩「日日の深みで」は、隣人関係を、隣人とのあいだで生じる痣に捧げられる。日日の深みとは表面の深さだ。まずこの詩集で最も長い詩「日日の深みで（2）」は、近い隣人との衝突によって発生する痣を直接扱っている。

　　バイトを削りすぎた拍子に
　　突如、痛みは錐《きり》状にとんがって
　　向こっ側へ突き抜けてしまったのである。

くらんだ眼にしては
いきりたつグラインダーから
よくよく　ねじれた胃袋を守ったものだが
これとて俺の　意志の働きによってではない。
あまりにも　あらわな
敵意のために
かろうじて　のめり具合いが
のめったまま固定しただけの　話なのだ。
すんでのところで
本当に喉元に
風穴をあかしたほどの　椿事《ちんじ》だった。
なにしろ三〇センチものドリルが
いきなり壁の向こうから
くすぶってる切先を突きたててきたのである。
こともあろうに
この俺めがけてだ！

(六三－四)

ここでの衝突はすぐ横の隣人、ともに集会にでていた仲間とのあいだで発生する。その衝突はかなり激しく、ドリルが壁の向こう側から突き刺さってくるように感じるほどだ。それゆえなのか、あるいはそれとは無関係だからなのか、「俺」もまたすぐ横のその隣人に向かって露骨な敵意をあらわにする。同様にかれにとって錐のように尖った反感が壁を突き破って入っていく。表面の痣の程度を越えて身を抉りうるほどの打撃が隣人間で行きかう。それは「俺の意志の働きによってではない」（六三）が、いつのまにか「俺」の身振りにかわってそのように反応したのであり、そのように歯をむきだしにした瞬間、「俺の前からは／壁だけが残るようになってしまった」（六二）。ここで詩人は重要なことを知る。「だから　俺たちは／壁を温存しあっている。／うかつに　うがつことだけは／やめにしているのだ」（六四）。このような衝突は、先にみたようにヨンジばあさんとの関係においても同じく繰り返される。そのときにもかなり親しく近いがゆえに、むしろその衝突は強く、痣もまた深かった。

ところでそのように激しく衝突しても、普段のわたしと相手へと戻れば、再びもちをやりとりし、集会に並んで出かけていく間柄が隣人だ。痣は傷と異なり、互いが争って衝突した痕跡であるが、だからといって最終的に割いて分裂させはしない。痣はできたが、その痣をそのままにしたまま、普段の関係へと戻ることができる。こうするためにも、隣人間には適切な壁が、充分な距離が必要だ。その壁こそが隣人とともに生き、隣人となにかをともにできるようしてくれる。隣人として生きつつ、ぶつかりを避けえないがゆえに痣もまた避けえないとしても、その痣が身を穿つほど行きすぎないように、心に染みて傷にならないようにしてくれる。

やがて　あいつも
俺とは別に
ともかく会場へ行くはずである。
同じことをもくろんでいても

背中合わせに離れることでしか
俺たちは同じではない。
宿命などと
大仰なことは言わないことだ。
いつも向きあっていながら
壁なのだから
どこかで
雑閙《ざっとう》をよぎっている
彼と俺が
打ち過ぐ皆の
見知らぬなかに居ればいいのだ。

（八二）

だがこれだけでは隣人関係を個人主義的な距離の維持と誤解すると心配したからだろうか？「日日の深みで（3）」において、ともすればこれと相反するといえる考えを表明する。この詩で最も中心的な単語は「箱」だ。生の箱、日日の生が込められた日常の箱。隣人と分離された生の隠喩でもある。

それは箱である。
こまぎれた日日の
納戸であり

押しこめられた暮しが
もつれさざめく
それは張りぼての
箱である。

（一〇四）

日常の生とは「箱のなかで／箱をひろげ／日がな一日箱を束ねては／箱に埋もれる」（一〇五）ものだ。それは毎日毎日の督促に追われるように開いて束ねてそこに埋もれるが、それはいかなる充満も与えてくれない空っぽの「空洞」（一〇五）であるのみだ。「追いまくられて吐息のいぶる／うつろなよすぎの／升目」（一〇五）であるのみだ。だからそれが自分を保護してくれる空間であると、自分だけの空間であると、信じてそこに安住したり隠れることは馬鹿げたことだ。じっさい「立方状に仕切られてあるもの」が生活であり、薄い壁を間において並びつらなる安い部屋である「長屋ごと升目にかか」（一〇五）っているものが、箱のような生、箱のなかの生だ。自分だけの空間とは、催促し督促する世のなかがつくった升目の一升であるだけだ。隣り合った隣人と切れて、そのなかに隠れるのは、その世のなかが編みだした升目のなかに閉じ込められることだ。「それでもこなさにゃ／干上がる月が間口を覆うので」（一〇七）真面目に旺盛に、箱を重ねて屋根を、生の重みを耐える。箱なくしては崩れるのが生だから、箱にもたれかかり箱のなかでなにかを待って期待して生きるのが普通だろう。「箱は／しゅうねく待ち伏せる／あてどない期待の待機」（一〇七‐八）なのだ。たとえそれが「基礎もない／棒で立っている／箱」だとしても、「まぶしい／成金」（一一五）に向かったあてのない待機のなかで、自分を閉じこめるものがまさしく生の箱だ。箱のなかの生だ。

壁がこのように箱のようなものになってしまうならば「箱は　他人を容れない／かたくなな／かんぬき」（一一六）になってしまう。詩人は、隣人がともに生きるためには壁が必要だと、壁をなくしてはならないと述べたが、かれが言わんとするのは、このように隣人から切れて自分だけの夢で箱の空虚を埋めるような壁では絶対ない。むしろそれは「ひしめく手が／たまさかの引き合いに／もつれあってて切れている」（一〇八‐九）とでもいえる距離のようなものだ。「一つ軒を間仕切っている／へだてない　へだたりの／ゆきかうつながり」（一〇九）がそこにある。壁とはへだてるものであり、近くにあるものを分かつものだが、逆にその分かたれた距離を通して行きかいつながるようにしてくれるものだ。部屋が並んでくっついている安長屋もそうだ。壁がなければ隣人とともに生きることはかなり困難で苦痛なことだ。壁なしにベッドひとつがぽつんとあれば、互いの言葉ひとつひとつが、ともすれば衝突や不快さの理由になる、最悪の合宿所のようなものになってしまうだろうから。

　壁は隣人を分かち分離するから、むしろそのようにくっついて暮らせるようにしてくれる。長屋の壁すら肯定するこのような発想を、詩人は「塞ぐ」、「離れる」、「間をおく」を同時に意味する日本語の動詞「へだてる」を借りて表現する。先ほどの「へだてない　へだたり」〔韓国語訳では塞がない塞がり가로막지 않는 가로막힘〕であるが、「へだてり」は「へだてる」の自動詞形「へだてる」から派生した名詞であり、間隙、距離を意味するので「塞がない間隙」と翻訳できる。しかしここでは二つの言葉をわざと逆説的に重ねて使おうとするものなので、塞がない塞がりと翻訳するのがより適切に思われる。塞ぐがゆえに塞がないということ、これがまさに壁の逆説的機能だ。「へだてる」という言葉に含まれた壁の逆説はこの詩集の後半部にある「へだてる風景」で再び見ることになる。題名からして「へだてる風景」であるこの詩は、次

のように始まる。

川は
暮しをつらね
暮しは
川をへだてる。

川をへだてて

集落があり
集落をへだてて
街がひろがる。
（一九四－五）

猪飼野の風景を描写したこの詩は、猪飼野という町自体がまさにこの「へだてる」という言葉に要約される形象を取っていることを示す。猪飼野の真んなかに、かつて百済川であったが現在は運河として整備された新平野川と呼ばれる川が流れている。この川は舗装されて運河になったが、南側に下っていき長居公園通り付近で「塞がれて〔へだてて〕」切れてしまう。猪飼野はその川をあいだにはさみ桃谷と中川というふたつの地域に分かれていたので、川を「間にはさみ〔へだてて〕」猪飼野という町があったのだ。その町と「離れて〔へだてて〕」（あるいはその町を「間にはさみ〔へだてて〕」）市街地が開かれた。猪飼野はその風景もまた壁の逆説のなかでともに生きる町なのだ（詩の題名もまたこの多義的言葉にそって別個に翻訳されうるだろう）。

隣人とは壁の逆説のなかで切れてつながり、塞ぐゆえに塞がれない関係を意味する。壁とは隣人がともに動きともに暮らせるようにしてくれる通りだ。その反面、他人を受けいれようとしない箱とは「切れるまえから　切れているので」（「日日の深みで（3）」一一三）切れることもない空洞だ。自分の生業につながっているものがなんであるのかすら「わからないほど／つながることから／切れている」（一一三）。それなら徹底して切れてみるのはどうか？「主義から　切れ／思惑から　切れ／自足しているつもりの／くいぶちからも切れて」みろと、そうすれば「まんじりともせず／いろじろんでいるもの」を見ることになると、「わななないている／細い根のからまりである。／岩盤にしがみついている／異国を生きる　しがらみ」が現れるであろうと（一一四）。孤立すら最後まで押しすすめる術を知るならば、その果てで絡まっている根としがらみが、だれも免れることのできないつながりがあらわれるだろうということだ。(23)

壁がそうであるように「塞ぐ」ということは「距離」を置いて「分かつ」ことだ。これによって壁を「間にはさんで」ともにいることができるようになる。言いなおすと痣がついても過度につかないように分かつ距離が、まさに金時鐘が述べる壁だ。痣とともにこの逆説的な壁こそ、わたしと隣人が互いに隣人として存在する様相を見せてくれるという点で、隣人に対する存在論的思惟の端緒を投げかけてくれる。「へだてる」を通して切れてつながるというこの関係は「お前の隣人を愛せ」、「お前の隣人に気をつけろ」という相反するふたつの隣人概念を飛びこえる新しい隣人の存在論を可能にしてくれるだろう。「へだてる」の存在論。

十、かげる夏、ずれの感覚

(1) 二つの闇、二つの深さ

表に現れたものだけが表面ではない。表面には深さがある。そのままでは見えないものが表面にある。あってもあることがわからないものだ。人びとはないと言うが、あるものだ。そのような点で表面は、痣は、在ると無いがずれてしまう、ずれの場所だ。見る目があればその深さが見える。ところが表面の深さとは異なる深さがある。表面の闇とは異なる深層の闇がある。あらゆるものの本質であるがゆえにあらゆるものを説明してくれる深層ではなく、なにがあるのか分からないし言えもしない根本的な闇がある。表面に光を送る深層ではなく、あらゆる光が消えた闇の深層だ。表面で繰りひろげられることの意味を整然と説明してくれる深層ではなく、あらゆる意味を呑みこんでしまう深層だ。表面の闇とは異なる深淵の闇だ。

この深い闇は表面の闇と異なって直接見たり読み解いたりすることができない。それは表面の意味を明かしてやってくるのではなく表面の意味を消してやってくる。表面にある世界に闇をかぶせる陰としてやってくる。表面の闇のなかを覗きみることは珍しくないが、この深淵の闇のなかに入ることは決してよくあることではない。メルヴィルはこう言ったのではなかったか。海中の生物は多いが、光が全く入ってこない一万メートルの深淵の海中まで入ってみたのは、そのとてつもない水圧に耐えうる巨大な鯨しかいないのだ、と。その深い深淵に入ってみた目と、そうできない目が、どうして同じだと言えようか。だからメルヴィルは問うたのだろう。一万メートルの深淵を見てきた鯨の目を見たことがあるのか、と。

深淵に入ってみた者が見る都市がわたしたちの見る都市と同じわけがない。かれの見る自然がわたしたちの見る自然と同じわけがなく、かれにやってくる夏がわたしたちにやってくる夏と同じわけがない。

かげる夏を知るまい。
光りにくまごられた
そこひの夏を。
きららに映えて
かげろうてもいた
陽ざしのなかの
かげりの放射を。
黄ばんだ夏の
記憶の
白さを。

（「影にかげる」一七二—三）

ここでいうかげりとは、深層に存在する闇が世界のなかに染みこんで覆われたものだ。闇の残影だ。光の世界において光の照明を消す残影であり、意味の世界において意味を消す残影だ。だがそれが必ず真っ暗な闇の形象をしているであろうと信じるならば、かなり素朴な考えだ。真っ暗な闇としてかげりもするだろうが、その反対にあらゆる形象を消し去るハレーションの光のように目を開けられない光としてやってくることもある。あまりにも強くて、わたしが知っていた意味すべてを消す過剰な光として。その強烈な光で褪せた夏があったならば、それは時間が流れても、ただ流れてはいかずに残るだろう。古い写真のように黄ばんで褪せた記憶として、眩しくてなにも見えなかったその白い光として、あらゆるものを消して視野を満たしていた白い光の記憶として残るだろう。

それがかげった夏だ。放射される陰としてやってくる闇の夏だ。闇の深淵、心のなかの深いところに眠っている夏だ。しかし夏であるがゆえにおそらく夏がやってくるときにはこっそり目を覚ますだろう。目の前に近づいてこなくとも、やってこようとして動く気配が感じられもするだろう。そういうときであれば問うことになるだろう。かげる夏を知っているか、と。知らないだろう。「目で見る歳月」だけを見る限り、「記憶はいつも」(一七四)自分が知っている残像のなかで見る。それゆえに「逆光の先でぎらつくものまで」(一七四)すべてわたしたちが知っている自然だ。「君に馴れない/自然はない」(一七四)。わたしたちが望む自然でもあり、わたしたちの欲望がつくりだした自然でもある。しかし「太古の領分」(一七四)に属した自然がそのようなもののわけがない。太古の自然とはわたしたちが存在するはるか以前の自然、わたしたちが知りえない自然、わたしたちが知っているものとはかなり異なる自然だ。目に見えるものだけ、つまり慣れたものだけ見ようとする目では決して見えない自然であろう。深い闇のなかの自然であるだろう。その反面、すり減って「けばだつきらめきのなかでなら」(一七五)、それはわたしたちが知る光で照明され、わたしたちが知っているまま意味化された自然にすぎないだろう。それは自然にかぶさった闇の陰すべてを光で照らし漂白させて得た像だ。「漂白される/翳《かげ》である」(一七五)。そこで自然は、闇は、「うすれて/消えるのである」(一七五)。「そのうち時刻表でも/繰って」(一七五)手ごろな旅行でもしているのだろう。見たいものだけ見て回る旅行。
しかし深淵の闇のなかに入ったことがあるならば、毎年やってくる夏に陰を見るだろう。かげった夏を見るだろう。目に見えない夏を見るだろう。それは視野を真っ白く遮っていた光の陰が覆っていた、あの瞬間に固定されてしまった夏であろう。黄ばんで褪せた記憶として戻ってくる夏であろう。

その夏がかげるのだ。
おれの半身でかげるのだ。
なんと　かい間見た朝が
正午だったので
夜と昼とが
とうとう昼のひなかに
固定してしまったのだ。
はじける時を抜けきれぬまま
ごこをごう向いていようと
おれの生はおれの影でだけ
息づくことになっている。

（一七六）

深淵の闇を見た人が、どこであれ闇へ目へ向け、闇のなかに見え隠れするものに敏感になるのは、陰としての生を生きることになるのは、これゆえだろうか？　そうであろう。かれにとっては自分が存在する白昼も、そのような自分の存在自体も、すべて闇が存在するという事実の証明であるだけだ。「おれがいながらにして／おれが白昼であり／おれが白昼の証しの／陰なのである」（一七六－七）。存在とは世界からやってくるのではなく世界の外から、世界の外の闇からやってくるのだ。その深い闇の陰がわたしの存在、存在者の存在だ。そのようにしてかれは「陰のなかで／時を知り／夜に溶け入って／時を喪う」（一七七）。

だから昼の翳りを見てとることができる。
今をさかりの炎天にあって
遠景のむこうからやってくるのが
おれのかげった夏であるのを知ることができる。
（一七七）

白昼だから見えないものは光が眩しくて見えないのだ。その白昼に陰がかげるとき、その白昼の陰を見ぬくとき、白昼ゆえに見えないものを見ることができる。闇のなかでもそうだ。闇のなかに存在する強度の差異を見るならば、正確な識別はできなくてもなにかがあることを見ぬくことができる。闇のなかになにかがあることを知ることができるのはこれゆえだ。深い闇のなかに入ってみたならば、闇のなかの生を生きたならば、このように別の感覚を持つことができる。通常の感覚では感知できないものを感知せねばならないからだ。見えるあらゆるものを消しさってやってくる闇の「光」、その陰の放射のなかで目が、耳が、感覚が異なるものになったからだ。光と闇が裏返され、意味と無意味、存在と不在がずれてしまう事態、流れる時間と止まった時間が交差することになる事態は、それを経験する者たちの感覚器官を取りかえる。次の詩行はこのような事態をとても美しく表現する。

なんの前ぶれもなく
回天は太陽のあわいから降ってきたのだった。
突如あおられた熱風に
いきおいまなこがくらんだ夜の男だ。
おれの網膜にはそれ以来鳥が巣食っている。
日々緑の羽をひろげて
そこびかる夏をかかげらすのである。

（一七八）

なんの前ぶれもなく降りかかってきた事態、存在のずれを現す事態は、その熱風に目がくらんでしまう感覚のずれへとつながる。網膜のなかに巣食う鳥、その鳥の羽ばたきのなかに見える陰は、かれの目を別の目へと変えてしまう。見えていたものが見えなくなり、見えなかったものが見えるようになる感覚のずれ。このようなずれはきっとずれを見る感覚へとつながるだろう。明るい閃光の夏とかげった夏のずれ、やってくる夏とやってこない夏のずれ、意味のあるものと意味のないもののずれ、在ると無いのずれを見て感知する感覚へと。

（2）ずれの感覚

陰は、光と自身のあいだにある「それ」もまた自身であると信じるが、光の世界を生きる者たちは陰が自分であると考えない。陰が光を見ようとすれば、自身と光のあいだにある「それ」を見ねばならないが、「それ」が光を見ようとすれば陰に背かねばならない！　それゆえ陰の世界は光の世界を決して忘れられないが、光の世界はいつも陰の世界を忘れたり背いたりするのだ。陰のなかに生きる者は自身が属した世界とともに光の世界を見ることになるが、光の世界に生きる者は闇の世界を見るのが難しい。だから詩人は見えない町を紹介してこのように書いたのだろう。

どうだ、来てみないか？
もちろん　標識ってなものはありゃしない。
たぐってくるのが　条件だ。
名前など
いつだったたか。
寄ってたかって　消しちまった。
それで〈猪飼野〉は　心のうちさ。
逐《お》われて宿った　意趣でなく
消されて居直った　呼び名でないんだ。
とりかえようが　塗りつぶそうが
猪飼野は
イカイノさ。
鼻がきかにゃ　来りゃあせんよ。

（「見えない町」六‐七）

しかし陰のような者たちが皆、闇を見ることに熟練しているとは言えない。陰のような生から抜けでて光の世界のなかに席を得ようとする限り、自分と光源のあいだにある「かれら」を見るが、「かれら」のように光にそって見ようとしがちであるからである。「うた　ひとつ」に出てくる男の叔父貴や「イカイノトケビ」に登場するウエハラさんだけがそうなのではない。そのような生を欲望する者であれば、また行き止まりの生から抜けだそうとする者であれば、その欲望にそって光の視線に乗ろうとする。その視線で世界を見て、自分を見る。

表面の深さを見るためには異なる感覚が必要だ。それはたんに「共感」を通して作動する感覚とは異なるだろう。それはもちろん共感とともに作動するが、ときには共感なしにも、ともすれば共感の外で作動すると言わねばならない。異なる感覚とは共感と組になる共通感覚(common sense)から抜けだした感覚だ。共感を通して作動する感覚はわたしが共感できるものだけを見る。だからそれはしばしば共感の共同体として、おおよそは感情的共感が導く類似した感覚のなかへ、感覚的単一性のなかへ、慣れ親しんだ「抒情」のなかへとわたしたちを引きこむ。そこにはおおよそ皆が見るものだけが見える。簡単に共感できることだけが捉えられる。簡単に共感できないことは、簡単に共感できるものに取りかえられて、その共感の共同体に入りこむ。

闇のなかに染みこんだものを見るためには、痣のなかの濃淡を、滲んでいく色の微細さを見るためには、闇に飼いならされた目がなければならない。闇のなかを探っていた感覚がなければならない。光があるところに光を見て、闇のあるところに闇を見る感覚ではなく、光があるところに闇を見て、闇のなかで闇自体の強度的差異を感知する感覚がなければならない。見えもしないし聞こえもしないがうっすらとした気配だけで「そこにだれかいますか?」と問う感覚がなければならない。だれか分からずとも、いるという感じが虚像と判明したとしても、だれかそこにいるのかと問うことを中断しない根気がなければならない。見えない或る兆しに向かって近づき、耳を傾け臭いをかいで探っていく愚直さがなければならない。共感からずれているものを捉える「ずれの感覚」がなければならない。「影にかげる」はそのずれの感覚がここで生じるのかを、少なくともそのひとつの経路を斟酌させてくれる。ずれの経験から、ずれを通して嵌りこんでいった闇のなかで生じるずれの感覚があることを知らせてくれる。いや、ずれを生きねばならなかった人は、ずれの感覚を持つしかないのだと知らせてくれる。

詩人は、ずれの感覚をもっている。かれはずれの感覚をもつ別のだれかを探す。自身のように異なる夏がくることを感知し、その夏のなかにだれかがいると見ぬくだれかを。「はじけた夏のあのごよめき」(「化石の夏」『化石の夏』、三四)が虚空のなかに消えて久しいが、夏が来るときごとに来ないその夏を待つのは、これゆえだ。

このまままた　夏が来て
夏はまた　乾いた記憶に白く光って
はじける街を岬の突端へ抜けるのであろうか。
炎天に枯らした声の所在など
そこではただ　うだる広場の耳鳴りであり
十字路をごよもす排気音ともなって
サングラスが見やる

ハレーションの午後の
打過ぐ光景にすぎないのだろうか。
（一六七－八）

毎年来るように、このまままた夏が来る。そして最終的に「こともなく」時間にそって行ってしまうだろう。ところが忘れられない夏があるならば、夏が来るときごと戻ってくる乾いた記憶がある人ならば、やってくる夏をただ「こともなく」、なんの思いもなく眺めているだけではおれないだろう。もしかして炎天の空に上がったざわめきを再び聞くのではないか、真っ白に光ったハレーションの午後を再び見れないかと問うことになるだろう。たとえそのようなことはないだろうと、夏はまたいつもそうであるように「こともなく」行ってしまうのだとよく知っていたとしても、そう問わざるをえないのだ。この詩は問う。「抜けるのであろうか」（一六七）や「すぎないのだろうか」（一六八）のような言葉で問うことからみて、その答えがなんなのかを知っていることが明らかだが、それでももしかして「そうではない」とだれかが言ってくれることを望む思いが、この疑問文の縁にぶらさがっている。だからこのような記憶をもった者にはふたつの夏があるわけだ。こともなくやってくる夏と乾いた記憶で白く光る夏が、光で真っ白になったハレーションの夏と去っていく光景にすぎない夏が。このふたつの夏は後にも若干異なる姿で反復して登場する。ごよめきが切れ、熱気は消えてしまった夏がそのひとつならば、乾いた記憶を沈黙のなかに問うて生きる唖蟬の夏、その唖蟬のために線香を一本あげたいという願いの夏が、もうひとつだ。

虚空に喚声は絶え

ひしめいた熱気も
かげろうでしかない夏に
唖蟬がおり、
蟻にたかられている
唖蟬がおり、
照り返す日射しの
痛さのなかで
一本の線香が
か細く　燃える
願いだけの
夏がくるのだ。

（一六八）

ことも無い夏と失われた夏のあいだで、毎年戻ってくるふたつの夏のずれのなかで、この詩は問う。そのように毎年来る夏のなかに「なにが残って」いるのか、その夏はいったい「なにが手渡され」（一七〇）やってくるのか。その夏のなかに、それでもだれかがいるのか。そのような問いのなかで「炎熱にひずんで／男がくる。／時を逆さに／一歩／一歩」（一七〇－一）。ここに到達することは「多分／三十年のちだろう」（一七一）。いや、五十年、百年であってもかわらない。そのとき「まだ　だれか／知っている彼を知ることがあろうか」（一七二）。分からないであろう。簡単ではないだろう。それでも待つだろう。待つしかない。夏ごとに、ふたつの夏のずれのあいだを一歩一歩やってくるかれが見えるからであり、そのようなかれがいるからだ。

ふたつの夏のずれを生きる者はそのずれのなかで、そのずれによってあの男を見る。見えない者を見る。それはひょっとすれば自分自身でもあるかもしれない。しかしそれはこともない夏のようにこともなくいまここにいる自分と同一な者ではない。それは乾いた記憶のなかに在る者、ハレーションの夏のなかで真っ白になってしまった者であり、現働の時間から抜けだしてしまった者だ。失くした時間の闇のなかに存在する者だ。すでに充分他人になってしまった者だ。気配や兆しだけでいる者、痣のなかの闇のなかに存在する者だ。かれはだれにでも見えるのではない。そのような者に巻きこまれる術を知る者だけにのみやってきて、若干の気配や兆しだけで見ぬき、「そこにだれかがいますか?」と問える者にのみ見える。逆から述べてもいい。そのように見ぬいて問うことができれば、闇のなかのその男を、痣のなかに存在するだれかを、見てとることができるのだと。

痣のなかにだれかがいる。だれかが一歩一歩近づいてきている。ずれを生き抜いた人、ずれの感覚をもつ人は見てとるだろう。痣のなかを覗きみて、痣の深さを読み解く術を知る人は見てとるだろう。石のなかに隠れたざよめきの片鱗を、その微細な振動を見ぬく風のようにだ。真っ黒な諦念のなかの一枚の花びらのような望みであれば充分だ。詩人はそれを見てとる誰かを待つ。もう一人の誰かを待ちつつ、雲母のかけらのような願いを石のなかの深くへ問う。夏ごとに「一本の線香」を「か細く　燃える／願い」(一六八)を繰り返すのは、そのようなだれかを、その男を見てとるだれかを、詩人もまた待つからだ。広場の耳鳴りのなかで炎天に枯らした声を聴く術を知るだれかを。この詩の最後の行がまさしくその問いだ。「まだ　だれか

／知っている彼を知ることがあろうか」（一七一）。かれをかすめていく風に向かって詩人は問うているのだ。かれを見てとるだれかがいるのか。その風に向かって言葉をかけているのだ。この小さな願いを見てとるだれかがいるのか。

第五章

出来事的ずれと褪せた時間

『光州詩片』における出来事と世界の思惟

一、『光州詩片』と「光州事態」

金時鐘の詩集『光州詩片』は、題名にあるように、詩人の命名を借りれば「光州民衆義挙」という出来事を扱う詩集だ。その出来事は現在「光州民主化運動」と呼ばれるが、当時は「光州事態」と命名されており、その反対側には「問題的な或るものである」を含意する「事態」という命名を拒否しつつ「光州抗争」という名で呼ぶ者たちもいた。命名自体がひとつの政治的行為になったがゆえに、それ以降空挺部隊を追いだして解放区をつくった出来事を強調しようと「光州コミューン」と命名しようとした者もいたし、その時期の光州の街路に誕生した互いに知らない者たちが知らないままつくった共同体を「絶対的共同体」と命名した者もいた。初期には街路で、後には全羅南道庁で市民たちを殺した軍隊の鎮圧を念頭において「光州虐殺」と命名した者もいた。その反面、北朝鮮が派遣したスパイが扇動して起こした「暴動」だと命名されもし、体制転覆し国家権力を掌握しようとした「内乱」と命名されもした。これで全部とはいえない。この出来事はかくも多くの名を持っていた。名と同じ多さの顔を持っていた。『光州詩片』はこの多くの顔を持つ出来事に対するひとつの肖像だ。

ところでこの詩集がこの「出来事」を扱うやり方はかなり特異だ。まずこの詩集には、しばしば語られる意味の出来事としての「光州」を構成する諸要素が特に登場しない。五月十七日のクーデターと戒厳令、五月十八日の全南大学前の学生デモ、市民抗争へと拡大した街頭デモ、バス運転手の闘争、市場の小商人たちの飲食共同体、負傷者のための献血運動、光州MBC放送局の放火、空挺部隊の無残な殺戮、かれらを道庁から追いだした光州市民たちの闘争、そのすべてと結びついた「全斗煥《チョン・ドゥファン》」という名前、五月二十一日以降の道庁に登場した「収拾委員会」、そして五月二十七日の残虐な武力鎮圧……。そのいずれも詩集に登場しない。さらに驚くべきなのは全三部で構成されるこの詩集の第一部に、「光州事態」についてはもちろん、「光州」という言葉すら一度も出てこないことだ。これだけを別個に分けて読んでみるならば、光州事態に対する詩だとわからないほどだ。

出来事の事実的諸要素をかくのごとく消しさり、出来事の場所から遠く抜けでて、いったいいかにして出来事を扱えるのか？　詩であるなら可能なのかもしれないが、詩でなければ確実に不可能なことだ。確実にこの点でこの詩集は出来事を扱う、詩にのみ可能なある方法を見せてくれているに違いない。であるならばそのように扱われる出来事とはいったいいかなる出来事なのか？　そのように扱われる光州‐出来事とはいったいいかなるものなのか？

二、出来事以前の出来事

「実存的」次元での「出来事」とは、それ以前と以降が決して同一でありえなくさせるある分岐点を意味する。「それはわたしにとってひとつの出来事でした！」。存在論的次元で見れば、出来事はそれが発生した世界と発生していない世界が決して同じではない分岐点だ。それが出来事として存在する世界と存在しない世界は決して同じではない分岐点だ。そのように異なる世界をつくりだす断絶と飛躍の地点だ。それゆえ諸々の出来事は多いが、このような意味の出来事は多くない。いや、かなり希少だ。ニュースで接するかくも多い出来事がそうだ。人びとが死んだり怪我したりしても、それらは出来事になりえず過ぎさってしまう。過ぎさる出来事だ。関心も持たれず流れゆく諸々の出来事は、それがなにを意味するのか、一目で分かる出来事だ。このようなものは、大雑把に見ても捉えることが出来るので、簡単に捉えられ、それだけに大雑把に見ることになる。このとき出来事の「意味」とは、もはや考えたり伺いみたりしない理由になり、わたしに近づいてくる意味ではなくわたしに混じらない意味になる。わたしが属した世界のなかに位置を与えない理由だ。いくら大きくても、大きいと言えない意味なのだ。

わたしの視線を奪い、わたしの目の奥底に入ってくる出来事はむしろ「理解できないこと」としてやってくる。簡単に見ぬくことのできた意味を壊すものとしてやってくる。「これはいったいなんなんだ?」という問いで押しはいってくる。この問いに巻きこまれれば、いままでわたしが属していた世界から抜けだして異なる世界へ行くことになる。その出来事がなかった世界から、その出来事がある世界へ巻きこまれていく。

ニーチェは述べる。「偉大なる出来事と思想は最も遅く理解される。同時代の世代はそのような出来事を経験しえない。彼らはそれを素通りして生きていく」[1]。言いなおせば、ある出来事の意味がただちにに理解されたならば、それは「偉大なる出来事」になりえない。ある出来事が充分に理解されたならば、その出来事はわたしにとってきちんとした出来事になりえないことを意味する。ある出来事がいったいなにを意味するのか理解できないとき、かつそれがわたしを摑んでいく力を持つとき、わたしはそれに巻きこまれていく。そのようにしてわたしがなにかに巻きこまれていくとき、出来事は真なる出来事になってやってくる。真なる出来事は意味を想起させてやってくるのではなく、消してやってくるのであり、意味を与えつつやってくるのではなく奪ってやってくる。「偉大なる出来事」とは、世人の注目を受けたり「歴史に残る」巨大な出来事ではなく、知りえないが強力な「巻きこまれ」の力をもつ、このような出来事だ。

「理解する」ということは既に持っている認識の範疇で簡単に分類されることを意味する。その範疇の格子のなかに入ってしまうことを意味する。そのように分類され理解されたものは、もはや考える理由をもたない。記憶という形式で分類されたまま保存されるだけだ。理解できなかったが振りはらえないものだけが考えさせる。魅惑とは理解できないものがわたしに貼りついて引きこむ力だ。魅惑はブランショの言うとおり「われわれから意味を与える能力を奪い去る」[2]。よく知っていると思っていたものが理解できないものになるとき、それは逆に魅惑の力を放射する。それはわたしが知っている出来事を去らせ、わたしが知っていると信じているがゆえに決して入ってみることのできなかった出来事のなかへと入りこませる。この魅惑の力が生の軌跡を変えるほど強いとき、わたしたちはそれに「巻きこまれた」という。

したがってある出来事が真に重要だと信じるならば、出来事をそれが理解されていることから分離せねばならない。その出来事に付与された諸意味を消すことができねばならない。あらゆる意味、あらゆる理解から分離された「孤独」のなかに押しこめることができねばならない。その孤独のなかで再びわたしたちを摑んだまま自分の内部へと引きこむ魅惑の力が、あらゆる方向に向かって放射するようにせねばならない。そうするためには出来事に対する明確な規定性を消して、ある規定以前の不確実なものへと、可能ならば未規定的なものにまで押し遡っていくことが必要だ。出来事以前の出来事へと、意味化をする慣れきった照明を消して、知りえない闇のなかに押しこむことが必要だ。それが、ニーチェの言葉を裏返していえば、出来事を「偉大なる出来事」へとなさしめる道だ。出来事を強力な魅惑の力をもつ真なる出来事へなすことだ。わたしたちをして出来事の内部、その深き闇のなかに入れるようにする道をつくることだ。

金時鐘が『光州詩片』で「光州」から光州-出来事を構成するよく知られた諸事実をできるかぎり分離したのは、その詩集の第一部に「光州」という単語がひとつも入らないように多くのものを消してしまったのは、このような理由からではないだろうか？「光州事態」以降、三年が過ぎた時点に、「そこにはいつも私がいないのである」（「褪《あ》せる時のなか」四三〔『光州詩片』の頁数は『金時鐘コレクション』V、藤原書店、二〇二四〕）と、出来事の場所とずれた場所へと光州事態を引きこむのは、このような理由ではなかったか？第一部だけがそうなのではない。光州を出来事化する第二部の詩においても、出来事の意味は明確に規定されない。ただ市民が捉えたいくつかの断片的諸要素のみが強烈に凝縮して一片一片が簡潔に提示されているのみだ。

かれはこのように出来事から距離をつくりだし、その距離を通してその出来事に貼りついたあれこれの意味を消す。よく知られた意味をできるかぎり消して、そのように意味化させる諸事実すら消して「いったいなんだ？」という問いのみが残る場所へと押しあげる。どんな出来事なのか言えない地点にまで押しあげてみることなしに、どうしてその出来事を真の出来事として扱いうるのかと問わんとしているのか？そこから始めて再び光州を出来事化せねばならないと言わんとしているのか？そのように諸意味が落ちていった光州を、わたしたちの目の前に打ちたて、詩を読む者それぞれに出来事化をしてみろと、自分の生のひとつの出来事にしてくれと言わんとするのだろう。

　これをわたしは次のように言いなおしたい。それは出来事に意味を貼りつかせる「である〔이다〕」という言葉を消して、いかなる意味もなくだた「在る〔있다〕」ないし「在った〔있었다〕」とのみ言えるものへと押しあげようとするものなのだと。いかなる意味付与もなく、たんに「在ること」それ自体だけで、その出来事がある世界とない世界が異なる線を描いて分岐されていくことを見せようとするのだと。したがってこの詩集で金時鐘が「光州」を出来事として扱うやり方は明確に存在論的だ。「〜である」と叙述されるあらゆる規定性を消しさり、規定がないからなんなのか知りえない或るものへとなし、その知りえないなにかが「在る」という事実のみ残しておこうとすること、そうしてその在ることのなかにある、まだ展開されていない規定諸可能性へわたしたちが視線を投げかけるようにしようとするものだという点において。このように出来事に対するあらゆる規定性を消して未規定的存在自体へと遡っていくことを、現象学者たちが述べた「現象学的還元」と対比して「存在論的還元」と命名したい。[3]

　この存在論還元を通して到達するのは「出来事以前の出来事」だ。いかなる意味もないがゆえに「出来事」とすら言えないこと。これを出来事と区別して「事態」と呼ぼう。事態とは何々であると規定できない、ただ「在った」とだけ言える或るものだ。いかなる規定もない「在ること」だ。同じ言葉だが未規定的存在だ。しかしかなり異質的で異なる規定諸可能性が含意されている「在ること」だ。新しい出来事化の線がたたみこまれている「在ること」だ。「いかなる規定もない」という言葉に表明された「ないこと」は空っぽの「ないこと」ではなく、異なる規定諸可能性でぎっしり詰まった「ないこと」だ。

　事態とは出来事化される以前の出来事であり、あらゆる出来事化の「起源」になる出来事だ。

そこには自らを現わそうとする原初的な意味も、根源的な意味もない。それはすべての出来事化の線に開かれている「起源」だ。『光州詩片』は光州を出来事ならぬ事態へと押しあげることから始まる存在論的詩集だ。金時鐘は出来事化された光州を未規定的事態へと押しあげていくことをもって、理解できない出来事へと、「真なる出来事」へとなさしめようとするのだ。

三、事態、詩人の目に届いた場所

「光州」という言葉で呼びだされるもの、それは「暴動」や「抗争」という出来事以前に、ひとつの事態であった。光州で発生した、何々だとはいえない事態。このような意味ではなかったが、軍事政権自らがそれを「光州事態」と命名したというのは、かなり意味深長だ。後に「暴動」や「内乱」のような言葉で明確に規定する前に、かれら自身もなんと呼ぶべきか分からず、ただ光州で発生したことを指すために「光州事態」と命名したのだ。ここでわたしたちは、起こったことを明確に命名できなかった無能力と当惑を見る。この言葉には日常的ではなく平凡ではない、なにか問題あるという非難が、そしてそのような非難を通して自分たちが行なう軍事的暴力の理由を提示しようという正当化の試みが込められているが、同時に通常のデモ鎮圧を無残なまでに過剰にしてしまい戦争に近接してしまった暴力によって、その暴力の対象は敵ではない自国民であって、かれらの要求は素朴と言えるほどの「民主化」であったという事実によって、非難も正当化も路を探しえなくなってしまった困惑めいた「事態」が、痕跡として残っている。しかしより根本的な層位で、この言葉には、当時当事者たち自身も十分に理解できなかった出来事の徴表を込められている。これこそが「偉大なる出来事」の徴表であった。

「かれら」が強い非難の意味を乗せようとしたが、まともに乗せえないまま発話した、この「光州事態」という言葉ほど、「事態」がなんであるのかをよく示すものはない。出来事以前の事態、それは語りえないものだ。それは明確な規定も持たない。ただ「問題がある」という雰囲気をもつ言葉だ。事態の未規定性はかなり異なる諸規定に開かれている。かなり相反する意味と名前すら許容する未規定性だ。その未規定性は事態の存在を知る者たちを呼びこむ。それを明らかにするために、各々の灯をつけ集まれるようにする闇のアトラクションがそこにある。

光州事態という言葉以前に、未規定的空白が数多くの規定諸可能性でぎっしり詰まっていたことを見せてくれたのは、検閲で削除した光州関連記事の空白をそのまま発行した『東亜日報』の空っぽの紙面だった。それは、一方ではその空白の背後にある、記事を消しさってしまった権力の存在を可視化させる空白であったが、他方では「流言飛語」として彷徨っていた光州に対する話が、その数多くの意味が混じりあって入りこんだ空白であった。記事化された出来事を消した場所に残ったものは事態の「存在」だった。なにかが消された事態が、規定されない或る事態が「在った」という事実であった。それは消されて空いていたが、それは決して空っぽの空白の紙面ではなかった。消された文字、満たされねばならない詩行がそこにはぎっしりつまっており、悲鳴と歓呼、唸りとどよめき、泣きと笑い、怒りと愛情、冷笑と熱情、感嘆と決意、血と涙などがぎっしり詰まっていた。それらが入りまじって誕生する、数多くの規定性が、見分けることができないように混じりあったまま、そこにあった。

「事態」の未規定性は、このように数多くの規定可能性を既に持っていた。出来事とはその多くの規定可能性のなかの或るものが事態の表面へ浮かびあがるときに捉えられるものだ。いくつもの方向、相反する方向へと開かれた未規定性に、数多くの規定性の光が集まってくる。軍事政権は軍事政権として「暴動」や「内乱」のような意味の光を照らし、そのような規定に怒った者たちはかれらなりに異なる方向の光を照らして事態を出来事化する。しかしこのときにも、ある者は素手で始まった市民抗争によって戦車と装甲車で武装された軍事的暴力を追いだした「革命」や「抗争」の光を照らすが、別の者はこれ以上死んではならない残酷な虐殺、崇高だが二度と繰り返されてはならない悲劇の光を照らす。光を放射する方向が、事態を出来事化するやり方がきわめて異なるがゆえに、ひとつの事態をめぐって対決と闘争が繰りひろげられる。「五月の歌」の歌詞のように「五月、その日がまたくれば」、いや一九八〇年代をとおしてずっと繰り返されたその激烈な闘争は、振りかえってみればその事態に付ける名前をめぐって争われたものだった。それは、その事態をいかに出来事化するのかをめぐって繰りひろげられた闘争であった。「事態」という言葉は一九八〇年五月の光州を呼び指すひとつの名前であったが、いかなる名前で命名するかをめぐって繰りひろげられたその闘争の場を呼び指す名前でもある。つまり事態とは、名前以前の名前であり、出来事以前の出来事だ。出来事とは、この事態を出来事化することをもって、事後に到来する過去だ。逆に事態とは、出来事化される以前の出来事の身体性を表現する。消しても消されない出来事の「物質性」を表現する[4]。事態とは出来事の言葉なき身体だ。

　名前をめぐるこの闘争の場で『光州詩片』が選択した道は詩であるがゆえに可能なものだ。相異なる名前のあいだの対決のなかへ、もうひとつの名前を差しこむのではなく、名前を消して上っていく道。相異なる出来事化のやり方の闘争のなかにもうひとつの出来事化のやり方をもって蹴破っていくのではなく、出来事以前へと遡って、出来事のあの言葉なき身体を現す道、漠然で限りなく曖昧模糊としているなんらかの感じと感応だけを残し、あらゆる名前、あらゆる意味を消しさる道。そしてそのように到達した事態から、出来事の言葉なき内部から、最小限にのみ開いた出来事化の線を描こうとする。

これはじっさい詩の「本性」に符合する道だというべきだ。詩とは共有された意味を展開していく言語ではなく共有された意味から抜けだしていく言語であるがゆえに、意味のコミュニケーションを掌握しようとする試みとは反対に、コミュニケーションの言語から抜けだして出来事を出来事に与えられた場所から抜けださせる。あらゆる意味を消して、ただ人びとを摑んでいく曖昧な感応の力だけを残し、投射されたあらゆる光を避けて出来事の闇に、闇のなかの出来事に至ろうとする。そのようにして詩にそって意味とコミュニケーションから抜けだすことをもって、出来事は事態になる。だからここで事態は出来事と再び位置を取りかえる。つまり出来事の存在へと遡っていくこの事態化の道において、事態は出来事以前にあったが出来事以降にやってくる。詩にそって出来事以降にやってくる。事態とは「出来事」が詩人に送った手紙が遠いところを巡り巡ってその身体に貼りついた多くの意味を充分に払いおとせたとき、詩人の手に到達した伝言だ。このように言いかえてもよい——事態とは出来事以降に詩人が出来事に近づいた時、対面することになる出来事の黒い顔だ。(5)

四、　誓い、心に誓う

『光州詩片』は全三部に分かれている。「風」にはじまり「崖」に終わる第一部は、出来事化される以前の光州事態についての詩だ。おおよそ「吹かれているのが」なにかを「知らない」

まま「ただ吹き抜けてゆく／うつろな隙間を」（二二）感じさせる、或る曖昧模糊な事態が送る伝言だ。受信者なしに風に洗われ、消され、空中に彷徨う手紙だ。その次に「そこにはいつも私がいないのである」という詩行で始まる詩「褪《あ》せる時のなか」にはじまり「冥福を祈るな」で終わる第二部は、先ほどみた「ずれ」という言葉で命名した詩人の位置から出来事化される光州を扱う。事態が送る伝言に対する詩人の応答だ。その次に「今は、こともない時の光州である」という詩行で終わる詩「そうして、今」にはじまり「日日よ、愛うすきそこひの闇よ」に終わる第三部は光州事態が出来事として充分に介入できない世界と、そのような世界に対する詩人の視線のあいだに架かっている。光州事態が出来事として存在しない世界に対して新しい出来事化を訴えるものだと言えよう。

　ところでこれらの詩以前に、いや「詩集」が始まる以前に、短い詩行が書かれている。献辞なのか序文なのかわからない短い詩句のような詩行が。

私は忘れない。
世界が忘れても
この私からは忘れさせない。
（一五）

短刀のような詩行だ。詩人が「事態」へと返そうとする詩よりも先に、「詩集」に先立って書かれたこの詩行は、忘却の門の前へ、忘却の大気に包まれた事態の前へ、わたしたちを呼びこむ。この詩集は光州事態が発生して三年が経った後に書かれて出版された。三年、死んだものを送る哀悼期間の最大値が果てた時点だ。しかし通常の死者であれば、三年葬とともに送りだせるが、忘却のなかで問うために消そうとした事態であれば、そのように送りだすことができないだろう。だからだろうか？　詩人は三年が過ぎた時点に、忘却の門の前でその事態を呼びだす。忘れないという誓いを、世界がみな忘れても自分は決して忘れないという誓いによって。

一九八〇年五月、光州事態が発生したそこに詩人はいなかったが、その事態が発生したことを知らなかったわけがない。であるならばそのとき、光州事態に対する怒りと抗議、あるいは共鳴と哀悼の詩を書けたであろう。しかし詩人はその時ではなく三年が去った時点で詩を書く。なぜ出来事が発生したときに書かず、三年が過ぎてから詩を書くことになったのか？　怒りと抗議の詩であれば、そのときにより激しく、より明らかに書けたであろうに。弾圧が予想される韓国に居住していたわけでもない。どこかで述べたように、言葉となって出てきたものを、とるにたりないものになさしめた事態の強度ゆえだろうか？

出来事の「そこ」に詩の席はない。出来事の「そこ」に歌の席はある。しかしそれは詩の席ではない。出来事はいつも思いもよらぬものとしてやってくる。予測されたものは出来事になりえない。思いもよらぬものであるがゆえに、どんな意味を持ったものなのか知りえないままやってくる。知りえないが行なわねばならない出来事のそこに必要なのは歌だ。そこに集まった個々人をひとつの「大衆」にするリズムであり、かれらを集合的身体へとつくりだす共通感覚だ。いくつもの口が同時に叫びいくつもの頭が同時に思考できるようにする共通の単語だ。出来事の意味を知らせる意志を連結し、それらがコミュニケーションできるようにする単語であり、分離された諸身体がひとつであるかのように動けるようにしてくれる共通のリズムだ。出来事のなかで大衆が「ひとつであるかのように」動けるようにしてくれるのは歌だ。出来事の現場で詩が朗読されることは多いが、そのときそれは共感の力を稼働させる歌や訴えだ。(6) 出来事に対する詩的な「頌歌」すら出来事の場所では書かれない。少なくない時間が流れた後に、ようやく書かれる。出来事のそこにまだ詩は入りこめない。事態のそこに詩人がいたとしても、かれが書きかれが述べるのは歌であるしかない。かれの言葉はまだ詩となって出てこない。

事態は詩人に詩を送る。しかしそれはまだ詩になりえない詩だ。なにであるが知りえない手紙だ。たんに黙殺された悲鳴や壊された諸感情、風に飛ばされる諸感情のかけらが消滅するように明滅する沈黙の伝言だ。事態に巻きこまれようとした詩人であれば明らかにそれを受けとるであろう。詩になる生の伝言がそうであるように、事態の伝言は遠いところを回ってくる。遅れてくる。かなり時間が経ってから、「そうしてある日　それこそ不意に」(「化石の夏」『化石の夏』、三五) 詩になってやってくる。

しかし金時鐘は光州事態の知られた意味に従わないし、それと区別されるもうひとつの明確な意味を付けくわえるやり方で詩を書かない。事態に逆らって、その意味を消して書く。意味を消して事態に対して述べようとするとき、なにを言えるのか?　その事態は「〜である」という規定を放棄したり消しさったりしてしまうとき、その事態に対して述べることができるのは、その事態があったということだけだ。その事態の存在を書くことだ。そのようなやり方で書こうとするとき、詩人ができることはその存在を証言すること、その事態があったことを記憶して想起させることではないか?　その事態を忘れないという誓いを詩集の門前に記したのはだからなのではないか?

この誓いは二重だ。最初の詩行は自ら「忘れない」という能動形の誓いだ。次の二行で構成される詩行で、詩人は受動の使役形をつかって再び述べる。「忘れさせない」と。世のなかのすべてが一切忘れてしまったとしても、である。忘れるということは、実は能動的なことではない。忘れないと決心しても、決心して誓っても、忘れてしまうことは頻繁に起こるではないか。だから反復したのだろう。忘れないと、忘れさせないと。「世界が忘れても」と書いたが、それはじっさい忘れてしまった世界のなかにそれを押しこむのだという誓いであろう。

誓いとはたんに内から叫ぶ独り言ではない。それは事態が忘れられないように研ぎ澄まさねばならないという決意だ。事態を消してしまう世界、事態が出来事化されることを阻止して拒否し、入りこむ場所を探せえないまま周囲を回っているだけである現働の世界を、その無関心で鈍感な被膜をこじあけて入りこむ鋭さを研ぎ澄まさねばならないという決心だ。それ以降の時間のなかで明滅する、そのまま置いておけば消滅してしまうものたちを、そのように虚空を彷徨うものたちを、出来事の粒子として呼びあつめ、どこかに確固と踏み固めようとすることだ。その粒子を凝結させて鋭利な尖点をつくり、その鋭い感受性で人びとの感覚を呼びあつめ、その感覚を凝縮させて頑丈な被膜に小さな亀裂をつくりだそうということだ。日常の大気につつまれてだんだん忘却していく世界に風のはざまをつくっておこうということだ。弾けた石がひとつ飛んできて、ぶつかってつくられる小さな破裂を待とうとするのだ。

五、事態の諸伝言

先ほど述べたように『光州詩片』第一部には光州事態に対する言及がたったの一言もない。「嗚咽」や「輓章」、「弔い」や「叫び」のように、光州事態によって引きおこされた感情を表示する言葉があり、悲しみや痛恨、怒りの感情を伝える詩行があるが、そのどこにも光州事態を直接的に呼びさす単語はない。光州事態に対する一言の言及もなしに書かれた第一部の詩もまた明らかに光州事態が送った伝言を詩人が受けとったものだ。ところでなぜこのように受けとり記したのか？

別のやり方で問おう。ある事態に対してしばしば述べる通常的な意味をはみだし、バラバラになったまま風にふかれてやってきた、あの事態の伝言を受けとって記せばどうなるか？　それはきっとこの詩集の第一部のようになるであろうと言うべきではないか？　だからだろうか？　第一部の詩の題名は、「まだあるとすれば」を除いて、すべてが一単語、それも可能な限り一文字の漢字で表示される短い言葉になっている。風、ほつれ、遠雷、まだあるとすれば、火、崖。意味がきちんと貼りつく前の最小の意味だけを表示するためであろうか？　あるいは最小限の言葉に感応を凝縮するためであろうか？　いずれにせよ第一部で受信された言葉は、遠くから風に乗せられてやってきた悲しみや怒り、うずきのように、あるいは悲鳴や遠雷、静寂と目まいのようなものだ。

第一部の最初の詩は「風」だ。「つぶらな野ねずみの眼をかすめて／磧《かわら》を風が渡る」（一九）。最初にやってきたものが風だからだろうか？　記憶から排除されて現働の「出来事」のなかにも入ることのできない事態が、原野や砂地を渡る風に吹かれて散らばり、消えてしまうかと惜しんだのか？

もはやことばがことばでないとき
そこがどこかを問うこともあるまい。
かざした手のあわいですら

風は指を染めてにじんでいる。

（二〇）

言葉を得られないものは、そのように風に消えてしまいがちだ。言葉を得られない事態は、たとえ悲鳴と歓呼、呻吟とごよめきでいっぱいになったものだったといえども、問いの場所すら残せないまま消えていく。かざした手すら風のように無関心に過ぎていく。言葉は、事態を言葉に込めたひとつの意味に閉じこめるが、それすらなければ事態はなんでもないことのように、いつのまにか風にそって流れてしまうだろう。言うことのできないものは、それゆえ全体であるが、同時に無の絶壁の前に立つ全体だ。それゆえ逆に、そのようにただ消えてしまうことを拒否する或るものが、その風のなかで、消滅の力に耐えぬいている。死よりも悲しい忘却の前で、どうしてただそのように倒れ消えてしまえるのか！　光の粒子すらはじき出して一掃していくこの風のなかで、死んだ骸骨が忘却と消滅の力を耐えて羽を広げてばたつかせている。

こごめた過去の背丈よりも低く
風が　しなう影を返してこもっているのだ。
そこでは光までが吹かれてはじけ
骸《なきがら》でさえ翼を逆立ててばたついている。

（一九－二〇）

風はたんにそれを消滅に向かって乗せて飛ばす無情な使者であるだけではない。光の大気のなかに入ることのできないあの陰を振り向かせようとする力を乗せて飛ばす使者でもある。そのような点で「風は　はてしない喪の祭司である」（二二）。喪とは死者を送る儀礼だ。同時に去った者を忘れないという思いの表現だ。風はその思いを伝える祭司だ。はてしなく吹いてくる、祭司だ。

遠く地平をふるわせて
非業の時をなぞっているのも
その風である。
（二〇）

「非業」とは過去の「業」から抜けだすことを意味する。運命のように現在を決定する業の力を抜けでた力を表示し、「非命」という言葉で代替されもする言葉だ。「非命〔非業〕の死」という言葉がそうであるように、非命や非業とは、思いもよらぬ時間に到来したある断絶的な「出来事」を表現する。何々であると命名する余地もなく到来した事態のとき、それが「非業のとき」であり非命の瞬間だ。風はそのように過ぎさるのみならず、非業のときを、非命の瞬間に繰りひろげられた事態を重ね描いている。その事態に貼りついてなにかを重ねているのだ。そのように事態を、事態の伝言を伝えるのもやはり風だ。

風はそのように非業の時間を「遠いところ」へ乗せていく。その「遠い」という言葉は空間上の距離でも時間上の距離でもない。それは事態の付近から抜けでて、なにか再び感知され、再び思索され、再び刻まれて或る形象が描かれうる余白だ。事態は風に乗ってそのように遠いところを巡り、或る出来事の形象になり戻ってくるであろう。「地平をふるわせる」出来事になり、戻ってくるかもしれない。「ひと茎の草の葉のそよぎ」を見てとることができるならば、「風にかすれる心の襞《ひだ》を見てとることができる」（二一）ならばよいが、そのような者は多くないであろう。それゆえ今は「手を取り合っていてさえ／嗚咽はくぐもる風にすぎぬのだ」（二一）。風は事態の伝言を乗せてやってくるが、それはくぐもる風にすぎないがゆえに、人びとはそれを見てとれない。でもその風として感知されるうら寂しさは、なにかうつろな隙間を感じるだろう。

季節を喚び起こす風が風のなかを巻くので
吹かれているのがいつの季節かを　人は知らない。
ただ吹き抜けてゆく
うつろな隙間を感じるだけだ。

（二二）

事態の伝言は季節とともにすぎていく風に混じり、なにもないうつろな隙間にやってくる。なにも書かれていない手紙としてやってくる。光州という言葉が記されていないまま、なにかを伝える第一部のこれらの詩もそうだ。人びとはだから事態の伝言を聞くことができない。しかし風が尋常でないことを知る者たちはいるだろう。風のなかで音なき悲鳴を聞く者もいるだろう。何も言えないまま泣いているだれかがいることを感じる者、言葉になりえないまま弾けでる静かな悲鳴の音が、その隙間に隠れていることを感知する者もいるだろう。

風は
風のはざまで音を上げている。

（二三）

ふたつ目の詩「ほつれ」(7)は、風に乗せられほつれる悲しみと怒りに対する詩だ。「いつ果てるともない悲憤のうずきを／天空にさらしてはためいている」(二四)。また、時間が経つにしたがってほつれていく記憶、その記憶のふるえについての詩だ。「日ましに眼底で／ほつれているのは記憶のふるえだ」(二四)。これはまた時間が経つにしたがい、風に吹かれて忘却のなかにほつれていく世のなかに対するものでもある。「どれほど流される時があれば／時節は吹かれてなびいていくのか」(二四)。こういう言い方で言うことのできない闇の深みを持った事態が、ほつれていく時間のなかで解けてばらばらになっていく。

究めえない距離の深さを
時が、時が、髪ふり乱してたなびいていく。
(二四－五)

これは風に吹かれて散っていく事態の伝言と異ならない。ほつれていくがほつれていくことすら知らないまま、ばらけていくのだ。ほつれていく記憶や怒りは見えないまま忘れられる。しかしそのようにほつれていくものたちが惜しく悲しかったからだろうか？　ほつれていくものを忘れないように、紀念するように、誰かによって「白地の輓章《ばんしょう》がひと流れ」(二三)立てられたのだ。

もはや視てとる何物もない眼に
誰が上げたか輓章ひとつ
はたはたと

天涯の一点をよじらせて鳴っている。　（二五）

その輓章がはためいている。散って吹く風にそって「白地の輓章《ばんしょう》がひと流れ／霜枯れの曇天をかきたてて鳴っている」（二三）。散っていく風が強ければ強く、弱ければ弱く、それにそって散っていくものがあることを可視化し、はためいている。「はたはたと身をよじらせては／中空をきりりり／しぼりあげる声もかぎりとのたうっている」（二三）。

輓章、それはひとつの紀念碑だ。死に隣りあった諸感情があったことを表示する旗だ。死を忘れまいとするひとつの表示だ。それゆえそれは「忘れない」、「忘れさせない」という誓いの表現だ。死のように消える、しかし決して忘れさせないようにしたい、或るものの紀念碑だ。忘れられないある事態があったことを証拠づける紀念碑であり、興奮と怒り、沸き起こる蹶起と包まれてくる恐怖、熱い喚声と断末魔の悲鳴などの感情が、それらが入りまじった感応が凝結した紀念物だ。詩もまた紀念碑だ。詩人は詩をもってなにか一言で述べることができるわけではないが、それが「あったこと」だけは証拠づける紀念碑を立てる。いつかだれかが見て巻きこまれることを待つ、未来時制を持つ紀念碑を。

三つ目の詩は「遠雷」だ。先の二編の詩が事態の伝言を発信する側から書かれたなら、この詩は反対にそれを受信する側から書かれた。向こう側、遠くで鳴る雷を聞くこちら側の、だれかの側で。この場合にもそれが事態の伝言であるだけに伝言は読むことのできない手紙、なにも書かれていない手紙であろう。それが本当に鳴っているのかすらはっきり言うことができない。しかし決して一度で終わらず反復して近づいてくる伝言だ。

その夜更けもまた
遠雷は鳴っていたのです。
聞いたというのではありません。
白く虚空を割いて墜ちていった
音を見たのです。（二一六）

聞こえたのか聞こえなかったのかすら明らかではないまま消えていく音、聞こえてもなんなのか知りえない白紙のような音、しかし明確ではないが身体に染みこむ或るものによって、あると感知される、あるいは推測される音だ。おそらく染みこんだ響きだけは身体全体を揺らしたものであるがゆえに、雷の大きさを持つと推測される音だ。遠雷に呼応するかのように「窓辺にはいつしか雨がたかり／はてしないつぶやきが／やはり白くもつれていました」（二一六）。ここでの「たかり」や「もつれ」という言葉は、ふたつ目の詩を要約する単語「ほつれ」と対称をなす言葉だ。たかるものたちからは、聞き取れない音が出る。なにか大きな音だ。その雷鳴は白く消えていく。「なぜか消えてゆくものは／白い音をたてて吸い込まれるのです。／過ぎた夏が／網膜で白いように」（二一七）。しかしその曖昧であるが響きを持つものであるがゆえに、それは見えない共鳴を惹き起こす。共鳴してたからせる。たかってきたものもまた、なにか分からないつぶやきであるだけなので、「白く」たかりもつれる。

わかりえない音、聞こえないが感知される音、それはともすれば沈黙により近いものなのかもしれない。かつて日本へ逃げる息子のために、鼻だけをすって言葉なしに炒り豆を詰めこんだ母の寡黙さのように。この重い寡黙さは「生涯を分けたはずの夜に」母から肌着をもらいうけた「死を期した若者」(二一七)とつながり、去っていったその日の夜、自分がそうであったように、その青年に近づいたであろう雷へとつながる。「その夜更けにも／遠雷はにぶくごよめいていました」(二一八)。もちろんそれもまた明確なものではなく、明らかに残っている記憶でもない。「誰の胸に刻んだというのではありません。／生きながらえても／在るべきものはとっくに消え去りました」(二一八)。

夜更け、皆が寝静まったとき、何も見えないそのときに、このように遠雷を聞く者たちがいる。その遠雷に共鳴して繋がる思いがある。どこか知りえないところにいるであろう、その音を聞いて共鳴したであろう思いを想像し、動く心があるのだ。

その夜更けにも
遠雷はにぶくごよめいていました。
見たのではありません。
白く放たれた閃光がつらぬく
白い心が聞いたのです。

(二一八－九)

白い音はそれを聞いて共鳴する心もまた「白く」変えさせる。知りえない音に反応する知りえない心、真っ白に空いているがゆえにやってくる音をやってくるがままに聞くことのできる心へと。その心は、夜更けの寡黙な母の小さな行動で聞いた遠雷を、「がらんごうの広場でうずくまっている／ひとりの母の　しわぶき」(二一九)から、再び聞く。

六、　事態の存在論

「まだあるとすれば」は四つ目の詩の題名だ。意味が貼りつきにくくする、しかし逆にさまざまな意味が貼りつくことのできる一文字、一単語の題名の孤独のなかで、唯一開かれた詩行で題名をつけたのは、リズム的変化のための人為的な考慮によるものであろうが、またそれが言葉なき事態の諸断片のなかで、唯一言葉を「貼りつける」詩であるからだ。問いを投げかけて声をかける詩であるからだ。なにも書かれていない白い手紙から詩人が読んだもの、遠くから響く白い遠雷から詩人が聞いたものがそこにある。いや、読み解いたものだと言うべきであり、聞き取ったものと言うべきだ。読み解き聞き取るやり方で、かれが事態のいくつもの伝言を「描きなおした」言葉であるというのが、より正確なのかもしれない。「まだあるとすれば」応えてくれという叫びでもありうる。応えなき沈黙からかれが聞いたものでもありうるし、そのように白紙にかれが書きこんだものでもありうる。

まだ生きつづけているものがあるとすれば
耐えしのいだ時代よりも
もっと無残な　砕けた記憶。
それを想い返す瞳孔かも知れない。

（三〇）

その残酷な、壊れた記憶以外にいったいなにが生き残ったのだという悲鳴だろうか？　あるいは死んでも死ねないまま聞いてくれと叫び、事態の痕跡を伝える記憶だけは生きつづけているというつぶやきであろうか？　両方であろう。これは再び高調し、次の連につながる。

この霜枯れた日に
まだ死なずにいるものがあるとすれば
奪いつづけた服従よりも
もっと無念な青白い忍従。
弾皮が錆びている野いちごの
赤い　復讐かも知れない。

（三〇―一）

残酷な記憶以外は生き残りえないそこに、まだだれか死なずにいるならば、それは服従を耐えぬかねばならなかった忍従の侮辱を対価にしただろう。服従せねばならないという事実より、そのように服従して生きようとする自分が、そのような自分の忍従が、はるかに無念であっただろう。しかし生き残るためにその忍従を、無念さを胸に抱いたまま命を持ちこたえねばならない、その青白い忍従を、だれが責めることができるのか。まだ死んでおらず「いる」ということは、死と同じくらい侮辱的なその忍従の苦痛を耐えて存在しつづけることだ。しかしその忍従は無念さを抱えるものであるがゆえに、延期された死に向かってただ時間にそってゆくことだけではないだろう。その無念さにこもった涙は、いつのまにかひっそりと染みこみ弾皮を錆させる野いちごの湿気よりも、決して弱いわけはない。

次の連は冠形語を押しこんでいた「生きているものがいるならば」の漸層法を発展させ、あらゆる冠形語をはぎ取り「あるとすれば」ひとつで始まる。

まだあるとすれば
それは血ぬられた　石の沈黙。
いや石より濃い　意識のにこごり。
陽だまりで溶けだしている
その貧毛な粘液かも知れぬのだ。

（三一）

残酷な記憶のバラバラになった悲鳴も、無念な忍従の言葉なき復讐も、ともすればその白い伝言に強引に付けくわえたものであるかもしれないと言わんとするのか？　生きているものを強いて探しだし、その痕跡を読み解こうとするものが貧しいと言いたかったのか？　「まだあるとすれば」。記憶も無念さもなく、意味や名前もないそこには、なにが残っているのか？　無言の白い音、事態が送ったその白色の便せんのなかにはいったいなにが残っているのか？　沈黙、血ぬられた石の沈黙だけが残っている。あるいは石のようににこごった、石ごとに濃い意識のにこごりが。少しの陽でそれが解けて流れる、まだ生命が芽吹きえない貧毛の粘液が。

沈黙の伝言、そこに乗せられてきた事態の波動、それは文字ひとつすらなく、音すらも聞こえないが、だからといってなにもないとは言えないだろう。決してそうではないのだ！　あまりにも多くの音が絡まりあってごれかひとつの音を聞くことのできない白色雑音（ホワイトノイズ）のように、あまりにも多くの文字が入りまじり、あるひとつの伝言すら伝えられない文字があるのだ。あるひとつの形象を失った、ある無形の形象があるのだ。いかなる形態もない、水のようにくぼんだところにそって流れる流れのみがある。そこはそのように粘液になって流れて、いつかひとつひとつ芽吹き、音を出させるだろう。

すべての「生きているもの」を消して、ただひとつの、存在を表現する動詞で問うこの問いにおいて、わたしは存在に対する驚くべき思惟を見る。「在ること」とは、生きているものをひとつに束ねる範疇ではなく、生きているものたちが共通に持っている或る本性でもなく、むしろ生きているものをすべて除去しても残る或るものではないかという思いが、この問いの底に敷かれているように見えるからだ。この詩のまさに第三連は、生命体も、記憶も、感情もすべて削除したまま「まだあるとすれば、それはなにか」という問いと、それに対する答えだ。石の沈黙、意識のにごり、そして流れて流動しはじめた粘液。すべて生命が除去された後に残るものだ。残酷な記憶と無念な忍従の生命を除去した後にも決して消えないであろう、「あった」と言わねばならない或る事実の痕跡が、そのすべての痕跡を消したとしても決して「ない」と言えなくさせるものとしての「在る」が、そこにある。「ある」ということが受けとめられないほど怖く、武力を使ってでも消そうとする者たちがいて、ただ「ある」という事実ひとつを述べるために、痕跡を消そうとする者たちと闘おうとする者たちがいる。それを消さないことにはどんなことが起こるか分からないと震える明敏な不安があり、あらゆるものが消えた後にも「ある」と言えば、まだあると言えば、なにか到来するものがあるであろうと信じる愚鈍な感じがあるのだ。事態の存在とは「在る」自体だけでも到来するなにかを呼びよせる力だ。

生きているものたちがすべて消されても残るものが「在る」。詩人はそこになにもないのではないことを知る。「だからこそ／渇く。／ものの形が失われて知る／はじめての愛の象《かたち》なのだ」（三二）。形態が消されてこそようやく見えるもの、それが「ある」だ。これを知るから渇くのだ。「だからこそ春は／私の深い眠りの底でもかげろうているのだ」（三二）。見えないように近づき、こっそり大気をゆらして拡がっていくかげろうのように。形態なき形象の、見えないやり方で見えるかげろうのように。

「日は変わりなく銃口の尖《さき》で光って」いるがゆえに、陽の下の生は銃口の下にあるが、でも「海はたわみ／雲は流れ」（三二）るものだ。それでも解けない悔恨があれば、それは「あの日噴き上がったまま／まっさおな空に埋められた／私の／けし」（三二）である。雲が流れる空、たわむ海のなかに埋められて見えないけしのような小さなかけら。しかしそれはまたけしのように辛いかけらであり、その辛い気を凝結させた固い種でもある。血の沈黙のなかで溶けて流れはじめた粘液に小さな触発になってくれる小さな凝固物だ。

五つ目の詩は「火」だ。[8] 火をともすことに対する詩行が連ごとに反復される。火をともす者を待つ詩なのか？　しかし火ならぬ闇のなかで陰として生きてきた詩人が、闇ならぬ火を待つとは、じゃっかん意外ではないか？　このように火をともす者のイメージとは、「啓蒙」という古き単語からはじまり火をともして世のなかを明るくするという、とても慣れ切った通念にあまりにも忠実なのではないか？　悲劇的事態の闇のなかで火を待つということは、このように二重の意味で躊躇させる。それでないなら火でいったいなにを言わんとするのか？　いかなる言葉を述べうるのか？

誰ですか？

　つくねんと　坐っているのは。
　瞼の裏で　格子にすがっているのは誰ですか？　　　（三三）

だれかがいるようだからだろう。しかし瞼の裏だ。私の目のなかの闇のなかに、つくねんと座っているのだ。幽霊でも見たのか？　その後ろに続く詩句もすべてそうだ。「あの夕やみのなかを／ほの白い影が外《そ》れていったのです。／人知れぬ闇へでも分け入るように／林道の昏がりへ溶けていったままです」（三三）。闇と闇のあいだで影が動いている。詩人は闇のなかを、闇のなかの影を見ているのだ。ともすれば自分の目のなかで、ともすれば夕闇が暮れる林道の闇のなかで。闇のなかにある影。見えるわけがない。しかし闇だからといってすべてが同じ色ではないので、なにかがいる気配、だれかが動く気配は感じることができる。だからだれかを探そうと火をともしてみたが、火をともす瞬間消えるのが影ではないか？　探したいが探せないもの、それが闇のなかの影であろう。それでも探そうという意志で、探せるという漠然な希望で火をともす。むせぶ血のりのなかでも、死のような絶望のなかでも、もしかしたらと言いながら、捨てることができなかったものが、そのような火であっただろう。
　闇のなかの影があれば、光のなかでともされる火もある。闇のなかの闇があり、光のなかの光があるのだ。昼間の日常のなかで、あるいは生存のための生活のなかで繰り返しともすことになる火のようなものだ。

　あなたはライターを点けたところでしたね。
　むせんだあの血のりの時ですら

口口に点っていたのはその火でしたから
山ごと暮らしが散りばんだところで
灯りはただ　せり上がっただけの闇なのでしょう。

（三三―四）

「山ごと暮らしが散りばんだところ」とは、食っていくために、あるいは散漫とあれこれに引きずられて落ち着かないわたしたちの日常だ。その日常のなかに夜がやってきて、夜がやってくれば火をともす。そのようにともされた火は散らばった視線を集める中心になり、散らばった生を暫し忘れさせるだろう。だからその火は、そのときごとにわたしたちを摑んでいく小さな希望のようなものでもある。だからといってそれは散らばった生活の一部であるのみだ。夜の闇のなかでせりあがった闇、昼の散らばった光のなかでじゃっかん明るく輝く光であろう。しかしそれはまた生きていかねばならない限り、避けえないものだ。血の流れる状況のなかでも過ぎていき、また待つことになる火だ。これは軍人たちにおいても異ならないだろう。かれらもまた毎日の日常があり、その日常のなかでともすことになる小さな火があるだろうから。だからなのか次のように続く。

兵士にも合間はあり
無聊でなくとも火は点くのです。

（三四）

怒りが湧きたち、血が弾けるような状況においても、わたしたちは生きようとし、生きねばならないがゆえに、目と口、耳と鼻、胃腸と膀胱、大腸と肛門が求める、それぞれの方向へと散らばる欲望と生活を停止できない。死が鼻先に迫ってきたといえども、今食わねばならない飯を食わないわけにはいかず、目の前に銃弾が飛びかかっても、自分の体の生存に希望を抱かないわけにはいかず、人殺しのように気の進まないことだとしても、命令であれば従わねばならない。それが生であり、それが生活だ。わたしたちはそのような生活を導く数多くの火をもって生きる。いついかなる条件であれ、火をともす。人ごとに、条件ごとに、その大きさと強度は異なるとしても。

(三四)

それでも点るのですか?
頑健な肉体がせめぐこの国で
何を案じての陰膳なのですか?
見入る壁がにじむのですか?

ともされる火、それは敵対が支配する世のなかにおける陰膳、つまり朝晩の食事だ。そのような生活、そのような世のなかを凝視する壁すらにじませる、素朴でささやかな希望だ。生活から出てきたものであるがゆえに、その生活と異なる出口に決してなりえない、役に立たない希望であり、きちんとした出口を探す思いすら遮断する希望だ。金を稼ぎ、就職して、結婚して、家を買い……「穴を眠りが墜ちてゆく」ようにする希望、あるいは「どこかの機銃が擬す/緯度の上の星」(三四-五)のかわりに、銃が狙わないところへ目を向けて探した小さな希望。闇を見えないようにしてくれ、絶望を直視しないでいいようにしてくれるものとしての希望、ひょっとすればそれが朝晩の食事を準備する、生活を明かす火なのかもしれない。それゆえであろう。

夜陰のはざまで婦が涕《な》くのです。
音もなく空気の芯をふるわせてくるのです。
この無明の時を
それでも灯りは点るのですか?
（三五）

火を追って、火をともし、何かを探そうとする限り、闇のなかにあるものは、闇のなかに隠れる影は、見えない。それに向かって目線を向けもする。だからその闇夜のはざまにあるものは泣いている。音はないが空気の芯を、鉛筆の芯のように空気の只中にはめこまれている芯をふるわせるむせびだ。だれかが聞いたかもしれない。だからその無明の闇に向かって目を向ける。この詩の最初がそうであったように。そのように「火を点す」のだ。しかしそうしても見えるわけがない。

見えはしますまい。
人間の内部で死に絶えたものは。
灯りをかきたてたところで
見えてきはしますまい。
（三五）

事態もまたそうであろう。まだ意味も得られないまま、語られる空間を奪われ、闇のなかを彷徨っている事態の伝言もまた、火をともしても見えないだろう。闇のはざまでの婦の泣き声のように、音なき空気のゆれのように。でもだれかが白昼の流れる光のなかで、マッチの火をともす者がいる。事態の伝言を感知しただれかであろうか？　到来するなにかを待つ者であろうか？

誰ですか？
いまマッチをすった人は？
一日を発たせるだけの停車場で
人待ち顔に通りを見すかしていたのは誰ですか？
くるものは来ますか？
（二五―六）

だが、そう簡単に見分けられるはずもなく、そう簡単にやってくるわけがない。その小さな灯りでは「流れる光にも見分け」（二六）られないからだ。灯りより微弱なマッチの火は言うまでもない。生活の光のなかにある数多くの希望のあいだに、生活の時間よりも遅れたあのつたない火だなんて！　到来するだれかを待ち、通りで起こるなにかを待つ、あの望みなき目つきだとは！　それは明らかにつたなく望みなき行ないであるが、まさにそれゆえに詩人の目に引っかかる。闇のなかの影を感知する目があるように、明るい光のなかのつたない灯りを感知する目もあるのだ。もちろんそれでは人びとを呼びよせることもできず、出来事を触発させることもできない。それでも嬉しかったであろう。その灯りから、無理やり読み解いた希望が嬉しかったのではなく、望みなき行ないをする誰かがそこにもいるという事実が嬉しかったのでゆえに「くるものは来ますか?/流れる光にも見分けられる何か」(三六)なのかと問うてはいても、そうであるとは信じはしなかったであろう。
あのほの白い影はまだ戻りません。
むきだしの電球の下では
影すらも息をつめていねばなりませんので
たぶんあの茂みの奥の
ひそめた灯かげでかげっているのでしょう。
(三六)

まだ光のなかに入る時間ではないのだ。白熱電球のような光の下に、自分をあらわにする時間ではないのだ。あのほのかな光は誰かをあらわにする光であるが、同時にそれを探しだすサーチライトの光でもある。そのような光の下では、いても息を殺して隠れねばならない。それゆえ灯りすらひそめた茂る藪で、かげって見えないところに隠れているのだ。

だから早急な希望よりも、むしろ絶望の側に立とうとするのだ。滴る水滴が石を穿つという言葉で簡単な慰安を求めるよりは、反対に「飛沫」としてやってくるのではないのかと、「名もない石碑にしとど濡れる」、「霧のしずく」(三六-七)ではなく、ただ一滴一滴、力なく落ちる共同水道の雫としてやってくるのではないかと反駁する。濡れてまともに燃えない、ただ涙を誘う湿った煙だけ立ちのぼる、真っ黒くすすけるだけの、そのような火としてやってくるのではないかと。それはおそらく、いつも光にのみ目を向けていると闇のなかに隠れるものを見る視力を奪われるからだ。ありもしないところに簡単に希望の旗を立てるのではないかと恐れることだ。絶望すべきときに絶望する術を知らないこと、愚かな希望によって真っ黒な絶望を隠すことこそが、最も絶望的なことであると知っているからであろう。

それでも事態が送る沈黙の手紙を読む術を知る詩人であれば知っている。それはすでに近づいているのだ。光ならぬ闇のなかに、ひそむ灯りの下におぼろげな影として、それはまだ来ていないが、そこにあるのだ。闇のなかに隠れたまま。だから最初から問うたのであろう。「誰ですか？／つくねんと　坐っているのは」（三三）。応答なきそこには、なにもないのではなく沈黙があるのだ。あのかげったはそこは、たんに暗いのではない。そこには闇があるのだ。闇のなかに隠れた暗い影があるのだ。それがだれなのかは分からない。しかし分からないからといって「ない」と言ってはならない。そこにだれかがいるのだ。ゆえにこの詩の最後は、詩の冒頭で投げかけた「である」の認識論的質問を「ある」の存在論的質問へと取りかえて、問いなおす。

誰ですか？
その暗がりをにじり寄るのは？
誰かそこに
あなたはいますか？

（三七、強調は引用者）

「あなた」を詩を読む読者を狙った代名詞として読むべきか？　それでもいいだろう。いつの間にかわたしに染みこんだ見慣れた詩行、通念的な語句は、この詩句を在ることを問う質問に、主語を読者へ取りかえることをもっていつのまにか読者をそこにいる者へと取りかえる詩行として、そのようにして読者に「呼びかける」詩行として読むように誘惑する。闇のなかの誰かにかわって応えて立ちあがらせようとする呼びかけとして。瞬間的なこの置換は、かなり巧妙かつ熟達している。しかしそれゆえに、むしろ闇のなかの影に向かって「誰ですか?」と問い、明るい白昼に通りでマッチをともす口下手でつたない先ほどの場面と調和しない。さらにこの詩はだれかを早く呼びだそうとするのではなく、だれなのか分からず、いるのかすら知りえないなにかに向かって手探りしているがゆえに、かくも足早な置換は、詩全体のリズムと衝突する。それゆえわたしは、「あなた」とは、ただ「そこにいますか?」に必要な主語、いるであろうという推測のなかでいるであろうと信じる事態を呼び指す主語であると信じることにする。

だれかがそこに「いるのか」という質問、これはだれなのかを問うとき、すでに問われたのではないかと反問できる。しかしだれなのかを問う質問は、だれなのかを知りえないとき、その知りえないものがただ沈黙で対応するときに簡単に中断される。それはだれかがいることを前提とする質問であるがゆえに、識別できる答えの不在を問う対象の不在としてみなすこと、つまり「ないこと」としてみなすからだ。それゆえ、それとともにだれかがいるのかと問う質問も消えてしまう。またこの認識論的質問は、それに対する答えが「明確ではっきり」していないとき、受けとった答えすら信じることができず「棄却」する。しかしだれかがそこにいるのかという質問は、いるのがだれなのかを問うこと「以前」の質問だ。答えに対してもだれであると「明確ではっきり」識別できるのかどうかを問題にしない。ただいることを確認することだけでも、いるであろうという感じや斟酌だけでも充足される質問だ。応答がなくとも、曖昧模糊とした気配が感じられるときごとに再び投げかけられる。じっさい明確に確認される「気配」があれば、投げかける必要がない質問ではないか。そのときはだれなのかと問うことになるだろう。

「だれなのか」を問う質問は明確さに向かうが、「いるのか」を問う質問は曖昧模糊さを抱きかかえる。前者は応答なきものからは目を背けてしまうが、後者は応答なきものに向かって目を向ける。沈黙は「だれなのか」に対する応答の拒否でありうるが、「いるのか」に対する応答の拒否ではない。存在は沈黙と相反しない。むしろ沈黙のなかにあるものが存在だと言わねばならない。どれほど多くのものが言葉なしに存在しているのか！　「だれなのか」、「なんなのか」を問う者たちは、言葉なく存在するものに、問う者の考えで代弁する。「それは木」であり「それは立派な木材」であると。それがそこにあるということだけでは満足できない質問だ。その反面「あるのか」を問う質問は沈黙の応答に自分の思いを投影しない。それゆえに「あるのか」という質問は、答えがなくても中断されない。「である」を問うのは明確な答えを得るために灯りをともすことだ。「である」として聞く答えは、自分が持つ灯りに反射された光を見ることだ。[9]「ある」で問う質問は灯りをともさない。気配があるような闇のなかの曖昧模糊さへと、目を向けなかったところに向かって目を向ければ充分なのだ。なにかが「ある」という感じで充分なのだ。

存在論とは「(なに)であるのか?」を問う質問に還元されない問いがあることを見ぬいてはじまる思惟の場だ。「である」という言葉で連結される「対象」に還元されない「存在」を問う思惟であり、「ある」という事実自体が持つ力を信じる思惟だ。無規定性が持つ無数の規定可能性を、規定を抜けでたなにかになりうる潜在性に向かった思惟だ。出来事についても同じように述べることができる。出来事の存在論、それは出来事化の表面の下にある、消してもただたんに消されない「あること」ないし「あったこと」の力を信じる思惟であり、なんの規定もなく「ある」がゆえに無数の出来事的規定性に向かって開かれている「言葉なき身体」に向かった思惟だ。事態、すなわち出来事の言葉なき身体が持つ潜在性に向かった思惟だ。事態は「なんであるのか」知りえないが、知りえない状態で私たちにやってくる或るものだ。なんであるのか知らずとも、ただ「ある」という事実自体だけでも充分な、或るものの存在だ。それゆえ事態に対する質問は、このように「認識論的な」ものではなく存在論的なものとして投げかけられねばならない。

事態と連累した人に対する質問もそうであろう。事態と同じくらい出来事化の光に入ることができなくて無規定的な闇、見えない闇のなかの影として隠れる者たちにとって、「だれであるのか」を問うことは身元を問い、正体を問う質問と本質的に異ならない。その者たちはその質問を避けて隠れてしまったのだから、それは答えを得られない質問だ。闇のなかでだれかを、自分のように遠雷を聞いた者やその遠雷のなかでかろうじて生き残った青年として存在するだれかに向かった質問は、「だれであるのか」ではなく「いるのか」で投げかけられねばならない。闇のなかに存在するかすかに異なる闇の存在だけでも、その微々たる気配だけでも、応答を得ることのできるような質問として投げかけられねばならない。でなければ横に近づいていても見ることができず、のがしてしまう。

第一部の最後の詩は「崖」だ。あらゆるものをかすめて、消して、過ぎていく風、その風のなかにはためく輓章に巻きこまれた視線が遠雷を聞き、闇のなかの影の気配に近づき、とうとう到達したところがまさに崖だった。墜落の場所、その意味を述べることはできないが、決して見ないではおれず、決して消すこともできない死の場所だ。

その場所に至り、太陽も海も落下に導くその墜落の眩みの前で「叫びはめくるめいて裏返っている」（三八）。墜落に対する恐怖ゆえだろうか？　墜落に向かって先駆していく絶叫の速度ゆえだろうか？　そこからやってくるふるえが「あまりにも小刻み」（三八）だというのは、墜落に引きこむ力が頑としたものではないことを意味する。その力の作用がつくる或る曖昧模糊とした「予感」によって、そのように小刻みなふるえがあるのであろう。しかし「死へと－予め－駆ける」〔ハイデガーのいう「先駆する死へ臨む」〕英雄的決断とは異なり、予感の前でうずくまって、あたかも予感していなかったかのように、ただ退いて眺めようとしただけだと自ら言い聞かせようとする思いゆえに小刻みにふるえるのであろう。墜落に引きこむ力を感知するが、いつの間にか後へ退いた思いもまた感知するがゆえに、前にも後にも行けない思いの動きは、いかなる動きも音もない静寂の大気を呼びだす。その静寂の大気によって動けなくなったのだと信じたいのだろう。

小刻みな震えのため
人にはただたちこむしずけさがひきつるばかりだ。（三八）

だから、或る「ひびきの飛沫が／空気の芯ではじけていようとは／思いみる誰が鼓室でのたかりを推しはか」（三八）れるというのだろうか。見えないように集まって生成されている或るものを知ることは簡単ではない。「そうして堕ちているのだ」（三八）。体は投げだされないが、なにも見えない闇の前で、その闇のなかで墜落するのだ。「窓の桟にうっすらと時をとどめて／知覚の空洞を」ひびかせる「悲鳴のなきがらが」無力に散らばり「塵と降る」（三九）のだ。

また別の墜落がある。「のごぶえで裂けた音」、「いち早く中空をつき抜けてしまったので」、一枚の花びらのように「無辺のしじまを舞ってゆく」（三九）音の墜落がそれだ。悲鳴とともにある死としての墜落なのだ。虐殺と抗議が衝突した街路における死。

花びらのように錦南路に散ったお前の赤い血
豆腐のように挽かれた美しいお前の胸(10)

死へと－予め－駆けてゆく「孤独な決断」があったのでもないが、かといってたんに怖くて逃げて無残に死んだだけでもない、死だ。武装した軍隊を追い返すという驚くべき抗議とともにあったが、命をかける決断をしたのではないから、思いもよらぬ、申し訳なさと恐怖にふるえた死であったろう。だれがこれを「英雄の死」といえるのか。しかしだれがこれを「犬死」といえるのか！　その者たちの死が「孤独」だというならば、これは一人で、実存的単独者としての死と対面したからではなく、いかなるペアもなしに、かなり異なる方向おけるすべての死に開かれているからだ。「なにである」というひとつに規定できない死が、いくつもの死が、そこにあるのだ。

なしえない夢が悼ましいからなのか、果たしえなかった生が無念だからなのか、「つきない執着にわなないている／己れの深い奈落」（三九）へと落ちる墜落。その者たちはそのように日常を生きた毎日の時間を、「日の底を蛻《もぬけ》ていった」（三九）であろう。「死の他には失う何物もなかった魂たち」（三九）が自分自身と訣別して去っていくところもまたその底だ。そのように墜落する術を知る者たちは美しい。崖を前にした怖れ、墜落の恐怖を前にして「おずおずと／のぞき見てはあとずさる生」（四〇）の前で、そのすべてのものを、あたかも風景を見るようないくつもの目の前で、詩人は叫ぶ。「落ちろ！／夕映えばかりが美しいあの国になら／風景とともにくらんで落ちろ！」（四〇）と。

事態は崖だ。空気を静かにふるわせるうなりも見えず、鼓室に集まったいかなるものもまた見せてくれないまま、対面する者に死や墜落の予感が与える恐怖の前でぐずらせる崖、と同時にだれも勧めないが自分の体があまりにも小刻みにふるえることを感知せずにはおれない崖だ。闇に向かって、奈落に向かって、暮れる風景とともに墜落せよと誘惑する崖。「奈落も雲も／かげったままの／遠い崖」（四〇）だ。

七、止まった時間、褪せる出来事

『光州詩片』第一部で、いかなる名前もなく、いなかる内容もない、嗚咽のようで悲鳴のようで輓章のようで崖のような事態として扱っていた「光州事態」は、第二部の冒頭の詩「褪《あ》せる時のなか」で初めて「光州」という名前で登場する。「光州はつつじと燃えて血の雄叫びである」（四五）。このようにはじまる第二部は、ついに光州事態を出来事化する。このように出来事化されない限り、事態は闇のなかで影として彷徨う言葉なき事態であるのみであり、意味を知りえない嗚咽や悲鳴であるだけだ。果てしなく吹く風に飛ばされて消えてしまうかもしれないものだ。

出来事化を通して事態は出来事になる。だが出来事化のためには事態を呼びだす位置がなければならない。出来事化とは、事態の傍にある諸要素と事態を繋げて構成されるが、なんでもかんでも繋いで連結するのではなく、或る一貫性を持つように連結することだ。意味や解釈を可能にするその一貫性はなによりもまず事態と位置の関係から出てくる。この詩集においての出来事化もまた同様だ。出来事化しようとする事態の前で、どれかひとつの位置に立つことなくしては、一貫した出来事化は不可能だ。事態が呼びだす位置が異なれば、事態は異なる出来事になる。

　金時鐘はここでもまたひとつ、特異な出来事化のやり方を創造する。すでに言及したように「褪《あ》せる時のなか」で、詩人は出来事と自分のずれを現わすやりかたで、自分が立っている地点を現わす。「そこにはいつも私がいないのである」（四三）。出来事とのずれを出来事化の出発点として据えねばならないジレンマ、これがかれが選択した出来事化の位置だ。これは「わざと」選択したものだ。なぜなら必ずそうすべきわけではないからだ。とりわけ文学的出来事化は、出来事の「そこ」にいなくとも、あたかもそこにいるように、いたかのように書き進めることがよくある。「ありうる虚構」という定義がそれを可能にする。たとえばかつて甲午年の蜂起〔一八九四年の東学による農民戦争〕に対し、そこにいなかった申東曄《シン・ドンヨプ》が叙事詩『錦江』を書いたのも、光州事態のそこにいなかった黄皙暎《ファン・ソギョン》が『死を越えて、時代の闇の越えて』〔『新版全記録光州蜂起　80年5月——虐殺と民衆抗争の10日間』〕を書いたのも、あたかもそこにいるかのように出来事化することをもって可能だったのだ。それはじっさい文学者が出来事を扱うさいに最も頻繁に選択する方法でもある。しかも黄皙暎が書いたものは小説ではなくルポルタージュではなかったか！

　ところが金時鐘は、出来事の「そこ」からずれた位置を選択する。事態が発生して三年後に書くことなので、詩の位置がないからそうなったとも言えはしまい。そこにはいつも自分がいないと、自分がそこにいなかった出来事について詩を書く。その反面、かれは自分が「そこにいた」出来事については書かずに沈黙した。四・三がまさにそれだ。金時鐘は四・三蜂起に深く関与し、それによって密航をして朝鮮を去らねばならなかった、いわゆる「当事者」だった。(11)しかしかれは四・三についての作品を別個に書くことはなく、かれの作品ではほとんど言及されない。(12)このような対照は金石範と金時鐘という二人の作家の対照的行跡から再び発見できる。『なぜ書きつづけてきたか　なぜ沈黙してきたか――済州島四・三事件の記憶と文学』という対談集の題名がよく示すように、四・三当時「そこ」にいなかった金石範は、一生を四・三にまつわる済州島についての作品を書いてきた反面、深く関与した「当事者」金時鐘は四・三や済州島に対してほとんど書かなかった。そのときその出来事の場所にいた人は書かず、いなかった人が書きつづけてきたのは、アイロニカルな対称性を見せてくれる。これをただ偶然と言えるだろうか？　なぜ四・三に対して書かなかったのかという問いの答えのなかで、かれはこのように述べる。

それと、言葉というのは圧倒する事実の前ではまったく無力なものです。言葉が文字として出るのも、記憶が熱いうちは、なかなか言葉にならないんですよね。冷めるのを待たなくちゃならないような、そういうジレンマにずっと陥ります。記憶というのが、ひと条《すじ》の糸のようなものだったら引きずり出して巻きとっていけるのにね、思い起こそうとすると固まりのまま、わっと押しあがってくるから、言葉にならない。(13)

金時鐘が金石範の作品に対して述べる言葉もこれと同一の脈絡で理解される。「石範兄の書かれた四・三事件に関わったものはたいてい読んでいますが、文学、創作されるものとね、実体験との間にはどこか隙間がいつもあって、最も身近な先輩の作品なのに、どこかそぐわない。〔……〕圧倒する事実が記憶となって居座っている者には、創作作品そのものが何かの操作みたいに映っちゃうのね」[14]。圧倒する出来事の重みは作品を書くことも、それに対する作品を読むこともできなくさせるのだ[15]。

「出来事」の圧倒的な力が要求するのは芸術ではなく「記録」だ[16]。出来事の重みが強烈に残っているところで書かれる芸術作品が至極再現的なものになるのはこれゆえだ。さらに出来事をめぐる死の重みは笑いも距離も変形も許容しない[17]。しかし再現的な文学も、大衆たちが簡単に共感する歌も、金時鐘の詩とは距離が遠い[18]。光州事態、その出来事のなかに入りこみ位置を得て（positioning）革命的な憤りと鎮圧の惨状を伝えるナラティブとして詩を書くことも、革命的熱情や死の前での悲しみを「うたう」詩も、金時鐘には期待できない。その位置は金時鐘が立つ位置ではないのだ。それゆえかれは少なくない時間が過ぎた後、詩を書けるようになったときすら、再現の重力を抜けだすために出来事との距離をわざと広げてから始めたのではなかったか？　出来事とのずれのなかで自分を位置どりしようとしたのではなかったか？

「褪《あ》せる時のなか」へ戻ろう。詩の冒頭は以下のごとくだ。

そこにいはいつも私がいないのである。
おっても差しつかえないほどに
ぐるりは私をくるんで平静である。
ことはきまって私のいない間の出来事としておこり

私は私であるべき時をやたらとやりすごしてばかりいるのである。
（四二）

自分が出来事とずれていることを最初の行から明確に表現した詩は、出来事の「そこ」と反対に自分がいる「ここ」が平静であると対比する。ないこととあることとの間隙をこのように開いた後に、出来事化の線を描き始める。それは当然ずれている線だ。だれか意図的にそうしたかのように「私のいない間の出来事としておこ」ると書いたことを再び強調しておこ」るのだと。ここで詩人が「出来事として」おこ」るのだと。ここで詩人が「出来事として」は抜いてもよい詩行なのだが、「出来事として」を強いて入れるのは、いまや「こと」を「出来事」として扱うのだという意志を明確に表明するものだといえよう。その後ろにくる五行も、すべて出来事とのずれを敷衍する詩行だ。強いて対比するならば、前の詩行が空間的ずれに近いならば、これは時間的ずれを表示する。

だれかがたぶらかすってことでもない。
ふっと眼をそらしたとたん
針はことりともなくずってしまうのだ。
あの伏し目がちな柱時計の
なにくわぬ刻みのなかにてである。
（四三－四）

空間的なずれがそこにいなかったという位置ごりを通して越えうるならば、時間的なずれは過去を省みて叙述する過去ないし現在時制の詩行で越えうる。しかしそうしようとすれば、このようなずれは述べないのが普通だろう。その場合、過去時制を用いるときすら、見てきた事実を最大限再現するスタイルで書くことになる。その反面、ここでは時間的なずれを通して痛恨きわまる惜しさを表現する。これは出来事がない「ここ」の平静さと対比され、さらに距離を拡張する。つまり自分がいる「ここ」において「夜は澱んだ沼だ。／うずくまるだけが安息のような／シーラカンスのうたた寝だ」（四四）。そのようにして「眠りこければ時代も終わ」（四四）ってしまうのだ。このような対比を通してかれは平静に留まることができず、ずれを省みず自分がいない出来事の「そこ」へと越えていく動力をつくりだす。

　これはそれ以降の詩行を詩人自身の現在のなかで言表するように制約する。あった出来事に対する描写ではなく出来事に対する詩人の感応を描写するようにさせる。詩人のこの現在のなかでの出来事は、詩人やかれが生きる世界のなかへと過去の靴を履いてきて、歩むことができず、詩人に背を向けたまま過去の褪せた時間のなかへ入っていく。出来事の過去から現働の時間へと出てくるかわりに詩人の現在から手の届かない過去のなかへと遠ざかっていく。「乳白色に闇をただよわせ／いっときに時が褪せていく」（四四－五）。これがこの詩集において事態を出来事化する一次的な方向を規定する。

　現在に呼びだされてきた過去は過ぎ去ってしまったものだ。現在なきものの再現だ。しかし褪せた過去のなかに入りこんだものは、止った時間とともに止まって立ったままそこにいる。褪せた時間のなかに閉じこめられ、過ぎ去らずにそこにいる。そこで、その止った時間と対面する詩人を呼ぶ。反復して詩人をその褪せた時間のなかに呼びこむ。詩人はそのように呼ばれて入りこみ、その滞った出来事と混じる。それはその止った出来事を詩人の現在のなかに呼びこむことでもある。そのように止った出来事と詩人は混じっていく。出来事の褪せた時間と詩人の現働的時間は、あたかも相異なる音が互いに混じってひとつの旋律をなすように、混じりあっていく。

現在に呼びだされ再現された過去は、その現在が流れていくにしたがって、再び流れ去ってしまう。文字やテキストとして残っていても、それはすでに流れてしまったものの再現に過ぎない。過去にあった事の「記録」のようなものとして残るだけだ。しかし褪せた時間のなかへ入りこんだ出来事の感応は、止った時間のなかに凝結して、そこにある。詩人や読者の現在を呼びだす過去として、そのような呼びかけられを通して、わたしたちの現在のなかに染みこんでいる過去として、そこにある。相異なる時点に属したものが、このようにひとつに混じりあうとき、わたしたちはベルクソンが述べた「純粋持続」を見る[19]。かれが「純粋時間」と述べたのがまさにこれだ。であるならば「ひとつの時間のなかにある」という言葉は、ひとつの時計的な時間に併存することではなく、このように相異なる時点に属したものがひとつの連続体として交じりあい混合することだ。そのような混合を通して止った過去は詩人や読者の現働的な生のなかに染みこむ。その現働的生の現在のなかに染みこむ。

詩人が出来事をそれに対する感応とともに褪せた時間のなかに入れて封印するのはこのような理由からであろう。出来事を流れていく時間のなかで過ぎ去らせてしまわないように、現在のなかでいつでも入りまじってくるものにするためだ。「褪《あ》せた時のなかで」という題名の詩で出来事化を開始するのは、このような理由においてかなり重要だ。後に見るが、金時鐘にとって褪せた時のなかに封印されたまま凍結された出来事、そのように止った時間は、度々反復して登場する。「錆びる時」(『失くした季節』)のような表現もまた、この褪せた時間のような文脈から理解できる。かれの生を知る者であれば、かれにはこのように褪せて錆びて止ってしまった出来事が少なくなく、それがかれの詩を方向づけ、かれの生にいつも染みこんでいることを知る。困惑めいた解放の瞬間、四・三蜂起の渦中で死んだ仲間たちの姿、去った家、世話になった隣人たちの作業場を壊さねばならなかった反戦闘争等々。この詩はここに光州事態もまた追加されねばならないことを示してくれる。「はじけた夏の私がないのだ。／きまってそこにいつもいないのだ。〔……〕三六年を重ね合わせても／まだまだやりすごされる己れの時があるのである」（四五―六）。

褪せる時間のなかに埋めた出来事は、それを埋めた者の生に幽霊になって現れる。幽霊もまた止った時間のなかに閉じこめられている。死んだ者の幽霊はいくら多くの時間が流れても死んだときの姿で現れる。幽霊の出現は、褪せた時間のなかの出来事が回帰してくることだ。逆に詩人が、感応が乗った或る出来事を止った時間のなかに封印するのは、自分の生のなかに幽霊として反復して呼びこむためだ。「そこにはいつも私がいない」というのは、そのように呼びこむために、このうえなく強い力で呼びこめるように、「そこにいない」という惜しさと痛恨、いようとする意思などを最大限に凝縮させるためだ。出来事をずれを通して褪せた過去のなかに押しこめることをもって最大限の強さで、現在のなかに押しだそうとする逆説的出来事化、これが「そこにいない」詩人の選択した出来事化の方向だ。

そのように凝結した出来事は、呼びだされるときごとに、呼びだされることになる現在にそって、異なって呼びだされるだろう。それゆえそれは、事態から出来事化されねばならないにもかかわらず、充分に現働化された形象として展開されてはならない。最大限折りたたまれ潜在化したまま出来事化されねばならない。その出来事に込められた世界は蝶や蛾、蟬や蛙が見る世界ではなく、オタマジャクシや蛹が見る世界、足も翼もすべて腹のなかに折りたたまれた世界にならねばならない。出てくるときごとに異なる形象で展開されうるように、なるべく折りこまねばならない。

　なぜかそれだけが見えるのである。
　蛹が見るあのうすぼけた世界のにじみである。[20]　（四五）

褪せた世界とは、そのように褪せていった時間のなかで凍結された出来事だ。それはただ「記憶」という言葉で戻ってくる、過ぎ去った時間のなかの古びた写真のようなものではない。凍結された時間のなかに凝縮された或る力だ。最大限「事態」の近くにあるように折りたたまれた、それゆえいかなる現在へも、いかなる未来へも呼びだされて開かれうる「襞」だ。幽霊になって「いない」ここに回帰する事態の霊魂だ。蛹のなかに隠された、異なる世界の門だ。

八、時間を消して問う

『光州詩片』は時間的および空間的ずれを最大値にまで開き、そのずれのなかで自らを位置ごりして出来事化を試みる。出来事以前の事態として扱うときにもそうであるが、出来事化を進めて以降の詩においても出来事が充分なナラティブとして開かれてはおらず、出来事を構成する数多くの実証的事実が出来事化から除外されているのは、これと無関係ではない。出来事を開くよりは、ずれの空間、褪せる時間のなかで出来事を最大限折りたたみ、出来事を最小化して固い感応として凝結させる。「褪《あ》せる時のなか」はこのような出来事化の凝縮器（condenser）

である。

別の可能なる出来事化の道もあった。軍事政権が否定的に出来事化する方法に反駁する出来事化、「革命」や「抗争」のような肯定的な出来事化、それ以前の激烈な衝突と対決のなかで開かれる出来事化、抗争の瞬間にしばし現れた別の世界を呼びだす出来事化等々。しかし金時鐘はこのようにひとつの志向点をもって展開される出来事化の道を歩まない。ずれの瞬間に湧きあがる感応のなかで手足すら腹のなかに折りこんだ蛹へなさしめる出来事化、止った時間のなかに褪せた場面で時間を封印する出来事化、そのようにけしの種のように辛く固く凝縮した最小の出来事化の道をゆく。ドゥルーズならばこのような出来事化を、襞（pli）の中に折りたたんでおく「含蓄的（implicative）出来事化」と言ったかもしれない。[21] これは出来事以前の事態へと遡っていった出来事化のやり方と強い連続性を持つ。同時に「こともない時の光州」（八三）という言葉に要約される第三部で描写される世界と、光州事態が出来事へと介入して行けない世界と、対をなす。

褪せる時間のなかに出来事を折りこむために、まず詩人は現在の時間を埋める。その現在のなかに未来を埋める。そのような問いを投げかけ、現働の現在を消し、その現在から繋がる未来を消す。そのように消される時間のなかに巻きこまれている過去を消す。過去も、未来も消されるとき、残るのは問いだ。現在に対して投げかける過去と未来に対する問い。第二部の二番目の詩「この深い空の底を」が反復して問うのがまさにこれだ。

くる日が来たのか
くる日が行ったのか
（四七）

この問いは若干、微細に変えられて反復する。

くる日は来るのか
くる日が行ったのか　（四八）

次の連では「くる日」を「終わり」にかえて問いなおす。

終わりがきたのか
始まる終わりか　（四八）

そしてその次には再びじゃっかん変えられた問いが反復する。

くる日は来るのか
くる日に行ったのか　（四九）

このすべての問いは現働の世界に対して投げかけられたものだ。最初の問いは「街には迷彩服があふれ／通りには人影もない」（四七）、光州事態以降あらゆる「騒乱」が寝むらされた世のなかについて問うものだ。二行のこの問いにおいて「くる日」の意味は相反する。このような世のなかにおいて「くる日が来たのか？」を問うことは、蜂起が鎮圧され闘った市民たちを軍人たちが代替する日が結局また来たのではないかと問うことだ。蜂起は終わるに決まっていて、統治は戻ってくるに決まっているという、敗北と絶望が色濃く含まれた通念を問うのだ。反面、これに対して「くる日は行ったのか?」を問うとき、「くる日」は蜂起した市民たちが夢見た日だ。街路に溢れた軍人たちとともに、くる日が行ってしまったのかを問うている。要するに二行の詩において「くる日」という未来に対する相反する思いが現働の現在に対して投げかけられているのだ。

ふたつ目の問いは過去の「その日」に対して投げかけられる。その日は「風が渡ってもいる」(四八)ように消されてしまった日々だ。

誰も見まい。
街ごと止んだ風の終わりは。
青葉のままで萎えている
立木の喘ぎは聞けはしまい。

(四七―八)

「見る」、「聞く」という動詞にそって対称状に配列されたこの四行の詩句に対して、「くる日は来るのか/くる日が行ったのか」(四八)と問うとき、くる日はすべて、蜂起した市民が夢見ていた日と同一だ。前の問いはこのように消されてしまったにもかかわらず、その後再び「くる日は来るのか」と問うならば、後の問いは消されてしまった日々とともにくる日が行ってしまったのかと問う。絶望的な事態の前で、それでも希望を持ちたい者と、そうでない者の質問であると対比することもできるが、ふたつともそれに対する疑いとして解釈できもする。

実はそのすべてがこの事態の前で挫折した者たち、そうでありつつもなんとか希望のようなものを残しておくことができるのかと問う対称的な問いだ。それを確認でもするかのように、次の連では銃剣で閉じられた校門と八重むぐらにおおわれた窓の前で、結局終わりがきたのかを問う。それでも放棄できなかったからか？　その終わりがなにかが始まる終わりなのかという問いを、そこに付け加える。

しかし絶望の深さはちょっとやそっとのものではない。次の連では「国ごと葬っ」てしまい、「なきがらが見開」（四九）いているがなにも見えないであろうと書く。削除された風景、削除された時間だ。それに対して「くる日は来るのか／くる日に行ったのか」（四九）と問いなおす。ここで変わったのは後の問いだ。くる日に対する市民たちの夢を消しさり、くると期待した日にくる日がいってしまったのではないかを問う。ここではこの問いに留まらず、続けて問いなおす。

その日がなにかを知る日があろうか。（四九）

この問いは、すぐ前のふたつの問いのみならず、消された日について、その消された場所を満たしている現在の日々すべてに投げかけられた問いのすべてを集める問いだ。そのいくつもの問いは、すべてその日がなんであったのかを問うものであっただろう。「くる日」という未来の形式で投げかけられたものであったが、同時に「その日」、消されたまま行ってしまった過去の日々に対して投げかけられたものでもある。そのように消されてしまったがゆえに、その日が何であったのか知ることになる日が、果してあるのだろうかと問うのだ。かくも残酷で、かくも熱狂し、かくも騒がしく、かくも巨大であったが、あたかもなんでもなかったかのように静かに消されてしまったものの前で、その日がなんであったのか知れるようにできるのではないかという疑問が、静かに投げかける問いだ。その疑問にそって、その日の意味に対する多くの諸規定を消してしまう問いだ。疑問符のなかにそのすべての諸規定を折りこんだ問いだ。

ゆえに前方もまた見えないだろう。「見はるかす視界とてない路地」(四九)、甍まで濡れている行き止まりのそこで、詩人は中途半端に消されたものを復旧しようと苦労しない。すでにその日、巨大な歓声を消し去ってしまう莫大な削除の権力の前で、「そうだね、消してしまおう」と、その日、その事態に与えられたあらゆる規定を消してしまう。かれらとはかなり異なる理由において。否定的なものであれ、肯定的なものであれ。「そんなふうに消してしまえばどうなるか見てやろう」と言うように。詩人はそのように消されるものにそって、さらに遠くへ行く。あらゆるものが沈む深淵にまで。

街ごと浸って沈んでいるなら
ごこが海で　地平がごこか。　(四九)

このように問うて「この深い空の底」(五〇)まで行こうという。果てを知りえない空と底、それは深淵だ。街が沈んで海と地が区別されない深淵、深い空の底、下に上に、すべて深淵だ。そうなのだ、沈んでいなければならないなら、最後まで沈もう。消されようとするならば、すべて消せと言おう。しかしそれでも消されないものがある。

この深い空の底を
なにが、なにが、ひそみきれないなにが
こうもしぶいてうずくのか。
（五〇）

そこから始めるのだ。すべて消してしまっても消しえない或るもの、褪せた時間のなかに消されないまま隠れているもの、闇のなかの影、そのすべてを率いる凝結された感応。おそらくそれは「花弁／一つ」（五〇）のように小さい、或るものだろう。消せば消すほど凝縮され小さくなった、しかしそれであるだけに鮮明で赤い花弁であろう。それを捉えるくもの巣を「にびいろの眼におそい朝をにじませて／ゆれるともなくたわ」（五〇）ませる、或る力が始まる小さな点なのだろう。

九、含蓄的出来事化

出来事化するというのは、事態の隣を探し与えることだ。その隣接関係のなかで事態が出来事になるようにすることだ。この隣接諸関係のなかで事態は言語と意味、概念と思惟の領域へ入りこむ。そのような点で出来事化とは事態という言葉なき身体に言葉を探し与えることであり、事態という身体に「霊魂」を探し与えることだ。顔を失い、ただ黙々としている頭に顔を探し与えることだ。耳目鼻口を描くことだ。顔を描き与える隣りあうものを集め与えることであり、その隣りあうものの手で事態の貌を描きこむことだ。

『光州詩片』の第二部で金時鐘が選んだ事態に隣りあうものは「骨」、「窓」、「噤《つぐ》む言葉」、「囚」、「浅い通夜」などだ。これは人の形象として書きかえることができる。「骨」は死者であり、「窓」は生き残った者だ。「噤《つぐ》む言葉」は拒絶する者であり、直接的には光州事態で投獄されてから断食闘争をして獄死した朴寛鉉《パク・クァンヒョン》のことだ。「囚」は閉じ込められた者、そして「浅い通夜」は葬儀をする者と墓地に埋められる者だ。このすべてをまとめて簡単にいえば、生者と死者と要約できもする。もちろん「噤《つぐ》む言葉」が端的に見せるように、その各々もまたそれ自体としての出来事化を含んでいる。相異なって出来事化される生と死を。第二部においての光州事態は、このような出来事が系列化され出来事化される。いくつもの出来事の、出来事なのだ。第二部の最後の詩「冥福を祈るな」はこのような隣接項を「事態」とともにひとつに集め、尖点として凝結する。生者と死者をとりかこんでいる「今」の世のなかで、そしてその今と繫がった隣りあうものとの関係のなかで、詩人が試みた出来事化が狙うものを表示する。第三部で見ることになる世のなかと出会うやり方を表示する。

まず「骨」。この詩も「日が経つ。／〔……〕日がくる」（五一）から始まるが、それは先にみた「くる日」ではない。後に「パタンと板が落ち／ロープがきしんで／五月が終わる」（五一）というから、その日は終わる日、死の日だ。死者の独白が続く。「君、／風だよ／風。／生きることまでが／吹かれているのだよ」（五二）。生きることも死ぬことも風のように吹かれて消えてしまうということだ。そのように死を受けいれるのだ。第二連もまた「日は経つ」（五二）と始まるが、その日は第一連のように死の日だ。しかし死は「ふんづまりの肺気が／延びきった直腸を糞となってずり落ち／検察医はやおら絶命を告げる」（五二－三）ということをもって、検死医の眼に映った死として描写される。そのような死とともに「抗争は消える」

（五三）。そして「犯罪は残る」（五三）。風に乗せられて消える第一連の死は、ここ第二連の消えずに残る死の犯罪と対比される。相反する死が、消えていくものと残るものの対比に置換される。

このふたつの連の対比される死は、次のふたつの連へと繋がり、また異なる死の対比へと再び置換される。「パタンと板が落ち」る出来事の痕跡を消してしまおうとする死だ。しかし痕跡は消しても消されずに残るのだ。骨がそれだ。「骨」は「糞となってずり落ち」るような死の後に残るものだ。事態が出来事の物質性を表現するならば、骨は死の物質性を表現する。肉とともに腐っていくが、その腐っていく時間を耐え、その死の存在を想起させる徴表だ。消しても消されないまま残る出来事の痕跡だ。

奈落のくらがりをすり抜ける風に
茶褐色に腐《ふ》れていく肋が見えている。　（五三）

きっとだれか、「あおずみむくんだ光州の青春が／鉄窓越しにそれを見ている」（五三）だろう。「揺れる」を反復して、第三連で前のふたつの連を引きうけるのはこれゆえだ。消したが消されない痕跡は、残って揺れになる。しかし痕跡が痕跡であるのみならば、なんでもないかもしれず、揺れが揺れであるのみならば、うつむいた生のなかにおける動揺にすぎないだろう。揺れるものになれず、ただ揺らされるだけであるならば、「死ぬことまでも／運ばれている」（五四）だけである。運ばれるという言葉で同一に表現されるが、これは先のそれとは異なるものだ。第一連のそれが「透ける日ざしの光のなか」（五二）であったならば、第四連のそれは「振り仰げない日ざし」（五四）のなかである。頭を上げられないのは申し訳なさゆえであろうか？　あるいは黙従の徴表であろうか？　両方だろう。このように消すことと消されること、消されることと消されないこと、揺れることと揺らされることなどからその死のあいだの動揺まで、光州は見えないざわめきに満たされている。死を消して闇の痕跡を消そうとする光によってなにも見えないような暗黒だ。

光州は　さんざめく
光の
闇だ。　（五五）

「骨」が死ないし死者について交差する相異なる視線を見せるならば、「窓」は窓の前にいる二種類の生き残った者を、かれらの視線を見せる。一人は「窓を少しく開けて空を見上げ／消えやらぬ星をいま一度ふり仰いで／ガスをひねる」（五七）者だ。ガスバルブに象徴される食っていく生活の場のなかにいるが、それでも残っている希望に向かって視線を投げかける者だ。たとえ以前から見てきたありがちな希望であるとしても。もう一人は鉄窓のなかに囚われて生き残った者だ。巨大で残酷な死を見守って囚われた者であるがゆえに、簡単に希望を持てない者たちだ。星を見れない者だ。いや、星を見ないのではない。星がかれらを見ないのだ。

鉄窓からは星は見えない。
立ったまま　髪を束ねている人を

星は見ない。　（五七）

星が顔を背ける場所で、法外な希望を探すかわりに、かれらは自分の眼光のなかに星ならぬ炎を燃やす。

それでも青い炎は
いちずに時をたぎらせて
しずかな眼差しに燃えている。　（五七）

ガスバルブをねじって星を見る者と星が見えない者、この両者はたがいに知りあえない。たがいから遮断されている。たがいにもたれかかる簡単な希望のようなものはありえない。しかし「人生のつなぎには、交わさないあいさつだってあいさつであるのだ」（五八）。そうなのだ、たがいに知りあえないが、だからといって知らないわけはない。内には目に青い炎を目に燃やす者がいることを、外には生活の灯りのあいだから残っている星を見上げる者がいることを。ただ知らないふりをしているのだ。そのようにたがいを「素知らぬ顔の／うす明りのなか」で、詩人は「明けるともない早い朝」（五八）を見る。それが窓のなかににじみ、窓にはめられた格子を消すことを。

「朴寛鉉《パク・クァンヒョン》に」という副題を付けた「噤《つぐ》む言葉」は国家権力とのあらゆる妥協を拒絶した者、生のあらゆることを拒絶した者に捧げる詩だ。この詩は喋ることすら拒絶する、拒絶の言語についてのことから始まる。

ときに　言葉は
口をつぐんで色をなすことがある。
表示が伝達を拒むためである。　（五九）

言葉はそれが表示する意味のせいで、その言葉に乗って送られた語調や音色を聞きえない場合が多い。ときにはシニフィアンの明示的意味よりもそこに乗せられてきた語調がより重要な場合が多いにもかかわらず。その反対に沈黙は明示されたいかなる意味もないがゆえに、普通はシニフィアンや発声に隠されて聞こえないものを、逆に聞けるようにしてくれる。断固で猛烈な沈黙であれば、より一層そうだろう。

明るい陽射しが手にもつ灯りを奪うように、与えられた意味で満たされた言葉は、他の意味の余地をすべて奪う。喋れるように許容された意味だけを分かつのみだ。言葉の世界に入るということは、諸記号にはりついたそのような意味の世界に包摂されることを意味し、諸記号を掌握した者たちにあらゆる事象を奪われることを意味する。言葉を用いて包摂され、言葉を用いて奪われるのだ。そのすべての言葉を、そのすべての記号を拒絶することは、このような世界と対決することだ。断固として重い沈黙によって。そのとき「言葉ははや奪われる事象からさえ遠のいていて／意味はすっかりかかえられた言葉から剥離する」（五九）。こうすることをもって、習慣的に親しんできた言葉に付きしたがっていた意識は、そのすべての慣れ親しんだ言葉から遠ざかる。慣れ親しんだ意味のなかに隠されて見えなかったものへと目を向けることになる。

意識が眼を凝らしはじめるのは
ようやくこのときからだ。
（五九－六〇）

「断つほどに／あらわになってゆく」、「新たな断面」（六一）が現れるのだ。おそらく光州事態の報道記事を削除せよという検閲官の要求に、白紙で、真っ白く消された紙面を送りだした、いかなる言葉よりも多くのものを述べていた、あの〔白色雑音（ホワイトノイズ）をもじっていえば〕白色沈黙の記事がこれと同じだろう。あるいは光州に対する数多くの非難の言辞が乱舞するとき、ただ沈黙を乗せた視線で凝らしていた多くの者たちの応対もまたこれと同じだろう。

しかし言葉の通路を奪われた空間では、言葉を断つことすら不可能だ。喋っても聞こえないその場所において喋らないことはなんでもないことになるからだ。監獄、そこは沈黙と拒絶の言語すら奪われた空間なのだ。その空間で沈黙を再び得るために、沈黙を断固とした拒絶の言語へとかえるために「生身を意志に代えた男」（六〇）は、言葉のみならずあらゆることを断ってしまった。「壁の中の平穏を断った。／食を断ち／脅《おど》しを断ち／不実を断って／生命を断った」（六一）。それは「萎えて死んだ死ではなく」そのような「死を拒む死」（六一）だ。そのように「夜へそっと唇を合わせる」ことをもって、その夜はその「無念な終息を引き取った黒い帳《とばり》」（六二）になる。そのように夜に闇の深さが深まる。そのようにあらゆる光が消えた深い夜のなかへ入りこむことをもって、昼間の光のなかでの「まるごとの闇」である国で、闇の空間である監獄は、逆に「にじむ光の箱」（六二）になる。沈黙のために自分のあらゆるものと取りかえたその死は、言葉と言葉が無いことを裏返し、生と死を裏返し、光と闇を裏返してしまう。であるならばそれは、ともすれば世のなかを裏返してしまう死であるとも言えまいか？「囚」は閉じ込められた囚人を困惑させるふたつの力を通して、大義と名分で耐える囚人の煩悩を、「ずたずたに遠吠えを引き裂いて」（六五）現す。ひとつは凄惨な抗争の記憶のなかで耐えぬく監獄にも抜け目なくやってくる夢だ。死者たちの視線を考えれば無残なほど恥ずかしくさせる欲望だ。

きまって局所肥大の夢がくるのだ。
死者たちの昏い凝視に射すくめられて
ぬめぬめしい性欲が
無惨にも石の床を匍いずり廻るのだ。（六四）

生きていれば、監獄のみならず地獄にまでもやってくる性欲ではないか！　これは死者たち、命をかけた抗争を想えば、耐えがたい欲望だ。生きることを「おぞましい」（六四）と思わせる欲望だ。それが無惨なのは、性的な欲望を羞恥心まじりに表象させる慣習ゆえだけではない。それはその欲望が本質的に種を残し、死後も生命を持続しようという欲望であるからだ。死んでも生きたいという欲望だ。死を省みない強い意志や、決して負けないのだという大義によっても除去できない生命の本能であり、意識によってはいかんともしがたい身体の欲望だ。
もうひとつは「生きるほどにこわい／青い眠り」（六三）だ。「囚われた青い／敗辱」（六五）にまみれた眠りだ。「巨大な漏斗《じょうご》が闇を注ぎこんでいるところ」、風さえねじれて「夜をのたうたせては／眠りをよじらせる」（六三）ところにやってくる、その闇ほどに重い敗北感と恥辱の瘂のある眠りだ。それは飛びたちたかった青春の身体に向かって「格子に羽をからませたまま／壁をずり落ちてくる」（六四）眠りだ。飛びたとうという欲望が折られて墜落する身体を覆う感情であり、それゆえに「野いばらのえがらっぽい花芯に酔いしれ」、「斑《まだら》な破戒」へと誘惑しもする「赤い舌」（六四）だ。

これは囚われた者の生を「辱め」させるふたつの力、囚われた者を揺るがすふたつの力だ。しかしそれは実際ひとつの力だ。生を持続したいという生命の力を身体がすべての「虚勢」を破って現わすのが性欲ならば、高揚に向かって進むものである生命力、少しでもより高いところへ向かって飛翔するものであるその生命力が、暴力の前で恐怖に折られて墜落するときに現れるのが、その敗辱の青い眠りであろうから。それゆえわたしたちは敗辱の深みから命をかけた飛上の強度を逆算できるように、必ずやってくるそのぬめぬめした性欲の強度において、その敗辱の深さを逆算できる。考えてみれば、その瘂のできた生命力こそが、最初に命をかけて闘わせた生の推進力ではなかったか。その瘂の深さと同じくらい強い性欲によって、生を持続しようとする欲望によって、敗辱と屈従のなかでも生を耐えぬく力だ。この詩の最後の行は、このような意味で読むべきではないか？

風よ、錘を立てては音《ね》を上げている風よ、
閉ざしたこのうっ屈を問うな
囚われた青い
敗辱の中の。

（六五）

次は「浅い通夜」。詩が直接描写する対象は葬儀をする者たちだ。葬儀とは、生者たちが死者を送る儀礼だ。しかししばしば送り去るやり方で死者たちが生者たちの生のなかに押しはいってくる。この詩がまさにそうだ。まず葬儀をする者は白い隊列をなす。生を染みこませたいくつかの色を、すべて消して残る白色、それは眼に映らない背景のような色であるが、ひとつの隊列をなすならば、しばしば死を象徴する黒色ほどに目立つ色だ。白地の喪服。じっと噤んだ口で、ただ黙々と見つめる、沈黙の色だ。しかし黒色とは異なり、沈んだ重い色ではなく、風によって揺らされうごめく軽い色だ。軽くゆらぎ曲がりあい、付近のあちこちへと散っていく色だ。そのように「音もなく／白いうごめきが逆巻いて」いき、死者たちの「あの数知れない影をたわめて」（六七）、「街の背後へ／白い呪いを／くねらせる」（六八）。

この隊列が向かう墓地は「街の遠鳴りがかすむ／麓の向こう」（六八）だ。「沼底のような／しずもり」に飽きて「鳥たちもすでに飛び去ってしまったところ」（六八）だ。そのように「おびただしい／沈黙が吹き荒れ」（六八−九）るところだが、そこに寝た死者たちは「眼窩にひたすら／地の水をたたえ／まどろむ間もなく／われらを気づかい／きき耳をたてる」（六九−七〇）。葬儀とは、生者たちが死者を送る儀式であるのみならず、死者たちが生者たちを心配し、かれらを取りかこんで近づかせる儀式でもあるのだ。「光州」においてこのように生者と死者はともに生きる。ともに生をつくっていく。このような生においては、死すら生の一部だ。

「冥福を祈るな」もまた生者と死者の関係を扱うが、ここでの生者は「浅い通夜」において死者と出会う生者ではない。死者たちとともにする生者ではなく、死者たちと遠い距離のある生者たちだ。対立や抑圧、眼を背けることや忘却という関係のなかにいる生者たちだ。前の三連は類似した反復句で始まり、このような対比を箴言化しつつ一般性すら付与する。

非業の死がおおわれてだけあるのなら
大地はもはや祖国ではない。
(第一連、七一)

日が過ぎても花だけがあるのなら
悼みはもはや花でしかない。
(第二連、七二)

平穏さだけが秩序であるのなら
秩序はもはや委縮でしかない。
(第三連、七二)

ここで生者たちとは「迷彩服をひそませ」(七一)不意の死を隠す者たち、「くらがりに眼を据えて/風景ともない季節を見ている」母の思いなしに、花を捧げて忘れる者たちであり、「地ひびく無限軌道に目をそら」(七二)す術を知らないまま、ただ平穏に暮らす者たちだ。これと対比される死者たちは、土くれの下でひしゃがれている「抉られた喉」(七一)であり、蛆にたかられる「裂かれた腹の嬰児の頭蓋」(七二)であり、「地を這っているのは押し込まれた呻き」(七三)だ。このように「世に死は多く　生も多い」が、「ただ生かされてだけ　生であるなら/しいられた死もまた　生かされた生だ」(七三)。生かされた生とは、使役の受動形で表現される生であるので、「かれら」の手に生殺与奪権を渡した生だ。かれらの意に合う生だ。強いられた死と同じ手で摑まれた生だ。しかし「強いられた死」もまた別のニュアンスをもつ。それは、かれらの意に逆らってもたらされた死だ。生の許容可否を「かれら」に渡さず、自ら引きうける生の裏面だ。自分が自らに許容した生き方だ。その死は「見放された自由のなきがらなのだ」(七三)。

生きていることがこのようなものなら、簡単に安堵してはならない。それは受動的でない生から遠ざかる方法だからだ。死がこれと同じならば簡単に冥福を祈ってはならない。それは死者を簡単に忘れるからだ。それは生者が死者と関係を結ぶ方法ではなく関係を断つ方法だ。関係を繋ぐためには簡単に哀悼してはならない。哀悼は安堵するために生者たちが死者に送るものであるから。関係をきちんと繋げようとするならば、簡単に冥福を祈ってはならない。死者たちを冥府へ行かせてしまってはならない。むしろ捕まえてこの世を、生者たちの都市に彷徨わせねばならない。生者たちの安堵を攪乱し、生者たちに忘れることのできないおびえとして存在させねばならない。消されえない記憶にならねばならない。そうして死者を地ではなく胸のなかに埋めさせねばならない。死んでも生者のあいだに存在させつづけねばならない。

浮かばれぬ死は
ただようてこそおびえとなる。
落ちくぼんだ眼窩に巣食った恨み
冤鬼《えんき》となって国をあふれよ。
記憶される記憶があるかぎり
ああ記憶があるかぎり
くつがえしようのない反証は深い記憶のなかのもの。
閉じる眼のない死者の死だ。

葬るな人よ、
冥福を祈るな。　　　　　　　　　　　　　　　　　　（七五―六）

光州事態を出来事化するということは、その関係を切らずに持続するためだ。新しい関係をつくりだすためだ。死者たちによって生者たちが新しい生を生きねばならない。そうすることをもって死者たちは生者たちの生のなかで生きつづけることになるだろう。生者も、死者も「生かされた」生ではない「生きる」生、あるいは「生きぬく」生を生きるためのものだ。

生者と死者、言わばこれは光州事態を出来事化しようとする第二部全体を貫通するふたつの軸だ。様々な生者、様々な死者たちと事態を系列化して詩が書かれる。出来事化される。その出来事化の結び目は、このように冥福を祈らず、死者を冥界に送るなということだ。敢えて冤鬼にして彷徨わせようということだ。「生者」たちが闊歩するこの都市のなかを彷徨わせ、かれらをして忘れられなくさせ、そうすることをもって忘却の平穏な秩序を絶えず威嚇する、国じゅうあふれて彷徨う大気になさしめよ、それのみが冤鬼をきちんと解きほぐす方法であり、死者たちをきちんと送りだす方法だということだ。死の周囲の曖昧模糊としているが強密な感応から始め、都市のなかをさまよう冤鬼たちに至るこのような出来事化を「冤鬼的出来事化」というのはどうだろうか？　もしこの言葉が意に介さないならば「幽霊」というデリダの概念[22]を持ってきて「幽霊的出来事化」といってもよいだろう。

十、ことも無い世界と闇の特異点

詩人は死者の冥福を祈るなと述べ、浮かばれない死が冤鬼となり国にあふれることを望み、覆しえない反証を深い記憶のなかに沈殿させておこうとする。それは出来事を潜在性の世界のなかに埋めておくことだ。それ以降、なにによって現働化されるか分かりえない出来事化の力を、現実の大気のなかに埋めておくのだ。しかし通常の眼にとって現働化されない出来事とは見えないものであり、見えないものは無いことと変わらない。一方でそれは忘れられ、他方でそれは消される。なんでもなかったかのように世のなかは流れていく。事態が出来事として介入できない世界、出来事が充分に出来事化されえない世界、この詩集の第三部はそれを主に扱う。

第三部の最初の詩「そうして、今」が扱うのは、最後の行に明示されるように「こともない時の光州」（八三）だ。詩の第一連は労働組合や連帯委員会のような運動諸団体、つまり光州事態に関する闘争をしてきた者たちすら闘争をやめて休む時間について書く。その次の連では米軍兵士、集団農場の少女が登場する。すべてその凄惨な出来事がいつあったのかと言いたくなるような時間のなかにある。「そうして世界は／今が昼である」（八一）。これは鎮圧した者にとっても同じだ。「そうして戦車も警棒も／休む時があるのである」（八二）。「名にしおう空挺部隊の兵士にも／取り残された時間の／韓国の日暮れは悲しいのである」（八三）。そのように「韓国ならごこも同じく／五月のいち日がコンクリート塀の中途で暮れなずむ」（八二）。そのように「今は、こともない時の光州である」（八三）。

次の詩「三年」は題名を受けてこのように始まる。

忘れるには　いい年だ。
喪も明け
喪帯《サンテイ》も取れた。
（八四）

この詩集の詩は、光州事態の三年後に書かれたものだ。忘れるにふさわしい時間が流れた後、皆が忘れはじめた時期に書いたものだ。あたかも自分の忘却について抗おうとするかのように。しかしいずれにせよ生とはそのように流れていくものであり、すべてのものはそのように流れて変わっていくのだ。「なんべんともなく忘れていって／愛したことさえ失くしてしまった」（八六）。死者たちもまた忘れられたのだろう。儀礼的に捧げおかれた花すら途切れたかもしれない。線香が焚かれても、それは死に結びついたわだかまりを解くことができない。「ゆらぐほのかな香りひとつ／やるかたない死に　こもりはしない」（八七）。そのように出来事は忘れられていく。

時節とともに
忘れた　五月。
知っては忘れた
赤い残照。
（八七―八）

「三年」が時間的なへだたりについてのものならば「距離」は空間的なへだたりについてのも

のだ。「へだたりはごこからも私を遠ざけてくれる」（八九）。しかしこの詩は、たんに前の「三年」を空間へと対称させて書きなおした詩ではない。むしろこの詩は距離のへだたりがもつ相反する力に注目する。止まって立っていることすら、たんなる停止や中断ではなく新しい関係をつくりだしてくれるからだ。

佇むことがつながりのように
距離はごこへでもいざなってくれるいっこうに縮まらない関心である。（八九）

目の前のものだけ見る者が見ることのできないものがあり、なにかに執着するようにしがみついている者が他のものに目を向けえないと知るならば、へだたりを間に置いた距離とは、他のものに目を向ける余裕であり、他のものが混じりうる余白であると言えるだろう。だから距離を置いたとき、「ひとつとてお前の視野に収まらない事象はな」（八九）いのだ。以前になかったものが、そのへだたりの間に割りこんでくることは、新しいなにかが生成されることだ。「電線に食い入る錆」も、「照り映える壁のくぼみの／水こけの輝き」（八九）もそうである。そのようになにかが割りこむこと、それは関与することであり介入することだ。なにかが割りこんで介入するように、他のだれかが割りこんで関与できるようにする余白、それが距離だ。(23)

なによりもまず関わることが大事なのだとつぶやきながら
距離は海よりなお遠い

煙る水平線へ銀鱗を踊らせ
　雲を走らせる。（九〇）

その距離は遊弋中のミッドウェー空母すらへだてた「距離にして遠くへ押しやり／星条旗の三つも朱に染めて燃《も》してもみせる」（九〇）。空いている空間とは、なにもないが、それゆえにごんなものも入りこめる空間だ。出来事との距離は出来事とわたし、出来事といまここのあいだの余白だ。出来事の新しい隣接項を呼びだしうる余白だ。それはそれ自体として無であるが、新しい出来事化を可能にする生成の空間だ。明示的に出来事化しなくとも、出来事化が絶えず可能になるようにする空間だ。それゆえに出来事が消されたり忘れられたりしたといえども、出来事態があったという事実ひとつだけ残っているならば、あるいはなにかに抑えられてけしの種のように小さく圧縮された小さな種ひとつが残っているならば、出来事はいつか、そして反復して回帰するだろう。出来事との、あの距離を通して。

距離の空白はたんに無ではなく、距離はたんに遠ざかりではない。空白は関与と生成の空間であり、距離は介入と関係の空間である。無数の潜在的諸関係によって満たされた空間だ。のみならずわたしからわたし自身の距離を置くことができるようになるとき、「すべてのもの」であると信じてがつがつとしがみついていたわたし自身すら遠ざけて眺められるようになる。「私はつくづく距離を見やり／距離はいきおい私を縮めて／歩道橋の上の点景と」（九〇）して過ぎていく。このような距離の空白を、時間に対しては言えないのか？　出来事を空白となす忘却ないし消去の時間を、このように新しいものが生成され割りこむ関与の時間へと、怖れと恐怖を忘れ傷を消して新しくなにかを始めうる時間へとなすことは不可能なのか？　この詩集の最後の詩「日日よ、愛うすきそこひの闇よ」がまさにこのような問いのなかから出てきた詩といえよう。これは少し後に検討しよう。

「狂う寓意」は残酷な出来事の裏できっと広がるものである、しばしば「流言飛語」形態で広がって彷徨う寓意（allegory）のような、或る噂を素材に書かれた詩だ。その内容は光州事態の鎮圧軍であった空挺部隊師団の各部隊ごとに軍人たちが引き金を引く指の爪が、黒い鴉つめにかわったということ、指先がはげ鷹のくちばしのように尖っていて、毎日三センチは延びるので、毎日爪を切らぬことには朝の点呼も終わらないというものだ。そのせいで空挺部隊は鴉爪というあだ名をもつということだが、詩人はこのおかしな「寓意を信じる」（九一）という。口から口へと伝えられる「ひとつの伝承を信じる。／伝承にそそられる寓意の日常を信じる」（九三）という。政府はこのような寓意を決まって「流言飛語」という非難で埋めてしまおうとするが、それはまた別の寓話を生んで伝承される。「韓国中の兵舎から／朝ともなれば鏡が一枚残らずひび割れるという、あの話だ」（九三）。それだけではない。その鴉つめをした「彼らの手の触れるものすべて／あの日以来、錆がまわって粉をふいてくる」（九五）という話も広まる。

この寓意はおかしくも不気味だ。残酷な虐殺に加担した者たちすべてを狙った冤鬼の呪いのように読める。無残に消された事態の諸真実が冤鬼のように軍人たちの身体をかき分けて出てくるようだ。出来事が出来事として受けいれられない世界、出来事の位置が与えられていない世界のなかで出来事の冤魂たちはこのように彷徨い、威嚇し、やってくるというのか？　冤鬼たちの位置、出来事の位置が与えられていない世界において、冤鬼たちはこのように口から口へと伝承される寓意のなかに自分の位置を求める。それは消されて削除された出来事の冤魂が消えずにどこかに存在していることを想起させる噂だ。出来事が出来事として割りこみえない世界のなかに、出来事が存在するやり方が、おそらくこのようなものなのだ。

言葉の路が塞がり出来事が消される世界において、隠された真実はこのように寓意となって割りこんできて、幽霊のように彷徨う。噂になって彷徨い、流言飛語になって伝承される。これは噂であり寓意である以上、額面そのままの事実ではないが、かといってたんに嘘だとは言えない、或る真実を込めてある。ある意味では事実以上の真実を込めていると言うべきなのかもしれない。漂白された諸事実が「事実」という名で真実を隠す場所で、寓意や噂は、その諸「事実」から消されていき、大気のなかに彷徨っていた真実の諸粒子がどこかで凝結してできた「虚構」であろうからだ。その寓意の虚構は、虚構であるが嘘ではなく、文学的虚構であるのと同じくらい真実の表現だ。それは漂白された諸事実に対する反問であり、そのような諸事実で残酷な真実を消す者たちに対する疑問だ。寓意的に変形され増幅された出来事の一断面だ。独裁者たちや暴力的な抑圧者たちが「流言飛語」にヒステリックに反応するのは、このような理由だからではないか？　それが自分たちに対して投げかける心地よくない反問であり、自分たちに対する根本的不信であることをよく知っているからではないか？　それゆえ詩人は反復して述べる。自分は「寓意を信じる」のだと。「あるべき寓意の反問を信じる」（九五）と。それは信に足りる充分な理由があるのだ。

「めぐりにめぐって」は、このすべての事態の主犯である一人の将軍について書く。低い階級をひとつ上がるにも一年以上かかり、〔階級章の〕星ひとつ加えるのにとても多くの時間が必要だというのに、半年で大将になったのに、四〇年かかって大将になったと思えという。「義理堅いね。／恩義を忘れず／遺志を継いでゆるぎないだなんて」（九九‐一〇〇）と賞賛する。それはかつて部下の銃弾で死んだ〔朴正熙《パク・チョンヒ》〕大統領の遺志であろうし、その恩義であろう。将軍を「君」と呼ぶ同僚の視点から書かれたこの言葉は「めぐりにめぐって」読者へ「維新の親株」（一〇二）になった者に対する反語的批判になって到着する。「義理がある」という世の評判を同僚の口から流れださせ、巨大な悪行と数多くの悪徳をあまりにも簡単に消してやる「義理」を、かれに戻してやって、笑いものにする。消された出来事の惨状の反対側にある残忍な世界のふてぶてしさを、残酷さを消すずうずうしいスタイルの語調で、反語のガスでふくらませ、飛ばすのだ。

その次の「心へ」は、そのまた次の詩とともに、このように「こともないとき」になってしまった世のなかの、分厚くて丈夫な表皮に向かって投げかける詩的な石つぶてだ。その固く見える皮を破って出来事が入りこめる亀裂とすきまを作ろうとする詩的な投石だ。まず「心へ」では同じ系列の文句が詩全体を掌握している。「背信の旗」（一〇三）、「地雷がくびる黄土」（一〇四）、「無心な日日の時間」（一〇四）、そして「高い壁や／鋼鉄の轍《わだち》や／銃口にささくれる街」（一〇五－六）のような単語が、詩全体を彷徨い、詩の大気を形成している。あたかもその言葉で表示された諸事物が、光州を、あるいは世のなかを掌握しているかのように。「こともない世のなか」とは、そのようなものによって捕獲された世のなかだ。その言葉で織りなされた詩は、そのような世のなかを容認する「心へ」、そのような世のなかを耐えてくれる「心へ」、結局そのような世のなかをともにつくっている「心へ」送る手紙であろう。

次の詩を念頭に置いているのか、「主調」といえるほど詩全体を貫通しているのは時間の言語だ。詩はほとんど時間と結びついた言葉で書かれている。

それはただのはためきにすぎないだろう。
うち過ぐ時がのたうつだけの
虚空をまみれる旗でしかないだろう。
（一〇三）

そのように「無心な日日の時間の中を／それでも慟哭は流れるもの」（一〇四）なのだ。「あふれていまをあふれさせねば／慈悲も勇気もまみれるばかりだ」（一〇四‐五）。そのようにあふれることのできないまま「今の今」に留まっていることは「時を掠めてはためいているもの。／とごめない時を泣き笑う／多くの命と同じひとときを流れているもの」（一〇五）である。銃口にささくれる街では、「たえ間ない時間のたえ間ない眼に射すくめられて」、「惜しむ誰もお前にはないだろう」（一〇六）。出来事を消して世のなかを掌握するということは、そのように出来事の時間を奪っては、そこに別の絵を描き、旗をはためかせることだ。しかしそれはまたただちにそのように消された「時ののたうち」なのだ。繰り返しになるが「無心な日日の時間の中を／それでも慟哭は流れる」（一〇四）のだ。

それゆえ、その「こともない時」（「そうして、今」八三）、裏切りの旗は「散らしたことばのかけらの平和」（一〇三）であり「けたけたしい風圧が薙いだ／草むらの和解」（一〇三‐四）であるのみだ。詩人はこのように「こともない」ように消されたまま、ただ過ぎさっていくだけの時間を、その下にある或る力があふれることを待ち焦がれる。壁と鋼鉄の轍に包囲された都市、そのたえまない視線の圧力に隠れて、見えはしないが決してないとは言えない或る力を呼びだそうとする。なによりもまず、自分の心のなかをときとともに流れていく慟哭を、絡まりついて離れない慈悲と勇気を。そのように「私が私をあふれてないかぎり／心は心を涸らしてゆくだろう」（一〇四）と言いながら。

第三部最後の詩であり、詩集全体の最後の詩である「日日よ、愛うすきそこひの闇よ」は、消されて消えてしまった出来事を、出来事化する時間を、わたしたちの目のなかの闇のなかへ呼びだそうとする詩だ。出来事が埋葬されたその闇のなかにわたしたちを呼びだそうとする詩だ。性急に旗を突きたてるのではなく、静かにわたしたちの目の奥深くに闇を満たそうと、闇を見据えようとする。それをもって今日を重なって流れる時間に、出来事が惹きおこす或る根本的断絶も「狎れ」の背反のなかで忘れ過ぎていく時間に、あの出来事の時間を、その闇の存在を、ただそのように耐えつづけることができるのかと問う。「鉄窓で萎える若さ」と「火傷に爛れる呻き」（一一三）を、死に隣りあった闇のなかに固く凝結させ折りたたむ出来事（第二部）を、忘れるにふさわしい時間すらすでに過ぎた「こともない時」の世界（第三部）のなかに静かに呼びだし、このような世界があの出来事に本当に耐えうるのかを問う。出来事とのずれを抱きかかえることによって始まった出来事化が、出来事の闇と光の忘却を経て、到達する問いだ。

この詩が狙っているのは「時間」だ。「いつも過ぎ去る日」（一一一）としての今日、そのような今日を積み重ねてやってくる、今日の連続である明日に繋がる連続線としての時間がそれだ。

まだ夢を見ようというのですか？
明日はきりもなく今日を重ねて明日なのに
明日がまだ今日でない光にあふれるとでもいうのですか？
（一〇七）

そのような時間は「余りにも多くを見過ごして」（一一〇）いく時間だ。その時間は「褪《あ》せる時のなか」で述べた「ふっと眼をそらしたとたん／針はことりともなくずってしまう」（四三）時間であり「伏し目がちな柱時計の／なにくわぬ刻みのなかにて」（四四）過ぎてしまう時間でもある。わたしと出来事をずれさせてしまった時間。このような時間に反して、かれが呼びだそうとする時間は、今日と異なる今日へと繋がったであろう、或る断絶的出来事の昨日だ。

さかしい自足にからまれて去った
今日でない今日の昨日を見据えなさい。
それがあなたのかかえる闇です。
（一〇八）

それは「闇」だ。今日を反復して繋ぐ光に隠され忘れられ消されてしまったからだ。時間に乗って運ばれる光の粒子が届くことのできないところにあるからだ。詩はそのような「昨日」だけを想起させるのではない。今日もまた今日として見て、今日として生きねばならないのではないかと問う。皆が、いかなるやり方であれ、今日を生きているから。

なにがあるというのですか？
今日が今日であったなんの証が、あなたの今日にあったのですか？
（一一二）

「今日が今日であったなんの証」を持つ今日とは、昨日や明日と区別されないまま繋がる今日、別の多くの今日とさほどかわらない今日ではなく、そのような日々と異なって「今日」だと言える今日だ。今日を単一な（singularly）「今日」になさしめる日、別の日と異なる特異な(singular) 日としての今日だ。時間の線が切れたり折れることになる特異点（singular point）としての今日だ。

しかしこれはしばしばいう「生きるようすがを明日に見た」（一〇九）今日を意味しない。

たしかにありはしました。燃えた熱気にゆらめいた日が。
生きるようすがを明日に見た
今日という今日もありはしました。（一〇九）

しかしこのような日とは、無駄な希望を意味する「遠い蜃気楼」であり「いつとはなしに背かれていった／日日のなかの白い時間」（一一〇）だ。無心な時間、かの「閉ざした心に刺さる朝」は、そのような明日、そのような今日とともに「来ますまい」（一一〇）。それよりもむしろなめらかに繋がる時間の線のかなたに、黙々と耐えている、そのように「ただ在る」だけである闇を見つめようという。わたしの目のなかの闇を満たそうという。

それがゆらぐのです。冷えた胸に緑火《みどりび》が青く　裂け目の奥をゆらめいてくるのです。
見つめましょう。今はしずかにそこひの闇をひたすときです。
あるいは報復されるべきものに　純一でない祖国があるのかも知れません。

見つめましょう。見つめましょう。かかえた闇のたぎる炎で。（一一五）

この闇が引きよせる力にわたしの視線の力を、わたしたちの視線を加えようということだろう。そうすればその引きよせる力が大きくなり、直線として伸びていく、あのゆらぐ時間の線を摑みこんで曲げることができるのではないか？　そのようにその闇の引力をあの時間の線が耐えうるのかと見てみようということではないか？　惑星が、重力の諸質点が引く力に、直線で進みでる光すら引きこまれ曲げられる測地線を描くように、時間の線が結局はあの出来事によって曲げられるであろうと信じるのだろうか？　分からない。しかし明日の光で照らす今日の明るさではなく、それ自体がひとつの特異点（singular point）になる今日、特異的断絶[24]（singular rupture）をなす出来事の昨日、微分不可能だという点で数学的闇といえるこの特異点のいくつもの力こそが、異なる世界を開く出口になるであろうと、わたしは信じる。

十一、出来事と世界のずれ

出来事化するということは「世界」のなかに事態を呼びだすことだ。いや、ある事態を呼びだすことをもって、既存の世界から抜けだすことだ。その事態を通して異なる世界を創案することだ。「暴動」や「抗争」のような慣れきった出来事化は慣れきった世界のなかへ事態を呼びだす。新しい種類の出来事化は新しい様相で事態を呼びだし、その事態周辺にひとつの新しい世界を創案する。新しい出来事化はひとつの新しい世界を呼びだすことだといえる。事態に付ける名前をめぐって闘争するのは、その事態をいかなる世界のなかに呼びだすのかをめぐって闘争することだ。衝突する名前は相反する世界の先鋭な接点だ。

すでに述べたように、この詩集の第二部はその出来事を人びとが簡単に理解できるいくつかの意味に向かって、その諸意味が交差してつくられる新しい意味の地平に向かって開いて出来事化するのではなく、最小限の隣りあうものを通して最大限の強密な感応を凝縮させ、幅を狭めて出来事化する。一見するとしばしば「虐殺」や軍事政権の蛮行を、それによる被害を浮き彫りにしようとする出来事化といえるかもしれない。しかし第二部のごの詩にも「虐殺」や「蛮行」を出来事化するさいに適切なものが、ほとんど登場しない。死刑の場面を込めた「骨」においてすら、死者と生者の関係を扱い、死もまた殺す者よりは死者の声なき言葉、ともすれば達観した者のように死を受けいれる感応を見せる。「噤《つぐ》む言葉」でのように、隠蔽された真実を述べて抗議を表明するよりは、言うことを拒否する沈黙が、詩集第二部でなされる出来事化にはるかに近い。冥福すら祈らず、胸中に刀のような「怨恨」として埋めておこうとする。出来事化の諸要素をそのように最大限折りたたんで凝縮し、わたしたちの眼を、わたしたちの心を摑む、いくつもの闇の特異点をつくりだす。その特異点を散らせて闇の重力場をつくりだす。闇の磁場と言ってもよい。

このような出来事化のやり方はこの詩集第三部で描写される世界と対をなし、正確にそれを狙ったものでもある。すでにみたように第三部の詩は全体的にひとつの世界をなしている。「こともない時の光州」(「そうして、今」八三)、光州事態が出来事として充分に浸透しきれない世界だ。あったがないように無心に横へと押しこむ世界だ。第二部で最小感応のみを残したまま凝縮しておいた出来事を、詩人はこともない世界のなかへと呼びだす。事態にいまなお、かなり近接している最小の大きさに凝縮された出来事を、ともすれば当時人びとが日常的生活のなかで慣れきって、いつの間にか当然のこととして受けいれているであろう世界のなかに呼びだす。

その反対に述べるほうがいいかもしれない。その、こともない世界を、凝縮された力によって引きこむ闇の特異点のあいだに、闇の重力場のなかに呼びだすことであると。そうすることをもって詩人は出来事にのせられてきたその闇の力を、その世界が耐えうるのかを問う。出来事のそこに隠されている石のように凝縮された悲鳴と、刀のように凝縮された怨恨を、ことなくみえるその世界が耐えうるのかを問う。かの冤鬼たちの悲鳴を、その世界が耐えうるのかを問うのだ。[25] こともないように平和な世界とは、じっさいそれを隠し抑圧することで維持されているとあらわにするのだ。ある意味では幽霊のようで、ある意味では石のような事態の重みで安定した意味の地平を壊し、断固かつ猛烈な沈黙で、容易くつくられた平穏を壊すのだ。

要するに詩集『光州詩片』において金時鐘は、内に折りたたむやり方で、出来事から事態へと遡る様相で、「光州」を出来事化する。これは最小限の隣りあうものを持つ「最小出来事」へと遡っていき、闇の特異点がつくる闇の重力場を形成する。これはこの詩集第一部で見た、出来事から事態へと遡っていこうとする詩人の出来事化と密接に連なっている。このように内へと折りたたむ出来事化は出来事と自分のずれを通して可能であった。かれはそのように出来事の「そこ」にいなかったと述べ、その出来事に対して性急に意味を付与したり名前を付けることのできない場所に自分を位置づける。その出来事の現在や未来を引きうける「主体」になりえない位置だ。「明日」の名前で光州について述べることもできず、今日の戦場で光州について述べることもできない位置だ。それゆえに出来事をナラティブとして開けもせず、出来事の或る場面を再現することもできない困難きわまる位置だ。その困難さを通して逆に、ナラティブ的叙述や再現的描写の可能性を投げすてて、既存の闘争や容易く呼びだす未来を、可能なる詩的世界の外へと押しだしてしまう。容易く、そして慣れきったいくつもの可能性が消えてしまった壁の前で、かれはあれこれの諸規定を出来事から消したり出来事のなかに折りたたんだりしてその壁を登る。出来事以前の事態、名前も付けえない事態の存在自体にまで這いあがる。なにかがあったとだけ言えるであるその事態において、その事態を決して忘れまいという言葉のなかに「誓う」ことから始める。

このような意味で「わたし」と出来事のずれは、明示とともに始まるかれの位置どりと、出来事以前の出来事にまで遡る事態の存在論と、決して無関係だと言えない。出来事とのずれを通してかれは事態の存在それ自体に向かって行くことができ、その事態の周囲を風に沿って散らばり、巡り、集まりもする諸感応を、意味なき曖昧模糊さのなかで感知できたであろう。その諸感応が立ててはためかす輓章をみて、しがみつく位置を失って彷徨う諸感応が集まってつくられた雲を、その雲が遠くから送る遠雷を聞く。崖のようなはるかな断絶の地点があることをみる。

事態と出来事に対するこのような思惟において出来事は「存在」と対比される或る空白ではない。それはたんに自分の言葉なき身体である事態として存在論的位相を持ち、事態の存在へと遡って扱わねばならないがゆえに、存在論的なやり方で扱われねばならない。バディウは「存在論は出来事に対してなんら語るべきことを持たない」と言ったが、(26)金時鐘の思惟によれば出来事に対して適切に述べる方法は存在論しかないと言わねばならないだろう。また出来事に対する金時鐘の詩的思惟のなかで、出来事は既存の諸意味のなかにあるのではなく、その意味を振りはらっているが、それはその出来事がかつてなき「単独性（singularity）」を持っているからではなく、開かれた意味化の線を内に折りたたむことをもって潜在的な多義性のなかへと出来事を凝縮させているからであり、いかなる隣接項からも絶縁した単独者の絶対的「命名不可能性」ゆえではなく、無数の隣りあうものに向かって開かれた多義性ゆえであり、その多義性によってひとつの名で呼ぶことのできない特異点（singular point）の無数の規定可能性ゆえだ。また金時鐘がすでに過ぎさってしまった過去の出来事を詩として呼びだすのは、かつてなき出来事を通して「真理」の境界を消して新しい真理の領域を開くための忠実性ゆえではなく、その反対に反復可能な出来事であるがゆえに、後にいつか到来する出来事を、別の反復可能性のなかで「待とうと」するためだ。金時鐘が出来事と自分のずれを惜しがり痛嘆し出来事化するのは、出来事とはいつも予測して待つものとは異ってやってくるものだが、そのように「待た」ない者に対しては、まともにやってこないこと、ただ過ぎさってしまうことでありうると、知っているからだ。

かれはこのずれの場所、断絶の地点で光州の名を呼びだす。そしてそのように呼びだされた「光州」のすぐそばに死の消しえない痕跡を、猛烈な拒否の沈黙を、生の欲望を隠す青い敗辱の深さを、そして囚われた者と囚われていない者、死者と生者が知らないままに交わす挨拶を、凝縮された力の特異点として呼びだす。そしてそのように黙々と、ただ存在するだけであるその闇の特異点のあいだに、こともない世界を呼びだす。あるいはこともないほどに別段緊張することもない世界のなかに、昨日と今日、明日を無心に直線で繋げる時間のなかに、そのいくつもの特異点で構成された「光州」という出来事を呼びだす。そこで出来事と世界はかなり大きくずれている。詩集の第二部と第三部の対比される色調は、このずれを表現するひとつの指標のようなものだ。事態へと遡り、折りたたまれ凝縮された出来事と私のずれは第三部を経て、このように出来事と世界のずれとして開かれる。しかしこの開かれることは、通常の出来事化と異なり、意味を開き拡張するのではなく、世界と出来事のあいだにあるずれの間隙を開いて拡張する。このずれは出来事の闇に凝縮された力に世界が耐えうるのかという問いを通して、世界のなかに存在する潜在的ずれへと変換される。闇のなかに囚われた出来事の前で、世界はそれ自体として、このようにずれたまま存在するのだ。

第六章

染みになり、化石になり

『化石の夏』におけるずれの空間と化石の時間

一、存在論とずれ

存在論は拒絶された者たちの思惟だ。拒絶されたが去りえない者たちが、その拒絶と去りえなさの間隙の困惑で、その困惑を耐えて存在せねばならない場所で、抱えることになる思惟だ。拒絶の距離を置いて見ている他人たちの視線にたいして「知られていなかった者」[1]としての自分を見る視線であり、かれらの視線がつくりだす「対象」と、その視線が見ることのできない自分の「存在」のあいだの間隙を見る視線だ。拒絶する世界の光と去りえない闇の間隙に挟まれた身体から、湿気を食むカビのように、偏屈な笑いの染みのように咲いていく思惟だ。このような間隙で表現されるある根本的なずれから突きでた思惟だ。したがって抜けだしえないずれの空間こそが存在論の場所だ。

哲学的存在論が失敗するのはこれを理解できないからだ。これはともすればプラトン以来、光が明るく照らす広い道を歩いてきた哲学の過去に内蔵された根深い慣性のせいかもしれない。不完全で、不確実さに満ちあふれた現実のかなたを探して、汚染されて壊れた世界を導こうという意志の善に対する自‐信や、不和と不一致の苦痛を越えた、調和して合致された世界を夢みる美的理想にとって、ずれや不一致の間隙とは、抜けだして「克服」せねばならない否定の対象であるのみだからだ。だからかれらはその合致と調和の希望を「存在」という概念に逆投射して存在自体を再定義する。そしてそのような合致と調和を発見できるところを存在論の場所として設定する。汚染された世界と不和の世界のなかで「ごくたまに」発見されるそのような合致と調和の場所へ、わたしたちを導こうとする。世界をひとつに集める、その合致と調和を守る者として生きる使命を、存在論の名でわたしたちに付与しようとする。

たとえばハイデガーがそうだ。「建てること、住むこと、考えること」で、ハイデガーは橋というひとつの事物を例に、場所と空間に対する存在論的な叙述を試みたことがある。たとえば橋を通して川の両岸は互いに対照されるが、橋を通してひとつに集まる。そのように風景のこちらとあちらを、天と地を、橋はひとつに結集し、集める（sammeln）。また橋は流れる水路を許容し、死すべき者、つまり人間たちをして川の両岸を行き来できるように道をつくってやる。そのように川の水と渓谷を横切り、生と死を連結する移行の通路になり、死すべき者を、天と地を神的なものの前に取り集める。このような点で橋はハイデガーが四方（Gavierte）と命名した大地、天、神々、および死すべき者（人間）をひとつに結集（Versammlung）させる事物だ。(2) このように橋という場所は四方がその内に入ってくるように準備された空間を許してくれる。そのようにひとつの拠りごころになり、四つをひとつに集める根源的な統一性を提供する存在論的な場所だ。橋をつくるということは四方が互いに見守る場所を「建てること」であり、それをもって本来の「住むこと」を意味する存在の拠りごころをつくることだ。

ハイデガーはこのような存在論的分析を神に捧げられる神酒に対して、同じように反復したことがある。同じワインだとしても、居酒屋で騒がしく飲むワインと異なり、神酒として捧げられるワインだけが、天と地と神々と死すべき者を集める真なる「物」なのだと、物はそのように四方をひとつに集めて結集する限りにおいてのみ、物はようやく「物」になる。(3) あらゆる物が存在論的な物ではないように、あらゆる場所がこのような住むことと建てることを存在することに連結する存在論的な場所なわけではない。四方をひとつに集めて結集する場所、四方が集まる空間を許す場所のみが存在論的場所だ。集まることを可能にする結集と合致の場所だけが存在論的場所だ。その場所だけが存在論的空間を提供する。

しかし居酒屋で飲むワインにおいても、ハイデガーが引用したリルケの詩のように、天から降る雨が、含まれた雨水を浄化してくれた大地の手が、それがつくりだした岩泉が染み込んでいる。野宿者の手にある焼酎にも、三世十方の世界が宿っている。疲れ切った生から抜けださせてくれる忘我の力がこもっていて、それを飲んで光の壁を超える「死すべき物」たちの酔った気配があふれでている。存在論の場所もまたそうだ。かれが書く洗練された文章がとくに橋にのみ限定される理由はない。例えば汽車が集まって去っていく駅は、自動車や人の流れを断つ線路を通して駅付近の世のなかをあちらとこちらに分離して対照してひとつに集める。またその駅に至る線路とそこから延びていく線路を分離して連結してくれる。駅が踏みしめている大地の堅固さと空っぽに開けた天は、駅舎をめぐる風景をなし駅に集まる。「死すべき者」と呼ばれる人間たちもまた駅に集まり、またそこから散っていく。以前にいた場所から次にいるであろう場所へと移行する死すべき者の運動を連結することをもって、駅は誕生と死をつなげる移行の線をひとつの場所へと、神々の前に取り集める。もっといえば歴史を象徴するひとつのイメージすら取り集める。これは駅だけの話か？

ハイデガーが好む特別な場所や物に対する愛着をはぎ取ってしまえば、このように存在論的「解釈」は、いかなる物、いかなる場所に対しても適用できる。機械がさわがしくまわる工場や、目に染みる臭いの化学実験室に対してすら。見ようと決心すれば、取り集めの機能を果たさない「合致」の場所ではないところはないのだ。問題は、どこでもそのような合致の場所であり存在論的拠りごころなのだが、そのような場所はいかなるものも存在に対して問いを投げかけさせないという点だ。人びとは存在を忘却したまま橋を超えたり駅舎に出いりする。洗練された橋がかかっている絵を描くときにも、汽車が入ってくる駅を描くときにも、また神酒を捧げる厳粛な祭祀に参加しても、私たちは存在に対して問わず、存在の声に耳を傾けない。このような点でこれは存在論的場所とはいいがたい。

なぜ問わないのか？　まさにそこがすべて四方を取り集め結集する「合致」の空間であるからではないか？　人間は自分が不快だったり「不安」でなければ、あるいはなんらかの大きな苦痛がなければ、自分の存在に対して、自分の生に対して問わない。水のなかの魚は水の存在に対して問わず、綺麗な大気を吸う人間は大気に感謝しない。故郷に対する懇求は故郷を去った人びとのみが持ち、自由を求める者は多くの場合自由を失った人だ。それゆえ取り集めることと結集が行なわれる合致の空間において、四方の統一に目を向け、その世界のなかで存在する意味を問うことは起こらない。だから反対に述べねばならない。存在に対する問いは、その取り集めが失敗するところ、「合致」をいくら願っても合致が不可能であったり失敗するところで投げかけることになるのだと。

調和と合致のなかで悲しい怒りや不和を見て、たったいま咲いた花のなかにすら死の臭いをかぎ、明るい光のなかでも闇を見ようとし、自明なもののなかに隠れた不確実性を捉える文学が、哲学よりはるかに存在論思惟に近いと見えるのはこのためである。また「ずれ」が、根本的なずれが存在論において重要なのはまさにこのためだ。存在のずれであれ、世界のずれであれ、あるいは存在論的ずれであれ、ずれはただ一時的な不和や不一致ではなく、欠如の形態で感知される調和した世界の陰刻画ではない。ずれとは、合致や取り集めることの根本的な不可能性を意味する。ずれは不快さや苦痛を引きおこす。合致の不可能性とはずれの解消不可能であり、その苦痛や不快の解決不可能性だ。その不可能性の苦痛のなかでわたしたちは問いを投げかける。いったいこのずれの苦痛を耐えてわたしがここに存在しつづけねばならないのか、この苦痛を耐えてここに存在しつづけるとはなにを意味することなのか、この苦痛のずれのなかで生を生きることはいかなることなのか……。ここでずれに驚き、存在が送る声を聴き、合致された世界を守る番人の使命を生きるようなことは期待しないほうがいい。

　ずれのなかで投げかけられる存在論的問いについて述べたが、じっさいずれが引きおこすこのような苦痛が、かならず存在論的問いへと繋がるのではない。その苦痛が驚愕すべきこととしてやってくる場合においてすらも。文学もそうである。たとえば苦しいずれを見たハムレットすらそうであった。知られているようにハムレットは父王の幽霊に出会うことによって不快で苦しいずれのなかに入っていく。現象的にみればこのずれはふたつの世界のずれだ。父王が死んだ世界と父王が死んでいない世界のずれ、父王が死とともに消えていない世界と、父王の幽霊とともに戻ってきた世界が重なって現れたずれ。これはハムレットが現在属した世界とハムレットが当然属さねばならないと信じる世界のずれだ。ハムレットはこれを王を殺した不義が支配する世界と、その不義がない正義の世界のあいだのずれとして受けとっただろう。

　父王の幽霊はそのふたつの世界が分かれる地点に留まっている。その分岐点を表示し、ふたつの世界のずれを現してそこにいる。幽霊たちがおおよそそうであるように父王の幽霊も止まった時間のなかにある。自分が死んだその瞬間、自分が死んだその姿に止まっている。かれは自分を残して流れていく時間に従わない。そこで父王の時間は時間のつなぎ目から抜けだしている。ふたつの世界の重なりを通してずれた隙間、そこを貫通する「ねじれた時間」のなかにある「つなぎ目から抜けだした時間（time out of joint）」のなかにある。ハムレットの有名な嘆きはここから出てくる。

ねじれた世の中よ（Time is out of joint、時間がつなぎ目から抜けでている）。
おお、呪わしい悪意だ。
これを矯正するために生まれるとは。

ドゥルーズはつなぎ目から抜けだした時間、門が外れた時間を「自分の内容をつくっていたもろもろの時間から解放された時間」として理解する。自分を満たしていた過ぎさった記憶から解放された時間、それらを空にする時間だ[4]。これは「太陽を炸裂させる、火山のなかに身を投じる、神あるいは父を殺す」ことを意味する[5]。ハムレットにとってこれは父王から抜けでることであり、死んで再び現れた父王から抜けでることだ。これはハムレットのなかにある、自ら「わたし」と呼んでいただれかが、過去の記憶のなかで形成されたかれの自我が、死ぬときにのみ可能だ[6]。しかしハムレットはそのようにできない。つなぎ目から外れた歳月を再び矯正してねじれた歳月を正すために、父王の頼みに従って復讐をしようとする。過去に合わせて脱臼した時間を正そうとする。かれはそれが呪われた運命であると嘆くが、結局時間のずれを受けいれることができず、そのずれを矯正しようとする。ねじれる以前の時間へと帰ろうとする。父王の幽霊がハムレットに要求するのは復讐だ。それは「不義」をも意味する「ねじれた時間／時代」を矯正することだという点で「正義」とみなされる。復讐とは「刑罰」という名で損害と苦痛、罪と苦痛の等価関係のなかで、罪の対価の位置を占める。そもそも正義は債権－債務関係を意味するこの等価性のなかに起源するものであると、かつてニーチェが指摘したことがある。[7] ところでねじれた時間、脱臼した時間はいかに矯正されうるのか？　つなぎ目から抜けだしたものを再びつなぎ目に連結することで？　しかし脱臼した時間をつなぎ目に連結するからといって、幽霊になった父王が人間に戻ることはできない。正義とは、抜けだした時間を再びつなぎ目に連結することになりえない。そうであるならば正義とはいったいなんなのか？　それはともすれば根本的に不可能なことではないのか？　正義が復讐を起源にするといえども、[8] 復讐が正義になりえないのはこれゆえであろう。父王を殺した者を殺すといえども、父王が死んでいない世界へ父王を戻すことはできないのだ。[9]

しかし、不義を起こした者を戒めることが不義の除去だと信じること、ずれてしまった世界をずれさせた行為を戒めることをもって再び合致するようにつなげられると信じること、そのように脱臼した時間を再びつなぎ目で連結することが正義だと信じることは、その通念の幅と同じくらい強固に世界とかみ合っているがゆえに、抜けだすのが難しい。ハムレットもそうだった。かれはそのふたつの世界のずれをずれとして受けいれない。自分がいま生きている世界と自分がいま生きていない世界、父王が死んだ世界と父王が「死んでいない」世界、言いなおせば叔父が王として存在する世界と叔父が王として存在しない世界のうちのひとつを選択するのみだ。知られているようにハムレットは「存在すべきか存在せざるべきか、それが問題だ（To be or not to be, that is the question）」と自ら問うた。その除去できないずれを耐えて存在すべきか、自分の存在をかけてそのずれを除去すべきかを問うのだ。苛酷な運命の矢をあびる苦痛を耐えぬいて生存しつづけるのか、あるいは死を覚悟してその苦痛の波を両手で塞いで押しはらうのかを問うのだ。しかしこれは父王が死んだ世界のなかでその苦痛を耐えて生きるべきか、その世界を否定してずれた時間を矯正するべきかを問うことだ。かれにとってつなぎ目から抜けでた時間が「矯正」されねばならない不義であるように、ふたつの世界のずれとは共存できない敵対を意味するのみだ。かれが苦心する正義とは、つなぎ目をつなげて合致させねばならない対象を意味するのみだ。

ふたつの世界のずれを受けいれるということは、ふたつの世界すべてが簡単に投げ捨てることのできない自分の一部であることを受けいれるという意味だ。あるいは反対にふたつの世界のどちらも簡単に受諾できない困惑を受けいれることを意味する。それゆえどちらかひとつの世界を選択して、もうひとつを捨てるというような簡単な解決はできない。ずれはあちこちにあるが、ずれに対する存在論的思惟はそうではない。その思惟とは、そのずれを耐えて存在しようとする者の思惟だ。そのずれを自分の存在自体に対する思惟へと取りかえて問う思惟だ。しばしばハムレットは動揺と連結されるが、かれは根本においては動揺しない。かれは父王の幽霊につながる世界を選択し、その世界の連続線上で父王が幽霊としてのみ存在する世界、叔父が王であり母の夫である世界を戒めねばならないと信じる。それがかれが行おうとする「矯正」だ。ただかれは躊躇するだけだ。ここにずれの存在論的空間はない。世界のずれは、ふたつのうちどれかひとつにもうひとつを合わせることを通して解消されねばならない。成功するか失敗するかの問題が残るが、これはずれたことをひとつに統合できるかできないかの問題であるのみだ。

二、はざま

私が居ついたところは
遠い異国でも　近い本国でもない
声はこごもり　願いはそこらで散ってしまっているところ
よじっても視界は展かれず
くぐってもとうてい　地上とやらには下り立てないところ
それでいてなんとはなく　その日がすごせて
すごせりゃあそれが　暮らしなのだと
年をからげて一年がやってくるところ
（「ここより遠く」三七〔『化石の夏』からの引用頁数は金時鐘『金時鐘コレクション』Ⅳ、藤原書店、二〇二四による〕）

金時鐘は四・三抗争から逃げて日本へ隠れこんだ密航者、それゆえに本国がいくら近くても帰ることのできない人だ。日本は遠い異国だ。地理的には遠くないが植民地の過去や在日の現在を考えれば距離以上に遠い異国だ。しかし金時鐘にとってじつのところ日本は「遠い異国」ではない。ともすれば「本国」よりももっと近くにあった国、幼いころの日本語と歌、そして抒情詩によって朝鮮よりもはるかに近かった国だ。(10)他の人たちには「解放」であった八・一五を、光が消えて闇のなかに墜落してしまう事態としてかれが経験したことを知るならば、かれにとって日本は決して遠い異国ではない。むしろ自分も知らないまますでに遠くに去ってしまった本国朝鮮よりももっと近い国だ。八・一五以降、苦労して探しだした疎遠な「本国」から逃げて「戻ってきた」国だ。それゆえむしろ親しんでもたれかかることのできない国だ。裏返しで経験した八・一五のせいだけではないだろう。密航者としての自分を隠さねばならず、在日朝鮮人という少数者として差別と抑圧のなかで生きねばならないがゆえに、声はきまってこごもるものであり、いかなる願いも散っていくだけのところだ。だからいくら高く這いあがっても視野は開けず、生が壁と障害物にぶつかって絶えず揺らぎ曲がっているところだ。そのような壁と障害から抜けだしても、どこにも平静に足を踏みしめて立つ地がないところだ。それでも毎日の日常を通過する時間が過ぎていくところだ。去りえない日常を生きねばならないところだ。

在日を生きねばならない金時鐘にとって日本は「ずれの空間」だ。居住の場所であるが所属を喜んでくれない国、かといって嫌だと言って去ることもできない国、生存の場として据えねばならない国だ。いつも半分ほど拒絶されたまま生きねばならない国だ。また植民地時代の親しさによって、よりいっそう違和感なしには属せない国だ。いつも半分ほど拒絶したまま生きねばならない国だ。どんなやり方であれ腰掛けねばならないが、決して楽には位置を得られず、不便さと苦痛、拒絶と違和感を耐えつつ、そのように生きねばならないところだ。わたしが踏みしめている世界とわたしのあいだのずれを耐えぬき生きねばならないところだ。

これをどうして金時鐘だけの話と言えようか？　違和感と拒絶の距離を抱えて生きねばならない在日を、運命のように受けとめねばならない在日朝鮮人であれば、程度の様相の差異があるのみで、異なるとは言えないだろう。在日朝鮮人だけでもない。降りたたねばならないが楽に踏みしめて生きるのが困難なところ、だからごこか声をこごめて願いを散らしてしまうところに生きる者であれば、だれでも該当する話だ。『猪飼野詩集』の「それでも　その日が　すべての日」では詩人自身ではない、在日を生きる或る者の話として、これを再び語っている。

働くにも
朝鮮はいつも　じゃまだった。

それを承知で
アパはおれを朝鮮にした。

おかげておれは
この年までも　その日ぐらしさ。

おれをなだめてオンマが老いたさ。

いまに芽が出る、風も吹く。

そんな日がある時がある。

あるはずないなど　おれもいわない。

本名に耐えて子らも育ってる。

目だつだろうがそれがしるしよ。

隠して似せて　やりすごしては
やってくる日が浮かばれない。

いまに来るよ、甲斐ある日がさ。

日本を生きた　おれらの日がさ。


（「それでも　その日が　すべての日」(11)）

ずれの空間、ずれを生きねばならない空間だ。このずれの空間を、かれは「はざま」と命名する。

もともと居ついたところが　はざまだったのだ
切り立つ崖と　奈落の裂け目
同じ地層が同じく抉れてそそり合い
断層をさらして　地裂を深める
それを国境いとも言い　障壁とも言い
目見えないために平穏な　壁ともいう
そこではまず　知っている言葉が通じず
触覚のあの　気がかりな気配だけが目と耳なのである
（「ここより遠く」三八－九）

はざまとはいうが、単に大地の裂かれたすきまのようなものではない。切りたつ崖と奈落のあいだのはざまであり、地層自体が断層をさらす裂かれたところであり、裂かれた地層がそそり合って互いに挑み、越えがたい距離をつくるところだ。越えがたいという点で国境や障壁のようなものだ。行くことのできない故国と去りたくても去れない日本、決して楽に踏みしめられないそのふたつの国のあいだの空間だ。

故国と日本と

私との絡みなら
へだたりはともに　等しければよいだろう

慕うことと耐えることと
愛することが同じなら
耐えねばならない国もまた
等しい距離のものなのであろう

（「等しければ」二四）

ここで等しいという言葉は絡まった程度を意味するが、また不便さと距離が同じという言葉でもある。双方すべて等しく障壁を立てているということだ。しかしかれが耐えねばならない距離はたんに故国と日本だけでもない。「故国」とはいうが、その故国は再び「朝鮮」と「韓国」に、つまり北と南に分裂している。「在日朝鮮人」と言うべきか「在日韓国人」と言うべきか、あらかじめ決めておかないと身分や所属を語ることができず、どちらかひとつを語る瞬間、北や南のどちらかひとつを支持する立場に追いやられていく政治的二者択一が日常的に強制される状況がそこにある。

一つもないのに
二つもあって、
朝鮮と呼んでは
けんつくを喰って

韓国とてもくになのに
反共とかで朝鮮でなくて
それでも子らには一つをいうのさ。

（「それでも　その日が　すべての日」[12]）

しかし純度の共和国公民になりきってないがゆえに、ただ一人をとってしまってはなにも残らない共和国を選択することもできず、祖国なのだと片ことまじりで探していった者たちをスパイとみなして監獄に閉じこめた冷酷な国を支持できない者にとって、この二者択一はいったいなんであるか？　それは選択できない選択肢であり、踏みしめることのできないふたつの裂かれた地だ。互いに殺しあうように敵対しているふたつの国、崖と奈落だけをあいだに置いているようなふたつの国を「故国」として持つ者にとって、可能なことは不可能なふたつの選択肢のあいだの間隙を耐えて生きることだ。ふたつの選択肢のあいだのはざまで、そのはざま自体を自分の生の場所として受けいれて生きることだ。たとえそれが日本という、またしても踏みしめるところがなく視野が開けていないところであるがゆえに、簡単ではないやり方で踏みしめて生きねばならないもうひとつのはざまだとしても、である。二重のずれ、二重のはざまだ。北でもなく南でもなく、また日本とも言えない、このような居住の場所を、金時鐘は「在日」と命名する。金時鐘が早くから強調した「在日を生きる」という言葉は、結局どこかを選択するときまでの暫定的な場所で生きることを意味しない。北でも南でもなく、故国でも日本でもない距離のなかで、そのどこでもないがゆえに新しい生が可能な、生の場所をつくりだすこと、それが在日を生きるということだ。在日のずれを「祖国」として捉えて生きることだ。

おれらごうしが融け合って
帰れる国に　すればいいのさ。
いまに来る日はやってくるよ。
お世話になったと笑える日がさ。
その日を生きる。
日本を生きる。
おれらが朝鮮を
創って生きる。
（「それでも　その日が　すべての日」[16]）

金時鐘はずれを抜けだして楽で安定したなにかひとつの世界を選択しない。ひとつを尺度にして、ずれてしまった別の世界を私的に、あるいは集団的に拒否したり批判したりもしない。二重的なそのずれの空間に「居つく」生の空間として受けいれて、そのずれの生を生きようとする。それは「言葉が通じず／触角のあの　気がかりな気配だけが目と耳」（「ここより遠く」三九）になる空間であるが、それゆえ他人たちにはない新しい感覚が生成されるところだ。目と耳、口を閉じて「みみず」（『新潟』）になり、ただ全身で生きぬかねばならないところが、まさしくはざまと命名されたずれの空間だ。[17] そこで必要なのは「異郷にも根づく家郷」（「等しければ」二五）をつくりだす術だ。たとえ「そこではすべてが靡《なび》いて　さざめいており」わたしもまた「なお揺れて」いるが、そのように「私が揺れて私が揺らして」育くんでいくわたし、揺れなきところでは決して育むことのできないわたしを待って生きることだ（「ここより遠く」三八）。

「はざま」とは「ずれ」の空間だ。相反する地層のあいだの空間であり、相反する力のあいだに挟みこまれた空間だ。引きこまれたくない引力と、押しだされたくない斥力のからまりによって、そのなかにいるものたちがねじれてよじれる空間だ。もちろんこれは自ら思惟することを中断し、適切にどちらかひとつにもたれかかることを選択するならば、困難なく抜けだせる空間でもある。「あれかこれか」の決断によってひとつを選択する妥協が可能な空間だ。しかしそのようにできない人にとっては安住することも抜けだすこともできない空間だ。閉じこめられの空間だ。檻に閉じこめられた虎のように「ただの一度も犬歯ひとつ剝くことのなかった男が／へたった部屋でたるんだ脚をさすって」（「虎の風景」四七）いる空間だ。

はざまは閉じこめられた者たちをねじる力によって思いもよらぬ身体となし、思いもよらぬ生を生きさせる空間だ。それゆえはざまはそのずれの力によって身体と感覚がねじれて混じりあうところだ。ねじれて血がにじむところだ。その血は、避けえない傷であるが、また空回る生とは異なる種類の生が、近づいてくる出来事と混じる生が、濃い触感的生が始まるところだ。またはざまは相反する力によって様式が瓦解する空間であり、明瞭な視野がねじれてしまったところであり、意味と解釈の格子が壊れていくところだ。相反する力が通念を無力化させる逆説の空間だ。明瞭な諸規定がこわされ無規定性の闇に席をゆずりわたす空間だ。濃い闇が覆う影だ。諸意味が瓦解したがゆえに新しい意味を作りださねばならないところだ。それゆえにそれは、避けずに首肯しようとするならば、与えられた世界から抜けでて別の世界を創造できる空間だ。飛びこえるやり方の抜けだしではなく、創造して創案するやり方の抜けだしが可能なところだ。無規定性の闇のなかで新しい規定可能性が誕生するところだ。無規定的存在の空間だ。存在論的空間だ。

三、凝固

はざまは選択しない選択肢だ。はざまを自ら好んで選択することは起こらない。おおよその場合、知らずに追いやられるところがはざまだ。はざまは開かれたあいだを探しだすことにな るところではなく、行かねばならない道を進んでこれ以上進めない絶壁に対面することになる ところだ。ともすれば絶壁が待っているかもしれないと知りつつも行くしかない歩みの到達点 だ。かといって後戻りもできないところ、いや、どこか別の出口を探しても結局後戻りをする しかない出発地のようなものだ。『化石の夏』で「果たせない旅」という題名で束ねられた三篇の詩のひとつ目、「崖」で金時鐘はこのように書く。

迷ったわけでもないので
崖は得心づくの区切りだった
私が行き着いてとって返すしかないところに私が出たのだ
いずこともない喚声のあのごよめきも
向きを変えたのはたぶんここだったような気がした
そこからもまた背をむけねばならない
ただ帰り着くだけの私だった

（「崖」六五－六）

迷ったわけでもない。おそらくそこは不便で苦痛のあるところだったがゆえに抜けでる出口を探したであろうが結局とって返すしかないところだ。その苦痛を訴え、不義と対決する抵抗の喚声があったであろうが、そのごよめきすら他の出口を探して方向を変えた。おそらく次善のところを求めて、別の地層、別の地盤を探しにいったのであろう。しかし詩人は、おそらく詩人であったがゆえにその定位置を探すごよめきに付いていかず、背を向けてその出口なき崖と対面する。そのように押しこめられたところを努力して免れようとせず、黙々と受けいれ、そこに居着いて生きる自分の定位置となす。避けえないことを避けないのだ。「果たせない旅」はそのように始まり、そのように終わる。いやまさにそこが果たせない旅が持続する場所だ。

ずれの空間を生きることとは、聞こえはいいが、決して簡単ではない。ずれを生きることは、どちら側にも感知されにくく関心を持たれにくい歩みを持続することであるがゆえに、集団が提供する安定性も、仲間が提供する助けも得にくい。隣人のなかでの孤立、あるいは仲間や友達のなかでの孤立すら避けがたい「遠いところ」、いくら近くにあっても「遠いところ」なのだ。

はざまに生きること、ずれを生きることは、わたしを閉じこめたはざまの両側に対して、わたしを押しやったと非難したり怨むことではない。それはずれを、どうにかして抜けだして否定すべきものと見るやり方に過ぎない。その反対に棘でかこわれ、はざまが要求する鋭敏さで、棘のはざまを見守ることだ。

　茨の巣ごもった鳥のように
　棘にかこわれて息をつき

瞳をこらしてひたすら気配にさとくなる
そんな日日を私も棘を透かし見つこもるとしよう

（「くりごとえんえん」五一）

はざまのずれを肯定するということは、わたしの身体と感覚をねじるはざまのなかの力を、わたし自身に対する問いへと、わたし自身の存在に対する問いへと変えることだ。そのような問いのなかで「言葉」を述べることだ。しかしその言葉は行き止まりであるがゆえに、集まって滞り凝固した、ある固まりになりがちだ。故国の言葉なのか日本の言葉なのか、南の言葉なのか北の言葉なのか区別できずに混じりあってしこりになった言葉、言葉を言っても聞きとれる者がほとんどいないであろう、それゆえむしろ沈黙を選択するであろう言葉だ。

たしかに私は誰からも遠いところに出てしまったのだ
このまま丸ごと体を山蟻にはたいたとしても
畢竟《ひっきょう》自身への問いでしかないのが言葉だとわかった
振り返れば群雀が声の固まりのようにうねっていた
馬にはおそらくあのさざめきが届いていたに違いないのだ
同じたたずまいの同じしずけさの中で
故郷が異郷がしんしん分けがたい沈黙をかきたててやまなかった

（「崖」六六）

そのような者たちの目には、逆にそのように目を背けられた者たちの困境が、自分のこととして近づいてくる。それは自分が経た困境があるがゆえに鋭敏に作動する或る予感であろう。

『化石の夏』の冒頭にある「予感」のはじまり部分がそうだ。

夜気をふるわせて電話が鳴っている
誰かが急を知らせているのに
街なかの窓は　噤《つぐ》んだままだ

（「予感」二一）

そのようなときにはそのような距離、そのずれの空間を知らないまま容易く抜けでる者たちが羨ましく見えもするだろう。そうできない自分の頑固さや真面目さが自分自身もどかしく見えもするだろう。

つい昨日
その街を抜け出る蝶を見た
雑踏を花びらのように縫い
剪《き》りつめた街路樹の露わなうなじを
ためらいがちに越えていった

（「予感」二一－二二）

相反する力のベクトルにねじられることを耐えるのは、決して簡単なことではない。だからそれを喜んで受けいれ「肯定」することは「難しく、そして稀だ」。むしろ次善策的に一方を選択するほうがはるかに簡単だ。そのように選択したものは思考と感覚を支え、言葉や行動に意味と解釈を与えてくれる反面、ずれの空間は思考と感覚、意味と行動がすべてずれてしまい方向を失いがちだからだ。「視野が展けない」という言葉は、なによりもこのような意味で理解されねばならない。ゆえに、言っても聞こえず、説明しても理解されにくい。強要された沈黙よりもさらに根本的な沈黙を耐えねばならない。

日なかのただ中にいてさえ
声はそこらじゅうで滞ってばかりいた
それがいっときにひきつりだすので
声はむしろ打ち消されるだけのものだった
言いつくしてもついには口を閉ざすしかない
光さなかの沈黙だった

（「予感」一二二）

マイノリティの生は、ほとんどこういうものだ。日本において「在日」として生きることは、このように、言っても聞こえない沈黙のなかの生を生きることだ。声は詰まっているので、いつの間にか打ちけされる。声になって出ていくことのできない言葉は、そのように打ちけされて身体のなかに積もって凝固する。すぐに用を足せないやつ（『新潟』）の大腸のなかの便秘のように、固く凝固する。あたかも身体の一部にならんとするかのように。このような点ではざまとは、打ちけされる空間であり凝固の空間だ。

しかしずれをずれとして耐えること、はざまを簡単に抜けでることのできない「運命」として受けいれるということは、このような世界を〔ニーチェ『ツァラトゥストラはこう言った』の〕駱駝のように黙随することではない。それはもっといえば言葉になりえない言葉を叫び、声となって出てこれない意志を、たとえ無駄になるとしても懸命に打ち振ることだ。

あれはたしかに
白い意志の花びらだったに違いない
懸命に打ち振るしかなかったものの戦《おのの》きが
眼のなかをまだよぎれずに震えているのだ

（「予感」一二一－二）

はざまを生きる詩人にとってであれば、そのように打ち振って闘う者の身振りが、動作とともに消えるわけがない。残像として残るものであり、打ち振る者が消えた後に、その残像は長い間消されずに残るだろう。眼のなかに刻まれたまま持続するだろう。消しえない像へと凝固して残るだろう。その凝固したもののなかで消滅の時間は止るだろう。いや、そのように凝固させるところ、ずれの空間では時間が流れることを止めてしまうだろう。さらに進みでることができない行き止まりであるから、考えも時間も、流れることを中断してしまうのだ。(18)

私が居ついてしまったさきは
百年がそのまま　思い止んでいるところ
百年を生きても　思い浸《ひた》る日はまだ
昨日のままで暮れているところ

（「ここより遠く」三九）

止まった時間は塞がった空間の対である。凝固したものは出口を探しだせない意志と欲望であり、口の外へと発せらることのできない言葉が凝結したものだ。カント的に、止まった時間と塞がった空間は凝固した思惟の先験的形式だと言ってみるのはどうだろうか？　それはまた凝固を引きおこすはざまのなかで進行する思考と表象、欲望と行動の「先験的形式」でもある。いくら近くにあっても遠ざけるが、かの遠くにあるものを、決して遠いとは言えないものを、現働の時間と空間のなかで繰り返し呼びだす形式だ。いずれも充分に遠いが、いずれもかなり遠いのではない、はざまという空間を満たしている大気のようなものだ。

故国に遠く　異郷に遠く
さりとてさまでは離れてもない
立ち帰ってばかりの　いまいるところ
ここより遠く　よりこのここに近く

（「ここより遠く」三九）

四、染み

はざまを、ふたつのあいだの裂かれた隙間を表象する言葉として読むならば、外的形態を指す言葉に含まれた「文法の幻想」に捕らえられることだ。奈落のような壁と対面するところだと言うときすら、わたしたちはこの文法の幻想から抜けだすのは困難だ。ずれの空間としてのはざまは、そのような空間的形態として表象される物理的ないし地理的場所ではない。どこにいっても踏みしめることができず、どこにいっても視野が展けないところ、それは詩人が生きるところのどこにでもある。どこにいってもある。はざまを生きることとは、どこにいっても消えないそのずれを生きることだ。在日のはざまが「猪飼野」のような「在日朝鮮人」の居住地に留まるわけがない。東京も、大阪も、福岡も、遠く沖縄の那覇や北海道の札幌にいっても「在日」を生きる限り、かれが立っているところははざまだ。

それゆえはざまにおいての生は地理的な場所に集まって暮らすものたちの生き方以上に、日本という去りえない場所で在日を生きるものたちの生き方の特異性のようなものだと言わねばならない。金時鐘の詩「染み」(『化石の夏』)は、そのようなはざまを受けいれて生きる生の特異性を素晴らしく表現する言葉だ。日本人になることを拒絶したまま在日を生きる人は、どこにいっても結局は目立つであろう染みだ。曇りのない方たちや主流的な生き方の安定性をもった方たちに或る不快さや距離を感じさせ、それと同じくらい自分を取りかこむ人や環境に対して不利さや違和感を避けえない存在者、それが染みだ。

染みとは曇りのない全体を曇らしてしまう「汚れた」跡であり、なにかがあった痕跡だ。いや、もっと強く言うべきだ。染みははざまを生きる身体が、自分をねじまげる力によって、自分を取りかこむものたちと混じって流した血の跡である。そのように血のにじんだ生の痕跡だ。それゆえそれは或る過ぎた出来事の痕跡であったり、到来する出来事の徴候だ。兆しの印だ。人びとはいつもそれを消して曇りをなくそうとするが、おおよその場合染みは消しても消されない。あたかも自分の「汚さ」として、その位置を明確に表示して現わそうとするように。

染みは
きざしの符丁だ
ごこであろうと

にじんだが最後
明確な一点の意志となって座を占める

染みは
とりつくろわれることを好まない
それ自体汚点のような処遇には
染みそのもののいわれが同調しないのだ

染みは痕跡の圧縮された信念である
しみこんだ表象にだけ執着し
物乞いの改善をあざ笑って生きる
強調はかくも物言わぬものでもあるのである

（「染み」三二―二）

染みとして存在するということは、そのような不利さや「汚れ」、「散らかり」を消したり曇りがないかのように飾ることの反対へ向かうことだ。汚い痕跡を消すことは、自分の存在自体を消すべきものとして否定することだ。自らを消えるべき汚点として否定することだ。そのような否定は、染み自身の履歴が、つまり自分がそのように存在することになった理由に同調できない。「いままで一体どのように生きてきたのか！」。また自分に与えられた不利さを経済的ないし政治的なあれこれの「改善」を通して克服しようとすることも受けいれられない。「もういい！　このまま暮らす！」。そのような改善とは自分を不利で不便にさせた「尺度」や観点、あるいは地盤をそのまま受けいれたまま、その尺度に照らして自分にないものを少しばかり得ようとするという点で「物乞いの改善」だ。

詩人はむしろ言葉なしに、しかし決して消したり飾ったりしないまま、汚い姿をそのままに、そこにいようとする。「汚いって？ そうだよわたしはちょっと汚いよ」と、かれらの非難を笑って受けとるのだ。汚さを首肯して汚いものとして存在することを持続するのだ。「ここにこんな汚れたのがいるぞ！」と言って。汚い染みは汚した或るもののせいでつくられる。染みの存在は汚した或るものの存在をさらす兆しだ。染みとしての自分を首肯するとき、そのように自分の汚さをさらすことをもって、自分を汚したものの存在をさらすことになる。それが染みの力だ。染みが染みとして「そこに存在する」という事実自体から出てくる「存在論的」な力だ。汚されたものの存在それ自体がもつ力だ。だから曇りなきものになってはならない。消されてはならない。それは汚すものたちを見えなくする。汚したものたちに、その汚さを返してやらない限り、汚したものたちは自分が汚したことすら知らない。自分の汚さをさらして固執することとは、汚すものに対する抵抗であり、汚すことを阻止する摩擦だ。染みとして生きるという意志は、そのような出来事の痕跡が圧縮されて凝固され、つくられた信念だ。

だから染みは他人たちが得るためにする競争に従わない。他人たちが羨望する曇りのなさを望まない。かといって汚さを肯定するということが、たんに他人たちに反する否定性の価値を自分の尺度として据えることでもない。汚さを維持し固執するのは、汚さを自分の価値として追求するからではなく、かれらの汚さをさらす抵抗だ。そのように汚さをさらして抵抗することは、かれらがしばしば追求することとは異なる生を追求するからであり、曇りのなさ／汚さについて異なる価値尺度をもっているからだ。染みは汚さに固執するが、汚さに向かって進みはしない。汚さを固守するのは汚されたことよりもさらに汚いことである汚すことと対決し、それが瓦解したり除去されることを願うからだ。その汚すこととはかなり異なる、かといってかれらが曇りないと見なすことともかなり異なる生に向かっていくことだ。染みは汚すことにマイナスの符号を貼って反対方向へ向かわない。染みは自分なりの方向を持っている。汚さを持続し、自分の方向に向かうのだ。自分が志向する方向に向かって上昇していく。他人たちが上っていくとき、喜んで下へと降りていくが、そのようなやり方で自分自身の尺度にそって上っていき高調していく鍾乳石のように。

曇りなきことと汚さ、上昇と下降の他に見えるものがない目にとって、喜んで下りることを自負することは、かれらの上昇に反する下降にしか見えないだろう。下降する上昇、異なる上昇であることが見えないだろう。染みは、かのごとく狂ったように湧きあがっていくが、事実上固まって壊死していく街なかとは、かなり異なる感覚を持って生きる。また染みは正常性の規範や善悪を分かつ価値尺度から抜けでた存在者だ。染みの正常性を再発明し、善悪を超えた善悪の価値を再創造する。それゆえに鮮明な線という誘惑にも、悪という非難にも、なんら口出しせずそのまま染みであることを肯定し、そこに存在するだけだ。後悔や悔恨のようなものすらその沈黙のなかの持続の内に、言葉なき言語の底深くに沈む存在の重みを、生の強度をつくりだしているだけだ。

競り上がる家並でなら
さしずめ鍾乳のしたたりともなっていよう
ときに逆さに隆起し

街なかの壊死には痛覚すらも届かせない

染みは
規範にとりついた
異端である
善と悪の区分けにも自身を語らず
抉れない悔いを
言葉の奥底に沈めている

（「染み」一三二）

「染み」が汚いと見なされる立場まで首肯し、そのまま居着いて汚なさが存在することをさらし、自分が空間自体を汚さの空間へとなしてしまう存在方法であれば、「蛇」は、村が壊れ、心がひもじくて友が狂ってしまった日、机の隅でリストラを耐えねばならないとき、「ぎろつく眼《まなこ》はごこを見据えて／気配の何を赤い舌はまさぐる」（「山」五五）という鋭いずれの形象だ。「百千の蛇をかかえ／噛まれた大地の毒はないのか」（「山」五六）と山に問う孤独な存在者の形象だ。「化身」は染みや蛇という言葉で表現された生の特異性を別のやり方で見せてくれる。

かりに蛹から抜けきれなかった蝶がいたとして
小枝でそのまま乾いていくとしても
翅《はね》はしだいに半身《はんみ》のまま風となれ合っていき
あたりに飛翔を花粉のように引き散らしながら

葉うらのあわいでさらされているだろう
（「化身」二九）

蛹は蝶が成体へと成長する過程を込めた身体であるが、外からだけみれば塞がれた空間、止まった時間と似ている。きらびやかで自由な蝶と反対に、動くことすら難しい醜い身体をもっている。それゆえあたかも蝶を閉じこめた身体のように見えもする。「蝕まれてかかえる蘇生」（「くりごとえんえん」五二）の身体だ。そのような点でそれははざまというずれの空間と似た身体だ。そこから抜けだせない蝶は、はざまに「閉じこめられて」生きるものとかわらない。その塞がれた空間に閉じこめられたまま乾いてしまい風に混じってさらされるもの、格好よく飛んでみることもできないまま、なんでもないものとして消えていくもの、それはおそらくはざまに居着いて生きると述べたときの詩人自身の姿だと言えよう。

だから蝶のかけらは
もはや蝶であることを願おうとはしない
舞いも装いもすべては自ら手放してしまったものだ
揺れるがままにそこのところで在りつづけ
ただただ己れの入定《にゅうじょう》を見つづけようとする

威儀を正した標本の陳列からも
子どもがかざす捕虫網の情緒からさえも
飛翔の化身はかたくなに口をつぐみ

ひらすら蝶でありえたことでのみ干からびていくのだ
音ひとつ　ふるわせない
脱殻《ぬけがら》のまま

（「化身」二一九－二二〇）

そのように壊れて消えていくが、それは蝶であることを、格好よく孵化して自由に飛べる蝶であることとすら願わない。そのように夢も装いも置きすてて、ただ塞がった空間、止まった時間のなかで沈黙したまま座っている修行者のように、静かな入定に満足する。自分の脱殻すら脱ぎすてず、「脱殻のまま」。その脱殻のなかにあるのがなんであったのかを、執着して述べることをせず。蝶になり飛ぶことは成功しなかったとしても、蝶になりえたという事実だけで充分であり、そのように最善を尽くしたのなら充分なのだと満足しつつ乾いていく。

しかし止まっていることとは、たんに止まっていることだけではない。それは外部者の目にだけそう見えるだけだ。塞がった空間で動くことができないがゆえに、動きの力を内へと戻して得ることになる強度として、はざまでの生を凝固させているのだ。だれかに見せようとするのでもなく、成功で補償されようというのでもない自分の花を、秘密めいた花を咲かせているのだ。これはともすれば簡単に足を踏みしめて生きるものたち、簡単に得られるがゆえに皆が捕えられているありがちな目標にそって、視野に明確に入ってくるがゆえに追求することになる諸価値で満たされる夢を、たいそうな夢であると信じるものたちとは、かなり異なる夢を見ることだ。夢すら現実の延長となしてしまうものたちとは異なり、現実すら夢の延長として生きようとするのだ。いつも冷気の内で生きねばならないが、それゆえに逆に凍りついたような冷気すら穿って咲く花を咲かせようとするのだ。

涸れているのだ
夢にまで日常がはびこっては
目覚めるまでもない日々なのだ

いっそうのこと眠りなどかなぐり捨てて
夢は眼を見開いたまま見るとする
おもむろに脚が延び
触手のような白い根がその先から下りる
冬の罌粟《けし》だ

はりつめる冷気もものかは
闇を割いてうてなをかざし
夜より濃い花冠を夜更けに刻む

（「不眠」四八－九）

塞がれたところに生きねばならないならば、塞がれたまま動けないことを受けいれ、その位置で不動の生を生きる植物になって生きればよいのではないか。動きに必要であった脚を新しい感覚の触手へと取りかえ、自分の花を咲かせる別の様相の生を生きられるのではないか。このように詩人は、いまや植物になる。植物的生へと自分の体と心を移すのだ。冷気に勝り闇を割いて花を咲かせようとするが、それは他人に認められる成功を追求することでもなく、だれかに見せるためでもない。ともすればだれもが理解できずだれも注目しないであろう、ずれの空間のなかで新しく咲く花だ。ねじれの力を耐えて吸収して創発される新しい生の形象だ。はざま、そのずれの空間を生きる「わたし」の生のなかに形成された価値と感覚が、そのような生の一貫性を耐えてくれる身体と力が練り上げる花だ。そのようにして「わたし」を投げだして抱えこんだ生の真実性、それに対する自らの自負心を、この詩では「私の志操」と命名する。

誰に見られる花でもない花が開くのだ
遠い私の志操のなかで開くのだ
せめて無心に　ゆずり葉ほどの生ではありたいものを
主義も思想も　かたくなな意地も
モノクロームになお冴えるばかりだ

（「不眠」四九）

もちろんそれは新年を祝うときに使うゆずり葉ほどになってくれればという望み程度は持って育ち始めたであろうが、はざまのなかで咲いた花が光に満ちた世界のきらびやかさと簡単に調和するはずがない。それも花であるから花冠を持っているが、夜より濃い闇の花冠であろうし、世界のきらびやかさと対照される単色の花であろう。逆に言えば単色であるからはっきりする志操であろう。しかしきらびやかな色の饗宴のなかで、白黒のモノクロームを「色の不在」として評価し、それによって低い地位を与える世界のなかで、単色の志操を揺るぎなく固く堅持し自負することは、どれほど困難であろうか。

目を開けても闇である生を生きてきたがゆえに、闇を消してやってくる光をたんに新しい始まりを意味する「朝」と信じず、冷気に勝って花を咲かせてきたがゆえに。凍った根が喬木を育てたといっても驚かないが、モノクロームに褪せた生は頻繁に乾いた荒涼さとして、後悔じみた無為の空転として近づいてくるだろう。そういうときには見過ごした夢が、いつの間にか横に近づいてきてわたしを見ているであろうし、わたしの志操が咲かせた花はわたしのなかで揺らぎ、夜通しわたしのなかで反目していた声を伝えるだろう。「燐光」が、火が消えた後にも残る光の残像が、まじまじとわたしの目のなかでしばたいているだろう。

やはり涸れたのだ
夢を涸らしてそうして皺ったのが齢なのだ
だからこそ悔いは夜目にも白く青じんでいるのだ

もはや光が朝であるいわれは私にはない
凍てついた根がよしんば喬木を育てたとしても
私に不思議は蘇ってきはしない
夜っぴて風が駆け木木が声をかぎりとふりしぼっている
音もなくしべを散らして色ともつかない花が私のなかで揺れている

反目は寝もやらない燐光である
根方にくずおれて目をしばたいているのは他ならぬ私である
見すごした夢がまじまじと夜の芯でそれを見ている

（「不眠」四九－五〇）

志操の真実性とは揺らぎない堅固さだとか英雄的屈強さのようなものではない。そのような屈強さは、ずれを生きるものたちのものではなく、ずれたもののなかでひとつの「正義」を選択するものたちのものだ。悲劇的結末によってより一層英雄的なものになるようにする古典的な光の世界が照らしだす屈強さだ。影すら消しさる二重三重の照明がつくりだした幻想だ。実際英雄的な屈強さとは、そのようなものたちが辛うじて勝ちぬき、勝ちぬいた後にようやく得た落ち着きによって、力のかぎり消してしまい見えなくなった揺らぎの逆像ではないのか？はざまを生きるもの、ずれをずれたまま生きるものにとって、このような堅固さや屈強さほど似合わないものはない。かくもずれの存在を生きるものの真実性と距離があるものはない。

昔からの儒学者や植民地時代の民族志士、あるいは転向を拒否したまま政治的信念を固守する長期囚の志操と、絶えない動揺と怒り、後悔と悲しみ、反目の燐光のなかで堅持されるずれの志操は、決して同じではない。相反する力のなかの動揺、きらびやかさと比較され失墜するモノクロームの価値に対する懸念、つねに喰いこむことに馴れきったといえども決して忘れられないように反復して近づいてくる不安定で苦痛めいた生に対する嘆息、夢のなかですら消えず内面をかき乱すあのずれた世界の反目、このすべてのものによって眠りに至れない不眠の夜、これこそがずれを生きるものたちの「運命」のようなものだ。これがない「志操」とは固執した一貫性という点では似ているが、自分が知っているものに対して上辺の知識の堅固さや、自分の視野の外を見る術を知らないことに起因する思考の頑固さ、あるいは苦難にも屈しない信念の不動たる確固さのようなものに近いだろう。いずれもずれの空間を生きるものの真実性とは距離があると言うべきではないか？

たとえ「染み」としての自分の立場をあるがままに受けいれ、ついに蝶になりえないまま壊れていきながらも、蝶になろうとした「化身」の生を黙々と首肯しつつ、塞がった空間、止まった時間を凝固させるとき、それはたんに駱駝の忍耐や否定的抵抗ではなく、闇の花を咲かせる肯定だ。これはむしろその避けえないこの動揺と不眠の夜ゆえだ。そのあらゆる反目と動揺、後悔と不安を抱きかかえつつも、それに喰われることなくずれを生きぬく力、まさにそれがはざまにおいて、ずれの空間において鮮明なるモノクロームの新しい価値を想像する作用因(efficient effect)と言わねばならない。

不眠の夜、それは目を開けたまま夢見る夜だ。夢すら日常になった世のなかで、日常自体を夢へと取りかえる時間だ。それは止まった時間のなかを巡る時間だ。塞がった空間のなかで練りあげられる夢想的な世界だ。ともすればそれは不眠を食べて育つ絶望だといえるが、絶望すら忘れたままただひとつの夢を求めてひたすら上にのみ突きあがる壊死の街なかにそれすらないならば、いったいなんの希望があると言えようか。

五、化石

塞がっているがゆえに流れないもの、しかし突きあがって弾けでることを塞げないものがある。不眠の夜が重なり、集まり育つ鍾乳石のようなものがある。それは塞がっているのと同じだけ膨らんでいく巨大なごよめきであるが、叫んでも聞こえないので音になりえないごよめきであり、なんとか聞こえても十分に届かないがゆえに空回りするごよめきだ。それでも理由があるから、再び弾けでることを反復するごよめきだ。

このごよめきは凝固して硬い石になる。石に対して生命がないだとかなにも思わないだとか言うのは、石に対してなにも知らないから言えるのだ。言葉になりえない音、弾けでるごよめきを、内側で朽ちさせ凝固させてみた人であれば知る。「石とても思いのなかでは夢を見る」(「化石の夏」三四)ということを。石とは凝固した夢であり、集積されたごよめきであり、凝結した生であることを。それは石になり投げられて、石になりぶつかったが、はかなく砕けてしまった、散った歳月の小さなかけらだ。だからであろう。『化石の夏』の詩全体を連結して束ねる詩「化石の夏」は、石のなかにある心とわたしの心のなかにある石の対称性を通して、自分を石と重ねつつ、始まる。

石とても思いのなかでは夢を見る。
事実ぼくの胸の奥には
はじけた夏のあのごよめきが
雲母のかけらのようにしこっている。
石となった意志の砕けた年月だ。

(「化石の夏」三四)

化石とは塞がったところで重ねられて集まったものたちが凝固してつくられた石だ。抑えられ圧縮された信念であり、弾けて叫んだ出来事の痕跡であり、語ることのできないものたちが凝結した固まりであり、目を開けたまま見る夢の集積だ。はかなく倒れたいくつもの望みが隠れたように刻まれた生の記録だ。飛んでいた鳥の飛翔が石のなかに残ったのも、巨大なマンモスが素晴らしい牙のあいだで口を開いたまま石になったのも、すべてそうではないのか。それは塞がったところに閉じこめられ、地層の重みを受けとって凝固したものであるが、それがなかったならば、オパビニアのように五つの目を持った動物がいたことを、数多くの動物たちが出現したカンブリア紀の大爆発があったことを、五度にわたる絶滅があったことをどうして知ることができただろうか。石とても思いのなかで夢を見るといい、自分の思いのなかの深いところに石があると書いた詩句が、羊歯植物や昆虫の化石へと至るのはこれゆえだ。

羊歯が陰刻を刻んだのは
石にかかえられた古生代のことだ
軍事境界とかのくびれた地層では
今もって羊歯が太古さながら絡んでいる。
見る夢までが　そこでは
化石のなかの昆虫のように眠っている。

（「化石の夏」二四－五）

止まった時間の永遠性のようなものがもしあるならば、プラトンが夢見たイデアの世界ではなく、むしろ石として凝固したこの止まった時間のなかにあると言うべきだ。それはギリシャ人たちが夢見た英雄たちの不滅の偉業ではなく、ひょっとすればあの遠くに一本黙々と立ちつくす木、塞がった空間を赤く染めつつ落ちる夕日を惜しむ人びとの静かな出会いのようなものに、より近くあると言わねばならない。「化石の夏」の第二連の前半部だ。

もっとも遠くで立ちつくす一本の木に

一日は音もなく尾を引いて消えていった。
鳥が永遠の飛翔を化石に変えた日も
そのように暮れて包まれたのだ。
何万日もの陽の陰で
出会えない手があたら夕日を国訛りでかざし
口ごもる者の背後で
海は空とひっそり出会った。

（「化石の夏」三五－六）

それゆえに詩人は弾けでたごよめきを虚空に散る無駄な叫びに変えるよりは、むしろ胸のなかに、塞がった空間に閉じこめられた自分の胸中に埋めておこうとする。小さくて、とるにたらないように見える雲母のかけらとして残しておこうとする。そのように砕けた年月を、砕けたまま止まった時間のなかに込めておこうとする。相反する力、反目する意志と信念が衝突し交差して絡まるずれの生であったがゆえに畢竟その反目を越えてみようとしただろう。反目が消えた静かな入滅の時間を夢見て生きたであろう。その反目が消ええないとしても、薄れて透けていくものを夢見ただろう。しかしそれは決して成功できなかったであろうし、そのように多くの時間が塞がった空間の止まった時間のなかに込められることになったがゆえに、おそらく絶望したり諦念したりすることになったであろう。その諦念もまた、いやまさにその諦念こそが石になって凝固したであろう。しかし塞がった空間、ずれを離れえない生の場所へとなさしめようとしたならば、弾けでるごよめきをきっと重ねたであろうし、理由があれば再びそのごよめきを反復することになるだろう。それゆえ真っ黒な諦念のなかにもごよめきを反復させた望みは、決して消滅しないまま、かなり小さな火種のように残っているだろう。

もはや滅入の時をわれらは持たない。
一切の反目が火と燃えて
うすべに色にうすれる闇のしずもりをわれらが知らない。
くろぐろとあきらめは石に帰り
石にこそ願いは
ひとひらの花弁のように込もらねばならぬのだ。

（「化石の夏」三六）

石になった年月、雲母のかけらとして残るごよめきが詩になりえたのは、真っ黒な諦念のなかに閉じこめられた一枚の花弁のようなこの小さな望みがあったからだ。諦念が諦念であるだけならば、それを強いて残そうとする理由もなく、詩として書く理由もないであろう。わたしの胸中に石になったごよめきがあると、石になった意志が、砕かれた歳月があると言わなかったであろう。化石になった一枚の花弁のように、とるにたらないものであるが、まさにそれがそのはかないごよめきや諦念へと帰着したゆとりなき生を記録させたのであり、残させたのだ。それがひとりひそかに胸のきららのかけらを石として埋めに行く理由だ。

思い至れば星とて石の仮象にすぎないもの。
火口湖のように降り立った空の深みへ
ひとりひそかに胸のきららを埋めに行く。

（「化石の夏」三六）

皆は光る星を求めて天へと天へと上っていこうとするが、太陽系の星がそうであるように、星とはじっさい石に反射した光が作りだした仮想ではないのか。しかしこの素晴らしい反転の言葉を、石を光の隠れた真実にして、光の真実を知らせようとする言葉として読むことはできない。星が象徴する容易い希望や光を求めて上っていくありふれた欲望の虚しさを知らせようとするのでもない。それはどこにも届きえないいま石になったものたちこそが、本当に生きるべき生であることを遥かかなたに自負する言葉だ。小さな望みを最後まで消してしまわないならば、真っ黒な石になった諦念すらも、諦念へと帰着したごよめきすらも、生を賭ける値があったことを、遠回りに自負する言葉だ。それゆえかれはともすれば絶望と言うかもしれないその雲母のかけらを、天の奥深くに、一人埋めにいく。だれかが知ってくれることを望んだのでもなかったので、ただ深く、石の奥深く、心の奥深く、一人で埋めにいく。それでも一枚の花弁として残しておいた望みがあるがゆえに、決して捨てられないものがあるがゆえに、埋めておこうとするのだ。深く、その深さと同じほど大事に。いつか、化石になるほど長い地質学的時間が流れた後に、ひょっとしてだれか風のように渡っていく際に聞きとる者がいるかもしれないという遥かなる希望によって。そのように渡る風に乗って陰る季節、諦念に囲われた小さな望みが染みていくことを、その遥かな時間を待つと言いながら。化石のなかの昆虫のように眠っている小さな夢によって。

その石にも渡る風は渡るのである。
そうしてある日　それこそ不意に

炭化した種が芽吹いたオオオニバスのそよぎとなって
積年の沈黙をひと雫の声に変える風ともなるのである。
かげる季節は　だからこそ
風のなかでだけにじんでゆくのだ。

（「化石の夏」三五）

石へと、化石へと凝固すること、それはかれの生であるが、また詩人自身であるとも言うべきだ。思いのなかでは夢見る石と、胸中に石を抱く詩人は、明らかに詩的同形性をもっている。この詩の最初の行に出てくる夢見る石は、この詩の最後に出てくる詩人、雲母《きらら》を埋めにいく詩人自身だ。詩を開く、そのように埋めて凝固した石は詩を閉じる、石になった詩人と繋がり、詩全体がひとつの円環を形成する。ごよめきが石になり、石のなかの望みが風を引きよせ、その石のごよめきが渡っていく風に乗って染みていき、そのように染みていったものを聞きとって感染し、感染した者たちが再びごよめきの願いを食べ、それが再び真っ黒な石になり、そして再びその石に風が渡り……。円環的反復の過程が、化石になった詩人とごよめきのかけらを込めた石が、とりあった手を回路にして、ゆっくり循環の流れを完成する。
しかしこの円環をただ無駄に同じ位置を巡っている閉じこめられたハムスターの運動みたいなものだと考えるならば、大きな誤算だ。反復され再帰するものが諦念であったとしても、それは同じ諦念であるわけがなく、その諦念のなかに残る一枚の花弁のような望みもまた、同じ願いであるわけがない。石になり凝固されることを反復するごよめきであり生であるが、そのごよめきや生が同じものであるわけがない。真っ黒に凝固した諦念であるにもかかわらず、耳を傾けるようになり、そのなかに隠れた望みを読みとるようになり、そこに感染して石になる過程を始めることは、むしろ諦念として帰着したとしても、それをやるのだという意志、それゆえすでに最初から「じゃあ、もう一度！」の反復を含む意志だ。永遠の失敗すら新しい始まりの永遠性を意味するものとして首肯する意志だ。ずれの空間が産出する、いつも異なってまとわりついてくる相反する不和の力を、止めることのできない反復の理由にする肯定の霊魂を、わたしたちはそこで見る。

第七章

錆びる風景とずれの時間

『失くした季節』における「ときならぬ時間」の総合

一、ずれた時間からずれの時間へ

金時鐘ははざま、そのずれの空間をずれたまま生きる。同時にその塞がった空間で止まった時間を生きる。金時鐘にとって止まった時間を生きることは「傷」のような止まってしまった過去の記憶に捉えられて生きることでもなく、止まった過去のごこかの時点で得た感覚や考えのなかに留まって生きることでもない。それは止まった時間を通して通常の時間と異なる時間を生きることだ。止まった時間を通して、自分を取りかこむ世間――諸世界――の時間と異なる時間を、異なる速度、異なるリズムの時間を生きることだ。ずれの空間のなかでつくられる「ずれの時間」を。

ずれの時間とは、世のなかに溢れかえる時間、世のなかのごこでも簡単に同時性を持ってやりとりされる時間、支配的な流れを形成する時間、そのような点で「時代精神（Zeitgeist）」を自負する時間とは異なる時間だ。これはその時間の流れの真っただなかにあるが、その時間とかけ離れた時間だ。ニーチェ的に言いかえれば、それは「ときならぬ（untimely）」時間、「反時代的（unzeitlich）」時間だ。世のなかに溢れかえる時間とは「時代精神」という言葉が、文法の幻想を通して簡単に表象させる、ある大げさな時間ではない。それはともすれば流れていく時間、溢れかえる時間であることを意識できないまま流れていく時間であり、意識できないほど慣れきっていて、たんに自明であることの感覚を形成する時間だ。時代が共有したその慣れと自明さの感覚を通して通常の生を形成する時間だ。それは日常の時間であり、日常の生を支配する時間であり、日常のなかへ流れてしまう時間だ。「ときならぬ時間」はその日常に混じりあえない時間であり、その日常のなかで自明さや平穏さのかわりに違和感や不便さを感じさせる時間だ。それゆえに「時代」という言葉で包囲してくる生き方に反する言葉と行いを触発する時間であり、そのような時代感覚から離脱してしまう感覚へと導く時間だ。

止まった時間はそれが世界時間にそって流れていくことを拒否して止まっているという点で、「時代精神」から離脱して「ときならぬ」時間へとずれの時間を押しすすめる。とりわけ金時鐘の場合「ときならぬ時間」、反時代的時間は、止まったまま褪せてしまった時間の頑固な力を通して誕生する。しかしそれは止まった時間においてしばしば表象される傷（トラウマ）や症状的時間ではない。症状的時間とは止まった時間を通してずれの時間を構成する新しい総合ではなく、傷へと戻り、傷に貼りつかせる時間だ。それはフロイトの患者たちのように過去の傷に「固着」し、症状的な生を生きさせる。その反面、ずれの時間とは止まった時間を通して現在を「時代精神」とは異なって織りなさせる時間であり、現働の支配的な生から離脱した「異なる生」の時間だ。

ずれの時間は複数のずれた時間が混じって生成される新しい時間だ。ずれの時間を生きるということは、その相異なる諸時間のあいだで生成される異なる種類の生を生きることだ。ずれが存在するところ、はざまと命名される空間へ押しこまれていくことは自分の意志によるものではないが、その空間でずれの時間を生きることは自分の意志によるものだ。それは身体に掘りはいってねじる力を受けとって「自己化」しようとする、自分の生へと受けいれ肯定しようとする強い意志がなくしては不可能だ。それゆえはざまに押しこまれた者たちは多いが、そこでずれの時間を生きる者は稀だ。その逆にずれたもののどれかひとつを選択したり、ずれを嘆き、身体をねじる力に怒り、そのような生のなかに押しこんだ時間――「歴史」――を怨み、怨恨の感情を反射させてなじったり攻撃したりする否定的な力で表出する道はいかに広大なのか……。

「在日」という条件を、生存条件の上の欠如や祖国からの隔離という否定性ではなく、新しい生の可能条件として受けいれるということ、在日の日本語を拙い日本語や「チョッパリ朝鮮語」ではなく、新しい言語感覚の生成条件として受けいれるということ、それゆえ「日本語に対する復讐」すら日本語にないものを創造し、日本語に返してやることとして思惟できる驚くべき肯定の精神は、それゆえにより一層稀なのだ。これは絶対に簡単でなかっただろう。自分を拒絶する生存の拠りごころよりも、自分と相いれない「祖国」よりも、かといって未来の時間を任せることのできないもうひとつの「祖国」よりも、さらに苦痛であったのは、おそらく自分とともに世のなかを変えようとして、詩行を書き運動をしてきた仲間たちから受けねばならなかった非難であっただろう。「裏切り」の汚名を甘受しつつ、かれらと日本、かれらと韓国のあいだで、どこにも寄りかからないまま、身体をねじるあのいくつもの力を耐えぬくということは、いかに大変なことか。「考えてみれば本当に狂うことなくよく生きて来たなと思います」。どこで見たのかは忘れることができても、その言葉だけは決して忘れることのできない詩行だ。

金時鐘にとって止まった時間を生きることとは傷に捕えられた者の受動的選択ではなく、日常の時間に留まることのできない者の能動的な選択だ。開かれた大地の諸領土をあちこち移りゆく者の水平的選択ではなく、諦念すら失くしてしまうほど最後まで降りてみたり、一片の望みすら危うくなるほど最後まで昇ってみようとする者の垂直的選択だ。「不眠」(『化石の夏』)に見えるように、夢すら日常になってしまった世界を去って、日常自体を夢へと、「異なる生」の可能性を「全身」で問う問いの場へと変えてしまおうとする積極的選択だ。たとえそこで咲くことが「誰に見られる花でもない花」の「夜より濃い花冠」(「不眠」『化石の夏』四九)であったとしても。

このようなやり方の、夢にじっさいに到達する道はきっとないのだ。ともすれば多くの時間が過ぎ、齢を重ねても、多少なりとも近づいたと思うことすらしがたいだろう。だからその苦労する日々を不可能に見える夢に賭けて生きて来た生が、後悔として近づいてくるときがごうしてないと言えようか。そういうときごとに悔恨の時間がやってくるだろう。だからといって、日常の時間のなかに、簡単に流れていく時間のなかに帰れないことは、ずれをずれとして生きる者の「運命」のようなものだ。この不可能な夢もまた後悔のなかに流してやろうとするが、あるいは流してやったと思うが、止まった時間のように流れないままそこに残って、そのような自分をまじまじと見ている。目から消してしまっても消されないまま生き残って、その目を見つめている反-目の夢だ。はざまを取り囲む反目以上に、わたしを寝かせない「反目」の燐光だ。流れる時間と妥協できず、ときならぬ時間、反時代的時間を生きさせる止まった時間だ。

止まった時間を生きることはそれを現働の時間のなかへ呼びよせることだ。ずれの時間を構成する時間の総合のなかに呼びよせることだ。それをもってわたしたちは止まった時間を生きる。それが十分に出来事にならしめるやり方で生きる。金時鐘にとって止まった時間は流れる時間から抜けだす褪せる時間であるが、そうであるほどに、現働の鮮やかな時間と対比されるものとして残っていくはっきりとする時間だ。かれはそれが時間の流れにそって消えてしまわないように石へと、化石へと凝固させておこうとする。自分の胸中に雲母のかけらとして埋めておこうとする。乾いていく夢に時々後悔が夜通し白く咲きもするが、にもかかわらずそのように止まった時間のなかで生きることを祝福だというのはこれゆえだ。たんすのなかに、机の上に積もった止まった時間の下で眠っているものが、自分の祝福だというのはこれゆえだ。

朽ち葉に憩う大地のように
うず堆《たか》い賀状の底で眠っているのは私の祝福だ
押しやられてひそんだ母語であり
置いてきた言葉へのひそかな私の回帰でもある

凍《い》てついた木肌の熱い息吹きは
とうていあぶく言葉では語れない

（「祝福」『化石の夏』七七）

二、帰る、止まった時間のなかに

この止まった時間の封印を解いて流れる時間と再び出会わせようとする、決して小さいといえないある転換のようなものがうかがえる詩が『化石の夏』の終盤にひとつ登場する。「帰る」がそれだ。この詩の前半部は止まったこと、わたしから逃げたが消えないいまま遠景になってぶらさがっているものについて書く。そのように止まった時間が、自分が置きざりにして去らねばならなかった故郷、それゆえに去るときの、その記憶に止まっていたそこに、そのまま褪せているであろうと。

風土すら時節とやらにはなびいていくのか
日がなごよもすあの松籟《まつかせ》でさえ城隍堂《ほこら》ではもはやささやきもしない
私から逃げを打った歳月は
それでも遠景となってぶらさがったままだが
それを承知で望郷をうずかせてみせる私のようにだ
そうしてすべては眺める位置でうすれていったのだ

やはり出掛けなくては
もつれたままの黄ばんだ記憶も
あるいは今もそれはそのままそこのところで褪せているのかも知れぬ

（「帰る」『化石の夏』七二―三）

そのように止まった時間のなかで褪せているのは、知ってのとおり四・三蜂起時の状況だ。米軍政と李承晩政権の抑圧によって苦痛を受けた者たちがしわがれた風になって山のなかへと、森のなかへと入っていき、そのひそめた呼吸に向かって軍隊と警察が注いだ無残な攻撃が人びとをなぎ倒したが、そうされた話すら語ることができず空中に散ってしまった記憶。しかし歳月は、無心に流れる時間は、そのすべてを、そのとてつもない喪失の時間／時代を痕跡もなく運び去ってしまった。

森はしわがれた風の海だった
ひそめた息におおいかぶさっては
機銃が薙《な》いだ広場のあの叫喚まで吹き散らして
時代はあとかたもなくそのおびただしい喪失を運び去っていた
年月が年月に見放されていくように
時代もまた時代を省みはしないのだ

（「帰る」『化石の夏』七三）

だから無心に流れていく時間をどうしてそのまま首肯できるというのか。その喪失の時間、散っていく記憶をなんとか捕まえて去っていかないように凝固させておこうとしただろう。逃げた歳月をひとかけら捕まえて風景になり、しかし行ってみることもできない国境の向こう側の故郷の、遠く遠い風景になって残して置いたのだろう。わたしと目が合ったなら、わたしをそこへ呼ぶ望郷の情念になってやってきただろう。そういうときごとに心懸かりだっただろう。

はるかな時空の置き去った郷土よ
残った何が私にあって帰れる何がそこにあるのか

さんざしはまだ井戸のほとりで実をつけていて
撃ち抜かれた押し戸はどの誰がどのように繕い
どこぞの盛り土の中で　父、母はその泥けた骨を傷《いた》めているのか
手筈のない陰画の　影の白さよ

（「帰る」『化石の夏』七三―四）

行けないがゆえにより大きな力で私を呼んだであろうし、確認でないがゆえにより強力な残照になって残っただろう。その強い力は、ずれた空間の片側の大気を満たし、わたしの身体を絞める力になっただろう。決してそのまま送りやることができない記憶であり、決して簡単に忘れることのできない風景であっただろう。その止まった時間が詩人が生きねばならなかった時間に葛のように絡まりこんでいただろう。そのまま流れるままに従えなくしただろう。そしてまさにそれが、「共和国」に対する支持を早々と畳んだにもかかわらず、南北の敵対を迂回して故郷へ簡単に帰ることのできる選択肢を、頑固に拒絶させたのであろう。

だがこの詩は、このような選択の転換点で書かれただろう。一九九八年、金時鐘は金大中政権になるなかで初めて韓国を訪問したが、この詩集は一九九八年に刊行されたものなので、その転換の時間がこの詩集のなかに込められているといえよう。おそらく金大中政権になってから韓国訪問を提案されたであろうし、その提案に対して苦心するなかで「帰る」という題名で詩を書いたであろう。朴正煕や全斗煥のような軍事政権ではないが、一九八七年の市民抗争の勝利〔民主化革命〕があったといえども、その後の盧泰愚政権もまた以前とべつだん変わることがなく、その後の金泳三政権は盧泰愚政権の与党に加わって執権したものであったから、かれらが手を差しだしたとしても、かの強烈な止まった時間、反時代的時間を生きていた詩人が、

それを受けいれることは難しかったに違いない。個人的に聞いた話であるが、帰郷を提案したのが金大中政権であったがゆえに、ようやく行ってみようと思えたという。金大中は一九七〇年の大統領選挙に出馬して以来、朴正熙政権の逼迫を受け、社会運動とともに闘争して亡命と拉致を経て、光州事態の黒幕として「内乱陰謀」の嫌疑で死刑宣告すらされた人物であり、単なる一人の「大統領」だけではなかっただろう。それゆえ苦心したであろうし、苦心の果てに書いたのだろう。「帰る」と、その止まった時間の場所へ帰ってみようと。

ともあれ　戻ってみるのだ
絶えて久しいわが家にも
垣根の菊ぐらい種を継いでこぼれていよう

一生を空き家にした閂《かんぬき》を外し
うごかぬ窓をなだめてこじれば
閉ざした夜の一角もくずれて
私にも季節は風を染めて届くだろう
すべてがらんごうの歳月の檻で
降りつもっているのが積もりつもった理由であることもわかるだろう

すべてが拒まれ裂かれていった
白昼夢の終りのその初めから

思わしい過去などあろうはずもない
狎れてなじんだ在日の居つくだけの自足から
異邦人の私が私を脱けて
行きつく国の対立のあわいを遡《さかのぼ》ってくるとする

（「帰る」『化石の夏』七四－五）

止まった時間のなかに入るということは、そのように止まらせてしまう時間と、あらゆるものを連れて流れてしまう時間と「和解」することだ。いや「和解」まではなくとも、これまでと異なるやり方で出会うことを意味する。止まった時間と流れる時間の異なる関係が始まるのだ。空き家の門を開き、じっと閉ざしてあった窓を開けば、周囲と切断されていたその閉ざされた空間の風が、季節を乗せた風が吹いてくるだろう。そうしてそこに閉じこめられたままその空間を守っていた闇も、光の世界との妥協を拒絶したままそのなかに居座っていた夜の片隅も、少しづつ崩れて季節の風に乗って流れていけるようになるだろう。

しかしそれが凍結した記憶をなかったもののように飛ばして、止まった時間の過去を現働の流れる時間のなかに、たんに散らしてしまうものになりはしない。あらゆることを拒否されて裂かれてしまった夢が、ただなかったことになっても構わないそのような関係の「始まり」、そのような帰ることの始まりのようなものはありえない。そうしても構わない「思わしい過去などあろうはずもない」。だから「和解」という言葉は、あまりにも言いやすい言葉であり、あまりにも誤解されやすい言葉だ。これを心配したからなのか、この詩人は詩集をこの詩で終えず、すぐ後ろに「朽ち葉に憩う大地のように」（「祝福」『化石の夏』七七）積もった年賀状の下の眠る自分の時間を祝福だという、先に引用した詩「祝福」を配置する。その次にある『化石の夏』の最後の詩「この朝に」もそうだ。「そおっと窓をあけ／重い足どりの新年を迎え」（『化石の夏』八〇）ると述べつつ、「しじまの底のあの声ともない声の息継ぎ」（『化石の夏』八一）のために祈祷するという。

それでも「帰る」という。であるならばその帰ることとはどこへ帰ることなのか？　なにを始めるのか？　分からない。分からないが、それでも帰ってみようと詩人は考える。その頑固な拒絶もまた、ともすれば飼いならされて親しくなった在日に居つく自足ではないかという問いのなかで、どうせ故郷に対して異邦人になってしまった「わたし」が、帰郷を塞いだ南と北の対立を横切り、止まった時間のなかへと入ってみようとする。先を知りえない時間、新しい時間のなかへ入ってみようとするのだ。止まった時間、閉じられ塞がれた空っぽの空間であるが、人の痕跡の途絶えたそこで、垣根の菊程度は季節の風にそって咲いていて散っていたはずだ。そこにも流れる時間は行き来して流れていったはずだ。そのように流れる季節の時間を、塞がれた壁を越えて止まった時間のなかに呼びよせようとするのだろう。

三、季節の時間のなか

一九九八年に出版された『化石の夏』の十二年後、二〇一〇年に金時鐘は詩集『失くした季節』を刊行する。詩集あとがきに「金時鐘抒情詩集」と副題をつけようとしたが気はずかしくてやめたと述べ、自分の心情を込めて自然を賛美する日本の自然主義的抒情との距離を、換言すると「金時鐘四時詩集」という副題は季節の形態で表現される「自然主義的」抒情へとわたしたちを再び呼びよせるようだ。「日本的抒情感からよく私は脱しえたか、どうか」(1)に対する意見を求めるのは、日本的情感と異なる抒情詩を書こうとしたように思わせる。また別の自然主義的抒情？　かれは自分が去ったところの付近に帰ろうとしているのか？

しかしかれが「四時」という副題で季節に対する詩集を出したのは、先に述べた時間に対する問題意識のなかで理解せねばならないという考えからだ。かれは抒情詩へ帰ろうとするのではなく、あの止まった時間のなかに帰ろうとしたと見なければならないのだ。門の閂を開き、固く閉じられた窓を開き、季節の時間を、その閉ざされた空間のなかに呼びこもうとした「帰る」における転換が、流れていく時間としての季節の時間に対して再び考えさせたのではなかったか。止まった時間のなかに帰るのだという考えのなかで、忘れられないことすら乗せていき虚空に散らせてしまう、そのように止まった時間のなかに乗せようとしたがゆえに、逆にそのように流れていく時間、季節の時間に対して再び思惟させるようになったがゆえに、そのような「時間」について書くことになったのではないかと思われる。でありながらも、それがたんに季節ではなく「失くした」季節なのは、流れる時間と出会うことになったが、たんに流れていく時間としては出会うことができなかったがゆえに、逆に「自然の」時間、「自然主義的」時間とも異なるものとして出会うことになったという意味ではないか？　要するにかれは『失くした季節』を通して幼いころの自分の情感をなしていたものと異なる、もうひとつの自然主義的抒情へと帰ろうとしたのではなく、止まった時間と異なる関係のなかに入った季節の時間へと、その失くした季節の時間へと帰ろうとするのだ。このような点で『失くした季節』は時間についての詩集であり、ここで読まねばならないのは時間に対するかれの思惟であると、わたしは信じる。

まず『化石の夏』の「帰る」において詩人がためらいがちに投げかけた思いに呼応して答

える詩を読むことから始めるべきだろう。『失くした季節』の秋編の最後の詩である「夏のあと」がそれだ。この詩は大きくふたつの部分に分かれる。前半部は風のように過ぎてしまう季節の時間のなかで、まだ消えていないまま待っている「だれか」に対して、その待つことを逃してしまわないようにする不眠の「疲しい半生」について書く。

冬がくる。
きまってくるおまえに　ついに知る。
夏はやはり白昼夢だったと。
またも浮かれて春は来て
そうして一年が六十年にもなったのだと。

夜来の雨にすっかりすけてしまった
柿の葉のかすかな放電。

わが尽きない夢の大地を
喊声《かんせい》は街の角を曲がったまま消えてしまい
渡ってくる風にも気配ひとつ伝わってはこない。

待とうと待つまいと
おまえは来て過ぎてゆく。

待つ当てがないときもおまえは来て
長く居座る。

待ち侘びる誰がまだ
今もそこで生きていることやら。
疼《うず》くことさえ薄れてしまった
あの　夕日ばかりが美しい国で。

夜が深まっていくのは
星たちも感慨に耽《ふけ》りだすからだ。
私が時に夜空に食い入っているのも
疚《やま》しい半生が夜半ともなれば目をしばたくからだ。

（「夏のあと」『失くした季節』一三六―八
〔『失くした季節』からの引用頁数は『金時鐘コレクション』Ⅳ、藤原書店、二〇二四による〕）

後半部はこのように生きてきた六十年についてのものだ。ここでわたしたちは詩人が半生、いやこれまでの生を一貫して押しすすめて来たものに対する思考の転換を見る。これまでの不幸はすべて外部からきたものであったが、それに対する正義を自負し他者をその尺度にそって「断定」してしまったこと、その立場に余白を提供していた「寛容」すら自分の優越を見せつけることだといって、逆に「はにかみ」と「謙虚」を述べ「譲歩」を述べる。「ついに知った愚かな私の六十年」について述べる。

六十年この方
私に不幸は、いや私にまつわる同胞《はらから》の不運は
すべてが外からもたらされるものだった。
他者を断じて　この己れが正義だった。

寛容さとはつまるところ
優位な己れのひけらかしだ。
誠実とても　謙虚な自分がまずあってのものだ。
そうとも、忘れていたのだ。
含羞《はにかみ》は慎ましいわが同族の古来からの花だった。

主義を先立て主義に浸《ひた》って
なにかと呑んでは時節に怒《いか》って
あゝなんという埋没。
とうに蘇ったはずの国が
今もって暗いのは私のせいだ。
遠い喊声《かんせい》を漫然と待っている
私の奥の夏のかげりだ。

きまってくる冬がくる。
殊更に待つべき春の冬がくる。
待って過ごして　またもうだって
誰かがふっと周りから消えて

それでも待っている人々の国よ。
謙虚でなければ耐えることだってできぬのだ。
呆けず腐らず淫《みだ》らにならず
素朴にいとおしんで先を譲ろう。
ついに知った　愚かな私の六十年だ。

（「夏のあと」一三八−四〇）

この詩を見れば、止まった時間のなかへ帰るという決心は、たんに政治的条件の変化によって行けなくなった「そこ」に行ってみようという実用的判断や生の空間的外延を変える表面的なものではなく、この間生きてきた自分の生を根本から考えなおそうとした、根本的な「内面的」転換に見える。自分を拒絶する者たち、自分が拒絶しようとする者たちともまれながら生きるために、固執のように堅持してきたものが「埋没」であったことを自覚し、はにかみと謙虚、譲歩のような徳目を書いたことに対して、容易い「放棄」や「転向」だと言うならば、自分が知っていることの他に別のだれかを理解できる目がないと言うべきであり、頑固な志操の他には「良い」生に対してなにも知らないと言わねばならない。詩を文よりも生として理解し、詩を生きようとした詩人が[2]、このように詩を書いた時、このような転換の真正性を、私たちはもう少し真摯に考えねばならない。夏、解放ならぬ深淵として詩人を覆った季節であり、その後も繰りかえし弾けでた無数の喚声とごよめきの時間を、止まった時間を、詩人は〔夏の〕「あと」という言葉で、風に乗せて送ろうとするのだろうか？　とうとうそうできるようになったのか？

　しかし金時鐘にとって「風」とは無心に流れてしまうものであるが、同時に輓章や旗をはためかせるものであり（『光州詩片』）、化石のなかに入りこんだ真っ黒な諦念を世のなかに乗せてやるもの（『化石の夏』）であることを知るならば、風の時間に乗せれて送るこの詩の伝言を、単純に「これからあれへ」という択一の選択肢として理解してはならない。それは、ともすればはざまの生を耐えさせてくれた自分の固執がその対価として支払わねばならなかった、世のなかに対する固形化した像を再び見ることになった、また別の「距離」が、かれの思惟のなかに入りこんだものではないか？　「遠い喊声《かんせい》を漫然と待っている」（「夏のあと」一三九）生に、液体的柔軟性と可変性の余白を呼びよせる詩も同じものではないか？　「狎れてなじんだ在日の居つくだけの自足」（「帰る」『化石の夏』七五）から抜けだし、固定された境界線を抜けだして横断できる余裕とは、老化――これは硬化と個体化を伴う――による無力な思惟ではなく、受容できる異質性の幅が増加する能力（capacity）――これは液体的柔軟性と隣りあっている――と繋がっているものであるからだ。しかしもっとゆっくり進もう。どれが真実なのかは、かれが『失くした季節』において、時間と季節に対して開く詩的思惟を見てから判断するのがよいだろうからだ。

四、止まった時間の出口

表面的には画然と見えるこのような転換を見て、金時鐘が簡単に「止まった時間から流れる時間へ」越えていく姿を想像したならば、かれをあまりにも知らないのであり、詩をあまりにも知らないことだと言える。その反対にかれは、季節の時間、自然の時間のなかですら、この間自分が浸っていたような沈黙の時間、ともすれば静寂のなかに閉じこめられて止まったと言うべき深さの時間が存在することを、見る。『失くした季節』の最初の詩である「村」がまさにそれだ。

自然は安らぐ
といった君の言葉は改めなくてはならない。
しずけさに埋もれたことのある人なら
いかに重いものが自然であるかを知っている。
ナイルの照り返しに干からびながらも
なお黙りこくっているスフィンクスのように
それは誰にも押しのけようがない
深い憂愁となってのしかかっている。
取り付いた静寂には自然とても虜《とりこ》なのだ。
〔……〕
喧噪に明け暮れた人になら

知っているのだ静寂の境がいかに遠いかを。
一直線になぜ蜥蜴《とかげ》が塀をよじり
蟬がなぜ千年の耳鳴りをひびかせているかも。
出払った村で
いよいよ静寂は闇より深いのだ。

（「村」八六―七）

この詩で詩人は、自然へと「帰るのだ」という人びとのありふれた通念、つまり「自然は安らぐ」だとか「自然は美しい」という通念のなかの自然には帰らない。むしろその反対側へと行く。沈黙のなかに沈んで生きねばならなかった生をよく知っているがゆえに、かれは静寂のなかに存在するものたちの憂愁や孤独をよく知る。「居着こうにも居着けなかった人と／そこでしかつなぎようがない命との間」（「村」八七）、つまりはざまと命名したそこの生を生きた人にとっては、自然の寡黙さすら光があっても届いてこない影やはざまのなかに宿るものであると知る。詩にはないが、生きる場を失って人が建てた塀を這う蜥蜴や千年の沈黙を生きる蟬を口実にして想像を付けくわえるならば、そこの、自然なくしてはつなぎようのない命であるが、生きたくても生きられなくなってしまたものたち、それゆえ絶滅の宿命を抜けだしえないものたちの沈黙がまさにそれだ。

すぐ次の詩「空」で、詩人は遥かなる静寂と沈黙を、遥かなままに置いておこうという。背を向けた歳月、止まった時間はそのように遥かでいいのだと、そのように止まった時間の沈黙のなかに沈んでいて、しかし流れてしまわずにむしろ生の方向を据えさせてくれた古き里程標すら、そのまま置いておこうという。だから「ついに知った　愚かな私の六十年」（「夏のあと」

一四〇）という言葉すら簡単に「方向転換」に繋げるならば、かなり軽率なことだと言えよう。それは新しい自覚に伴うものであるひとつの「後悔」と言えようが、そのような後悔は「主義も思想も　かたくなな意地も／モノクロームになお冴え」（「不眠」『化石の夏』四九）た不眠の夜、その六〇年のときのあいだ、乾ききるほど反復してきたものではないか。むしろそれは四九年ぶりに可能になった帰郷に対してすら、物見では行ってはならない、よごす生身では行ってはならないという誓い、それよりはむしろ墓も、故郷も、背を向けた歳月も、遥かなまま放置しておくほうがよいという思いだ。「隔った国」は「遥かでいいのだ」（「空」八九）と。

物見では行くな。
古道の石標《しるし》ひとつ
千年の沈黙にしずもっている。
行ってはよごす生身では行くな。

遥かでいいのだ。
捨て置いた墓と
うすれた家郷と
ともに背いた年月は
それはそれで遥かなことであっていいのだ。

（「空」八九－九〇）

詩人は自然のなかですら静寂の時間を見る。ところがこの静寂の時間と対比して自然には流れる時間がある。「帰るのだ」と述べて詩人は流れる季節の時間へと帰っていくが、詩人にとってその季節の時間すら通常の時間と異なる。『失くした季節』の四時は夏からはじまり春で終わるという点で、春夏秋冬というふうに配列された時間と異なる。(3)

夏は季節の皮切りだ。
いかな色合いも晒《さら》してしまう
はじけて白いハレーションの季節だ。

（「夏」九五—六）

なぜかれにとって季節の時間は夏から始まるのか？　それは夏がかれにとって「止まった時間」の季節であるからだ。始まりとは果てのない連続体上に或る不連続が無ければ述べることができない。つまり季節は断絶を表示する止まった時間から始まる。金時鐘にとって止まった時間は夏だ。かれがまたとない断絶として体験した八・一五がそうだ。しかしそれだけではないだろう。かれが四・三蜂起の済州島を去って密航船に乗ったのが五月であり、かれが日本での生活を本格的に始めたのもまたかれにとって夏であっただろう。父を祈り「闇船にひそんだときの／蒸れにむれたあのまっ暗い暑さ」（「失くした季節」一〇九）と表現された夏であっただろう。朝鮮戦争反対闘争として『新潟』でも扱われた吹田闘争も一九五二年の夏（六月）だった。朝鮮総連から組織的批判を受けて自分の同僚たちと訣別せねばならなかったのも一九五七年夏（八月）だった。金日成の唯一思想を受け入れる「統一師範」を拒否したのも（一九六四年七月）、それによって朝鮮総連とあらゆる関係が切れたのも（一九六五年六月）も夏だった。いずれも以前の生と断絶して新しい生を始めねばならなかった季節であった。それゆえかれにとって夏は次のような季節だ。

声を立てず
立てるべき声を
底ぴからせている季節。

思うほどに眼がくらみ
しずかに瞑《つぶ》るしかない
奥底の季節。

誰であるかは口にもせず
ひそと胸にかき抱く
追慕の季節。

願うよりは願いを秘め
待って乾いた
旱《ひでり》の季節。

（「夏」九四―五）

かれがはざまというずれの空間で体験した止まった時間と流れる時間を、季節の時間のなかで、自然のなかでそのまま再発見することだと言うべきか？　であるならば生や運動、理念や主義において決して小さくないと言うべき変化と繋がった「帰る」の転換は、なんでもないことになりはしないか？　むしろかれがはざまで生きた時間を自然へと拡張していることになるのではないか？　これもまた詩を全身で生きぬく詩人の感覚と思惟を過小評価することだ。同一な思考方法を、対象を変えたり外延を拡大して適用する態度とは、かなり安易なものだからだ。

ここでまず注目すべきことは静寂の時間と流れる時間が出会って分岐する地点が、あるいはその二重の時間が存在する場所－イメージが変わっていくという点だ。以前にそれは、絶壁のあいだのはざまという、塞がった空間のイメージで表現された。『失くした季節』でそれは、たとえば抜けだして外れたマングースや牙、あるいは唸りをひそめた犬歯のイメージで表現される。

外れたものは
マングースになる。
マングースは
捨てられたものの成り変わりだ。
〔……〕
統制と規制の均衡から
いともたやすく外された生。
外れれば荒野だ。
行き場のない生は

爪を立て
呪わしく
鋭い眼差しを暗がりから投げる。
（「牙」九一 - 二）

はざまに閉じ込められている者から、外れて「行き場のない」荒野へ出てしまったのだ。行き場がないという点では変わらないと言えるが、閉じこめられて押しこめられることと荒野を彷徨うことはかなり異なる。帰れなかったところに帰れるようになったとき、閉じこめられた状況を表現していた言葉は、もはや詩人自身に説得力を持ちえないと思ったのだろうか？　かといってこの変化は閉じこめられた者に到来した「解放」のようなものではない。一方では、はざまとはかれが押しこめられたところであるが、あるいはかれが選択して居着いたところであるがゆえに、他方ではそのように外れてみたところでかれが眠りを放棄して見ていた夢はいまなお遥か遠くにあるからだ。だから外れたかれにとっては行き場がなく、かれに近づいた中空は、いまなお闇の陰だ。太ることすら不道徳に感じるが、その体もまた襲撃される瞬間を待つ生身であるのみだ。尖っていたので外れたが、安定した生、均衡がとれたところはない。だから唸り声をひそめた牙になって生きる。

日盛《ひざか》りの物陰で
喘いでいる
牙よ。
いま私は

不道徳なまでに肥えた代物だ。
襲われる瞬間を待つ
小刻みな生身《なまみ》だ。
均衡の秩序深く
ようよう怯《おび》えはじめるわが思想。

外れたものの
犬歯は尖《とが》る。
均衡からはみ出たものはすべて
唸《うな》りをひそめた
牙になる。

（「牙」九二–三）

この新しい位置は「梅雨ににじんで見えるのは／置かれたままの椅子」（「雨の奥で」九七）として表現されもする。外に置かれているが、忘れられたまま捨てられ、降ってくる梅雨をそのまま浴びているしかない椅子。それは

私から外れた私の居場所のようであり
在ることすらも失くしてしまった
風化さ中の骨のようでもある。
たぶんそれはそこのところで待つしかない何かだ。

去ったあとではけっしてなく
そこで飛沫《ひまつ》をあげて
誰ともない声がくぐもっているのだ。

（「雨の奥で」九七－八）

この新しい位置からふたつの時間が出会い分岐する様相の差異を見せるのは、これと相関的なもうひとつのイメージだ。この詩集で何度か反復して現れるこのイメージは木の葉がすべて落ちた枝先にひとつぶら下がった真っ赤な柿だ。

裸木《はだかぎ》のてっぺんで
柿がひとつ紅く映えている。
すべてが入れ替わっても
誰かがまた同じ光景を年ごとに見る。

（「かすかな伝言」一一七）

虚空に侘しくひとつぶらさがるように残る者の孤独、あるいはそのように一人残してどこかへ皆が消えてしまった世のなかの虚しさがこもるイメージだ。しかしそれが侘しいのは、たんに周辺に人がいないからではない。人はいなくはなかったであろうし、ひょっとすればひしめいていたかもしれない。にもかかわらず孤独なのは、音を立てて叫んでも聞こえない声が、口のなかに渦巻いているからであり、喋っても伝わらない或る言葉が、或る「叫び」が、胸中にしこっているからであろう。木の周辺の事情が異なるものになり、もっと言えばあらゆるものが変わっても、毎年反復する場面、いや、いつも反復している場面だ。夢すら日常の連続である人びと、通念に忠実な人びと、平均的な感覚を持つ人びとにこの叫びは届かないという点で、これは明らかに「高い」叫びだ。夕日に染まり鐘の音に混じって道案内をする石の標を鳴らすが、すでに耳に聞こえることだけを聞く人には聞こえない。

それがどれほど高い叫びであるかは
人の耳には届いてこない。
夕焼けに染まり　鐘の音に沁《し》み入って
石の標《しるし》を鳴らすだけである。

（「かすかな伝言」一二七）

ツァラトゥストラが述べる「捨てられること」がこれだ。人びとのなかにあり、「理解する」と言いはするが、実際には全く理解してもらえないこと、それでもツァラトゥストラが世のなかへと反復して入っていくように、詩人もまた反復して述べる。たとえ「夕焼けに染まり鐘の音に沁《し》み入って／石の標《しるし》を鳴らすだけ」である「かすかな伝言」というものであれ。孤独を知る者はそれをもってでも満足する術を知るだろう。その石の標にぶつかって、戻ってくる残照が、その石の標が送る応答が暖かいことを知るがゆえに。

切り取られた残照だけが
原風景をとどめる街なかで
両手で包み
ひとすじの鼓動を胸に伝える。

（「かすかな伝言」一二七–八）

枝先にひとつぶらさがった柿、そこにも流れる季節の時間は流れるだろう。柿を熟れさせて流れていくだろう。しかしながら先に見た静寂と沈黙のなかの止まった時間がそこにある。それは孤独の時間でもある。しかし孤独な柿は塞がったところで凝固して流れえなくなったはざまの時間と異なり、自分の出口を持つ。

ごこをごう経巡《へめぐ》ったのか
残り少ない山柿の
朱い実の下に
さざえの殼が一つ
あお向いて落ちている
空のへりで凍えている
赤い叫びと
ささくれた空をただ見上げている
虚ろな叫びとが
開かない木戸の
錆びた蝶番《ちょうつがい》のかたえで
とごこおった時を耐えている

今に柿も落ちて

自らが時間の出口となっていくだろう
そこで涸《か》れているものは
そのままそこで涸らした時を壊しているだろう
（「錆びる風景」一三一－三）

乾いた枝先の山柿の朱い叫びは、それでもそれをそのまま仰ぎ見ているさざえの殻のはかない叫びを対にもっている。これらは開かない門の錆びた蝶番の片側で止まった時間を耐えている。つまりそれははざまを生きた詩人と同じく止まった時間のなかにある。しかしその柿はいまに落ちるであろうし、それをもって時間の出口になるであろうと述べる。止まった時間が流れだす出口になるはずであり、いまに止まった時間は流れだす時間に従うようになるだろう。

これは止まった時間をただ固く凝固させるのみであった以前とは異なる点だ。外れた者の荒野が、閉じこめられていた以前のはざまと異なる空間的イメージであれば、むきだしの枝先にひとつぶらさがった柿を貫通する時間、止まっているが柿が落ちて流れるようになる時間は、空間のなかに凝固した止まった時間とは異なるイメージだ。これに対し、ぶらさがっていた柿を落とす「自然な」時間にそって流れることだと言ってはならない。その場合、止まった時間を言うことは虚構や誤解になってしまう。詩で記されたままに「涸《か》れているものは／そのままそこで涸らした時を壊」すやり方で、止まった時間は自分の出口を探すのだ。

五、涸れさせた時間を壊して

であるならば、涸れていくことは何であり、涸れさせた時間はいかなる時間であるか？　涸れさせたものとは沈黙と孤独のなかに閉じこめた時間であり、きっと顔を背けることと誤解の時間であろう。しかしその顔を背けることや誤解は、意図的なものでも、無知によるものでもない。それは反対に事物を知覚する確実な視野、世のなかのことを考える「正常な」方法によるものだ。それゆえに眼を背けずとも発生する背けることであり、通常の「理解」のなかで発生する誤解だ。理解すると信じるが理解してもらえない「捨てられ」であり、すぐ横で騒ぎがあっても一人でいる孤独さだ。そのような点で端とは、地平のなかにある枝先にぶらさがっているが、地平の外、地平の壁の外にある位置だ。『失くした季節』の秋編の最初の詩「旅」と「蒼い空の芯で」は、この涸れさせるものとそれによって涸れていくものに対する詩だ。まず「旅」は、心の地平のなかで見えるものについての詩だ。

心の地平では
へだたりはせせらぎほどで
年月はそよぐ木の葉のようで
時空は時計の文字盤ぐらいだ。
日にちは分厚い時刻表に綴《と》じられていて
予定はいつも空港の待合室でくたびれている。

（「旅」一一二）

地平とは、意味の理解と解釈を可能にする地盤であり、わたしの目が見ることのできるものを開いてくれる視野だ。そのなかにも葛藤や間隙のようなものがあるし見えもするが、それは軽く越えることのできるせせらぎ程度であり、時間とは木の葉をそよがせ時計の針にそって流れていく日にち程度であろう。また地平のなかには「祖霊の地と済州島とが／在日と溶け合って澄んでいる」（一一二－三）。そこには済州島人民の抗議に殺戮で応えた朝鮮もなく、故国だと訪ねていった在日韓国人をスパイに押しやった祖国もない。殺戮はただ昔話に出てくる竹林のうわさであるのみだ。「横暴な一切が覆り　沸き立っても／心の地平ではすべてが静かだ」（一一四）。それゆえ、

心の地平では
街は蟻塚で
国は蜃気楼《しんきろう》で
年月は　さざ波程度に吹き過ぎる。　（一一四）

越えることのできない間隙を生きる者、視野の外にいる者、殺戮の記憶を消すことができない者、止まった時間のなかにいる者たちは、その地平では見ても見えず、喋っても聞こえない。そのなかでかれらの思いは理解されえず、かれらの行動はなかなか受けいれられるのが難しい。それゆえ惜しさと孤独が運命のようにぶらさがっているところだ。そこで時間は止まっている。褪せた場面のなかに凝結したものと異なる、また別の止まった時間がそこにある。

　止まった時間、そこには静寂の時間がそうであるように重い沈黙がある。喋っても聞こえない言葉が溜まっていて、気にされることなく放置され、降る雨を浴びていなければならない外に留まっているからだ。ともすれば、逆にこのような位置にあるがゆえに、季節の時間へと戻っていく時にも、自然すら心安らかに受けいれることができなかったのであり、自然の美し

さのようなものとは旅行者の皮相的な目に映ったものだと言ったのだろう。

ぼくは声を持ちません。
声を上げるだけの寄り場が
ぼくにはありません。
くぐもってばかりで
声はぼくの耳でだけ鳴っています。
〔……〕
言えずじまいの言葉が
無数の目に囲まれて
口ごもっています。
ぼくはまだ告白を知りませんし
願いを適える言葉もまた
いまだ知りません。

（「蒼い空の芯で」一一五－七）

これは以前にはざまにおいて詩人が感じなければならなかったものと変わらない。言えなかった言葉が耳のなかで鳴っていて、口のなかでこもっている。沈黙とはそのように多くの言葉が凝固したものだ。言葉になりえない言葉が、言葉になる直前の音になり、口の境界でくぐもり、時々たどたどしい音になって出ていきもする。しかしそれは意味することを成しえる言葉でも、意味することを伝えうる言葉でもない。だがかつてのようにその沈黙をそのまま固執して抱き、言葉なしに染みになってそこに存在しつづけようとするかわりに、この詩においてはいつかその音が耳を裂く轟音になって弾けでるであろうと書く。あたかもそのためであるかのように、原因と結果を裏返して、浮塵子のような声、「害虫」のような声が集まっていると書く。そうして述べることのできない言葉が雪のように降りつもる音に耳を傾けていると、結局空の中心で弾けでるであろうと、そのように涸れたものが涸れさせた時間を壊すであろうと。そうすることをもって止まった時間は流れ始めるのだと。

耳をつんざいて轟音は噴き上がり
声は中空で浮塵子《うんか》のようにたかっています。
いまに群雀が群れ
空が払われて
冬がきましょう。

言葉がそこらで降り敷いています。
耳をそばたてて
ぼくがいます。
空の芯ではじけている
何かがたしかにあるのです。
変われないぼくを
愛してください。

（「蒼い空の芯で」一一七－八）

柿が落ちて止まった時間が流れるというならば、ひとつぶら下がった柿から止まった時間を見る理由もない。時間が流れるにしたがい周囲の柿が落ちてひとつになったのだと、時間が流れるにしたがいそれもまた落ちたのみだ。ひとつだけ枝先に、外になってしまった先端にぶら下がっているのは、むしろ流れていく時間にそって恭しく落ちることを拒絶するのだと、そのように時間を止めておこうとするのだ。この止まった時間のなかでそのようにどこか先端にぶら下がって発しているであろう異なる音があるのではないかと、雪のように音なく降りつもる音があるのではないかと耳を傾けるのだ。そのような音が集まることを待つのであり、その音が集まる場所をつくって維持しようとするのだ。そのような音が集まって凝結し、その重みによって落下できることを待とうとするのだ。流れる時間の力に耐えることができず、落ちるときまで。そのように落ちて、自分が落ちる音にだれか耳を傾けてくれるだろうと、そのように落ちる音がどこかに集まって弾けでることを望むのだ。浮塵子のように集まる、音の小さな一部になろうとするのだ。そのように落ちることが、ひとつの始まりになることを願うのだ。たとえ毎年虚しく終わってしまうとしても、流れていく時間の前で諦念を反復するとしても、最後まで捨てることのできない一枚の花弁のような願いなのだ。そのような点でかれがいまなお「変われない」自分に止まっているわけだ。

　秋の先端で、あるいは秋を呼んで落ちる木の葉一枚をあたかも初めて見るかのように再三覗きこむのは、終わっていないまま終わってしまう木の葉の一生を途中でなんとか留めておきたがるのは、そのような執着にも等しい留まりのなかで「始まり」を見ようとするのは、これゆえであろう。落ちた木の葉が、ただそのように終わって流れていく時間にそって、土へと戻ることはできないと、積もった時間の重みから抜けだそうと体を揺らしていると感じるのも、そのような身振りで風を起こし、いつか通りの空いっぱいに雀の群れを蘇生させるかもしれないという期待のなかで、木の葉を摑んで叫ぶのも、これゆえであろう。

一枚の葉を拾い上げ
初めてのように覗きこむ。
半ば染まったまま
葉はやりとげてもない形で落ちていて
それでもこれで一生なのだと
かすかに風を匂わせている。
思えば途中は過程のさ中であり
終わりはいつも終わらないうちに終わってしまう
みちなかの執着でもあるものだ。
そうしてその留《とど》まりは
本来に立ち帰る始まりともなるのだ。

土にはとうてい帰れないあまたの葉が
並木の下でにじってよじれて
飛びだしたいばかりにじれている。
今に風を巻いて

街の空いっぱい
かき消えた群雀を蘇らせるやも知れぬ。
ぼくは今更の思いで木の肌をさすり
自ら落ちていった他の葉を摑んで声を上げた。

（「一枚の葉」一四四－五）

六、 沈む時間と沈める時間

黄色く褪せた記憶、その止まった時間から季節の時間のなかに「帰ったが」、そこでもやはり静寂と沈黙のなかの止まった時間が、流れる時間とずれたまま存在することを詩人は見る。枝先にひとつぶらさがった柿のようなところにおいて、ふたつの時間はずれて交差する。そこで涸れていくものは涸れさせる時間を壊して再び流れ始めるだろう。そのように浮塵子のように集まる音を呼び、その音が轟音になって爆発することを待つが、そのような時間が到来することは、決してありふれていることでもないし簡単でもない。その待つことのなかで時間は止まっている。夏のごよめきと共鳴するようなその時間は、日常の時間とずれたまま遠く離れている時間だ。そのように失くした時間、失くした季節だ。

われらの季節はとっくに失くして久しいのだ。
あるのは町工場でうだっているカネモトヨシヲの
こけた項《うなじ》をかすめてはまた吹き戻ってゆく

業務用扇風機の懸命のうなりであり、
あるいはハローワークの待合でくたびれている非正規雇用の
額でぬめっているエクリン腺のてかりだけである。
〔……〕
夏のあのごよめいた回天の記憶は
露ほごも誰かに伝わった痕跡がない。
跡形もない夏がただ、今を盛りにぎらついているばかりである。

（「失くした季節」一〇六－七）

ごよめいた夏の回転の記憶は、そのように失われ、労働や日常の時間だけが残ったように見えるが、かつてはざまの止まった時間がそうであったように、その記憶もまた決してなくならない。流れていくことを拒否したまま流れる時間のかなたのごこかに存在しつづける。流れていく日常の時間の、ごこか片隅に止まって錆びたまま沈んでいる。錆びた風景になり、褪せた時間になり、ごこかに存続し続ける。「開かない木戸の／錆びた蝶番《ちょうつがい》のかたえで／とごこおった時を耐えている」（「錆びる風景」一三三）。

錆びたまま止まった時間を耐えていること、それは夏の日に弾けでて、空中に散ったはかない叫び、音なく飛ばされ、雪のように静かに積もる、言葉になれない音だ。それらは流れる時間にしたがうことを拒絶し、動かない門にぶらさがって錆びた風景として残っている。止まった時間は錆びた時間だ。長く使わなくて錆びた蝶番のように「錆びている私の／時間」（「錆びる風景」一三五）だ。雨のなかの椅子のように放置されたまま錆びている歳月だ。

たとえ君の目に雫となって滑っていようとも
年月はやはりそこでやりすごされて錆びている。
こぞってうねってはためいて
そうして忘れていった年月を
それでもぼくたちは今もって抱えて生きているのだ。

（「何時か誰かまた」一八八）

そのように忘れられたものたちを、「わたしたちは」、詩人は、いまもなお抱えて生きるのだ。だからそれは日常の時間のなかでは見えないが、無くならずに残っているのだ。これを抱いて生きることは、逆にその黴のような時間の錆に蚕食されて生きることでもある。

物が黴《か》びている。
梅雨はきらいだ。
じめじめと塩気のない時間が滞って
電線にまで錆《さび》が食い入り
往来の響きまでが壁をとおして濡れてくる。

（「蒼いテロリスト」一〇〇）

「テロも行き会え」（九九）ず、ただ死ぬのが惜しくて、「はるかに飢えより不道徳な肥満」（一〇二）と利得計算のなかで生きる日常の生に対するうっ憤で、紙に書きつけた爆弾のような文字を抱え、「ただ死ぬ」者たちを、かれらの死んだ生を殺そうとするが、それも容易ではない。かれが持ち歩く爆弾は、見ぬく目と聞きわける耳がなければ爆発しない紙の爆弾であるからだ。眼目ある者が稀な世のなかで、そのような爆弾は公然とした音を書き記すちらしに見えるだけだ。

市街地図を漁《あさ》って歩いた俺の爆弾が
横丁の陰で濡れている。
濡れて濡れて破けていっている。
行き会えば必ず世の中を覆すはずの俺のうっ憤が
なんの反応ひとつなく
捨てられたちらしのように無視されてしまっている。

（「蒼いテロリスト」一〇一）

だから「弾んだ青春も　それがよすがだった社会主義も／当のご本人がこわして久しい」（「待つまでもない八月だと言いながら」一〇三）が、それでも「夏が煌《きら》めくことはもうないと言いながら／すっかり透けてしまった年月だから／なおのこととときめくことはもう夏にはないと言いながら」（一〇三）無垢な顔でうかがう言葉に、「消せない夏もある」のだと、「待ちとおした挙句《あげく》の彼のあがき」（一〇四）で耐える。「まだまだ夏は疼《うず》きの内にあるのだと」（一〇四）述べつつ、このように書く。

それほどにも深い記憶のために
うすれた記憶だけが残されたのだから

光った夏の日の底で
千千《ちぢ》の欠片《かけら》に夏はなってしまったのだから
夏は　欠片《かけら》が刺さった記憶なのだ。
白む間もなく夏は明けてしまうので
ようやく寝ついた妻の寝息に
ぼくもついて眼をしばたきながら
空咳《からせき》まじりに
故もなくこみ上がってくるのを嚥《の》みくだしながら
しののめにほの白くかすんでしまっている眼で
そう、夏はまだ咽《むせ》んでいると
そっぽを向いている彼に重ねて返してやったのだ。

（「待つまでもない八月だと言いながら」一〇四－五）

このように止まった時間はいまなおうずく風景になり、欠片になって刺さった喉をからした記憶になり、どこかに存在しつづけている。流れていく時間にそって消えもせず、それを逆撫でもせず、錆びた鉄のような重みで時間の河の下に沈んでいる。これを知るがゆえに、詩人は時間が流れるという考えに対してすら、簡単に同意できない。

時が流れるとは
自転にあやかっていたい者の錯覚だ

黙っているものの奥底で
本当はもっとも多くの時を時が沈めているのだ
（「錆びる風景」一三二）

しばしば言われる時間が流れるということは、地球の自転に合わせて日付と時間を算定することを意味する。これはカレンダーと時計として象徴される通常の感覚のなかにある時間、見えるものを見る通常の地平のなかにある時間だ。このような時間とは、いかなる出来事もなく、ただ昨日から今日へ、今日から明日へと繋がる、地球の回転に従う物理的連続体だ。このような時間のなかでの今日とは、近づいてくる昨日であり、明日は近づいてくる今日であるだけだ。このような時間に対する違和感は、例えば「狎《な》れあった日日の／今日だけである」（「日日の深みで（1）」、五一）と批判した『猪飼野詩集』で、すでに明示されていた。

ずれこむ日日だけが
今日であるものにとって
今日ほど明日をもたない日日もない。
昨日がそのまま今日であるので
はやくも今日は
傾いた緯度の背で
明日なのである。
（「日日の深みで（1）」『猪飼野詩集』、五〇－一）

このように「過ぎる日のなかにある」だけである今日に対する違和感は『光州詩片』でもす

でにみた。「明日はきりもなく今日を重ねて明日なのに／明日がまだ今日でない光にあふれるとでもいうのですか？・」、「明日がそのまま今日であっては／やってくる明日が途方に暮れます」（「日日よ、愛うすきそこひの闇よ」『光州詩片』、一〇七－九頁）。

時計的時間が本質的な意味における時間ではないことを指摘したのはベルクソンだった。時計的な時間とは円周状に表示された数字と時計の針が動く角度という空間的成分によって代替された時間だという点で「空間化された時間」であり時間の本質から遠い時間だ。(4) 純粋時間とは純粋持続であるが、それはインクが落ちて一気に広がる渦中にある液体のように、相異なる成分が混じって相互浸透するように、同質的な諸部分へと決して分割できない質的多様体だ。例えば音楽の旋律は相異なる音が分割できないように混合した複合物（多様体）だ。旋律を分割し部分へと分けることは不可能だ。そのように分ける瞬間、旋律はもはや旋律ではなくなる。その反面、その旋律に対しても各々の音の持続時間を測定できもし、長さを比較することもできる。しかし部分的な音の持続時間は、その旋律に対してなにも知らせない。ただ時計として測定される長さを知らせるのみだ。時計的時間とは分割できない純粋持続を、あらゆる部分が同質的であると仮定した後に、一定に分割し量化された時間だ。

矢のように一方に向かって、未来に向かって飛んでいく時間の矢として表示されるこのような時間観念を「錯覚」だと述べ、詩人は錆びて垂直に沈む時間の線が存在すると主張する。黙々といることの深い底において、時間を沈ませる時間の線が存在するのだと。金時鐘が時計の文字盤や時刻表に対して書く部分を読むとき、時計的時間に対するベルクソンの批判を思いうかべるのは簡単である。だがベルクソンが時計的時間や量化された時間に対してそのように批判し、純粋持続、純粋時間を語るとき、その時間は流れる時間だ。分割できないように相互浸透して流れていく多様体が純粋持続だ。このような純粋持続の時間すら、たとえ同質的なものではないといえども、水平的に流れるものだという思いから、そう自由にはなれない。それゆえに、時計的時間に対する批判を共有するといえども、金時鐘が「錆びる風景」で述べた垂直に沈む時間を、純粋持続としての時間概念と同じだとは言えない。

今に垂直に
ついぞ誰ひとり聞くこともなかった
沈黙の固まりが突きささって堕ちる
錆びている私の
時間のなかを

（「錆びる風景」一三五）

誰ひとり聞いたことのない沈黙の固まり、それはここまでに反復して言及したように停止した言葉であり、聞いた者から、または述べた者からも分離した言葉だ。言うことを中断した言葉であろう。流れえず停止した言葉、そのように凝固した言葉だ。「記憶の底」にある「停止した絵」だと言ってもいい。「光を背にロープのきしみを見ていたあの鳥も／枝に止まったままぴくりともしない」（「鳥語《とりご》の秋」一二二）。「しんしんと埋もれてある〔……〕記憶の柩《ひつぎ》」（「日の深みで（1）」『猪飼野詩集』五七）と言ってもいい。いずれも停止した時間のなかに凝固している。停止したまま錆びている記憶、言ったところで聞く者がおらず、言わないままただ沈黙に凝固した錆びた言葉だ。それらが垂直に墜落し錆びた時間のなかに入りこむ。それが「沈む時間」だ。そのように沈む、錆びたいくつもの時間は、錆びたまま孤立して散らばっているかもしれず、なんらかの関連性を持つものたちは、集まってもう少し大きく凝結しているかもしれない。これらが垂直に「沈む時間」だ。

実際、時間に対して思惟するなかで「沈む」時間に対して述べた者がいなかったわけではない。エドモント・フッサールは旋律について説明するなかで、過去のなかへと記憶が沈み、それらを集めて同時性のなかに配列するやり方で構成されるものだと述べたことがある。[5] 次の図式（図1）はこれを説明するためのものだ。

A、B、C、は旋律を構成する音だ。それをつなぐ水平の線は「流れる時間」を表示する。過去（A）から現在（C）を経て未来へと流れる時間の矢印だ。Cの時点からみればA、Bは既に去った時間に属する。つまりCの時点において不在する音だ。しかし旋律とはA−B−Cが連結してひとつのように聞こえる現象だ。しかしCの時点で耳の鼓膜を揺らす音はただひとつCだけだ。であるならば、それは旋律になりえない。しかしわたしたちはCの時点においてもA−B−Cの繋がった旋律を聞く。それはいかにして可能なのか？

フッサールによればBの時点で、すでにAは過去のなかへと「沈む」。A'がそれだ。Cの時点においてはAもBもすべて沈んでA"とB'になる。Cの時点で、三つの音を旋律として聞くのは、このように沈むものを同時に、A"−B'−Cと配列された音として認知することを意味する。これは過去のなかに沈んだA"とB'を「今」と呼ぶ現在に向かって「浮かばせる」作用によるものだ

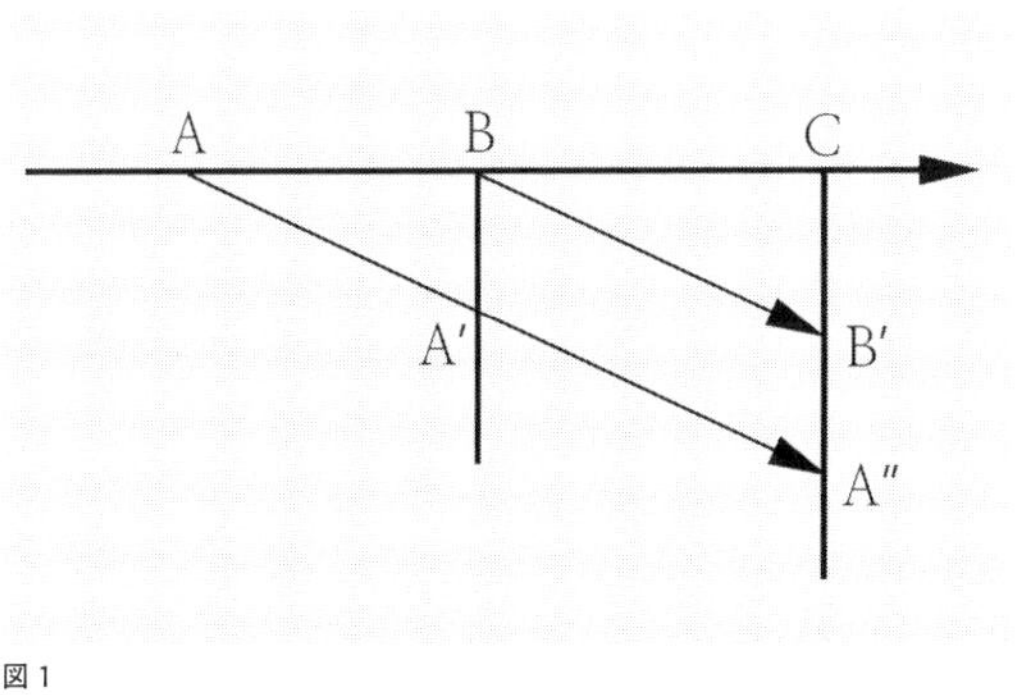

図1

これはかれが「時間意識」と命名した志向性だ。時間をつくる時間だ。沈んだ記憶、沈んだ時間を浮かびあがらせる時間が、A"↓Cが、現在の時点で聞く旋律を、その旋律の時間を構成するのだ。

これは金時鐘が述べる「沈む時間」や「沈ませる時間」と明確に対比される。まずフッサールの述べる「沈み」は垂直の沈みではなく斜線の沈みである。この「斜線」という言葉において重要なのは、それがたんに傾いた幾何学的形態を描くという点ではない。後に「垂直方向の志向性」を通してひとつに束ねて浮かびあがるために、順序どおりにその垂直線にぶらさがる軌跡を描いて沈むという点だ。その反面、金時鐘の詩において沈む時間は垂直に、ただちに沈む。

フッサールの図式のなかで斜線によって沈む時間は、その度ごとの現在に向かって浮かばせる時間によって結合され、「現在」を表示する時間の一点へと浮かぶ。それをもって流れる時間の一部になり、現在を生きるわたしたちの生のなかに、瞬間ごとに染みこむ。沈むものは、この浮かびあがらせる時間の作用によって流れる時間の表面へ浮上し、その流れる時間の一部として包摂される。その反面「錆びる風景」で金時鐘は「多くの時を時が沈めている」(一三三)と書く。つまり沈む時間は「沈ませる時間」の作用によって沈む。それはそのようたんに沈むだけだ。であるならばなにが沈ませるのか? 沈ませる時間とはなにか? みなが忘れた年月を抱いて生きることが、消しえない夏もあると待つ抗いが、破片になった記憶でまだうずきを感じて喉をからすなにかが、錆びた風景を、流れていかずに沈ませる。過ぎさったものを現働の瞬間に総合する志向性とは異なる種類の時間だ。現在に総合されない時間だ(図2)。

現働的総合を放棄したままただ沈ませるという、この「時間意識」のなかで、沈んだ時間は流れる時間のなかに、時間の表面のなかに浮かべない。ここには「浮かばせる時間」がない。だから水平の線を描く流れる時間のなかに「適切に」位置を持てない。浮かばなかったまま錆びた時間のなかで眠っている。流れる時間と結合されないまま、記憶の底のなかに停止した絵のように、「失われた記憶の柩《ひつぎ》」（「日日の深みで（1）」『猪飼野詩集』、五七）のように、侘しく埋められている。かなり異なる時間へとずれてしまう。時間のずれを見る。

流れる時間を「錯覚」というが、詩人にとっても流れる時間は明らかにあるだろう。揺れる木の葉のような歳月、時計の文字盤のような時空、綴じられ束ねられている時刻表のような日々が、かれだからといって無い訳がない。これに対して金時鐘は「錯覚」という言葉で沈む時間、沈ませる時間を見ることのできない眼に対して距離感を表示している。目に見える、表面の時間ではなく、眼を閉じて辿ることなくしては知りえず見えない時間、華麗に流れるいくつもの現在の連続ではなく、いつでも沈黙によって凝固した錆びた風景のなかの時間、それが金時鐘が述べる沈む時間だ。そのようにかれは記憶の底の奥深くに埋めてしまった、かの放置された時間の乾いた音に耳を傾けているのだ。

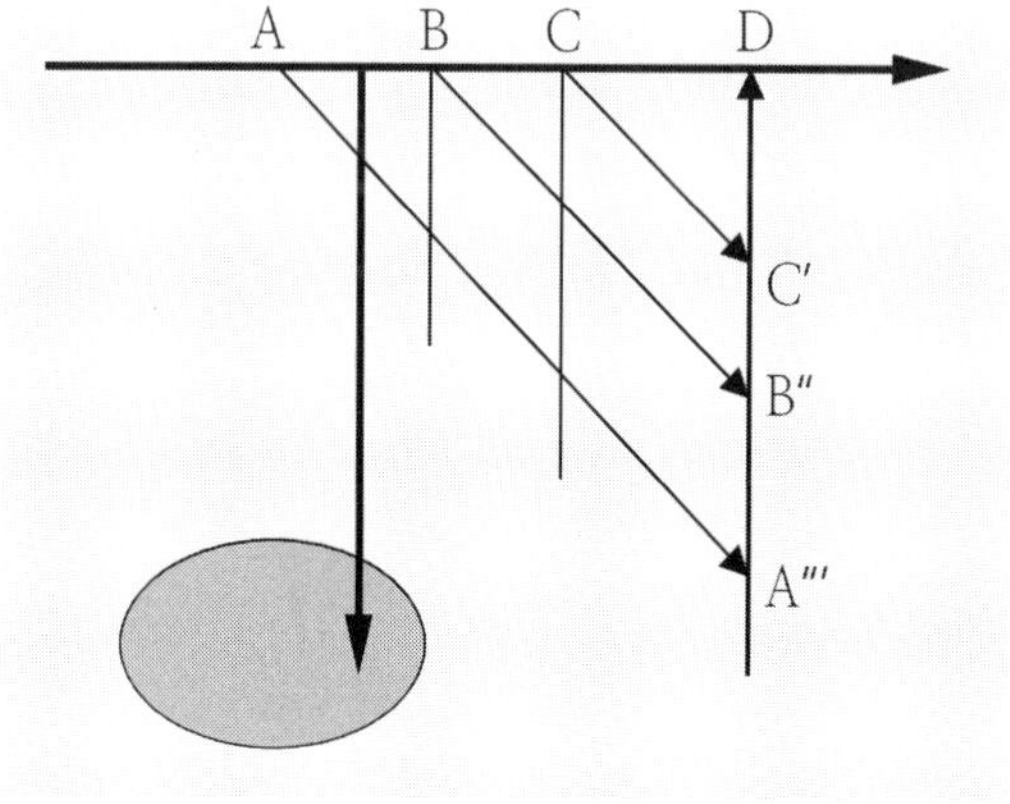

図2

七、　ずれの時間

錆びた時間は沈む。浮かびえない。いや浮かばない。浮かぼうとしない。なぜ沈んでしまうのか？　なぜ浮かぼうとしないのか？　再び浮かぶということは、現働の現在のなかに順序通りに呼ばれることだ。流れる時間の現在のなかに流れた順序通りに混じることであり、その現働の時間にそって流れることだ。ベルクソンやフッサールが力を注いで分析した旋律の場合においてすら、聞こえてはならない音は、現働の現在のなかへ浮かんできても、旋律を構成できない。旋律を曇らす騒音になったり、削除されるべき雑音になる。異質的なものを混じらせる純粋持続も、去ったものを順序通りに再び－引きこむ時間意識も、このような点で「心の地平」のなかにある。地平の外にあるものは、あってもないものとして消されたり、聞こえないものとして流しやる。旋律のなかに入れない。騒音や雑音のようなこの音にとって、流れる時間は流しやる時間であるだけだ。自分たちの存在を知りえなかったり、顔を背ける消滅の力に過ぎない。流れる時間のなかに簡単に浮かべば、それにそって簡単に流しやってしまう。簡単に削除してしまう。

このような音が自分の存在を現すためには、旋律を壊す音になったり、耳を割く轟音のごよめきにならなければならない。しかし時間は、容易くないごよめきすらも、いかに容易く流しやってしまうだろうか！　流れる時間のなかに入れば、ごよめきすらそのように流れていき、消滅してしまうのではないか。虚無や冷笑へ帰着するであろうこの無力さが、その消滅の時間のなかで浮かびあがる。沈むものは、そのようになんでもないものになって流れて消滅するものに対する声なき抵抗だ。流れて消滅するよりは、むしろ流れることを拒否し、そのまま沈むのだ。聞こえない音の「運命」をそのまま受けいれ、聞こえないまま存在を固執しようとするのだ。純粋持続の外で、入りまじりえないまま、ただ聞こえない存在を持続しようとするのだ。時間意識の外で、沈んだそのままに、存在することを持続しようとするのだ。現働の現在のなかに入りこむことを放棄したまま、到来する未来のなかに割りこむことを放棄したまま、ただ過去のなかへと、「純粋過去」のなかへ沈むのだ。

であるならば沈んだ時間を、抑圧され意識の表面から消された傷に、いわゆる「トラウマ」という精神分析学の概念に帰属させねばならないのか？　そう見えもする。トラウマとは意識が届きえない、記憶として呼びだせなくなった深層に埋葬された記憶であり、そのように忘れられ消されたが、消えたり消滅することを拒否したまま、意識の外に残ってしつこく持続する記憶であるがゆえに。しかし両者の隣接性をひとつに束ねようとするならば、むしろ反対に言うべきだ。つまりトラウマとは記憶の底に沈んだ時間の一種であると、錆びた時間の一種なのだと。

しかし両者の類似性以上に重要な差異がある。つまりトラウマが、意識が知りえず意志を抜けでたまま隠れたものであれば、錆びる時間は意識や意志の産物だけではないが、意識や意志と全的に無関係なものでもない。「わたしからは忘れさせない」という意志によって、さらに深く沈みもし、意識によって時々捉えられ、意識のなかに押しはいってくる時間だ。前者が自分の思うがままにできない無能力の地帯にあるならば、後者は意識と意志を通して作用する能力の地帯にある。それゆえトラウマは充分に沈みえないまま流れる時間のなかへ頻繁に浮かびがある。ただ「症状」という変形した形態で現働の表面に浮かびあがる。症状はそのように浮かばせる志向性の作用から抜けでておらず、避けることができずに現働の現在へ常に割りこむ時間の作用に捕獲されている。その反面、錆びた時間は浮かびあがることを拒否し、流れることを拒否したまま、ただ沈んだまま、そこにある。

消しえない過去という点で沈んだ時間を「傷」と連結させるとしても、それはトラウマのように意識から消えて闇のなかに埋めてしまった「一時」の過去ではない。それは世界とのずれを避けることができない限り、マイノリティの生を生きる限り、あるいは世界の「拒否」や「裏切り」のなかで存在論的なずれを生きる限り、忘れれば再び経ることになる事態であり、忘れえないように反復される現在に属する。現在の世界が異なるものにならない限り、それ以降も反復して到来する未来を持つというべきだ。それは意識が届かない無意識の深層に隠れているのではなく、拒否し裏切った世界によって、決して知らないではおれず忘れられないように現れており、そのたびごとに声を高めて手を振りまわすが、旋律のなかに割りこむことができないがゆえに、再び沈んでしまう時間だ。

であるならばそのように沈んで浮かばない時間は、いったいいかなる存在意味を持つのか？日常の生を貫通する時間と、たんにずれたままいるだけであれば、強いてそのように沈めておき、努めて存在を持続する理由がどこにあるのか？　もしかして症状の形態で浮かびあがることもできないまま、自らを沈めて、ただ存在することだけを持続して錆びている時間とは、ニーチェが「過去に対する恨み」と述べたルサンチマンの一種ではないのか？　しかし日本語に対する「復讐」すら、それになかったものを割りこませて返してやるという形でなそうとした肯定の霊魂にとって、そのような反動的感情ほど似合わないものはない。

錆びた時間は沈んだままそこにある。沈ませた自分自身を見つめてそこにいる。詩人のような立場の「だれか」が引っかかることを待ち、わたしたちに向かって常に口を開いている。

「錆びる風景」の最後の連だ。沈んだ時間、そのような、

私の時間もたぶん
やりすごしたどこかの
物影で大口あけていたのだろう
そこにはまだ事物に慣れてない時間の
初々しい象《かたち》があったはずだ

（「錆びる風景」一三四―五）

もちろんわたしたちは、多くの場合、そのように口を開いている、その時間を見ることができない。わたしたちの目は流れていく時間を満たすものたち、表面で光を受けてきらめくものたち、優麗で素晴らしい時間に従っているからだ。沈んだ時間はその光輝く時間の陰で口を開いたまま存在を持続している。きっと沈めた者を見守っているのだ。だからといって特別な目的や期待を持って見守っているのではない。そこに存在しつつ、ただ見守っているのだ。沈めておいた者の視線とぶつかる「いつか」を待って、口を大きく広げて。

そのように見守る時間のなかには明らかに事物に慣れきることができない時間があるだろう。失敗に帰着したといえども、なにかを試みたときの初々しさが、流れる時間と訣別してなにかを新しく始めた、或る始まりが、そこにあるだろう。いつでも再び始めようとする思いが、その始まりのためになにかを呼びよせようとする思いがそこにあるだろう。自分を取りかこむ世界から、毎日反復する日常の時間から、抜けだす出口を探す思いであれば、きっといつの間にか感知して惹きつけられることになる或るアトラクター（attractor）がそこにあるだろう。

それは待っている。いつかふと振り返った「わたし」の目とぶつかることになるときを待っている。そのようにぶつかった目が、止まった時間のなかへと巻きこまれることを待っている。音を出せなくて黒くなってしまった、光のなかに生きているが黒く錆びて沈んだ闇に、その闇の不吉さに巻きこまれることを待っている。

黙りこくっている鳥を私が見上げ
黒い影が　あの日のままに
見返すともなく私を見ている。
声を上げられないものはやはり
光のなかで　黒くなる。

（「鳥語《とりご》の秋」一一二）

死のように停止した時間のなかにある「不吉な死に居合わせられて／ひたすら黒くなった」（一一二）鳥が、その黒い影が「あの日のままに」止まって立った時間のなかで、「見返すともなく私を見ている」。不吉な闇は沈む時間に巻きこまれることを躊躇させるもうひとつの壁だ。金時鐘がしばしば述べるように「詩を生きる者」としての詩人とは、その黒い鳥の無心な視線を避けず、そこに巻きこまれる術を知る者だ。それに言葉なき視線を与え、沈んでいるしわぶいた声に耳を傾ける者だ。それに声をかける者だ。そうすることをもって「事物に慣れてない時間の／初々し」（「錆びる風景」一三五）さを見ることになる者だ。そのように言葉をやり取りし、詩人はだんだん鳥になっていく。闇の鳥、沈む時間の鳥になっていく。そのように沈む闇は、詩人の体に染みこむ。

里も故《ゆえ》も失くした鳥が
　ごみしか漁れない日本で
私の言葉を餌に生き延びている。
キィーッとしか叫べない鳥に
　私もだんだんなっていっている。
今に真赤に口が染まりもするだろう。

（「鳥語《とりご》の秋」一二一―二二）

このような状況は強いて季節の時間や失くした季節に注目する以前においても異ならない。時間の始まりになる止まった時間が存在する限り、流れる時間に流しやることのできないものがあって時間の流れの底に沈めた思いが存在する限り、これは同じように反復するだろうから。例えば『猪飼野詩集』の「日日の深みで（1）」は、そのようにこまぎれに裂かれたまま沈んだ時間と目が合った「俺」の思いにそって行く。「狎《な》れあった日日の／今日」（「日日の深みで（1）」『猪飼野詩集』五一）だけを生きていた「俺」がその思いの主語だ。

その彼が不用意にも
目をこらしている過去を見てしまったのだ。
こまぎれた日日が
内職の嵩《かさ》となって部屋をせりあげていたとき
かわききった蛍光灯の

斜めに区切る向こっかわで振り向いたのである。
きららな反射に溶けあっているような
いつともない季節の
それは透けた影絵のようでもあり
闇をへだてて　ぱくついている
途絶えた年月の言い訳のようでもあった。

（「日日の深みで（1）」『猪飼野詩集』五一 - 二）

「鳥語《とりご》の秋」においてのように、ここでも凝視しているのは沈んだ過去だ。それが向こう側から、内職をしていたかれに振り向いたのだ。それはそこでただ見つづけていたであろう。それはわたしたちを凝視しつづけるが、「凝視する」という能動的動詞を用いるときでさえ発見されないならば、いかんともしがたい根本的な受動性のなかにいる。日日の生のなかで、職業であれ内職であれ、食っていくための日日の生活のなかで忘れられたまま埋められているものだ。忘れて働いていたかれが振り向いてみたように、それと目が合ったのだろう。

「俺」を凝視した過去と「不用意」に目を合わせることになったとき、かれは「同じ時間をまた逆戻りして」（「日日の深みで（1）」『猪飼野詩集』五七）、闇の世界に入りこむ。沈んだまま忘れていた、記憶にもなかったところに寂しく埋められている記憶の柩を見ることになる。はじめから時間の門が、行き来できてしかるべき戸袋が閉まって、もはや行き来できなくなったことを見る。

彼はまたもや
袈裟掛けに闇の世界に入りこんでしまった。
同じ時間をまた逆戻りして
その先が
開きのない戸袋であることをまさぐり当てたが
とんと覚えのない場所に　それはあった。
しかし彼には　しんしんと埋もれてあるものが
失われた記憶の柩《ひつぎ》であることをすぐにも知ったのだ。

（「日日の深みで（1）」『猪飼野詩集』五七）

それは記憶がないところにあったが、実は失くした記憶の柩、わたしの生の一部であり、いまもまた一部でなければならない記憶の埋葬物だ。ある意味では見ないように、忘れるように努めたものであっただろう。生が平穏な者であればなんの考えもなく忘れてしまえるだろうが、生が決して平穏でなかったマイノリティたちであれば努めて忘れようとしない限り見ざるをえないものであろう。そのようにかれらは忘れたく、失くしてしまいたい闇に囲まれ、毎日の日日を生きている。その闇の包囲のなかにおいても、小さなまどいを得ようと、その闇を忘れようと努めたであろう。そうしてしばしば「不注意に」目にはいってきて、闇のおもしを、それ自体抑えられている闇を再び見ることになる。

とてつもない闇におしつつまれて

俺たちは小さいまごいをつくるのにけんめいなわけだが
あれはその奥で鎮座ましていた　ひしぐ闇のおもしなのだ。
（「日日の深みで（1）」『猪飼野詩集』五七）

沈む時間の闇を見るということは、沈んだ時間と流れる時間のずれを見ることを意味する。これは闇の世界と、それに目を背けて忘れようと努めるまごいの欲望のあいだの間隙が、目に入ってくることを意味する（図3）。その間隙のあいだで沈んだ時間（B）とぶつかったわたしの視線は、そこから弾けあがってまごいの欲望へと、流れる時間の表面へと上がっていく。しかし浮かばせて順次総合する時間意識の志向性とは異なりぶつかって浮かびあがった時間は、流れる時間に混じって現働の生を構想するのではなく、その流れる時間の上にぽつんと浮いているまごいの欲望（C）にぶつかり戻ってくる。そのまごいの欲望が断固としていて動く術を知らないならば、その視線はきっとそこに反射して再び沈んでいる時間のなかへ、言葉なしに戻ってくるだろう。努めて忘れようとした思いを刻みなおし、闇のおもしで再びそれを押しおくことになる。しかし沈んだ時間にぶつかって弾けあがった視線に、まごいの欲望が揺るがされたり垂直の反射角をはみだせば、そこに反射された視線は、「わたし」がいるところへと戻ってくる。わたしの生のなかに、わたしの日常を貫通する時間の

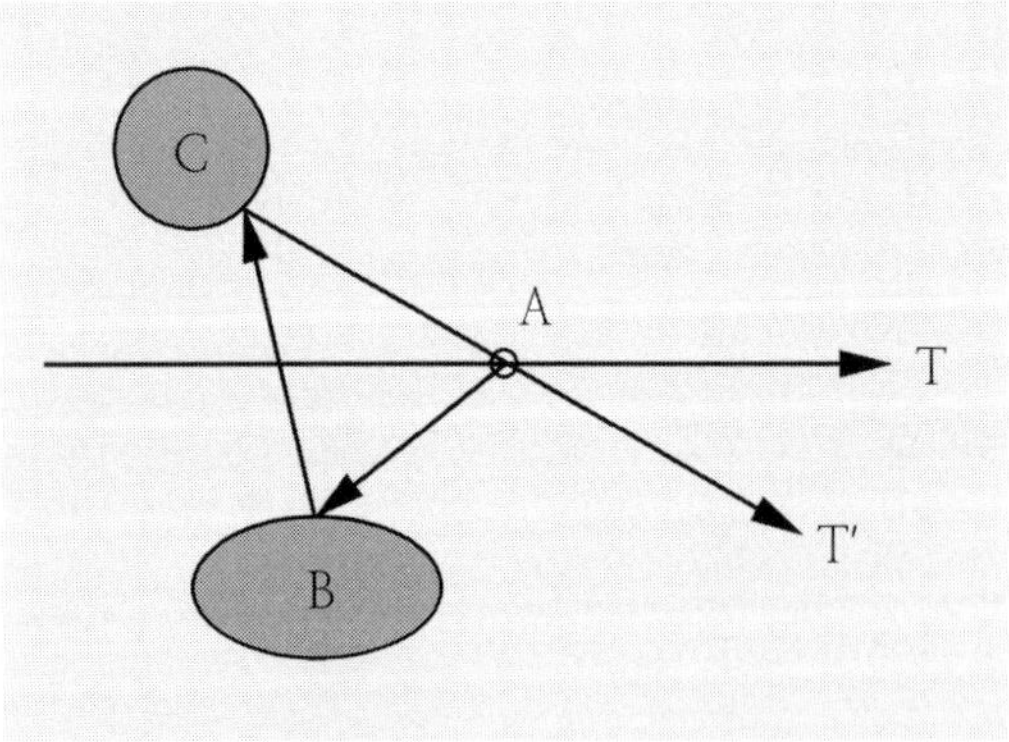

図3

なかに割りこむ。

流れる時間と異なる角度を持つこの視線は、その視線に乗せられてきた沈んだ過去の時間は、流れる時間（T）の線から抜けでる時間の線（T'）を描くことになる。ふたつの時間のずれは沈んだ時間の凝視にまきこまれていった視線の動きに沿っていき、ずれた時間の線をつくりだす。フッサールやベルクソンが述べた流れる時間の「正常の」総合とは異なるやり方で沈んだ過去の時間はこのように流れる時間の現在のなかへと割りこみ、「ときならぬ」時間の総合を稼働させる。慣れたものたちを見慣れぬものにし、日常の時間のなかで凋れたものたちに「始まり」を表示する止まった時間のみずみずしさが染みいる。過去の始まりであったであろうそれは、きっと現在を新しく始めさせるのだ。これをもって世間の光を追いかけることから抜けでる脱走線が描かれる。流れる時間と「はざま」を置き、分かれた時間の線が描かれる。

沈んだ過去とぶつかり巻きこまれた者は、互いに異なる方向へ向かったこのふたつの線のあいだに、ずれた時間のあいだで生きるだろう。ずれた時間の線が交差する角度のなかでずれを生きる生の可能地帯が生じる。流れる時間に乗せられていく生ではなく、流れる時間と「ときならぬ時間」の出会いがつくりだす異なる時間、異なるリズムをもつ時間が生じる。時代を支配する時間から抜けでた時間、ずれの時間が生じる。

八、時間の三つの総合

流れる時間と沈む時間、ふたつの時間のずれはそこに巻きこまれる者たちをずれの時間へと引きこんでいき、そのずれの時間を生きさせる。ずれの時間は、そこでわたしを凝視していた沈んだ時間に偶然に届いたわたしの視線が流れる時間の表面の上に浮かびつつ、日常の生を、日常の欲望を、見慣れぬものとなす或る感覚を発生させるときに作動する。流れる水の上に浮かぶことであり確実な未来をもっているという誤認のなかで毎日の生を引きこむその欲望を、見慣れぬものとなす反射された視線にそって流れる時間から離脱する線が、ずれた時間の線が描かれる。流れる時間の線とずれて離脱した時間の線のあいだに発生する間隙が、その間隙においてて出現する異なる生の可能性が、ずれの時間を生成する。これは順序に沿う時間の総合ではなく、ずれたふたつの時間の混合のなかで、日常の生を抜けでて日常を生きさせる見慣れぬ時間の総合だ。

これもまた時間の総合の内のひとつだ。しかしこれはベルクソンやフッサールが扱う「正常的総合」でもなくフロイトがいう「症状的総合」でもない、今日ならぬ今日の昨日が、ときならぬやり方で時間の流れに割りこんでずれの時間をつくりだす「ときならぬ総合」だ。これはわたしのなかに存在する先験的な志向性でもなく、わたしの理解や解釈を可能にする解釈学的地平の内的形式でもない。それは流れる時間、地平のなかの時間にそって消滅の運命のなかへと送りやられることを拒否した錆びた記憶が、偶然のぶつかりを通してわたしの日常のなかに戻ってきて、充分に理解されていたものの外へとわたしの視線を押しすすめていく力と、わたしが去ることのできない世界の力が、ねじれて混じりあった総合だ。ずれた時間がその流れる時間のなかに割りこんでいき、その時間をねじり攪乱させる総合だ。時代精神（Zeitgeist）ではなく、時代錯誤（anachronism）と見なされるであろう或るものを産出する総合であり、そのように現在の時間のなかで異なる時間を生きさせる総合だ。年代記（chronicle）の流れる時間をつくるクロノスの神話的時間のなかに、虚数を表示する文字をはさみこむアナキロニズム的

(anachronisitic) 総合だ。止まった過去のなかへ戻るように見えるが、実は止まった過去を通して現在を異なる時間へと取りかえる総合であり、そのように現在の慣性を抜けでて、異なる未来をつくる総合だ。

このような総合が正常的総合や症状的総合といかに異なるのかを、図式を用いて対比して整理してもよいだろう。ここでは記憶と現働的現在の総合を扱ったベルクソンの有名な逆円錐型図式が有用だ[6]。ただ、過去の記憶を金時鐘の表現にしたがい「沈む時間」として扱うがゆえに、逆立ちした円錐をもとに戻し、ベルクソンの用法とは少し変容させて使うのがよりよいだろう(図4)。

ベルクソンの図式で円錐SABは個々の諸記憶 (souvenirs) が集積されてつくられた全体としての記憶 (Mémoire) だ。円錐の底であるABは記憶の深層を形成する「記憶の底」だ。頂点Sは現働の身体が作用する地点だ。これは現働の感覚が発生する地点であるが、その感覚は記憶を通して構成されるものだという点で、記憶の円錐上のひとつの頂点でもある。これはわたしが生きていく現働の現在に属するが、同時に記憶が収縮され集中される作用点だ。それゆえこの点は現在と過去が出会う点であり、過去を含む現在を表示する。「全ての知覚はすでに記憶だ。[……]わたしたちは実際に過去だけを知覚する」[7]。平面Pは「宇宙に対する私の現実的表象が動く平面」であり、私たちの「一般観念」が形成される断面だ[8]。この平面が点Sと接するところにわたしたちの現働的身体イメージが形成

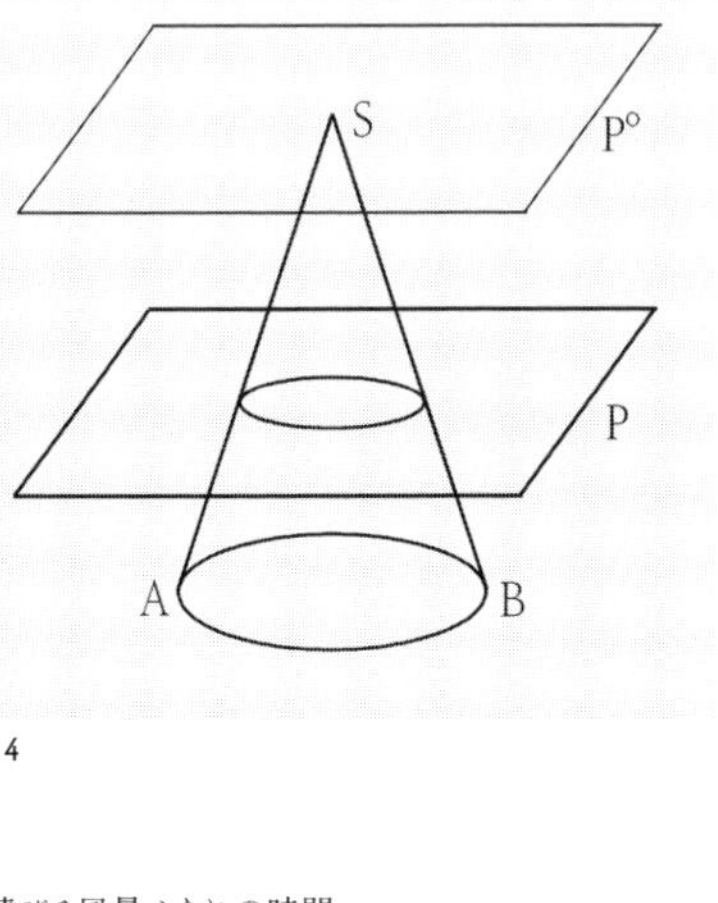

図4

された、これがわたしたちの行動様相を規定する。

だが、一般観念や表象は、たんに現働の身体的運動にのみ固定されてはいない。Sとの接点を抜けでて過去の時間のなかを絶えず移動する。そのように移動し平面Pが記憶の円錐と出会って形成される切断面が、そのときごとにわたしたちの表象や観念になる。それは平面Pの時間である現在と円錐の時間であるそのときごとの過去が出会ってつくられるイメージだ。瞬間的な知覚すら過去の諸記憶なくしては発生しないほど、記憶はいつでも現在形成された知覚や表象の一部をなす。この平面Pは記憶の円錐にそって垂直に上下する。過去の或ることを記憶してみせることは、その記憶がある地点へと平面Pを引きさげていくことだ。その記憶がある位置で、現働の身体的条件と過去の記憶を混じらせ、或る観念やイメージ――切断面――をつくるのだ。記憶に浸って生きる者、過去に生きる者が、現在のSから遠ざかり深い記憶のなかに留まっているならば、現在の感覚的衝動にしたがって生きる者は、頂点の付近から去らずに生きる。時間の正常的総合とは記憶の底であるABと、現在の頂点Sのあいだを、自由に行き来し、そのときごとに適切な世界の像を、切断面をつくることを意味する。

フロイトが述べる症状的総合はトラウマと呼ぶ過去の記憶のある一点に固着した時間の総合だ。その記憶が抑圧され意識の表面に浮かばないということは、身体が活動する現在の頂点へとその記憶を呼びだせないことを意味する。そのような点でそれは「意図的忘却」であるが、じっさい消えなかったのみならず「症状的に」変形され、知りえない形態で現在に常に割りこむ記憶だ。欲望の流れを引きこんで固着させるがゆえに、現働のリビドーがごこへ流れようが、その記憶が存在する地点を通過しないことには流れえない。つまり欲望とリビドーがその点に「縛られている」。したがって現実世界に対する表象もまた、その点Tに捕えられている。平面

Pもまた、その点に固着したまま縛られているしかない。これを先の図式を用いて言いなおせば、平面Pが円錐を垂直に移動するが、いつも一点がトラウマの発生した地点Tに固着したまま移動することを意味する。これによって平面の移動は平面を歪ませ、円錐Pが交差する切断面は歪像をなす曲面になる。つまり表象の形態で呼びだされる記憶は、あるがままの姿ではなく曲面化された切断面にそって歪曲された像として呼びだされる。このように変形され歪曲された表象やイメージ、それと結びついた諸行動が、まさしく「症状」だ。症状的総合とは現在の時間のなかで動く平面Pが、トラウマの地点Tに固着されたまま動き、記憶の切断面を形成し歪曲された表象やイメージを形成する時間の総合だ（図5）。

　固着された地点に貼りつき、リビドーが流れていってもきちんと流れることができないまま、つねに引きとめられたところに戻っていく時間の総合、それゆえトラウマの周辺を回って、症状的切断を反復する記憶の歪像的総合、表には現れないが、あらゆる切断面に過去の固着した地点が変形された形態でつねに割りこむ恒常的総合。それが症状的総合だ。それゆえ症状的総合がつくる多様な形態の諸「症状」は、じっさいトラウマに固着した欲望がつくる像の連続体であるに過ぎず、それゆえ実際は「ただひとつの」意味だけを持つ。

　フロイトはこの症状的形態の諸歪像を「解釈」することをもって最初にトラウマが発生した地点Tを探そうとする。平面Pを点Tがある地点へと移動させ、歪曲されていない記憶の表象を形成しようとする。そうすることをもってかれは平面Pの

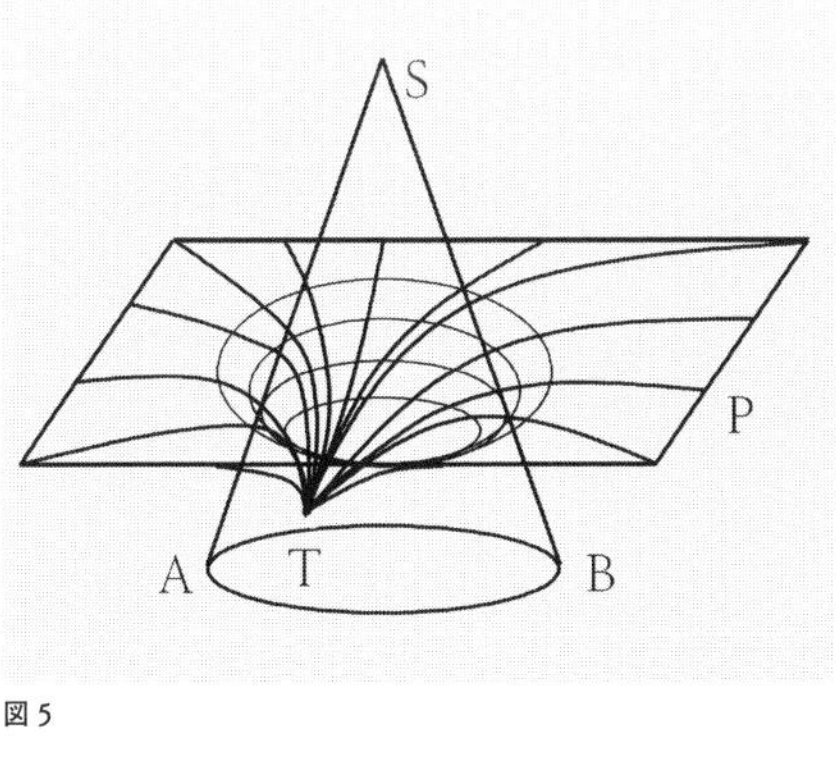

図5

正常な運動を回復できるだろうと信じたが、後に知ることになったのは、患者たちがその症状的な諸歪像を、それによる自分の「苦痛」を楽しんでいたという事実だ。時間の症状的総合を正常的総合へと戻すことに患者自身が抵抗していたのだ。

錆びた記憶のときならぬ総合は、その沈んだ記憶が目を背けたり抑圧のようなものによって消されたり忘却されたりしたものだという点で症状的総合のトラウマと似て見えるが、症状的総合が自らを隠しながらも変形された形態でつねに現在に介入するのとは異なり、隠そうとしないにもかかわらず現在のなかに介入できないまま、ただ凝視しているだけの言葉なき受動性のなかにあるという点で、それと異なる。またそれは現在のなかに呼びだされることを拒否しないが、「正常な」場合には呼びだされえず目を背けられるという点で、症状的総合と相反する。忘却の祈りのなかに押しこめられた出来事や、語りえないことなど、垂直に沈んだものらが集まって凝結した錆びた記憶は、ベルクソンの円錐のなかにぽつんと位置づいて沈んでいるもうひとつの円錐を追加するやり方で表現せねばならないだろう。平面Pの切断面に入らないまま、ただ黙々と沈んだまま残っている記憶だ（図6）。

そのようにただそこにあったが、いきなり省みる目と出会い、その視線を引きよせることができるようになれば、ふたつの視線の接点であるRへ平面Pを引きよせて傾けさせ、傾斜した切断面を通して現働の現在をその沈んだ時間のなかに引きこむ。しかし日常の時間のなかで作動する現働の時間がつくりだす切断面はP'と異なる「正常な」切断面だ。点Rで交差する相異なるふたつの切断面のずれが発生し、そのずれたふたつの時間の平面の間で、流れる時間と

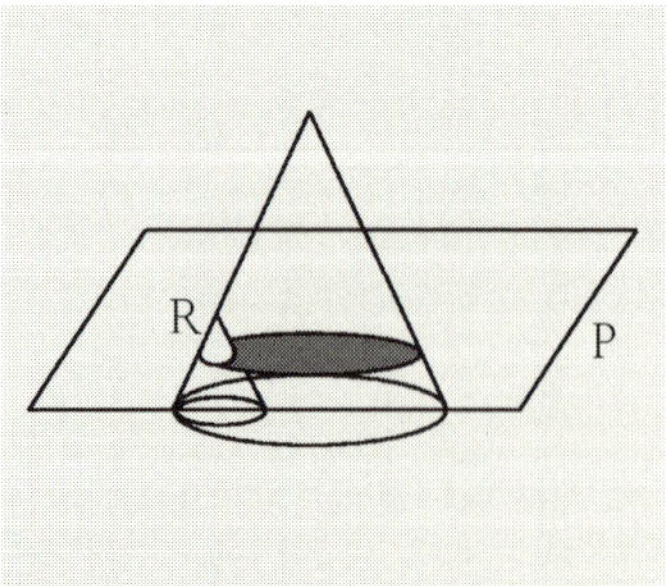

図6

沈んだ時間が混じってつくられる、可能地帯がつくられる（図7）。過去と現在の正常的総合が提供することと異なる時間－イメージが形成される。相異なる時間が混じるアナーキーでアナキロニズム的な総合が形成した表象やイメージは、現実に対する異なるイメージを形成する。このイメージが円錐の頂点へと浮かびあがり、最初にSが提供したものとは異なる行動－イメージを形成する。この総合は「正常的」総合の軸を瓦解し、「正常な」価値や「正常な」習慣から抜けでた、とんでもない脱走線を描くことになる。固着したどこかの地点へと束ねるのではなく、生を固着させる諸価値を瓦解させる総合だ。

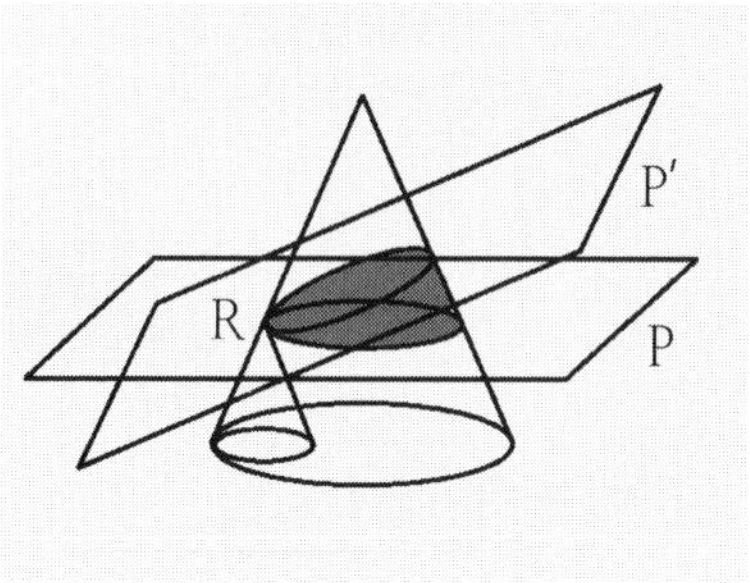

図7

「人は散り、つもる」は、ふたつの切断面のあいだで発生する錆びた記憶のときならぬ総合が、いかなるものなのかを例示しようと書かれた詩のように読める。この詩の第一連と第二連は、ずれたふたつの切断面が出会う地点を見せようとするかのように、ほとんど同じ詩行で始まり、似た種類のふたつの場面を並べて描写する。だからふたつの場面は先の図式の点Rを通過する蝶番のように、ひとつの線で出会い分かれる。

日はとたんに暮れて
遠いどこかで救急車がもがいている。
いく層もの曇を足早に渡ってゆく風。
次第に色めく街なかの灯。

人は競って家路の階段を駆け下り
稜線を区切る最後の日射しひとすじが
日の裏へ都会を引きずってゆく。

とたんに暮れる。
夜ごとの町には
なつかしい顔が散り、つもる。
眠りのなかでも音のない笑いをたてて
記憶の痕跡をばらまいてくる。
一つ一つが不眠の固まりだ。
このまっ暗な百年をまえにしては
いかな誰も己れの悔いをにれ噛まずにはいられない。

家並みで風がしゃくりあげる。
名残りもなく日は落ちる。
取り残された生涯のように
落果がひとつ高い枝先で震えている。
家ごとにひそかに
めぐりゆく時をとどめおいて
街の荒野に散り、つもる

ああいとおしい人たち。
うっすら背後でうすれてゆく
ああ帰り着く先が見えない
細い影。

（「人は散り、つもる」一六〇－一二）

ふたつの連の詩行を構成する「とたんに」と「暮れる」は、ふつうはともに結合する単語ではない。陽が暮れるのはゆっくり連続的に進行するからだ。「とたんに暮れる」ということは、暮れる陽の連続性を壊し、暮れたことがとたんに目に入ってきたことを意味する。とたんに、ある風景が目に入ってきたのだ。そのようにとたんに目に入ってきた場面はいつも進行する日常の時間から、ふと外れた時間のなかで近づいてくる。だが第一連が現働の現在のなかで詩人の目に映った一場面であれば、第二連はなつかしさと記憶、不眠と悔いが織りなす、過去に深く巻きこまれた別の角度の場面だ。別の種類の時間、別の種類の切断面が、「とたんに暮れる」という、意図的に選んで書いた同一の詩行を蝶番にして、交差し、ずれているのだ。

第一連では救急車がもがき、風が渡り、人々は家に帰る。陽は暮れ、闇のなかに都市は浸かる。よく見ることのできる夕方の風景だ。「とたんに暮れる」を反復して始める第二連は、叙述語はすべて現在時制で書かれているが、「一つ一つが不眠の固まり」である記憶だ。笑い、なつかしさ、悔いのような諸感情が混じった「記憶の痕跡」だ。諦念の色である「まっ暗な百年」、それは悔いを噛みしめさせる、固まりになって沈んでいた時間だ。沈んでいた時間が、まっ暗な百年が、いきなり浮かんで私に戻ってきたのだ。

同一の詩行によって噛みあっているが、別の時間の角度によってずれたふたつの切断面は、すべて記憶の円錐を切る切断面だ。ベルクソンが指摘したように、現働の現在に記憶の言語が登場しなくても、知覚はそれ自体が記憶の介入なくしては、在ることができないからだ。相異なる種類のふたつの平面を「とたんに」目に入ってきた類似した場面で並置したのだ。そのようにに相異なるふたつの切断面は「とたんに暮れる」において出会い、交差し、ずれる。第三連に入れば、そのようにずれたふたつの切断面のあいだで、相異なるふたつの時間の「総合」がなされる。家並みのあいだに吹く風と、残像すら残さず無心に暮れる陽、その下の高い枝にひとつ、落ちそうなままぶらさがっている果実の周りに、「めぐりゆく時をとどめおいて」、街に散って積もる、いとおしい人たちが集まる。集まるという言葉なしに集まる。記憶はそのように止まった時間を、暮れる陽の流れる時間と混じり、枝先にぶらさがったように震えている人の大気のなかに、ある感応を解きはなつ。生の行路をねじり、流れる時間から離脱させるパトスだ。

記憶の痕跡を散らしてやって来るいとおしい人たち、かれらは浮かんでこないときすら、止まった時間のなかで「わたし」の付近を去らずにめぐっていた「わたし」の惑星たちだ。「わたし」とともにひとつの「世界」をつくっていた人たちだ。「わたし」が生きていく現働の世界のなかへ、ただ編入していくことを拒絶し、その世界のなかにおいてすら世界‐外‐存在として生きさせたアトラクション（attraction）の力、その世界のなかで異なる世界をつくりだし生きさせた力だ。この場合「いとおしさ」とは、通常のひとつの感情というよりは、まさにそのアトラクションの引力を表現する言葉ではないか？　かれらはそのようにわたしを引きよせ、わたしもまたそのようにかれらを引きよせる。だからかれらも、わたしも、「帰り着く先」が見えない細い影をもつ。時代を支配する時間のなかへも、生を規定する世界のなかへも、純真に帰っていくことのできない者たちであり、そのように帰れなくする者たちだ。「家路の階段を駆け下り」る人たちとは異なって「家路」を失くした人たちだ。失くした季節とともに、みなが帰る、帰るその場所を失くした人たち、止まった時間とともに日常の時間にそって帰る道を失った人たちが、ずれた時間、あのふたつの切断面のあいだから出てきてわたしに近づいてきているのだ。あの止まった時間がわたしに近づくときであれば、いとおしさとともに近づいてくる人たち。かれらもまたそのようないとおしさを知る者たちであろう。まっ暗な諦念にもかかわらず放棄できなかった一枚の花弁のような望みに繰りかえし捉えられることになる人たちであろう。石のなかに埋めてしまった、あの聞こえない音に耳を傾ける者たちであろう。ふたつの切断面のあいだでずれの時間が出現するときごとに、生きている限り「永遠に」反復して戻ってくる、異なる生の影であろう。

　ときならぬ時間の総合の図式にぴったりあうこの詩は、じっさい例外に属する。ときならぬ総合がこのように図式に合って進行するのは、極めて希少だ。しかしずれた時間のあいだで発生する新しい総合は、止まった時間と流れる時間が併存したり混じったりするあらゆる詩において作動している。例えば『猪飼野詩集』の場合をみるだけでも、片隅に埋もれていた止まった時間とわたしの目が、出合って書かれた「日日の深みで（1）」や、毎年やってくる「こともない夏」と乾いた記憶の夏が交差する線の上で書かれた「夏がくる」、かげる夏と影すら燃やす閃光のあいだで記憶すら異なる角度で傾斜していることを見る「影にかげる」、すべてがときならぬ時間の総合を表面に現す詩だ。『光州詩片』の「褪《あ》せる時のなか」もそうだ。『化石の夏』では回り舞台の飾り付けのような季節と宇宙の穴から洩れる風である年月の間隙で投げかけられた「自問」や、過去に埋めてしまった時間と音なしに消えていく「一日」が入り混じる「化石の夏」がただちに目に入ってくる。時間のずれを扱う『失くした季節』であれば言うまでもない。ときめくこともない夏と消しえない夏のあいだで眠った妻の横で空咳でこみあがってくるものを噛みくだす「待つまでもない八月だと言いながら」をはじめとして、「失くした季節」、「鳥語《とりご》の秋」、「錆びる風景」、「四月よ、遠い日よ。」などの多くの詩が、この、ときならぬ総合のなかで誕生したのだ。止まった時間にある限り、時間のときならぬ総合はごこにおいてであれ現れると言わねばならない。

九、世界の時間と存在論的ずれ

日常の時間、それは世界の時間でもある。ひとつの地平のなかで人びとを繋げて束ねる時間だ。その時間のなかで人びとはコミュニケーションし、関係を結び、生きていく。そのなかで共通感覚という似かよった感覚と、様式や通念のような類似した考えでひとつに束ねられ結合する。ひとつの「かたまり」を意味する大衆（mass）になる。詩とはそのようなコミュニケーションから抜けでる言葉であり、詩人とはそのように束ねられる感覚と通念から離脱する人だ。それゆえ大衆のなかにいても大衆になりえず、人びとの関心事のなかで生きてもその関心事に慣れることができない。

そのうえ自分が生きる世界と意味の地平を共有できず、自分の「故国」とも少なくない距離を置いたまま、はざまで、ずれの空間で生きねばならなかった詩人であるならば、その抜けでることと離脱は、二重の厚みを持つに違いない。これは「故国」へと「帰る」という場合にも異ならないだろう。それは、ナイーブに述べれば一種の「和解」の試みを含むが、そのように帰る故国もまた、たとえ以前の遠かった「政治的」距離が縮まったといえども、共通感覚と様式のなかで人がひとつに繋がり、そのなかで関係を結びコミュニケーションをする世界である限り、かれが大衆の一人になりうまく生きていく可能性はないであろうがゆえに。流れる時間のなかで自分の過去を、固執して止めて置いたものたちを、時間の流れの底に沈めておいたものたちを、心すっきりと流しやることができない限り、いかなる「故国」も究極の帰郷の場所になりえないがゆえに。

金時鐘は人びとが繋がるさいには属性があり、関係を結ぶさいにはそれだけの理由があることを知り、自分もまたそのように繋がりたい欲望をもっていることを知る。そのように、その世界と妥協して生きていくが、そうするほどにそこには本当に繋がるべき誰もいないことを知る。

人はつながる。
縁故とつながり　仕事につながり
世俗と解け合って　大衆になる。
イブがいちじくとつながったおかげで
そこらでしきりと　ときめいた胸が出会ってゆく。
しなびた手と手が
坂の途中でほっそりつながる。

関わりは網の目のようなものだ。

大方はそこからこぼれて
横文字ばかりが日ましにつのる
敷き石が九条に会う。
なんとも居つきにくいお国ことばが
日本語の歩道で「韓流」と出会う。
つながりたい私もヨン様をたたえ
ほどよい笑みでエレベーターに乗る。

こともなく誰もがつながり
つながる誰も
そこにはいない。

（「つながる」一八二 - 四）

そのつながりとは、あたかも演歌や抒情のように、似たものたちが同じものであるかのように混じってひとつになる属性を持っている。議員たちが靖国神社に参拝するのも全部それぞれなりの理由がある。このために繰りひろげられる祭祀のなかで、時間は「歴史」と呼ばれる過去のなかに「戻っていく」。流しやることのできない過去を止めおいて生きる者たちと似たように見えるが、詩人は現実的な理由で過去へと戻るこのような儀礼的祭祀に対して、花粉症によるひどいくしゃみをするほど強い違和感を持っている。このように「現実的な」理由で呼びだす過去は、現働の現実を変える過去ではなく、それを強化し保存する過去だ。金時鐘のように止まった時間を持った者たちは、これと反対に「過去的な」理由によって現実へ戻ってくることのできない者たちだ。止まった過去によって現実を生きても別の現実を生きるしかない者たちだ。止まった時間はそのように現在を変える過去であり、現実を変えるやり方で割りこむ過去だ。

　世俗的な理由で互いのあいだで混じりあい、過去すら現実的な理由から探しもとめ、流行や風潮になったものに従いながら、互いに絡んでいくのが、人びとのつながりだ。詩人自身もまた他人たちと関係を結んで生きねばならないがゆえに、人びととつながりたいという。だからかくも長く生きたにもかかわらず、なおも定着しがたい国の路上で「韓流」と出会ったときには「ヨン様」をたたえて笑い、同じエレベーターにのる。そのようにしてであれば、初めて会った人とも困難なしにつながることができる。しかしそのようなつながりにおいて、本当につながらねばならない人に出会うことは難しい。それゆえにこう述べる。「つながる誰も／そこにはいない」。

　ここで私たちは再び「そこに－いる」と反対の「そこに－いない」を見る。「そこにはいつも私がいないのである」（「褪《あ》せる時のなか」『光州詩片』四三）と述べた存在論的な詩行に再び出会う。つながりのそこには、あらねばならないものがない。真につながらねばならない人だけがいないのではない。存在者としての自身がそこにいるが、自分の「存在」と呼ぶべきものがそこにはない。わたしとわたしの存在のずれ、存在論的ずれだというべき存在者の存在のずれを、わたしたちはここで再び見るのだ。つながりの時間、人びとをひとつにつなげる世界の時間のなかにわたしの存在はない。流れる日常の時間のなかにわたしの存在はない。金時鐘にとって自然に流れる時間とは、違和感なしには流しやることのできない時間であり、本質的にずれた時間の一辺であって、存在を込めている時間ではないのだ。

であるならばわたしの存在はどこにいるのか？　流しやることを拒否して底に沈む時間、そのように沈められる時間のなかに在る。つながりと連関から切れて未規定の闇のなかに埋められている時間のなかに。そこにいるべきであるが、いることができずに捨ててきた時間、それゆえいくら時間が流れても決して流しやることのできない時間のなかに。存在論的ずれを構成するもうひとつの時間的成分だ。四・三抗争の記憶を扱う『失くした季節』の最後から二番目の詩「四月よ、遠い日よ」は、再びこの記憶を扱う。

永久に別の名に成り変わった君と
山手の追分を左右に吹かれていってから
四月は夜明けの烽火《のろし》となって噴き上がった。
踏みしだいたつつじの向こうで村が燃え
風にあおられて
軍警トラックの土煙りが舞っていた。
綾《あや》なす緑の栴檀《せんだん》の根方で
後ろ手の君が顔をひしゃげてくずおれていた日も
土埃《つちぼこり》は白っぽく杏の花あいで立っていた。

うっすら朝焼けに靄《もや》がたなびき
春はただ待つこともなく花を咲かせて
それでもそこに居つづけた人と木と、一羽の鳥。

注ぐ日差しにも声をたてず
降りそぼる雨にしずくりながら
ひたすら待つことだけをそこにとどめた
木と命と葉あいの風と。

かすれていくのだ。
昔の愛が血をしたたらせた
あの辻、あの角、
あのくぼみ。
そこにいたはずのぼくはあり余るほど年を食《は》んで
れんぎょうも杏も同じく咲き乱れる日本で、
偏《かたよ》って生きて、
うららに日は照って、
四月はまたも視界を染めてめぐってゆく。

（「四月よ、遠い日よ」一九一一－三）

死者と生者を分かつ境界のかなたへと越え、永遠に異なる名になった君、四月の夜明けの烽火、燃える村と軍警トラックが巻きおこした土埃のなかで、手を縛られたまま顔がひしゃげて死んだその日も、杏の花の春は変わることなくやってきたし、また君を乗せて流れていった。そのように春は、待つこともなく花をしきりに咲かせるが、それでもそこに居続けた人と木を、鳥を、ただ待つことだけをそこに残したものたちを、そのように行き来する春に乗せて、ただ流しやることはできなかっただろう。

蝶のこない雌蕊《めしべ》に熊ん蜂が飛び
羽音をたてて四月が紅疫《こうえき》のように萌えている。
木の果てるのを待ちかねてもいるのか
鴉《からす》が一羽
ふた股の枝先で身じろぎもしない。

そこでそのまま
木の瘤《こぶ》にでもなっただろう。
世紀はとうに移ったというのに
目をつぶらねば見えてもこない鳥が
記憶を今もってついばんで生きている。

（「四月よ、遠い日よ」一九〇一一）

流しやることのできないものがそこにある。枝先、止まった時間の位置に居座って身じろぎもしない鴉が一羽、それは流れることを中断した記憶のなかにあった人や鳥であっただろうか？　あるいは流し送ることができずに、最後まで抱きしめて生きてきた詩人自身であっただろうか？　ひょっとすれば両方だと言うべきかも知れないこの黒い鳥は、木が果てるときまで動かないかのように耐えている。木の瘤にでもなるかのようにぴくりともせずそこにいる。わたしがいたであろうそこにいるのだ。わたしの存在はそのようにそこにいる。まだ止まった記憶をついばみ、流れていく時間はすでに世紀を変えてしまったのに、目さえつむれば見える鳥が、日常の世界から目を背けないと見えない鳥が、そこにそのようにいる。ぴくりともせず、無心にわたしを見つめながら、わたしが目を背けて眺めるときを待ち、わたしがキィーッと叫んで黒い鳥になっていくこと（「鳥語《とりご》の秋」）を見守りながら。

その反面、そこにいたであろうわたしは、そこを去り、ここである日本でありあまるほど年を食って生きている。わたしがいないそこはわたしがいたであろうところであり、わたしがいるここはわたしがいるところではないというずれの感覚から、れんぎょうも杏も同じく咲き乱れる日本で、歪んで生きている。そのずれの力で、ずれの時間のなかで日常の世界を貫通する時間と異なる時間を生きているのだ。ずれの時間を、存在論的ずれの時間を。そのように生きている「わたし」の視界を、四月は再び染めてめぐっていく。以前にもそのように反復してわたしの視野を染め、たんに慣れしたしんで安穏と生きていけない時間の色へと戻ってきたのだろう。反復してずれの時間を生きるべく、ときならぬ生を生きるべく戻ってきたのであろうし、また再び戻ってくるのだろう。

この場所が詩人がこの詩集で展開した時間の思惟を通して「帰る」場所なのだ。閉じられた家のなかに風を、止まった時間のなかに流れる季節の時間を呼びだそうと「帰ろう」と述べた思いが、親しみを持った在日を去り「帰ろう」と述べた思いが、帰る場所なのだろう。はざまを抜けだして枝先にぶらさがったひとつの柿のように孤独にぶらさがった枝先へと移っていくが、止まった時間が流れるようにする新しい場所を探したが、それでもかれが帰る場所はこの存在論的ずれの時間のなかだ。止まった時間でも流れる現働の時間でもない、反復して戻ってくるずれの時間。そのときごとに異なる契機で、異なる条件で、異なる色で染まる視界、そのずれの視野へと反復して戻っていったのだろう。まさにここがかれの詩が誕生した場所であり、かれの存在論的思惟が湧きあがる「起源」だ。かれが去った所だ。かれの「故郷」だ。そこ、その存在論的ずれの時間のなかを「一人の男が／歩いている」（『新潟』『金時鐘コレクション』Ⅲ、藤原書店、二〇二二、二五二）。一人の男がそこにいる。

注

第一章

（1）　金時鐘「化石の夏」『化石の夏』『金時鐘コレクション』Ⅳ、藤原書店、二〇二四、三四–六頁。

（2）　プラトンの『国家』によれば、ソクラテスは人間の肉体と霊魂に対応して、国家においで行なわねばならないふたつの教育についてこのように述べる。「体のための教育としては体育があり、霊魂のための教育としては詩歌（mousike）があるね」（プラトン『国家（改訂増補版）』パク・ジョンヒョン訳、曙光社、二〇〇五、一六五頁〔藤沢令夫訳『国家』上巻、岩波文庫、一九七九、一五三頁〕）。詩歌と翻訳された mousike という言葉が示してくれるのは、詩と音楽がひとつであったという事実だ〔藤沢令夫訳では「音楽・文芸」〕。たとえばホメロスの叙事詩こそが霊魂の教育のために教えねばならない詩歌／音楽であったのだ。中国の『詩経』もまた詩と歌の起源的同一性を見せてくれる。総三〇五編の詩経は各地域の土俗的な民謡をあつめた「風」が一六〇編、中原一帯の王朝で使用された正楽を集めた「雅」が一〇五編、踊りを兼ねるという意味を含む祭儀音楽「頌」が四〇編で構成されている（イ・ギドン訳『詩経講説』成均館大学出版部、二〇〇四）。

（3）　ブランショ、パク・ヘヨン訳『文学空間』チェクセサン、一九九〇、二三頁〔粟津則雄・出口裕弘訳『文学空間』現代思潮社、一九八八、一五頁〕。

（4）　ブランショ、パク・ヘヨン訳、前掲書、二七頁〔粟津則雄・出口裕弘訳、前掲書、一九頁、訳文は韓国語版による〕。

（5）　リルケ、キム・ジュヒョク訳「ドゥイノの悲歌、第一の悲歌」『リルケ全集2　ドゥイノ悲歌』チェクセサン、二〇〇〇、四四三頁〔手塚富雄訳『ドゥイノの悲歌』岩波文庫、二〇一〇、七

-八頁〕。

（6）リルケ、キム・ジュヒョク訳、前掲書、四四五頁〔手塚富雄訳、前掲書、一一頁〕。

（7）金時鐘「自序」『地平線』郭炯德訳、ソミョン出版、二〇一八、一一頁〔『金時鐘コレクション』I、藤原書店、二〇一八、二〇頁〕。

（8）リルケ、キム・ジュヒョク訳、前掲書、四四三頁〔手塚富雄訳、前掲書、八頁〕。

（9）「ロレンスは、激しいまでに詩的な或るテクストにおいて、詩が何をなすのかを記述している。すなわち、ひとびとは自分たちを守ってくれる傘を絶えずつくっており、その裏側に、天空を描き、自分たちの慣例やらオピニオンやらを書きこんでいるのだが、詩人、芸術家は、傘に裂け目をつけ、天空を引き裂きさえし、こうして風のような自由なカオスを少しばかり通」す。ドゥルーズ＋ガタリ、イ・ジョンイム＋ユン・ジョンイム訳『哲学とは何か』現代美学社、一九九五、二九三頁〔財津理訳『哲学とは何か』河出文庫、二〇一二、三四一頁〕。

（10）ブランショ、パク・ヘヨン訳、前掲書、四一頁〔粟津則雄＋出口裕弘訳、前掲書、三四頁〕。

（11）ブランショ、パク・ヘヨン訳、前掲書、一七六頁〔粟津則雄＋出口裕弘訳、前掲書、一七六頁〕。

（12）ブランショ、パク・ヘヨン訳、前掲書、四一頁〔粟津則雄＋出口裕弘訳、前掲書、三四頁〕。

（13）金時鐘「化石の夏」『化石の夏』『金時鐘コレクション』IV、三四頁。

（14）ブスケ、リュ・ジェファ訳『月追い』春の日の本、二〇一五、二二頁〔*Le Meneur de Lune*、未邦訳〕。

（15）金時鐘「まだあるとすれば」『光州詩片』『金時鐘コレクション』V、藤原書店、二〇二四、三二頁

（16）金時鐘＋鶴見俊輔、チョン・ギムン訳「戦後文学と在日文学」『今日の文芸批評』一〇二号、二〇一六年秋、一〇五-七頁〔金時鐘『境界の詩』藤原書店、二〇〇五、三三七頁〕。

（17）これについては李珍景「構築主義と感覚革命」『再考するロシア革命一〇〇年1』チョン・ジェウォン＋チェ・ジンソク編、文学と知性社、二〇一七参照。

（18）ブスケ、リュ・ジュファ訳、前掲書、二二頁。

（19）バディウは「出来事についての忠実性」として真理を定義する。かれにとって出来事とは以前になかったもの、あるいはあっても数えられないものという点で単独的（singulière）なものだ（バディウ『存在と出来事』チョ・ヒョンジュン訳、セムルギョル、二〇一三〔藤本一勇訳『存在と出来事』藤原書店、二〇一九〕）。わたしは後に「出来事」という概念を使用するが、そ

れはバディウが述べるように以前になかったものやあっても数えられないものではなく、頻繁に発生するものでもありうるし、特別に単独的ではなく、日常や自然のなかでも発生しうるものである。『猪飼野詩集』が「日日」の日常のなかで決して消すことのできない出来事を繰り返し見せてくれるとすれば、『失くした季節』はなんでもないように見える自然のなかでそのような出来事の痕跡を見せてくれる。また出来事は特別なものではなく、ともすればかなり些細で「なんでもないもの」のように見えるものでもありうる。これもまた『猪飼野詩集』の幾人かの人物を通して見ることになるだろう。同様に真実性もまた、そのような「とびぬけた」出来事の概念を強いて前提に置かずとも使用できる概念として理解しようと思う。

第二章

（1）金時鐘、尹如一訳『朝鮮と日本に生きる』トルペゲ、二〇一六、一八‐九頁（金時鐘『朝鮮と日本に生きる』岩波新書、二〇一五、三‐五頁）。
（2）金時鐘、尹如一訳、前掲書、一八頁（金時鐘、前掲書、四頁）。
（3）金時鐘、郭炯徳訳「自序」『地平線』ソミョン出版、二〇一八、一一頁（兪淑子編訳『境界の詩』図書出版小花、二〇一八、一三頁）（金時鐘『金時鐘コレクション』I、藤原書店、二〇一八、二〇頁）。
（4）金時鐘、郭炯徳訳「遠い日」『地平線』、四七頁（兪淑子編訳『境界の詩』一四頁）（『金時鐘コレクション』I、六三頁）。
（5）金時鐘、郭炯徳訳『新潟』クルヌリム、二〇一四、三〇、三三頁。（金時鐘『金時鐘コレクション』III、藤原書店、二〇二二、三六頁）。
（6）金時鐘、郭炯徳訳、前掲書、一七六・一七三頁（前掲書、二四二頁）。
（7）金時鐘、尹如一訳、『朝鮮と日本に生きる』二二三頁（金時鐘『朝鮮と日本に生きる』岩波新書、二三二頁）。
（8）金石範＋金時鐘『なぜ書きつづけてきたか　なぜ沈黙してきたか』済州大学校出版部、二〇〇七、一一二‐三頁（金石範・金時鐘『［増補］なぜ書きつづけてきたか　なぜ沈黙してきたか　済州島四・三事件の記憶と文学』平凡社ライブラリー、二〇一五、一一八頁）。
（9）鶴見俊輔＋金時鐘「戦後文学と在日文学」『今日の文芸批評』、一〇四‐六頁（金時鐘『金時鐘詩集選　境界の詩』藤原書店、二〇〇五、三二五頁）。
（10）「実際には闇討ち的なクーデターでした。大衆討議ひとつあって変わったわけじゃない」。金

石範＋金時鐘、前掲書、一二四頁（金石範＋金時鐘、前掲書、一三〇頁）。

（11） 野口豊子「金時鐘年譜」『集成詩集　原野の詩』立風書房、一九九一、八四一頁。

（12） 金時鐘、在日エスニック研究会訳「ロボットの手記」『ヂンダレ　カリオン4』知識と教養、二〇一六、一〇六頁（『ヂンダレ』一七号、一九五七、一八頁）。

（13） 金時鐘、在日エスニック研究会訳「大阪総連」、前掲書、一七三‐四頁（『金時鐘コレクション』Ⅰ、二六六‐九頁）。

（14） 金時鐘、在日エスニック研究会訳「大阪総連」、前掲書、一七五‐六頁（『金時鐘コレクション』Ⅰ、二六九‐二七二頁）。

（15） 「盲と蛇の押問答」で事例として金時鐘が提示する詩の例。『ヂンダレ』一八号、三頁（『金時鐘コレクション』Ⅶ、藤原書店、二〇一八、一〇〇頁）。

（16） 金時鐘、在日エスニック研究会訳「盲と蛇の押問答」『ヂンダレ　カリオン4』、一七七‐八頁。かれは詩のみならず放送に対しても書く。「隔絶した中で祖国を意識しようと努めている私にとっては、祖国の放送はまったく一人合点というよりほかありません。」『ヂンダレ　カリオン4』、一七九頁（『ヂンダレ』一八号、三頁。『金時鐘コレクション』Ⅶ、一〇〇‐一頁）。

（17） 金時鐘、在日エスニック研究会訳、前掲書、一八四頁（『ヂンダレ』一八号、五頁。『金時鐘コレクション』Ⅶ、一〇七頁）。

（18） 金時鐘、在日エスニック研究会訳、前掲書、一八〇頁（『ヂンダレ』一八号、三頁）『金時鐘コレクション』Ⅶ、一〇一‐二頁）。

（19） 金時鐘、在日エスニック研究会訳、前掲書、一八五‐六頁（『ヂンダレ』一八号、六‐七頁。『金時鐘コレクション』Ⅶ、一〇九‐一〇頁）。

（20） 金石範＋金時鐘、『なぜ書きつづけてきたか　なぜ沈黙してきたか』、一二五‐六頁（金石範＋金時鐘『［増補］　なぜ書きつづけてきたか　なぜ沈黙してきたか』平凡社ライブラリー、一三三頁）。

（21） あらゆる創作活動は文芸同の常任中央委員会の批准を事前に受けるということが就任の条件であったという。野口豊子「金時鐘年譜」『原野の詩』、八四五‐六頁。

（22） 実際多くの感応や感覚、行動は真理なしに、認識以前に作動する。「虎をなぜ好きなのかわかりません。／〔……〕／この詩を知りませんお前を知りません好きです」（陳恩英《ジン・ウニョン》「認識論」『奪っていくうた』創批、二〇一二、四二頁）。

（23） 後に第七章でわたしたちは金時鐘の詩におけるこのアナキロニズム的時間の概念を見るこ

とになるだろう。

(24) 金時鐘、尹如一訳「連帯ということについて」『在日のはざまで』トルペゲ、二〇一七、一四九頁（金時鐘『「在日」のはざまで』平凡社ライブラリー、二〇〇一、一九五頁）。

(25) このような理由でかれは自らも在日関係の主人公になってはならないと述べる。朝鮮で生まれ、朝鮮語を使えるからだ。そのようなかれが自分もまた在日であると考えるようになったのは「僕も、結局のところ、日本に引き戻された人間」という自覚のなかで「在日というのは日本で生まれ育っただけが在日じゃないねん、かつての日本との関係において日本に引き戻されざるをえなくなったものも」在日の因子であるという認識に到達することをもってであった。金石範＋金時鐘、『なぜ書きつづけてきたか　なぜ沈黙してきたか』、一六三頁（金石範＋金時鐘『［増補］なぜ書きつづけてきたか　なぜ沈黙してきたか』、一七三‐四頁）。

(26) 金石範＋金時鐘、前掲書、一三三頁（金石範＋金時鐘、前掲書、一三九頁）。

(27) 金時鐘「連帯ということについて」『「在日」のはざまで』所収。

(28) これに対し、ドゥルーズ＋ガタリであればマイナー言語、マイナー文学と述べるだろう。たとえば豊かで素晴らしいゲーテのドイツ語と違って、単純で荒々しくなにかおかしいカフカのドイツ語がそうだ。プラハに居住するユダヤ人が使用するドイツ語、しかしドイツ語ではないと掃きすててしまうこともできず、「まちがった」ドイツ語だと消しさってしまうこともできないドイツ語。そのような点でカフカはドイツ語が未熟でどもるのではなく、外部者の感覚でドイツ語をどもらせているのだ（ドゥルーズ＋ガタリ、李珍景訳『カフカ――マイナー文学のために』東文選、二〇〇一、五四‐六二頁（宇野邦一訳『カフカ――マイナー文学のために〈新訳〉』法政大学出版局、二〇一七、三八‐四六頁））。金時鐘の言葉で言いかえれば、訥々とした異常なドイツ語だといえるだろう。

(29) 金時鐘「私の日本語、その成功と失敗」『わが生と詩』岩波書店、二〇〇四、二九‐三〇頁（著者は鵜飼哲「金時鐘の詩と日本語の〈未来〉」『応答する力』青土社、二〇〇三、二一八頁より該当部分を再引用している）。

(30) 鶴見俊輔＋金時鐘、「戦後文学と在日文学」、一〇八頁（金時鐘詩選集『境界の詩』三二八頁）。

(31) 金時鐘「日日の深みで1」『猪飼野詩集』岩波現代文庫、二〇一三、五四‐五頁。

(32) たとえば、金時鐘「詩は現実意識の革命」『済州作家』六〇号、二〇一八春、三二‐七頁参照。

（33）金時鐘、前掲、三五・六頁。
（34）金時鐘、尹如一訳「私の出会った人々」『在日のはざまで』四七・八頁〔金時鐘『「在日」のはざまで』五七頁〕。
（35）金時鐘「扉ことば　詩が書けるということ」『集成詩集　原野の詩』七頁。
（36）スピノザ『エチカ』四部定理二一および二四。
（37）安海龍「オレの心は負けてない　在日朝鮮人「慰安婦」宋神道の闘争」二〇〇七。
（38）金時鐘「クレメンタインの歌」『「在日」のはざまで』所収。
（39）金時鐘「私の出会った人々」『「在日」のはざまで』三七頁。
（40）金時鐘『朝鮮と日本に生きる』二三二頁。

第三章

（1）金時鐘「褪《あ》せる時のなか」『光州詩片』『金時鐘コレクション』V、藤原書店、二〇二四、四三頁。
（2）「人間の本質に対する存在の連関のみならず同時に存在それ自体の開放性に対する人間の本質関係をひとつの単語で適切に表現するために、人間が人間としてそのなかにはいっている本質領域を指すための名称として「そこに・いること（Dasein）」という用語を選択した」。ハイデガー「「形而上学とは何か」の序文」『里程標』1、シンサンヒ訳、ハンギル社、一三五頁〔辻村公一＋・ハルトムート・ブフナー訳「『形而上学とは何であるか』への序論」『ハイデッガー全集9　道標』創文社、一九八五、四六八頁〕。Dasein の訳語は修正した。
（3）「光州事態」は一九八〇年光州で起こった出来事を指すが、ふつう「光州抗争」や「光州民主化運動」などと命名される。それにしたがわず「光州事態」と表現する理由は、出来事と事態に対する筆者なりの概念によるからなのだが、これについては『光州詩片』を扱う第五章を参照。
（4）金時鐘、尹如一訳『朝鮮と日本に生きる』トルペゲ、二〇一六、一七・八頁〔金時鐘『朝鮮と日本に生きる』岩波新書、二〇一五、三頁〕。
（5）金時鐘、尹如一訳「私の出会った人々」『在日のはざまで』、トルペゲ、二〇一七、二七頁〔金時鐘『「在日」のはざまで』平凡社ライブラリー、二〇〇一、二八頁〕。
（6）金時鐘、尹如一訳『朝鮮と日本に生きる』一八頁〔金時鐘『朝鮮と日本に生きる』岩波新書、四頁〕。
（7）フランツ・ファノン、ノ・ソギョン訳『黒い皮膚・白い仮面』文学トンネ、二〇一四、一〇七頁〔海老原武＋加藤晴久訳『黒い皮膚・白い仮面』みすず書房、一九七〇、七七頁〕。

（8）　これは黒人という規定の不十分性、その規定へと還元されないわたしの潜在性を喚起させる言葉だ。明示的には反対に見える「そうだ、わたしは黒人だ！」という応酬もまたこれと異ならない。この言葉はかれが述べる黒人とは異なる意味の黒人であることを意味するからだ。お前が知っている黒人（対象）とは異なる黒人、お前が言う黒人と異なる存在としての黒人、お前が知りえない潜在性をもっている黒人ということだ。これもまた、存在論的ずれを、反語的首肯の形態で表現することだ。

（9）「ファノンはサルトルの序文を読んだが、なんら注釈を加えなかった。普段と異なりかれは深く沈黙したのみだ。しかしファノンはフランソワ・マスペロに送った手紙で、ときが来れば自分の立場を弁明する機会を持ちたいと述べた」。アリス・シェルキ、ナム・ギョンテ訳「二〇〇二年度版序文」『地に呪われたる者』グリンビ、二〇〇四、一六頁。

（10）　ハイデガー、シン・サンヒ訳『同一性と差異』民音社、二〇〇〇、五六－七、六三－四頁〔大江精志郎訳『同一性と差異性』理想社、一九六〇、六二－五、七〇－三頁〕。

（11）　ハイデガーですら、自ら避けえなかった気まずさと不快さによって、存在に目を向けはじめたことは明らかだとわたしは信じる。例えばわたしをめぐる存在者全体がわたしに背を向け、すべて無意味になる「不安」の経験に対して、それによってようやく存在忘却を知ることになり、存在に目を向けさせる驚愕について書くとき（シン・サンヒ訳「形而上学とはなにか」『里程標1』ハンギル社、一六〇－一頁〔辻村公一＋ハルトムート・ブフナー訳「形而上学とは何であるか」『ハイデッガー全集　9　道標』創文社、一九八五、一三三－五頁〕）、かれはまさにこのような事態を述べているのだ。かれはこれを「無の押しこめ」、「無化される無」という言葉で表現する（同書、一六二－三頁〔同書、一三七頁〕）。しかしかれは存在を扱うときならば、いつもずれではなく合致によって事態を見ようとし、「そこ」をずれの場所ではなく合致の場所として扱う。存在と無が異ならないという言葉は、一次的には無化する無を通して存在へと目を向けさせる事態を表現するが、存在が光にしたがう限り、無は存在の光にしたがう隠匿の影にすぎなくなる。結局存在は無の闇ではなく存在の光が差す「そこ」を抜けだしえない。四方世界の合一を述べる後期に至れば、存在は光（Licht）が差すあたたかい「森のなかの空き地（Lichtung）」に安らかに位置づくことになる。これは「無」や深淵などに対するかれのあらゆる言及が、結局は実質的に無意味になって存在の光へと席を差しだしてやる理由だ。だからかれは地平の外の見えない世界ではなく、地平の内ですでに皆が知っているが忘却されているだけである存在の意味を探しもとめる。存在の意味が隠匿された言語の起源的位置を探していく。これはすべて、どのようにであれ「そこ」こそが存在が居するところだという誤認と無関係ではない。

(12) ラルフ・エリスンの小説『見えない人間』(チョ・ヨンファン訳、民音社、二〇〇八〔松永昇訳、白水社Uブックス、上・下、二〇二〇〕)はこのような存在論的ナラティブを卓越した形で見せてくれる。これについては李珍景『芸術、存在に巻きこまれる』(文学トンネ、二〇一九)第五章参照。

(13) 帰国運動とは、在日朝鮮人を北朝鮮〔朝鮮民主主義人民共和国〕へ「帰国」させる運動だ。一九五九年、二九四二名をはじめとして、一九八四年まで合計九万三三四〇名の在日朝鮮人が北朝鮮へと渡っていった。帰国を担当していた帰国センターと北朝鮮を行き来した帰国船(「万景峰号」)が出発する港が新潟にあった。帰国運動と帰国船はこの詩全体と関連した中心素材だ〔韓国語正書法によると、新潟は「니가타」と表記せねばならないが、詩人は言葉のリズムのために元来の発音通りに長音を生かして「니이가타」と表記してくれと述べたので、韓国で刊行された詩集の題名は『니이가타』と表記されたという。ここでも刊行された詩集表記をそのまま援用する〕。

(14) 日本の敗戦直後、徴用ないし強制連行された朝鮮人三七三五名を乗せて朝鮮へ帰ろうとした軍用船。釜山へ向かう予定で、補給のために舞鶴沖に停留したが、八月二四日に爆発事故で沈没した。一九五〇年三月、再利用のために引き上げが試みられたが中途で放棄され、四年後再び引き上げが試みられた。浮島丸の爆発事故と古鉄再利用のための引き上げは、第二部第一篇、第四篇で扱われる重要な素材だ。

(15) しかしこれもまた、かれがここで扱うものが単純に海を越えていこうとする帰国運動だけでないことを示唆する。

(16) 雁木とは積雪量が多い新潟などで雪が高く積もった状態でも歩行者の通行を確保するために考案された道だ。あった道がなくなった条件から新しい道をつくりだすことに着目して使用したイメージだといえよう。

(17) 『物質と記憶』でベルクソンは、記憶とは現働の時間の「かなた」にあるがつねにそれと接したまま現実の一部として存在する潜在的なもの(le vituel)の世界を形成していると述べる。潜在的なもの、それは流れる時間とともに消えていったものではなく、現働的なもの(l'actuel)と異なるやり方で現実(le réel)のなかに存在し、現実を織りあげる現実の一部だ。

（18）ドゥルーズ＋ガタリ、イ・ジョンイム他訳『哲学とは何か』現代美学社、一九九五、二四六-七頁（財津理訳『哲学とは何か』河出文庫、二〇一二、二八八-九頁）。

（19）陳恩英《ジン・ウニョン》「modification」『わたしたちは毎日毎日』文学と知性社、二〇〇八、三九頁。

（20）強調は引用者。以下、すべての強調は引用者によるものだ。

（21）自伝によれば、詩人はじっさいにその闘争に参加して、渦中に腹に異常が生じ、用便が急だったという（金時鐘、尹如一訳『朝鮮と日本に生きる』二五六頁（『朝鮮と日本に生きる』岩波新書、二七一頁））。のちにこれは腸結核のためであったと知ることになる。

（22）フォッサマグナとは巨大な亀裂ないしはざまを意味する。東北日本と西南日本をふたつに分かつ地質学的断層を意味する。その断層のひとつのはしが新潟にある。

（23）スティーヴン・J・グールド、キム・ドングァン訳『生命、その驚異について』キョンムン社、二〇〇四（渡辺政隆訳『ワンダフル・ライフ――バージェス頁岩と生物進化の物語』ハヤカワ文庫、二〇〇〇）。

（24）「常に／故郷が／海の向こうに／あるものにとって／もはや／海は／願いでしか／なくなる」（一一五）という第二部第二篇の冒頭部分はこの文脈で理解せねばならない。

（25）「「それが存在を与える（Es gibt Sein）」というとき、与えるそれは出来事（Ereignis）であることが立証される」（ハイデガー「時間と存在」、シンサンヒ『時間と存在の光――ハイデガーの時間理解と生起の思惟』ハンギル社、二〇〇〇、一七九頁。Ereignisの翻訳語は引用者が修正）。

（26）個別の諸様態すべてがそれに淵源し、またそのなかで消えていくスピノザの実体もまたこれと同一な意味を持つ。それ以前にあらゆる存在者は「ひとつ」であることを強調するなかで、ドゥンス・スコトゥスもまた個体性を越えた存在自体の一元性に注目したことがある。ドゥルーズはここにニーチェの永遠回帰を追加する。諸様態によって変化する身体として、あらゆる様態をひとつの同一なものへと回帰させるものとしての永遠回帰（ドゥルーズ、キム・サンファン訳『差異と反復』民音社、二〇〇四、一一二頁（財津理訳『差異と反復』上巻、河出文庫、二〇〇七、一五〇頁））。

（27）このように引き上げられた海を「他者の浮上」と解釈する場合もあるが、そのように引き上げられ浮かぶものが「他者」であれば、その他者は生活と計算の場のなかで規定された対象に過ぎないのだと、他者性を失った対象になったのだと言わねばならない。つまりそのような「浮上」で他者の「他者性」は浮かびあがらない。この詩はこれを指してむしろ死すら奪うものだと書くという点で、このような引き上げに「他者の浮上」という肯定的意味を付与するのは困難に思える。

（28）金時鐘「染み」『化石の夏』『金時鐘コレクション』V、藤原書店、二〇二四、三三頁。

（29）「ともかく発て。／帰る当てなどないところで立て。／それが蘇生だ」。金時鐘「明日」『季期陰象』『金時鐘コレクション』V、一七四頁。

（30）金時鐘「噤《つぐ》む言葉——朴寛鉉《パク・クァンヒョン》に」『光州詩片』『金時鐘コレクション』V、五九・六〇頁。

（31）以上はすべて金時鐘「化石の夏」（『化石の夏』）からの引用。

第四章

（1）金時鐘「あとがき」『猪飼野詩集』岩波現代文庫、二〇一三、二一三頁。

（2）ハイデガー、シン・サンヒ訳「形而上学とは何か」『里程標1』ハンギル社、二〇〇五（辻村公一＋ハルムート・ブフナー訳「形而上学とは何であるか」『ハイデッガー全集9　道標』創文社、一九八五）。

（3）ヘーゲル、イム・ソクジン訳『大論理学』第一巻、チハク社、一九八三（武市建人訳『大論理学』上巻の1、岩波書店、二〇〇二）。

（4）老子、オ・ガンナム訳『道徳経』オムアム社、一九九五（蜂屋邦夫訳注『老子』二〇〇八、岩波文庫）。

（5）ナーガールジュナ、キム・ソンチョル訳『中論』経書院、二〇〇一。シンサンファン訳、図書出版b、二〇一八（中村元『龍樹』講談社、二〇〇二）。

（6）しかしそれ自体として無である有が、いかに生成がされうるのかは知りえない。存在と無の同一性という言葉が惹起する文法的幻想のおかげで生成という言葉をその後ろに書くことができたというだけだ。

（7）レヴィナス、金ヨンスク訳『存在とは異なって——本質の彼方』人間サラン、二〇一〇（合田正人訳『存在の彼方へ』講談社学術文庫、一九九九）。レヴィナス、キム・ドヒョン他訳『全体性と無限』グリンビ、二〇一八（藤岡俊博『全体性と無限』講談社学術文庫、二〇二〇）。

（8）ランシエール、ヤン・チャンニョル訳『政治的なもののへりで』キル、二〇一三（*Aux bords du politique*）。

（9）たとえば非正規労働者が闘争を通して正規職になった場合、闘争の隊列に参加しようとせず、かなり保守化する傾向があることは、よく知られている。

（10）ドゥルーズ、イ・ギョンシン訳『ニーチェと哲学』民音社、二〇〇一、一〇九頁（江川隆男訳『ニーチェと哲学』河出文庫、二〇〇八、一一四頁〕。韓国語版翻訳は修正。ニーチェにとって「強さ」とは、力の次元では「能動性」を、意志（力への意志）の次元では「肯定性」をもつ。能動的ということは始めることができるという意味であり、肯定的ということは力を、やろうとすることをすることだ。

(11) ドゥルーズ、パク・チャングク訳『ドゥルーズのニーチェ』哲学と現実社、二〇〇七、四四頁〔湯浅博雄訳『ニーチェ』ちくま学芸文庫、一九九八、四九頁〕。

(12) ランシエール、オユンソン訳『感覚的なもののパルタージュ』図書出版b、二〇〇八。〔梶田裕訳『感覚的なもののパルタージュ——美学と政治』法政大学出版局、二〇〇九〕

(13) わたしはこのようにみすぼらしくとるに足らない者たちのためらいなき堂々さの前で「かれら」が感じる気分を「不穏性」という言葉で定義したことがある。巨大な名分や高尚な秩序の前で「なぜそうしなければならいの？」と反問するかのように、堂々とそこから抜けだすことに対する非難を笑ってやりすごし、自分がやりたいことをする者たちこそ「不穏なるものたち」だ〔李珍景『不穏なるものたちの存在論』ヒューマニスト、二〇一一、二一-四頁〔影本剛訳『不穏なるものたちの存在論——人間ですらないもの、卑しいもの、取るにたらないものたちの価値と意味』インパクト出版会、二〇一五、一二-五頁〕〕。

(14) ベルクソン、チェ・ファ訳『意識に直接与えられたものに対する試論』アカネット、二〇〇一、九七頁以下〔合田正人＋平井靖史訳『意識に直接与えられたものについての詩論』ちくま学芸文庫、二〇〇二、八九頁以下。第二章「意識的諸状態の多様性について——持続の観念」以下〕。

(15) ドゥルーズ＋ガタリ、イ・ジョンイム他訳『哲学とはなにか』現代美学社、一九九五、二四九頁〔財津理訳『哲学とは何か』河出文庫、二〇一二、二九一頁。財津理訳ではアフェクトは「変様態」〕。

(16) 金時鐘「あとがき」『猪飼野詩集』岩波現代文庫、二一三頁。

(17) ニーチェ、キム・ジョンヒョン訳「道徳の系譜」『ニーチェ全集 第一四巻 善悪の彼方・道徳の系譜』チェクセサン、二〇〇二、三六七頁以下〔信太正三訳「道徳の系譜」『ニーチェ全集第一一巻 善悪の彼岸 道徳の系譜』ちくま学芸文庫、一九九三、三九三頁以下。第一論文第一〇節以下〕。

(18) そうでない詩がどこにあるのかというならば、金時鐘の詩集『光州詩片』第二部の最後の詩「冥福を祈るな」を読めばよいだろう。この詩で詩人は「浮かばれぬ死は／ただようてこそおびえとなる」(『金時鐘コレクション』V、藤原書店、二〇二四、七五頁)と死者の冥福を祈るなという。「冤鬼《えんき》となって国をあふれよ」ともいう。「かれら」に貼りついて剝がされてはならないなど、あまりにも簡単に剝がれて忘れているのではないかという。痛恨を怨恨へとかえようする詩なわけだ。だからこの詩集には笑いがない。風刺の語調で「狂う寓意」について書くときすら、怒りが笑いを消しさる。幽霊に憑かれて生きたことのある人は知る。この詩は金時鐘が光州で死んだ幽霊たちに憑かれて書いたものなのだ。

(19) ニーチェ、チョン・ドンホ訳『ツァラトゥストラはこう言った』チェクセサン、二〇〇〇、二三六‐七頁(氷上英廣訳『ツァラトゥストラはこう言った』上巻、岩波文庫、一九六七、二四七‐九頁。第二部「処世の術」冒頭部)。

(20) ニーチェ、前掲書、二三七頁。ドゥルーズはこのような転換を事故から出来事への転換として再定義する。たとえば銃創で動けなくなったジョー・ブスケが作家としての生を生きることになって事故を出来事へと肯定できるようになった場合がそれだ(ドゥルーズ、イ・ジョンウ訳『意味の論理』ハンギル社、一九九九、二五九頁以下(小泉義之訳『意味の論理学』上巻、河出文庫、二〇〇七、二五八頁以下。第二一セリー「出来事」以下)。

(21) シュミット、キム・ヒョジョン訳『政治的なものの概念』法文社、一九九二、三一頁(田中浩+原田武雄訳『政治的なものの概念』未来社、一九七〇、一四‐五頁)。

(22) ドゥルーズ『意味の論理』一八〇頁以下(小泉義之訳『意味の論理学』上巻、河出文庫、一七三頁以下。第一四セリー「二重の原因性」以下)。

(23) 「日日の深みで(1)」は先ほど少し検討したように時間のずれを通して日常の深みを省察する詩であるが、これは時間を扱う第七章で再びとりあげる。

第五章

(1) ニーチェ、キム・ジョンヒョン訳「善悪の彼岸」『ニーチェ全集 第一四巻 善悪の彼方・道徳の系譜』チェクセサン、二〇〇二、二八五節(信太正三訳「善悪の彼岸」『ニーチェ全集第一一巻 善悪の彼岸 道徳の系譜』ちくま学芸文庫、一九九三、三三七頁)。

(2) ブランショ『文学空間』三四頁(粟津則雄+出口訳裕弘訳『文学空間』現代思潮社、一九八六、二六頁)。

(3) 現象学的還元は「形象的還元」であれ「生活世界的還元」であれ、すべてそれ自体としてはなんら意味のないものが志向性の作用によって意味を持つことになる様相を現わそうとする。

意味を形成する志向性を現わそうとする。存在者はこの志向性の作用によって「である」という繋辞につながる或る意味をもつ対象になる。意識の作用よりは存在の「作用」を強調しようとしたハイデガーが引きいれる解釈学的方法もまた、歴史的地平のなかに与えられる意味を存在の声と見なすという点で異ならない。わたしたちが述べる「存在論的還元」は、あらゆる意味や形象を抽象する脱形象的還元であり、生活世界が与える意味の作用を消す脱世界的還元であり、あらゆる解釈的地平から抜けでる脱解釈的還元だ。

（4）ドゥルーズは出来事とは非物質的なものであると、物質的な身体の表面において発生する「表面効果」だと述べる（ドゥルーズ、イ・ジョンウ訳『意味の論理』ハンギル社、一九九九〔小泉義之訳『意味の論理学』上・下、河出文庫、二〇〇七〕）。しかしながらかれも指摘したように、そのような出来事とは出来事化の線が描かれる身体なしには存在しえない。それゆえ出来事化の表面は身体をもつ。その身体はときには事物でもあり言葉そのままに「物質」でもあるが、根本的には或るものが「在ったこと」ないしは「在ること」という事実自体だ。消しても痕跡なしには消せない、或るものの「在ること」だ。存在者の存在、事態の存在だ。

（5）この点で詩人は歴史家と異なる。歴史家はいくら「実証的資料」を強調するときにも事態自体へ上っていかない。事後の時間のなかで、その事態によって描かれた諸出来事の連続的軌跡を通してその事態をできるだけ「正確に」出来事化しようとする。「だれでも」同意できる明確な意味を付与しようとする。それゆえにかれらは同時代の出来事、あるいはすぐ隣にある過去の出来事をあまり扱わない。まだ意味を確定するに充分ではないからであり、別の意味の出来事化に充分に反駁できないからだ。「歴史」という言葉が「現在」や「当代」と対比される過去を意味するのは、これと無関係ではないだろう。歴史家たちが議論を繰りひろげ論争をすることもまた、まさしくこの文脈においてだ。

（6）私の知っているある詩人の話だが、二〇一一年、韓進《ハンジン》重工業のクレーンの上で籠城していた金鎮淑《キム・ジンスク》に連帯しようという「希望バス」に乗って釜山駅前に集まった人びとの前で詩を朗読してくれと頼まれ、詩を書いて行ったという。しかし依頼をしていた、詩人でもある主催側の先輩は「これを集会で読む気か？　ダメダメ書きなおして」と言われ、その席で急いで書きなおさなければならなかったという。書きなおしたものは、結局のところ詩というよりは歌といわねばならないものだろう。

（7）韓国語訳版では「ほつれはためく（흐트러져 펄럭이는）」となっているが、先ほど述べたように一単語で書いた題名であることを表現するために「ほつれ（흐트러져）」と訂正する。

(8) 韓国語版では「点火」となっているが、これは意図的に一文字を使ったという解釈を考慮せずとも、火をともすことに対する通念へと引きこむと思われるので、原題そのままに「火」と修正して引用する。

(9) これもまたこの詩が「点火」として、火をともすこととして翻訳されてはならない理由だ。

(10) 「あなたのための行進曲」とともに光州事態以降、街路で最もたくさんうたわれたうたのひとつである「五月の歌」の冒頭（錦南路は光州のメインストリート）。

(11) 金時鐘『朝鮮と日本に生きる』岩波新書、二〇一五参照。

(12) 例外といえば『新潟』第二部であるが、そこでもその詩集の全体のストーリーを導いていく「私」が消えて、「少年」に対する三人称の話として言及される。

(13) 金石範＋金時鐘『［増補］なぜ書きつづけてきたか　なぜ沈黙してきたか――済州島四・三事件の記憶と文学』平凡社ライブラリー、二〇一五、一六七頁。

(14) 金石範＋金時鐘、前掲書、一六八頁。

(15) このような話は別の作家たちからも聞くことができる。たとえば（二〇一四年四月一六日に）「セウォル号事件」が起こったとき、その出来事に深く共感し怒った数多くの作家たちがいたが、ほとんどすべての人たちが一様に述べたことがある。到底作品を書けない、と。もっといえばセウォル号についてではない作品すらも。セウォル号犠牲者を悼む朗読会を組織する最初の会議の場で、詩人シム・ボソンは、このように述べたという。「『セウォル号』が伝える重みが余りにも大きく強烈で、いくらそれについて洗練された表現をするように努力しても、結局には『弱弱しく感じられる』だろうと」（ヤン・ギョンオン「目が見えないものたちの耳を開く」『創作と批評』二〇一五年春号）。だから作品を書けない、と。

(16) 小説家黄皙暎が光州事態について小説ではなくルポを書いたのはこれゆえだろう（黄皙暎『死を越えて、時代の闇を越えて』全南社会運動協議会編、黄皙暎記録、プルピッ、一九八五〔光州事件調査委員会訳『新版　全記録光州蜂起 80年5月――虐殺と民衆抗争の10日間』柘植書房新社、二〇一八〕。この本は後に改訂され再刊行された。黄皙暎、イ・ジェヒ、チョン・ヨンホ『死を越えて、時代の闇を超えて』創批、二〇一七）。事実を、あるがままに真実を伝える「記録」を残さねばならないという思い。

(17) セウォル号関連のパフォーマンスをしていた親しいアーティストが経験したことだが、プラカードを掲げて自然に体の動きにそって踊る動作すら、横にいた者たちに阻止されたという。「死んだ子どもたちの前でどうして踊れるというのか？」

(18) 金時鐘が親密な抒情にもたれてはならず、反対にそれを批判して切れなければならないという信念をもっていることはよく知られた事実だ。一九九二年、一冊六五〇〇円もする集成詩集『原野の詩』を出版したとき、生野の兄貴分にあたる人びとが二〇〇部も買ってくれて「も少しワシらにもわかる」詩を書いてくれと言ったという。彼は「何とか努力します」と笑いながら答えたが、内心ではこの希望に添えないと思ったという。人びとが簡単に共感して読める情感から遠ざからねばならないと、「最も近しい関係であるほど切れていなければならないものがある」という考えからだった（金時鐘＋鶴見俊輔「戦後文学と在日文学」『今日の文芸批評』一〇二号、二〇一六年秋（金時鐘『境界の詩』藤原書店、二〇〇五、三二七頁））。金時鐘にとって詩とは「コミュニケーションから抜けだす言語」であることをよく見せてくれる逸話だ。

(19) ベルクソン、チェ・ファ訳『意識に直接与えられたものに対する試論』アカネット、二〇〇一（合田正人＋平井靖史訳『意識に直接与えられたものについての試論――時間と自由』ちくま学芸文庫、二〇〇二）。

(20) 未分化状態の蛹へと遡るこのような方法は、すでに『新潟』で見たものでもある。

(21) これと反対に事態のなかに折りたたまれた襞を外へと開く出来事化を「説明的（explicative）出来事化」と言うことができるだろう。叙事詩や再現的ナラティブにそって進められる多くの出来事化がこのような出来事化の線にそっていく。

(22) デリダ、ジン・テウォン訳『マルクスの幽霊たち』グリンビ、二〇一四（増田一夫訳『マルクスの亡霊――負債状況＝国家、喪の作業、新しいインターナショナル』藤原書店、二〇〇七）。

(23) 距離に対するこのような考えは、たがいに距離を持たせるがゆえにたがいが隣人としてともに生活できるようになるという「日日の深みで（2）」（『猪飼野詩集』）での考えと繋がっている。これもまた、たんに気安く繋がろうとするとき、繋がるだれもそこにはいないという「つながる」（『失くした季節』）とも繋がっている。「ふさぐ」と「あいだを置く」、「切れる」を意味する日本語「へだてる」という言葉（「へだてる風景」『猪飼野詩集』）で表現される「隣り合いの存在論」が、このような考えが、終始一貫していることを確認できる。

(24) 星は重力の物理的特異点だ。ブラックホールもまた物理的特異点だ。数学的に、特異点とは微分不可能な点であり、物理的特異点（質点）は数学的に叙述不可能な点だ。「ブラックホール」ということがが示すように物理的な闇の場所だ。

(25) 先に述べた第二部における「幽霊的出来事化」は第三部の「狂う寓意」を経て「冥福を祈

るな」へと至り、独自的に完結する。

(26) Alan Badiou, *L'être et l'événment*, Seuil, 1988, p.211.〔藤本一勇訳『存在と出来事』藤原書店、二〇一九、二四八頁以下〕

第六章

(1) マセドニオ・フェルナンデス、オム・ジョン訳『継続する無』ワークルームプレス、二〇一四、一〇二頁以下〔Macedonio Fernández, *Papeles de Recievenido y continuación de la nada*〕。

(2) ハイデガー、イ・ギサン他訳「建てること、住むこと、考えること」『講演と論文』イハク社、二〇〇八、一九四-六頁〔森一郎編訳『技術とはなんだろうか』講談社学術文庫、二〇一九〕。

(3) ハイデガー、イ・ギサン他訳「物」前掲書、二二二-四頁〔森一郎編訳、前掲書〕。

(4) ドゥルーズ、キム・サンファン訳『差異と反復』民音社、二〇〇四、二〇八頁〔財津理訳『差異と反復』河出文庫、上巻、二〇〇七、二四五頁〕。

(5) ドゥルーズ、キム・サンファン訳、前掲書、二一〇頁〔財津理訳、前掲書、上巻、二四七頁〕。

(6) ドゥルーズは空っぽの時間の形式を意味する「つなぎ目から抜けだした時間」をこのようにブランショの非人称的死と連結する(キム・サンファン訳、前掲書、二五四-六頁〔ドゥルーズ、財津理訳、前掲書、上巻、三〇三頁以下〕)。これは未来の真なる肯定だという点でニーチェの永遠回帰と繋がる(ドゥルーズ、キム・サンファン訳、前掲書、二五九頁〔財津理訳、前掲書、上巻、三一〇頁〕)。これがドゥルーズが述べる時間の第三の総合の実質的内容だ。

(7) ニーチェ、キム・ジョンヒョン訳「道徳の系譜」『道徳の系譜　善悪の彼岸』チェクセサン、二〇〇二、四一三頁〔信太正三訳「道徳の系譜」『善悪の彼岸　道徳の系譜』ちくま学芸文庫、一九九三、四四三頁、第二論文第八節〕。しかし、正義とは復讐だというデューリングの主張を批判し、ニーチェは、正義は復讐心だという反動的感情すら平静化してしまうと裏返して述べているが、これは共同体が強い力を持つときという条件の上でのみそうだ(ニーチェ、キム・ジョンヒョン訳、前掲書、四一六-七頁〔信太正三訳、前掲書、四四六-八頁、第二論文第一一節〕)。

(8) 正義を意味するギリシャ語 Dike は「法」や「懲罰」とも翻訳されるが、元来「復讐」を意味する言葉だ。

(9) デリダはここに、逆に正義が復讐的起源から抜けだしたものになる可能性を見ようとする。

復讐のようなものを通しては決して復元されえないずれが、まさに正義の場所になるというのだ（デリダ、ジン・テウォン訳『マルクスの幽霊たち』イージェイブックス、二〇〇七、五七・八頁〔増田一夫訳『マルクスの亡霊たち――負債状況＝国家、喪の作業、新しいインターナショナル』藤原書店、二〇〇七、五九・六〇頁〕）。このような理由でかれは正義を調和させて集まってくるように許す一致（Versammlung、結集）や、つなぎ目（Fug）の正統性（Fug）に連結するハイデガーを批判する（デリダ、ジン・テウォン訳、前掲書、六二頁および六九・七一頁〔増田一夫訳、前掲書、六四頁および七一・七五頁〕）。ハムレットは脱臼した時間を矯正するために生まれたとデリダは述べ、自分の運命を「嘆く」という点でハムレットがつなぎ目を再び一致させようとする正義と距離を置いているとみる（デリダ、ジン・テウォン訳、前掲書、五六・八頁〔増田一夫訳、前掲書、五八・六一頁〕）。しかしこの嘆き以降、ハムレットの行動は復讐を通してねじれた時間を正そうとすることであったという点で、このような距離がつなぎ目を矯正することと本当に異なるものであったのか疑問だ。

(10) 金時鐘、尹如一訳『朝鮮と日本に生きる』トルペゲ、二〇一六〔金時鐘『朝鮮と日本に生きる』岩波新書、二〇一五〕。

(11) 金時鐘『猪飼野詩集』岩波現代文庫、二〇一三、一八四・五頁。

(12) 金時鐘、前掲書、一八三頁。

(13) 金時鐘『新潟』『金時鐘コレクション』Ⅲ、藤原書店、二〇二二、二〇六頁

(14) 金時鐘「日日の深みで（2）」『猪飼野詩集』七五頁。

(15) 金時鐘「果てる在日（2）」前掲書、一三一・二頁。

(16) 金時鐘、前掲書、一八六・七頁。

(17) はざまとしての在日、それはずれを肯定する者にとっては新しい感覚と思惟が始まる生成の空間だ。金時鐘の本『「在日」のはざまで』（尹如一訳、トルペゲ、二〇一七〔平凡社ライブラリー、二〇〇一〕）は、ずれの空間であるはざまが新しい思惟の生成地になることを見せてくれる。

(18) 時間が止まってしまうということは流れにそっていかないものたちが沈殿することを意味する。この「沈殿した時間」がもつ意味は『化石の夏』よりも、すでにみた「褪《あ》せる時のなか」（『光州詩片』）を扱うさいに「褪せた時間」を通して検討したが（本書第五章）、『化石の夏』の次に書かれた『失くした季節　金時鐘四時詩集』（藤原書店、二〇一〇）において、さらに重要なものとして扱われるテーマだ。

第七章

（1）金時鐘『失くした季節　金時鐘四時詩集』藤原書店、二〇一〇、一七六頁（『金時鐘コレクション』Ⅳ、藤原書店、二〇二四、一九八頁）。

（2）金時鐘「詩は現実認識の革命」『済州作家』六〇号、二〇一八春季号。

（3）季節の時間に対する金時鐘の詩的思惟はただ季節の順序を変えることに限られない。鵜飼哲は金時鐘が日本の短歌的抒情を否定するために季節と関連した言葉をひっくり返し、転倒させ、これを「共感の共同体」としての日本に対する抵抗であり、これを通して在日の時間はつくられたと指摘する。「金時鐘による短歌的抒情の否定は、日本語の季語を転位し、転倒する透徹した作業の数々からなる。〔……〕金時鐘の四季は、日本語に染みつき、いまなお短歌や俳句の「国民」的隆盛を支える「共感の共同体」を逆撫でする。彼において、在日の時間は、そのような形でしか、日本語の中で造形されることはできなかったのである」（鵜飼哲『応答する力』青土社、二〇〇三、二一八 - 九頁）。

（4）ベルクソン、チェ・ファ訳『意識に与えられたものに対する試論』アカネット、二〇〇一、九七頁以下（合田正人＋平井康史訳『意識に直接与えられたものについての試論』ちくま学芸文庫、二〇〇二、八九頁以下。第二章「意識的諸状態の多様性について――持続の観念」以下）。

（5）フッサール、イ・ジョンフン訳『時間意識』ハンギル社、一九九六、九〇 - 九三頁（立松弘孝訳『内的時間意識の現象学』みすず書房、一九六七、三六 - 四〇頁）。

（6）ベルクソン、パク・ジョンウォン訳『物質と記憶』アカネット、二〇〇五、二六〇頁（合田正人＋松本力訳『物質と記憶』ちくま学芸文庫、二〇〇七、二一八頁）。

（7）ベルクソン、パク・ジョンウォン訳、前掲書、二五七頁（合田正人＋松本力訳、前掲書、二一五頁）。

（8）ベルクソン、パク・ジョンウォン訳、前掲書、二六〇頁、二七四 - 五頁（合田正人＋松本力訳、前掲書、二一八頁、二二二頁以下）。

訳者あとがき

本書は李珍景『金時鐘、ずれの存在論』(図書出版b、二〇一九)の全訳である(이진경『김시종, 어긋남의 존재론』도서출판b、2019)。

金時鐘については これまでも幅広く論じられてきているし、近年では研究論文の対象としても盛んにとり上げられている。それは韓国においても同様だ。しかし既存の論考や研究は、金時鐘のいくつかの重要な要素を論じたり、または生涯と歴史を論じるものが多く、詩そのものを全体的に一つひとつ分析する形の批評・研究は決して多くはないのではないか。その点で本書は、『新潟』、『猪飼野詩集』、『光州詩片』、『化石の夏』、『失くした季節』に掲載されたほぼすべての詩を徹底して読みこんでおり——「研究書」に期待されるであろう先行研究検討などが徹底されていなかったり、新しい実証的資料を提示していなかったりするとはいえ——新しい金時鐘読解のための刺激を与えるに不足はないであろう。

読解の要点は「存在の存在論」である。本書の原著が準備されていた真っただなかの二〇一九年一月に行なわれた『HAPAX』一一号のインタビューを参照しながら議論すると、日本語に翻訳された『不穏なるものたちの存在論』や『無謀なるものたちの共同体』が「存在者の存在論」だとすれば、本書は「存在の存在論」だということだ。「別の生、別のわたしへと、既存の規定性から抜け出ようと追求するかぎりは現在現存するものから離脱するしかありません。存在者の対象的な規定性から抜け出て、未規定性へと、存在の闇へとむかっていくことですね。ペソアは闇のなかから出てくる数多くの生を生きる、数多くの異名を生きることをつくりだしていきます。ですから最近は文学の場合、存在の存在論を考える試みをしているものが多いと思うようになりました[1]」

この読解方法はいたるところで展開されている。たとえば第四章で、マジョリティに理解可能な存在者として存在形態をあらわすのではなく、マジョリティが「おまえたちはいない」と言ってきても自分たちは存在するのだと、「なくてもある」のだと宣言する形で「見えない町」(『猪飼野詩集』)を読む方法がある。これはマジョリティが「自分たちにわかりやすいように発言しろ」とマイノリティに恫喝することを正面から批判するものだ。これを仮に反対に「あってもない」と表記したならば、マジョリティが理解可能な「かわいそうなマイノリティ」という像に合わせることになるが、そうではなくマイノリティも当然さまざまな感情を持つのだと、マジョリティが理解できなくても「存在する」のだと告げる「なくてもある」という表記でなくてはならないと論じる議論は、詩の読み方に留まらず、マイノリティとマジョリティをめぐるさまざまな分野に応用できるだろう。

そしてもう一つ印象的なのが、第二章の「命を賭ける」ことが「死を賭ける」ことであるならば、「存在を賭ける」ことは「生を賭ける」ことなのだと分節していき次のように論じる部分だ。

存在を賭けることとは死ではなく生を賭けることだ。生自体を賭けることは生きている時間の持続を耐えぬくことであり、その持続する時間のあいだ近づいてくるあらゆる事態を耐えぬくことだ。生を否定しようとする多くの反動的（reactive）な力に立ちむかい、生を押しひろげることだ。生きているがゆえに決して避けえない、あらゆる感覚を通して感知するしかない諸瞬間の重みを踏みしめて繰り返し立ちあがることだ。それゆえ一瞬の重さへ還元できる死の瞬間を耐えぬくことではなく、生きている限り持続するしかないあらゆる瞬間の持続を、その重さの持続を耐えることだ。その重さの摩擦を越えて、そしてまた越えて生を押しひろげることだ。（七九頁）

簡単に「命を賭ける」と言うことに対する批判は、李珍景が一九八〇年代に経験した学生運動のなかで、光州事件の死者たちが、焼身した全泰一《チョン・テイル》が、身近に「存在」しており、実際に命をかける運動が行なわれたという歴史的文脈からも考えなおさなければならない。『不穏なるものたちの存在論』から引いておきたい。

一九八〇年代初め、わたしが入学した大学には少なからぬ幽霊が存在していた。一九七〇年の清渓川で「勤労基準法を守れ！」と叫びながら焼身自殺をした全泰一の幽霊、一九八〇年の光州で死んでいった二〇〇〇人余りの市民たちの幽霊が。その幽霊たちによってわたしは、またわたしの友人たちは、思いもよらぬ生へと巻き込まれていった。素朴な青年の夢があった場所には血と涙が流れる陰鬱で重い生が入り込み、ペンを持たねばならない手にはいつのまにか石礫が、あるいは火炎瓶が摑まれていた。幽霊たちでなかったら、そこに魅惑されなければ、一体だれがそんなことをしえただろうか？ わたしたちが叫ぶとき、実際はかれらが叫んでおり、わたしたちが駆けるとき、かれらがわたしたちとともに駆けていた。誰がこの幽霊たちの存在を否定できるだろうか？ それがいなかったら、かの多くの人びとが、ときには直接幽霊の世界の中へと飛び込むことまでをして、なぜそのような生を生きるようになったのか理解できない。だからわたしは幽霊が存在しないという言葉を信じない。余りにも強い存在感を持って現存していることを信じる。(2)

そして「命を賭ける／死を賭ける」運動には「笑いとは程遠い表情がつくられた」のだ。(3) そのような李珍景の運動経験を通して到達した「行きぬく」ということと、金時鐘の「在日を生きる」がシンクロしているのである。

既存の研究と本書を比較させてみよう。呉世宗の金時鐘詩論である『リズムと抒情の詩学――金時鐘と「短歌的抒情の否定」』（生活書院、二〇一〇）は『新潟』に至るまでの研究であり、本書でも最重要の先行研究として言及されている細見和之『ディアスポラを生きる詩人、金時鐘』（岩波書店、二〇一一）は金時鐘の人生と詩をコンパクトに論じるものであるがゆえに本書のように一つひとつの詩を読みこむような作業とは質的に異なる。近年には権保慶『抒情のアイデンティティ――金素雲『朝鮮詩集』と金時鐘『再訳朝鮮詩集』』（東京大学出版会、二〇二四）、浅見洋子「金時鐘の言葉と思想――注釈的読解の試み」（大阪府立大学博士論文、二〇一三）、岡崎享子「在日朝鮮人詩人金時鐘の故郷観――二〇〇〇年以降の作品を中心に」（立命館大学博士論文、二〇二三）が提出されている。これらの本格的な研究が提出されている状況のなかでも、本書が詩を全体的に一つひとつを読みといた意義は決して薄れていない。

金時鐘の生涯史が劇的であるがゆえに、その生涯やエッセイを通して詩を意味づけして読んでいる読者はかなり多いだろう。本書は第二章の冒頭ではっきり書かれているように、その反対に、金時鐘のダイナミックな詩を通してその生涯を読みこむものであり、その詩がもつ意味が詩を通して示されている。もちろん本書の「在日韓国人」と「在日朝鮮人」を南北朝鮮の現在の国家体制と重ねる点など、歴史的背景をよく知っている日本の読者にとっては、じゃっかんの記述の荒さを感じとってしまうかもしれない。しかし本書をそのような批判しやすい部分で評価するのではなく、「詩を読む」密度から判断していただければと思う。本書は徹底して詩を一つひとつ読んでいく形式であり、それは李珍景の代表的著書である『ノマディズム』（二〇〇二）[4]においてドゥルーズ＋ガタリ『千のプラトー』を一語一句読解していったように、地道に読みなおす読みの実践である。詩以外の資料調査などによって金時鐘を浮き彫りにする方法をとらなかったがゆえに、詩そのものを徹底的に読む李珍景の方法が可能であったと言えるだろう。

　わたしは本書の成り立ちを近くで見守ってきた。序文でも書かれているように、二〇一六年九月にわたしは李珍景、沈雅亭《シム・アジョン》とともに新潟を訪問した。「新潟で『新潟』を読む」という行事のためである。その行事と翌日の研究会の場を、金時鐘さんと姜順姫さん、そして読者、研究者とともにした。研究会の場で、司会の藤石貴代が李珍景に発言をうながしたさい、李珍景が「存在」について金時鐘に問うた。その際のわたしの通訳メモから李珍景の発言を復元すると以下のようになる。

　自分は文学をよく知らない哲学の人間だからであろうが、金時鐘の詩には存在論的な問題意識があると思う。『光州詩片』の「まだあるとすれば」の「あるとすれば」が頭に残った。また「褪《あ》せる時のなか」の「そこにはいつも私がいないのである」が印象的だ。これは存在論ではないか。となればハイデガーを避けることはできない。しかし金時鐘の詩はハイデガーと距離を置こうとしている強い印象を持つ。出来事とつながる詩であるからだ。詩には「ある」という言葉が目につく。「存在」を意識されているのか？　念頭に置かれて書かれているのかどうかを教えてほしい。

　この問いに対し、金時鐘は「存在について、わたしは意識せずに書いたのではなく目的意識的に書いてきた」と断言したのだった（これもわたしのメモによる）。これこそ李珍景が金時鐘の詩を韓国語に翻訳すると同時に本格的に金時鐘論に取り組む決定的な契機であったことは、本書序文に書かれているとおりである。

　新潟に出発する直前の仁川空港で、わたしは李珍景から「金時鐘の詩を翻訳してみないか」と提案された。そのときはあまりにも無謀な挑戦に思えてすぐに回答はしなかった。しかし新潟での時間と、そして沈雅亭、和田圭弘というまたとない仲間とともにであったので、当時韓国語訳がなかった『猪飼野詩集』、『季期陰象』、『化石の夏』、『失くした季節』の翻訳を開始した。毎週あるいは二週に一度集まり、二時間か三時間にわたって議論しながら翻訳を作りあげ、訳者たちは金時鐘に会いに鶴橋に行った。そのさいに「翻訳ではあるけど詩ではないんや」という鋭いコメントをもらい、再び韓国で翻訳作業を経て、たどり着いたのが『失くした季節』（創批、二〇一九）、『猪飼野詩集ほか』（図書出版b、二〇一九。『猪飼野詩集』、『季期陰象』、『化石の夏』を一冊にまとめたもの）であった。李珍景はわたしたちとともに詩を翻訳という次元で読解しながら本書の元となる原稿を書きあげた。わたしはそれを、最初はスユノモ104という韓国の研究共同体で行なわれた李珍景による連続講義を通して聞いた。その後、原著が二〇一九年に刊行されるやいなや日本語翻訳の作業に入った。荒い訳を完成させた後、スユノモ104で行なわれていた本書の読書会に参加して訳稿を見直した。さらに二〇二〇年夏に、韓国から日本に生活の拠点を移すなかで、新型コロナウイルス対策の「自宅待機」中に再検討し、翻訳はほぼ完成していた。

李珍景は一九六三年生まれの韓国の哲学者である。最初の著書に『社会構成体論と社会科学方法論』（一九八六）があり、これがよく読まれ、その時使用した「イ・ジンギョン」という筆名をそのまま使うようになり、本名を「忘れた」と本人は各所で表記している（漢字表記は後につくりだされた）。とはいえ現在の仕事先であるソウル科学技術大学では本名で授業を行なっている。

一九九〇年に思想犯で捕まり、刑務所で社会主義の崩壊を目撃した後に哲学を根本から論じなおした『哲学と煙突掃除夫』（一九九四）を書いた。その後も持続的に『フィロシネマ』（一九九五）、『マルクス主義と近代性』（一九九七）、『近代的時・空間の誕生』（一九九七）、『数学の夢想』（二〇〇〇）、『近代的住居空間の誕生』（二〇〇〇）を著した。ドゥルーズ＋ガタリ『千のプラトー』を徹底的に読みこむ講義録である『ノマディズム』（全二巻、二〇〇二）を発表し、そして『哲学の外部』（二〇〇二）、『資本を超えた資本』（二〇〇四）、『未-来のマルクス主義』（二〇〇六）、『外部、思惟の政治学』（二〇〇九）、〈スユノモ〉が解体するなかで共同体論を練りなおした『コミューン主義——共同性と平等性の存在論』（今政肇訳『無謀なるものたちの共同体——コミューン主義の方へ』インパクト出版会、二〇一七）、『歴史の空間』（二〇一〇）、「存在論」を本格的に論じた『不穏なるものたちの存在論』（影本剛訳『不穏なるものたちの存在論――人間ですらないもの、卑しいもの、取るに足らないものたちの価値と意味』インパクト出版会、二〇一五）、哲学エッセイ集である『生のための哲学授業』（二〇一三）、マルクスとの対談本（！）である『マルクスはかく語りき』（二〇一五）、韓国の古典文学論である『破格の古典』（二〇一六）、『仏教を哲学する』（二〇一六）、そして本書『金時鐘、ずれの存在論』（二〇一九）、本書のペアである『芸術、存在に巻きこまれる』（二〇一九）、ニーチェに対する講義録である『愛するに足る生とはいかなる生なのか』（二〇二〇）と『わたしたちはなぜ際限なくよそ見をするのか』（二〇二〇）がある。近著には、ソウル大学ＡＩ研究院長のチャン・ビョンタクとの対談集である『一線を超える人工知能』（二〇二三）、ダナ・ハラウェイについての研究書を書いたパク・ユミとの共著『地球の哲学』（二〇二四）がある。これだけでも非常に旺盛な執筆活動を繰りひろげていることがよくわかるが、単著はこれですべてではないし、共著を含めるとさらに膨大になる。このほかにドゥルーズ＋ガタリやアルチュセールをはじめとするフランス語圏の哲学の韓国語訳者でもあり、先に触れたように金時鐘の詩集の韓国語共訳者でもある。

　李珍景の書籍の日本語への翻訳は、先に挙げた『不穏なるものたちの存在論』（二〇一五）、『無謀なるものたちの共同体』（二〇一七）があり、本書が三冊目となる。李珍景の日本語訳された論文は多分野にわたり多数あり、人物と思想の全体像を知ることのできるインタビューとして「前衛組織ではなく――八〇年代の運動経験」（『インパクション』一五三号、インパクト出版会、二〇〇六）、先ほども触れた「コミューンは外部である――存在の闇と離脱の政治学」（『ＨＡＰＡＸ』一一号、夜光社、二〇一九）がある。

　書誌情報について述べる。金時鐘の詩の引用は『金時鐘コレクション』版のページ数を表記した。ただ『猪飼野詩集』については、韓国語への翻訳のさいに金時鐘に底本にすべき版を聞いたときに岩波現代文庫を指定された関係で、本書でも岩波現代文庫のページ数で記している。

本書の刊行にあたって感謝すべき人は無数にいる。先に書いたように二〇二〇年ごろには翻訳稿ができていたが出版は困難でお蔵入りしそうな翻訳原稿であった。そのようななか刊行のための労をとってくれた下平尾直、阿部晴政、早助よう子、なによりも出版に関わってありとあらゆる配慮をしてくれた李珍景に感謝したい。

二〇二四年八月　京都にて

影本剛

注

（1）　李珍景（聞き手＝ＨＡＰＡＸ、通訳・構成＝影本剛）「コミューンは外部である——存在の闇と離脱の政治学」『ＨＡＰＡＸ』一一号、夜光社、二〇一九、一二四頁。

（2）　李珍景『不穏なるものたちの存在論——人間ですらないもの、卑しいもの、取るに足らないものたちの価値と意味』影本剛訳、インパクト出版会、二〇一五、一四一頁。

（3）　李珍景「前衛組織ではなく——八〇年代の運動経験」『インパクション』一五三号、聞き手＝崎山政毅＋冨山一郎、通訳＝金友子＋板垣竜太、インパクト出版会、二〇〇六、八五頁。

（4）　影本剛「李珍景『ノマディズム』」『現代思想』二〇二二年一月号、青土社。

李 珍景 Yi Jinkyung 이진경

一九六三年、ソウルに生まれる。本名は、朴泰昊（パク・テホ）。ソウル大学社会学科博士課程修了。現在は、ソウル科学技術大学教授、知識共同体スユノモの「営業社員」。専門は、哲学。

著書に、

『無謀なるものたちの共同体――コミューン主義の方へ』（インパクト出版会、二〇一七［2010］）、

『不穏なるものたちの存在論――人間ですらないもの、卑しいもの、取るに足らないものたちの価値と意味』（インパクト出版会、二〇一五［2011］）など多数がある。

影本 剛 KAGEMOTO Tsuyoshi

一九八六年、兵庫県に生まれる。延世大学国語国文学科博士課程修了。

現在は、大学非常勤講師。専門は、朝鮮文学。

著書に、
『近代朝鮮文学と民衆――三・一運動、プロレタリア、移民、動員』（春風社、二〇二四）。
訳書に、
キム・ボファ『ビジネス化する性暴力――性暴力の法市場化に抵抗する政治の再構成』（解放出版社、二〇二四）、
高秉權『黙々――聞かれなかった声とともに歩く哲学』（明石書店、二〇二三）など、
共訳書に
クォンキム・ヒョンヨン編『被害と加害のフェミニズム――#MeToo 以降を展望する』（解放出版社、二〇二三）がある。